Un mariage inattendu

*

Te garder près de moi

*

Le secret du Dr Sinclair

SUE MACKAY

Un mariage inattendu

Traduction française de
ANOUK

Blanche

HARLEQUIN

Collection : Blanche

Titre original :
THE ARMY DOC'S BABY BOMBSHELL

HARPERCOLLINS FRANCE
83-85, boulevard Vincent-Auriol, 75646 PARIS CEDEX 13
Service Lectrices — Tél. : 01 45 82 47 47

www.harlequin.fr

ISBN 978-2-2803-6769-1 — ISSN 0223-5056

1.

— Oh ! tu as vu cet homme ? chuchota Kelly, qui se tenait à côté de Sophie. Franchement, qu'est-ce qu'il est beau… À tomber par terre !

Sophie suivit le regard de sa collègue infirmière et sergent. Toutes deux s'entendaient à merveille en dépit de leur relation hiérarchique : elle était le capitaine Sophie Ingram, chirurgienne du camp de cette faction de l'armée néo-zélandaise basée à Bamiyan, en Afghanistan. Mais Kelly était avant tout son amie.

L'homme qu'admirait Kelly était également capitaine et médecin ; un Australien arrivé la veille au soir, en mission à l'hôpital militaire durant trois jours.

Grand, musclé, une bouche sensuelle, le regard fier, d'un gris perçant…

Envoûtant, songea-t-elle confusément, tandis qu'il se dirigeait vers elles d'un pas rapide. Une pointe de désir la surprit de manière fulgurante.

— À tomber par terre, mais à éviter, dit Sophie en chassant aussitôt cette sensation.

— À éviter ? répéta Kelly, incrédule.

— Oui. En tout cas, pour moi. Je ne veux pas d'histoires. *Plus d'histoires…*

La dernière fois qu'elle avait eu un petit ami — un officier, dorénavant retourné chez lui, heureusement —, ça ne s'était pas très bien terminé. Macho typique, cet homme-là n'avait vu en elle qu'un moyen de se changer les idées. Pas très gratifiant… Ni épanouissant. Au contraire, elle avait eu le sentiment d'avoir été utilisée.

Résultat, pour l'instant, Sophie tenait à fuir les mésaventures du même genre. D'autant que, compte tenu du contexte — la guerre, la vigilance aiguë à garder… —, elle ne pouvait pas se permettre de perdre son temps.

Même si Cooper Daniels est la tentation incarnée, ne put-elle s'empêcher de réaliser tandis que le nouveau venu s'approchait d'elles.

Ignorant le trouble qui l'envahissait de nouveau, Sophie ébaucha un sourire poli.

— Bienvenue sur la base de Bamiyan…

Au même moment, une terrible explosion retentit. Le sol, dur comme de la pierre, fut comme pulvérisé et Sophie se sentit littéralement propulsée en l'air. Les bras ballants, la tête oscillant d'avant en arrière, elle éprouva l'impression d'être en train de planer avant de tomber violemment par terre, sur le dos…

Le choc lui coupa la respiration.

Sophie essaya de se protéger le visage — des cailloux et de la poussière volaient tout autour —, mais ne parvint pas à bouger le bras. Pas même un doigt.

Pétrifiée par la peur, elle voulut crier, mais aucun son ne sortit de sa bouche. Elle avait mal…

Si mal. Partout.

Suis-je en enfer ?

— Restez immobile, ordonna alors une voix d'homme, basse et impérieuse.

Sophie n'eut pas besoin d'ouvrir les yeux pour savoir qui lui parlait ainsi.

Elle se mit à tousser. Une longue quinte aggravée par la soif soudaine qu'elle éprouvait. Cooper lui entoura la tête de ses bras, et ses jambes musclées se plaquèrent contre celles de Sophie, formant comme un bouclier protecteur.

Il y eut des coups de feu, des cris, encore des tirs. Ça sembla durer une éternité…

Puis, brusquement, le vacarme cessa. Un silence irréel

régna quelques secondes, puis on entendit des ordres hurlés çà et là, d'un ton affolé.

Sophie s'efforça de respirer. Était-ce la fin ? S'apprêtait-elle à mourir sur ce territoire aride, dangereux, elle qui avait grandi au milieu de la verdoyante luxuriance de la Nouvelle-Zélande ?

Non ! Je vais me battre…

Posant les paumes à plat sur le sol, elle décida d'essayer de se relever malgré le poids de l'homme qui demeurait tout contre elle.

— Détendez-vous, chuchota-t-il à l'oreille de Sophie.

De manière presque séductrice…

Sophie sentit tout son corps se tendre cependant que Cooper se plaquait davantage sur elle.

— Restez tranquille, répéta-t-il sur le même ton, presque suppliant.

— Laissez-moi !

Bon sang, elle était médecin et soldat, non une froussarde !

Même si une terreur indescriptible s'infiltrait en elle, il fallait qu'elle reste opérationnelle, qu'elle évalue la situation au plus vite et qu'elle se rende à l'hôpital du camp. L'attentat aurait inévitablement engendré des pertes humaines… Il devait y avoir des blessés…

Elle devait réagir.

Sophie ouvrit les paupières et rencontra le regard de Cooper Daniels. Il semblait se coller à elle, le visage si près, parce qu'il continuait à tenter de la protéger avec son propre corps.

Elle sentit son cœur battre plus vite, de façon irrégulière et à grands coups. Étrangement émue, elle s'efforça de se dégager de l'emprise inexplicable que les yeux de Cooper, d'un gris perçant, semblaient exercer sur elle. Une onde de choc glissa en elle, sensation électrique et inconnue. *Peut-être suis-je morte*, pensa-t-elle. *J'ai été touchée… Tuée…*

— Bougez-vous ! cria alors quelqu'un. Capitaine Daniels, capitaine Ingram, ne restez pas là, on vous couvre ! Vite ! Levez-vous et déguerpissez !

La petite voix intérieure résonna de nouveau. *Non, je suis bien vivante.*

Sophie repoussa Cooper, impatiente de s'écarter, de retrouver sa propre assurance, de vérifier où l'on avait besoin d'elle.

Cooper se leva et, d'une poigne franche, rapide et un peu brusque, il l'aida à se mettre debout. Il paraissait déstabilisé et sûr de lui en même temps.

— Réfugiez-vous dans le quartier des officiers, dit-il en lui tenant la main. C'est l'hôpital qui est la cible.

Sans douter une seule seconde de la parole de Cooper, Sophie se précipita.

Tout en courant, elle regardait autour d'elle, abasourdie par ce qu'elle découvrait : les cratères profonds dans le sol, l'énorme nuage de poussière au-dessus des bâtiments, qui bloquait les rayons brûlants du soleil. Le reste paraissait bizarrement normal, hormis le fait que les soldats s'étaient positionnés le long des clôtures, tournés vers l'extérieur, mitraillettes au poing.

Non, non, rien de tout cela n'était normal. C'était l'horreur. Le pire cauchemar…

Puis Sophie vit un corps gisant contre le mur du dispensaire.

Le corps d'une femme qu'elle reconnut instantanément.

Son sang ne fit qu'un tour.

— Kelly ! s'écria-t-elle en se hâtant.

— N'y allez pas ! ordonna Cooper, qui lui avait emboîté le pas. L'endroit est exposé, les snipers risquent de vous voir.

Sophie s'immobilisa pour le regarder. Étonnamment, elle avait retrouvé toute sa vigueur habituelle.

— Il s'agit du sergent Kelly Brooks ! Il faut l'enlever de là et la mettre à l'abri.

D'où lui venait ce calme soudain ? Elle n'était plus une victime ayant besoin d'être protégée par un homme, mais une femme médecin découvrant une collègue et amie grièvement blessée.

Cooper parut surpris, puis il secoua la tête, comme s'il se résignait.

— OK, je vous aide.

— Elle se tenait juste à côté de moi quand la bombe a explosé, dit Sophie tandis qu'ils s'accroupissaient devant Kelly.

Sans connaissance, la jeune femme était blessée à la tête,

et ses jambes étaient repliées en formant un drôle d'angle par rapport à son buste. Sophie s'efforça de lui prendre le pouls tout en maîtrisant, autant que possible, son inquiétude. Il fallait qu'elle soit professionnelle. Ses émotions ne devaient pas la dominer, surtout pas.

Pas maintenant.

— Kelly, je t'en prie, ne me fais pas ça, murmura-t-elle.

Enfin, elle sentit une légère pulsation sous sa paume.

— Oui !

Elle laissa échapper un soupir de soulagement et garda les doigts en place pendant encore quelques secondes, afin de bien percevoir les battements et d'être absolument sûre. À côté d'elle, Cooper examinait la tête de Kelly avec délicatesse.

— Elle est en vie…

— Oui. Elle vit toujours, Dieu merci, dit Sophie. Il nous faut un brancard pour l'emmener au bloc tout de suite.

— Entendu, capitaine.

Cooper se leva et partit en courant vers l'hôpital. Sophie le suivit brièvement du regard, admirant sa foulée puissante et rapide. C'était un homme courageux. Impressionnant. Il n'avait pas hésité à se jeter sur elle pour la protéger des balles.

— Capitaine Ingram ! appela un soldat, sa voix s'élevant au-dessus du vacarme environnant. On a deux blessés de l'autre côté du périmètre de sécurité… La base est maintenant sous contrôle et hors de danger !

Rien ni personne n'étaient complètement hors de danger, songea Sophie. Mais elle garderait cette certitude pour elle.

Levant les yeux, elle reconnut George, un jeune soldat qui accomplissait sa première mission loin de la Nouvelle-Zélande. Parfois, il passait à l'hôpital pour faire la lecture aux patients, ou parler avec eux. Son visage était blanc comme de la craie.

— Merci, caporal. Vous êtes blessé ?

— Non, capitaine.

— Bonne nouvelle. Le capitaine Daniels va apporter un brancard pour transporter le sergent Brooks. Allez lui donner un coup de main, s'il vous plaît.

Déplacer Kelly serait extrêmement délicat en raison des

nombreuses blessures dont elle souffrait. La jeune femme ne sentirait rien, étant inconsciente, mais Sophie savait qu'elle-même réagirait viscéralement à chaque mouvement. Elle détestait que les autres aient mal. Parmi ses collègues médecins, on lui reprochait gentiment son excès de sensibilité : toute intervention chirurgicale impliquait fatalement des blessures et douleurs en amont, n'est-ce pas ? Il fallait accepter et se dissocier de cette souffrance, pour mieux soigner les patients. Sophie savait que c'était juste, mais n'y parvenait pas toujours.

George obéit sur-le-champ, rejoignant Cooper qui venait d'arriver auprès de Kelly.

— À l'intérieur, c'est le chaos. Il y a des blessés partout.

Sophie réprima un juron. Pourquoi ? Qui étaient les responsables de cette attaque ? Pourquoi fallait-il toujours que les êtres humains s'entre-tuent ?

Remets les pieds sur terre, se dit-elle aussitôt. *On est dans une zone en guerre, et c'est pour cette raison précise que tu es ici...*

Elle le savait, oui, néanmoins, cette réalité lui était insupportable.

La gorge nouée, Sophie commença à superviser le déplacement de Kelly : de cet endroit sale, poussiéreux, en pleine chaleur, on allait l'emmener à l'intérieur de l'hôpital, là où on serait en sécurité...

Théoriquement.

Si les assaillants ne recommençaient pas.

— Je vous seconderai, annonça Cooper tandis qu'ils transportaient Kelly vers le bloc opératoire.

Sophie lui jeta un bref coup d'œil.

— Vous serez sûrement appelé ailleurs.

— Priorité oblige : Kelly est, de loin, la plus touchée.

Puis, à mi-voix, il ajouta :

— Si on exclut les deux décès.

Sophie sentit son estomac se contracter. Jusque-là, elle s'était refusée à envisager que des soldats aient réellement pu périr.

— On sait de qui il s'agit ?

— Pas encore.

Le regard de Cooper chercha celui de Sophie. Une lueur déterminée s'y reflétait.

— Si vous voulez, je vous remplace le temps que vous alliez vous renseigner.

— Merci, dit-elle en secouant la tête. Stabiliser l'état de Kelly est prioritaire. Ensuite, on l'évacuera.

— Je suis d'accord.

Et il lui adressa un sourire qui provoqua en Sophie un tel trouble que, subitement, elle se sentit bizarre… Si bizarre qu'elle faillit perdre l'équilibre. Cherchant à s'accrocher à quelque chose, elle s'agrippa au bras de Cooper.

— Ça va ? demanda-t-il d'un ton inquiet.

Sophie cligna des yeux, luttant contre le léger vertige qui l'avait gagnée.

— Oui, oui… Le contrecoup, sans doute.

Mais pas seulement. Le mélange de soulagement, d'émotions et de fatigue jouait avec ses nerfs.

Elle montrait aussi son manque d'expérience des situations de crise…

Les deux derniers mois s'étaient écoulés dans une relative tranquillité malgré la guerre qui sévissait non loin. La base avait été épargnée, si bien qu'elle n'avait dû gérer que des chirurgies sans gravité.

Examinant Kelly, qui venait d'être allongée sur un lit, Sophie effectua un diagnostic plus précis.

— Multiples fractures sur les deux jambes et le pelvis. Épaule déboîtée et commotion cérébrale. Il lui faut un chirurgien orthopédique…

Elle soupira.

— Malheureusement, on n'en a aucun, ici. Vous vous y connaissez ?

— Suffisamment pour assurer le minimum, mais plus vite on la transférera à Darwin, mieux ce sera.

Le visage de Cooper reflétait de l'inquiétude.

— On va faire de notre mieux.

— Exactement. De notre mieux, répéta Sophie, s'efforçant de dissimuler son incertitude.

Elle jeta un coup d'œil circulaire. Peu à peu, on s'organisait malgré le chaos ambiant. Elle aperçut l'officier responsable de la planification des transports, et se précipita vers lui pour expliquer la situation.

— On a deux autres transferts d'urgence pour l'Australie, indiqua-t-il à Sophie. Un avion sera affrété dès que possible.

— Merci… Prévenez-moi, s'il vous plaît.

Puis Sophie gagna le bloc. Essayant de garder les idées claires, elle se lava soigneusement les mains, côté face, côté paume, entre les doigts et sur les poignets. Du sable, de la poussière et du sang maculaient sa peau et s'étaient incrustés sous ses ongles.

Une rage sourde l'envahissait lentement. Comment cette attaque avait-elle pu se produire ? Pourquoi cette folie meurtrière ?

Elle-même avait choisi d'aider autrui, de soigner les gens… Elle peinait à admettre qu'on puisse volontairement faire du mal et tuer, assassiner. Elle aurait voulu crier sa révolte, son indignation, trouver les mots pour exprimer ce qu'elle éprouvait…

Mais dans cet hôpital militaire, là, maintenant, c'était naturellement impossible. Elle devait montrer l'exemple… Comme Cooper qui s'activait calmement non loin. Elle devait préserver les apparences et respecter l'endroit autant que leur mission de médecin.

Sophie se mit alors à trembler. Ses muscles réagissaient, son ventre se contractait malgré elle. Une réaction à fleur de peau.

— Hé… Respirez profondément, conseilla Cooper.

— Facile à dire…

Il s'approcha et posa une main chaleureuse sur l'épaule de Sophie.

— J'imagine ce que vous ressentez… Mais gardez votre colère pour plus tard.

Se retournant, Sophie capta le regard gris de Cooper, si inhabituel… Et tellement envoûtant.

L'homme l'était tout autant.

— J'essaie, avoua-t-elle d'une voix sourde, consciente

des frissons qui la parcouraient. C'est juste que j'en éprouve un trop-plein, tout à coup. Oui, c'est… trop.

— Je connais ça, dit-il en la relâchant. Je ressens ça à chaque fois.

— Et malgré tout vous revenez ?

Sophie avait entendu dire que le capitaine Daniels en était à sa troisième mission en Afghanistan.

— Eh oui, je me suis engagé, répondit-il avec un bref sourire.

Elle vit une lueur un peu amusée se refléter dans les yeux de Cooper, et en déduisit qu'il avait noté son intérêt pour lui.

C'est strictement professionnel !

Refusant de gonfler davantage l'ego de son confrère, Sophie alla se sécher les mains puis enfila les gants stériles que l'infirmière, qui venait de les rejoindre, lui tendait.

Ils s'apprêtaient à opérer Kelly en urgence. Rien d'autre ne devait s'imposer à son esprit. Rien.

— J'espère au moins que l'attaque est réellement terminée, murmura-t-elle.

— Il semblerait que oui, répondit Cooper en concentrant son attention sur leur patiente. Prête ?

Sophie ajusta son masque.

— Prête.

L'opération se termina plusieurs heures plus tard — combien de temps exactement, elle n'aurait su le dire. En tout cas, cela avait été long et fastidieux. Délicat, surtout.

Sophie sortit du petit hôpital et s'adossa au mur encore imprégné de la chaleur de la journée. Maintenant, il faisait nuit et quelques rares étoiles brillaient dans le ciel couleur d'encre.

Toujours endormie, Kelly était allongée sur une civière qu'on transportait en ce moment même vers une ambulance. Elle serait bientôt à bord de l'avion qui l'évacuerait.

— Heureusement, elle a survécu à la première épreuve, dit-elle, se parlant à elle-même.

Autour d'elle, le silence semblait inhabituellement dense et épais.

— Oui, c'est déjà ça de gagné, renchérit Cooper en s'approchant.

Sophie lui jeta un rapide coup d'œil. Elle n'avait pas fait attention en s'exprimant ainsi, à voix haute, et fut surprise par la présence de son confrère.

— Je m'inquiète à propos de sa jambe gauche. Je redoute l'amputation.

— Sa rotule n'a pas seulement été cassée, elle a été pulvérisée, rappela Cooper.

— Exact.

Sophie resta pensive quelques secondes.

— Quand je pense que Kelly était une passionnée de jogging… Elle participait à des marathons. J'espère qu'elle pourra s'adapter après la longue rééducation qui l'attend. Je l'espère de tout mon cœur.

Elle sentit des larmes lui piquer les paupières.

— C'est trop injuste…

— C'est la guerre.

— Je sais bien. Mais elle est mon amie et j'ai beaucoup de peine.

Elle regarda de nouveau Cooper et eut envie qu'il s'en aille. Elle ne pouvait pas partager avec lui ce qu'elle éprouvait. Ce n'était qu'un inconnu.

— Merci pour tout, murmura-t-elle.

Et elle commença à s'éloigner d'un pas vif.

— Où allez-vous ? demanda-t-il d'un ton inquiet.

— Dans ma chambre. J'ai besoin de me reposer.

Et je veux essayer d'oublier…

— Je viens avec vous. On n'a pas besoin de parler, précisa-t-il, devinant sans nul doute l'état d'esprit de Sophie. On sera juste ensemble.

Ensemble ?

Sophie s'efforça de lire dans le regard de Cooper, mais la pénombre ne le lui permit pas. Au fond, pourquoi pas… Après ce qu'ils venaient de vivre, l'attaque, le chaos, l'opération chirurgicale, elle était épuisée, et comme dans un état second. Un peu de compagnie la rassurerait.

— D'accord.

Ils se dirigèrent vers le bâtiment des dortoirs, croisant quelques rares soldats çà et là. Un calme irréel semblait dorénavant planer sur la base militaire.

— Vous avez déjà connu ce genre de situations ? demanda-t-elle en mettant les mains dans les poches de son treillis.

— Oui, près de Kaboul.

— Désolée de poser la même question, mais pourquoi vous revenez ?

Elle-même s'était enrôlée pour un an, et elle n'était pas sûre de réussir à tenir le coup. C'était trop dur.

— Ce sont les ordres, capitaine Ingram. Après mon dernier engagement.

— Évidemment.

Le bâtiment des dortoirs était éclairé. Il y avait du monde, à l'intérieur. À mesure qu'ils s'approchaient, Sophie se rendit alors compte qu'elle ne parviendrait pas à franchir le seuil de cette bâtisse où se rassemblaient les soldats et certains de ses collègues. En vérité, elle ne voulait voir personne.

— Vous préférez continuer à marcher ?

— Oui, admit-elle, étonnée que Cooper ait deviné ses pensées.

Ils s'éloignèrent, adoptant la même allure.

Sans se concerter, ils prirent la direction opposée.

— Au fait, je voulais vous remercier pour tout à l'heure, dit Sophie.

— Pourquoi ?

— Vous vous êtes jeté sur moi au moment de l'attaque pour me protéger… Vous avez eu un courage extraordinaire.

— Vous plaisantez ? Vous étiez sous un tir nourri, et j'ai fait ce que j'ai pu sans réfléchir aux conséquences.

— Sans réfléchir aux conséquences…, répéta Sophie. C'est exactement à cela qu'on mesure le courage, pas vrai ? Il n'empêche que la force de la déflagration nous a séparées, Kelly et moi, poursuivit-elle tristement.

— Une chance que vous n'ayez pas été blessée. On a eu besoin de vous au bloc, ensuite.

— C'est vrai.

Ils longèrent le quartier des officiers, et s'enfoncèrent dans la pénombre. Sophie lança un coup d'œil autour d'elle. Il n'y avait pas un chat.

— Il faudrait que je fasse demi-tour, dit-elle en s'immobilisant.

— Vous avez peur… en étant avec moi ?

La voix de Cooper exprimait autant de défi que de perplexité. Le timbre était bas, un peu rauque.

— Pas du tout, répliqua-t-elle un peu sèchement.

Elle se sentait pleinement consciente de la présence de cet homme à son côté. Grand, musclé, impressionnant. Rassurant. Ce serait si facile de s'appuyer contre lui, de poser la tête, de lui enlacer la taille…

Ce serait si agréable de s'abandonner.

Réaliser cette vérité lui arracha un léger soupir.

Cooper s'approcha d'un pas, et elle perçut le léger effleurement de son corps, si proche du sien. Elle ne bougea pas ; n'en eut pas envie. Au contraire, imperceptiblement, elle se tourna vers lui.

Jamais elle n'avait éprouvé un tel désir. Quelque chose d'inexplicable, lié à la force de la vie qui reprenait son cours et jaillissait… Une pulsion inconnue qui la ramenait au plaisir quasiment miraculeux d'être là après avoir traversé un tel enfer…

— Sophie ? murmura Cooper.

Elle le regarda. Dans l'obscurité, elle eut l'impression que les yeux de Cooper brillaient.

Non, jamais elle n'avait ressenti cet élan-là, comme un courant magnétique qui la poussait vers lui…

Et lui, vers elle.

— J'ai envie de toi, avoua-t-elle.

— Moi aussi.

— Maintenant…

Oui, tout de suite.

Cooper l'enveloppa dans ses bras et, frissonnant de la tête

aux pieds, Sophie se blottit. Elle sentit le désir de Cooper, aussi puissant et palpitant que celui qui la submergeait soudain.

Réfléchir aux conséquences aurait été impossible.

Nouant les bras autour du cou de Cooper, Sophie leva la tête et tendit les lèvres, comme assoiffée.

Le premier baiser fut brûlant. Resserrant encore son étreinte, Cooper l'embrassa profondément. Leurs souffles se mêlèrent avec avidité tandis qu'ils essayaient, l'un et l'autre, de découvrir leurs peaux sous les épais treillis qu'ils portaient. Une fermeture Éclair fut ouverte, un bouton arraché. Les pantalons glissèrent. Leurs mains se nouèrent, leurs bouches ne se quittaient plus, et Sophie étouffa un premier cri de plaisir.

Ce fut… animal. Sauvage. Vrai. Un corps-à-corps silencieux et passionné. Sophie enroula les jambes autour de la taille de Cooper, lequel la porta et vint en elle, et presque instantanément elle eut l'impression d'une explosion en elle. Des spasmes l'envahirent, un raz-de-marée de jouissance l'inonda, et elle oublia tout…

Absolument tout.

2.

Sept mois et demi plus tard

Cooper essuya la sueur qui perlait sur son front. La chaleur australienne était insupportable. L'air ne fraîchissait jamais, à Darwin… Pas d'un degré. Pourtant, on était en automne. Mais, sur ce continent, la saison la plus proche de l'hiver demeurait quasiment estivale.

Deux heures venaient de s'écouler depuis l'atterrissage de l'avion militaire qui l'avait amené ici, et il en avait déjà assez. Bien qu'il se soit changé et douché moins d'une demi-heure plus tôt, il avait de nouveau envie d'une douche glacée.

Ce ne serait pas pour tout de suite. Il avait autre chose à faire, à découvrir…

Et c'était un moment qu'il attendait depuis longtemps. À coup sûr, il brûlait d'impatience.

Cooper s'engouffra dans le petit hôpital militaire, et jeta un coup d'œil autour de lui, espérant l'apercevoir.

Elle, Sophie Ingram. La femme qui avait hanté ses nuits.

Nul doute qu'après l'avoir revue il éprouverait doublement le besoin d'être aspergé d'eau fraîche.

Il n'avait jamais pu oublier la jeune femme. Quelques heures d'une soirée hors du temps, une seule étreinte passionnée… Et dorénavant elle l'obsédait. Le pire, c'était quand il ne parvenait pas à dormir. Les souvenirs et les images de ce qu'ils avaient tous deux partagé, cette fusion aussi fulgurante qu'absolue, tourbillonnaient dans sa mémoire. Il n'avait rien vécu de tel jusqu'alors. Une expérience d'absolu comme il en avait rêvé en se persuadant que ça n'existait pas. Et pourtant, avec elle, c'était arrivé.

Une seule fois.

Soudain, Cooper repéra Sophie…

Là-bas, dans la salle, appuyée sur une table de travail, en train de lire un dossier, elle paraissait ignorer le brouhaha ambiant.

Il sentit son estomac se contracter, le souffle lui manquer tandis qu'il buvait des yeux la fine silhouette qu'il apercevait de dos.

Même le treillis, si peu féminin, ne pouvait dissimuler les courbes harmonieuses. Les cheveux, d'un brun cuivré, étaient maintenus en une longue queue-de-cheval, lisse et brillante. Il n'avait pas eu l'occasion de glisser les doigts dans cette masse soyeuse, n'ayant pas eu le loisir d'embrasser Sophie autant qu'il l'aurait souhaité. Après, il l'avait regretté.

D'un mouvement ample, calme, la jeune femme se retourna pour ranger le dossier sur une étagère et, là, Cooper eut d'abord l'impression d'avoir mal vu.

Sa gorge se noua. Une sensation étrange l'envahit.

Sophie était enceinte. Fortement enceinte.

— Cooper ?

Une main sur son ventre proéminent, elle s'avança lentement vers lui. Une lueur de surprise et de défi se reflétait dans ses yeux verts.

L'espace d'un instant, le cœur battant, Cooper résista à l'envie de tourner les talons et de fuir. Mais… Lâche, lui ? Jamais.

Il s'éclaircit la voix et s'obligea à sourire.

— Bonjour, Sophie… Je savais que tu travaillais ici. Je suis passé te saluer.

Elle soutint son regard. Rien ne transparaissait sur son joli visage aux traits lisses.

— Eh bien… salut.

Sophie hocha la tête.

— Tu as de la chance de me trouver : je suis encore dans les parages pendant une semaine, puis je retourne à Auckland.

Auckland ? En Nouvelle-Zélande ? Tiens, lui aussi, songea

Cooper, presque dans un état second. Il s'y rendrait d'ici quarante-huit heures. Dans une ville aussi grande, ils ne se croiseraient pas. À moins qu'ils n'échangent leurs numéros de téléphone, évidemment…

S'ils le voulaient.

Après tout, Sophie attendait un bébé, pensa-t-il, gagné par le pressentiment qu'il n'était peut-être pas étranger à cette grossesse.

Le calcul mental était rapide à effectuer.

— Tu en as assez de la chaleur de ce pays ? demanda-t-il, histoire de dire quelque chose.

— Oui. Et je souhaite être chez moi avant l'arrivée de mon enfant.

Sophie entoura son ventre d'un geste protecteur.

— Tu es à quel terme ?

— Sept mois.

Cooper garda les yeux rivés sur ceux de la jeune femme. Le bombardement de Bamiyan s'était déroulé sept mois plus tôt. Juste après, ils s'étaient consolés en faisant l'amour si naturellement et passionnément…

Ensuite, ils ne s'étaient jamais contactés. Pas même un e-mail.

En ce qui le concernait, cela correspondait à ce qu'il souhaitait quand il rencontrait une femme. Mais là, subitement, tout semblait déjà différent.

Définitivement différent.

Alors qu'il se faisait cette réflexion, Sophie redressa les épaules dans un mouvement de fierté évident. Ses prunelles émeraude brillèrent.

— Sept mois et demi, précisément. Elle est de toi.

Cooper accusa le choc. Il sentit de la sueur couler dans son dos.

— Je vois.

Non, en vérité, il ne voyait rien…

Rien sauf cette ravissante jeune femme qui le bravait en silence.

Fallait-il — ou pouvait-il — croire Sophie ? Ils n'avaient eu qu'une seule relation et elle se retrouvait enceinte ?

Oserait-il demander un test de paternité… lui qui ne voulait pas être père ?

S'occuper d'un enfant, lui ? Ça lui paraissait inimaginable. Il risquerait d'être tout simplement… incompétent. Ce doute, il le portait depuis toujours, probablement à cause des inconstances de son propre père qui n'avait cessé de changer de compagne après la mort de la mère de Cooper.

Et Sophie voulait-elle ce bébé ? La question était tellement absurde que Cooper la chassa de son esprit.

Mal à l'aise, il se racla la gorge.

— Il faut qu'on parle.

— Pourquoi ?

— À ton avis ? Je veux en savoir plus.

— Pourquoi ? répéta Sophie. Je ne te demande rien. Mon bébé et moi allons très bien, fin de l'histoire.

Déconcerté, Cooper l'observa de nouveau, remarquant qu'elle gardait les poings serrés. Qu'elle était jolie… Lumineuse, vibrante… Et un peu en colère, ou énervée… Ou simplement provocatrice ?

La même pensée lui revenait à l'esprit en boucle. La même vision. Tous deux avaient partagé une étreinte passionnée, un désir fou soudain et unique… Et voilà qu'un bébé viendrait maintenant au monde.

Une petite fille.

Quelle était sa responsabilité ? La même que celle de Sophie… Ils avaient été deux adultes consentants, n'est-ce pas ?

Oui… Et maintenant elle attendait un enfant…

Leur enfant.

— Allons boire un verre, proposa-t-il. À quelle heure tu peux t'autoriser une pause ?

— Quand je veux. À moins qu'une urgence ne surgisse, évidemment, mais pour le moment tout est calme. Profitons-en.

Cooper s'efforça de sourire, conscient qu'une pensée extrêmement déstabilisante s'imposait à lui : dorénavant, quoi qu'il se passe, Sophie et lui seraient liés pour la vie.

Sa gorge se serra. Au fond, c'était presque aussi terrifiant que l'attaque de la base de Bamiyan sept mois plus tôt…

Aussi terrifiant que sa propre incapacité à envisager son rôle en tant que parent.

Le moment venu, il faudrait qu'il explique à Sophie pourquoi cela paraissait si compliqué à ses yeux. Une épreuve quasiment insurmontable. Son histoire tenait en peu de mots : sa mère s'était suicidée lorsqu'il avait six ans et, après ce drame, son père avait enchaîné les relations éphémères. Comment apprendre la vie de famille dans un tel contexte ? Comment y croire ?

Cooper se rendit compte que Sophie l'observait attentivement. Sentant son pouls s'accélérer, il s'obligea alors à se concentrer sur l'instant présent. Décidément, elle avait le pouvoir de tout lui faire oublier.

— Je connais une brasserie à quelques kilomètres. Un lieu plutôt tranquille, non-fumeurs, bien sûr. On devrait y être bien, ajouta-t-elle.

— Tu as une voiture ?

— Oui. Je t'emmène.

— Parfait, allons-y.

Tout en emboîtant le pas à Sophie, Cooper songea à ce qu'il s'était dit avant d'arriver. Il voulait simplement la revoir, peut-être partager un bon moment avec elle, un moment aussi extraordinairement excitant que la fois précédente… Quelle ironie du sort ! Parfois, les imprévus de la vie s'avéraient tellement incroyables qu'ils en étaient inimaginables.

Sophie conduisit rapidement tout en respectant de justesse les limites de vitesse. Cela en disait long sur son état d'esprit. Récemment, elle était devenue ultra-prudente par rapport à beaucoup de choses, comme si elle craignait que sa vie ne soit encore plus compliquée. Mais revoir Cooper…

Quel choc.

Elle ne s'y était pas préparée. Pourtant, elle avait su, à l'avance, qu'il viendrait. Son collègue Alistair, ami avec Cooper, l'avait prévenue qu'elle aurait la visite d'un chirurgien qu'elle avait rencontré à Bamiyan. Sur le moment, elle n'y avait pas cru, et puis…

Et puis, Cooper était arrivé.

En le revoyant, elle s'était sentie complètement chamboulée. Il était si beau…

À tomber par terre, oui.

Normal qu'elle se soit jetée dans ses bras à Bamiyan… Normal compte tenu des circonstances là-bas. L'attaque. L'explosion. La peur. Le contrecoup…

Normal, vraiment ?

Elle aurait dû lui apprendre sa grossesse dès le début, puis s'était ravisée. À quoi bon ? Cooper aurait pensé qu'elle voulait qu'il fasse partie de sa vie. Ce n'était pas comme s'ils étaient tombés amoureux.

Ce n'était pas comme si elle avait eu envie d'être enceinte et d'avoir un compagnon, un amant, un homme dans sa vie.

Pas du tout.

Se marier, elle ? Ce n'était pas au programme, et ça ne le serait pas avant un bon bout de temps. Qu'elle ait un enfant ou pas, elle ne changerait pas de cap. Elle pourrait parfaitement élever sa fille sans vivre sous le même toit que le père de celle-ci…

Jamais elle ne supporterait d'être liée à un homme uniquement parce qu'ils avaient un enfant.

Quand, trois jours plus tôt, Alistair l'avait informée de la venue de Cooper, Sophie s'était dit qu'il avait deviné à leur sujet. Elle s'entendait bien avec ce lieutenant-colonel, qui n'avait jamais caché son amitié vis-à-vis de Cooper. Elle lui avait confié avoir croisé Cooper à Bamiyan sept mois plus tôt. Il avait dû calculer. Était-ce pour cette raison qu'il lui avait rendu la vie plus facile ces derniers temps ? Elle ne le lui demanderait pas… De toute façon, elle quitterait bientôt la base et changerait de vie.

Sophie accéléra légèrement, se concentrant sur la route. Plus vite ils atteindraient Chez Harry, plus vite elle pourrait partager avec Cooper le peu d'éléments qu'elle tenait à lui révéler. Ensuite, ils se sépareraient et elle respirerait de nouveau.

Au moins n'avait-il pas manifesté de vive émotion, négative ou positive, lorsqu'elle lui avait annoncé que le bébé était de lui. Bien sûr, il avait paru choqué, abasourdi, il s'était même crispé… puis maîtrisé instantanément. Voilà qui résumait la personnalité de cet homme, songea-t-elle. Cooper se contrôlait autant qu'il était nerveux. Oh ! elle le savait déjà, l'ayant vu réagir dans l'un des pires moments de crise que des médecins enrôlés aient à vivre…

— Je suppose que cette vieille voiture n'a pas de climatisation ? marmonna Cooper en essayant de caler son grand corps sur le siège trop étroit pour lui.

Tirée de ses réflexions, Sophie lui jeta un bref coup d'œil.

— Tu vois la poignée ? Eh bien, tourne-la, et tu pourras baisser la vitre !

Il se contenta de soupirer avec résignation.

— Les pneus sont presque neufs, et le moteur tourne. Je n'ai pas besoin de plus, ajouta Sophie.

S'abstenant toujours de tout commentaire, il ouvrit et un air chaud s'engouffra dans le véhicule.

— Tu t'es de nouveau engagé dans l'armée ? demanda-t-elle poliment.

— Non. Je finis mon contrat, et ensuite je vais travailler à l'hôpital d'Auckland.

Sophie lui lança de nouveau un regard rapide. Curieusement, cette nouvelle la soulageait. En vérité, elle serait heureuse, et même très heureuse, que sa fille puisse connaître son père. Ce qu'elle ne voulait pas, c'était vivre avec lui…

Ce qu'elle voulait ? Éviter absolument de reproduire le désastreux schéma maternel.

Sa propre mère s'était mariée sans amour parce qu'elle était enceinte… Sophie se souvenait des disputes de ses parents comme si c'était hier. Ils finissaient toujours par la blâmer, elle, comme si elle était responsable de leur malheur. Elle avait affreusement souffert de cette situation.

— Si je comprends bien, toi et moi, on vivra dans la même ville.

— J'en ai l'impression, répondit Cooper. C'est bien, tu crois ?

— Oui, je pense… Compte tenu des circonstances,

c'est plutôt appréciable, déclara prudemment Sophie. Mais, rassure-toi, je ne te demanderai rien.

— Tu te répètes.

— Parce que je veux que ce soit clair entre nous. Je n'aurai pas besoin que tu m'aides financièrement pour élever ma fille.

— Notre fille, rectifia Cooper d'un ton sec. Pourquoi tu ne m'as pas prévenu ?

Sophie sentit les battements de son cœur s'accélérer. Elle eut chaud, trop chaud, tout à coup. Heureusement, ils parvenaient devant la brasserie Chez Harry. Son havre de paix en général. Là, ce ne serait peut-être pas aussi tranquille en raison du face-à-face qui s'annonçait.

Elle se gara, coupa le contact et ouvrit la portière. La poignée faillit lui rester dans la main, et elle réprima un juron. Cette voiture roulait, mais la carrosserie n'était vraiment plus en état. Néanmoins, le service médical de la base la lui prêtait, et jusqu'à présent, si déglingué soit-il, elle avait trouvé ce véhicule bien pratique.

Non sans difficulté, elle s'extirpa du véhicule. Cooper la rejoignit et resta à côté d'elle, tout près, comme s'il s'apprêtait à la retenir. Sophie en fut un peu agacée, mais elle ne dit rien.

— J'ai failli te contacter plusieurs fois, avoua-t-elle tandis qu'ils se dirigeaient vers le café.

— Et pourquoi tu ne l'as pas fait ?

Parce que j'ai eu envie de vivre cette grossesse seule, songea-t-elle. Ne pas rendre compte. Être libre. Profiter pleinement de son état et de ce qui allait survenir, la naissance de sa fille…

De leur fille, corrigea-t-elle en son for intérieur. Qu'elle le veuille ou non, Cooper était le père.

— Je n'ai pas osé, finit-elle par avouer.

— Dommage.

— Peut-être, mais c'est comme ça.

Au même instant, elle faillit trébucher et réprima un cri. Aussitôt, Cooper la soutint. Il la maintint par la taille puis posa une main sur le bras nu de Sophie.

— Ça va ?

— Oui, merci…, dit-elle, le cœur battant.

Au contact des doigts de Cooper sur sa peau, elle se souvint en un éclair de leur étreinte passionnée. Seuls, dans la nuit, dehors, enlacés comme si leur vie en dépendait, ils s'étaient aimés…

Et avaient conçu un bébé.

Un frisson courut le long de son dos tandis qu'une certitude se logeait soudain en elle : Cooper dégageait quelque chose qui pourrait facilement la détourner de son chemin. Il détenait le pouvoir mystérieux de lui faire prendre d'autres directions… Et d'autres décisions. Il faudrait qu'elle soit vigilante.

— Est-ce que tu es heureuse de devenir maman ? demanda-t-il alors qu'ils s'asseyaient à une petite table à l'intérieur de l'établissement.

— Maintenant, oui.

Ils commandèrent du thé glacé.

— Mais pas au début, devina Cooper.

— Non. Ce n'était pas prévu, avoua-t-elle. J'avais envie de voyager en Grèce ou en Islande pour voir le soleil de minuit… Mon but n'était pas de cocooner ! Mais, à partir de maintenant, je vais devoir mener une vie plus tranquille, c'est sûr, ajouta Sophie en posant une main sur son ventre.

Son téléphone sonna. Ignorant le regard troublant de Cooper, elle répondit.

— Oui, caporal.

— Capitaine, vous pouvez revenir ? Un de nos véhicules tout-terrain, un Unimog, est tombé à l'eau pendant un exercice, et les quatre soldats qui étaient à bord doivent être examinés au plus vite !

Aussitôt, Sophie se leva.

— Il y a des blessés ?

— Si besoin, je suis là, dit Cooper à voix basse, en se redressant également.

Sophie acquiesça tout en restant concentrée sur ce que lui rapportait son interlocuteur.

— Deux d'entre eux souffrent sans doute de fractures, mais il faut examiner tout le monde. Ils seront à la base d'ici une heure.

— J'arrive, promit Sophie.

Elle coupa la communication et glissa l'appareil dans sa poche. Pour le coup, voilà qui justifiait qu'elle abrège ce tête-à-tête avec Cooper. Au fond, tant mieux. Il la perturbait trop.

Elle lui expliqua la situation en quelques mots.

— Autrement dit, tu n'as pas besoin de moi ? résuma-t-il, apparemment déçu.

— Je pense qu'on se débrouillera, merci. De toute façon, après plusieurs heures d'avion, tu dois avoir envie de te reposer, non ?

Cooper l'observa avec attention tandis qu'elle finissait son thé et se levait. Il fit de même.

— Je le ferai plus tard. Dis-moi juste comment va le bébé.

— Comme une gymnaste qui se prépare pour les jeux Olympiques. Elle donne régulièrement des coups de pied. Tu veux toucher ?

Cooper parut hésiter puis, d'un geste doux, il posa la main sur le ventre rebondi de Sophie. Au même instant, elle sentit que ça s'agitait en elle. Une bosse se forma sous son nombril — un petit pied ? Un coude ?

— C'est merveilleux, murmura-t-il.

Il se rapprocha de Sophie et elle sentit le parfum de son eau de toilette. Aussitôt, un flot d'images l'envahit, souvenirs de leur étreinte insensée… qui avait donné la vie.

— Oui, c'est vraiment merveilleux, dit-elle en s'écartant. Cooper, il faut qu'on y aille. Je peux te déposer quelque part en ville, si tu le…

— Je viens avec toi et je retourne à la base, moi aussi.

Très bien. Il s'imposait. Mais cela se comprenait… Il était le père de sa fille. Le futur père. Elle qui avait rêvé de tranquillité…

Une page s'apprêtait à se tourner pour toujours.

Cooper la précéda jusqu'à la vieille voiture.

— Je conduis ? proposa-t-il.

— Merci, j'en suis encore capable… Même si j'ai le gabarit d'une baleine, plaisanta-t-elle en se glissant difficilement au volant.

Elle sentit le regard de Cooper rivé sur elle pendant qu'elle manœuvrait. Il l'observait. Il l'étudiait. Il devait s'interroger, se demander qui elle était, pourquoi elle agissait ainsi…

Il devait aussi sentir qu'elle ne demeurait pas indifférente, loin de là, à sa présence. Sept mois plus tôt, à Bamiyan, Kelly avait dit, la première, que Cooper était à tomber par terre… Et c'était vrai. Il dégageait quelque chose qui rendait sûrement les femmes raides dingues…

Pas moi. Pas moi !

3.

Cooper avait du mal à se concentrer. Il pensait à Sophie. Au bébé. À Sophie encore…

À l'avenir.

À l'inconnu total qui s'annonçait déjà.

Tout ce qu'il avait envisagé jusque-là, pour sa propre vie, venait de voler en éclats.

À contrecœur, Sophie avait accepté qu'il examine les hommes qui s'étaient trouvés à bord de l'Unimog. Cooper avait réussi à être attentif, professionnel, mais au fond, il avait été soulagé de s'être occupé uniquement de ceux qui souffraient de blessures légères. Sophie avait assuré d'une façon extraordinaire.

— C'est bon, vous n'avez rien, annonça-t-il au soldat qu'il venait d'ausculter. Vous pouvez y aller.

— Merci, capitaine.

Cooper acquiesça machinalement, le regard de nouveau happé par la jeune femme qui s'activait à l'autre bout de la salle.

Sophie était en train de lire une radiographie tout en répondant au téléphone. Elle coupa la communication et déclara à son patient :

— Trois fractures du côté droit, caporal. Comme vous avez des ligaments déchirés au même endroit, vous risquez de souffrir quelque peu… Il faudra être patient et courageux.

Qu'elle ait ainsi minimisé la situation déclencha un grand sourire.

— Oui, madame, merci. Ça ira.

Même si le blessé avait eu le bras arraché, il aurait paru heureux d'être soigné par Sophie. Ce n'était pas un secret : les soldats l'adoraient.

Cooper sentit sa gorge se nouer. Lui-même sentait à quel point il était attiré par elle… Sophie était splendide. Pas seulement physiquement, mais dans son style, sa façon d'agir, si gentille, bienveillante, tranquille, sans condescendance. Tout en étant incroyablement efficace. Ça forçait le respect.

Lorsqu'il l'avait rencontrée la toute première fois, il n'avait pas remarqué ces traits de caractère. Trop d'événements s'étaient déroulés simultanément… L'attaque, les tirs… Et ce désir fou l'un pour l'autre après l'attentat, compensation spontanée à la peur qu'ils avaient éprouvée. Qui aurait pu imaginer que sept mois plus tard…

— Vous avez fini, capitaine Daniels ?

Cooper fut brusquement ramené à l'instant présent.

Sophie avait traversé la pièce et se tenait à présent devant lui. Le vouvoiement le fit tiquer.

— Oui, le dernier soldat vient de partir. Il n'a que quelques égratignures.

— Une chance que nous n'ayons rien eu de plus grave, dit Sophie en se massant délicatement le ventre.

— Tu te rends compte que tu le fais souvent ?

— Quoi ? Oh…

Comprenant, Sophie ébaucha un léger sourire.

— Non. C'est instinctif, je suppose. Une habitude.

Une adorable habitude…

— J'avoue qu'après avoir senti le bébé bouger j'ai réalisé… autrement, dit-il.

Il avait ressenti, au plus profond de lui-même, que plus rien ne serait comme avant.

Évidemment.

Qu'allait-il faire, maintenant ? Partir ? Prétendre que ça ne le concernait pas ? Impossible. Cela ne lui ressemblerait pas. Même s'il ne voulait pas s'engager, même s'il avait envisagé une longue vie de célibataire, la situation que lui imposait le destin nécessitait une autre décision.

À ce moment-là, un sergent les rejoignit.

— Capitaine Daniels, le lieutenant-colonel Shuker veut vous voir.

— Entendu. Où est-il ?

— Suivez-moi.

Cooper échangea un bref coup d'œil avec Sophie qui se contenta de hocher la tête, puis il emboîta le pas au sergent. Tout en marchant, il songea qu'Alistair Shuker, surnommé « List » par ses collègues, tenait sans doute à discuter de son avenir professionnel. Il essaierait probablement de l'inciter à s'engager de nouveau dans l'armée australienne, en lui vantant les bénéfices financiers et autres avantages…

Mais Cooper s'était déjà décidé.

Il devrait se montrer clair.

— Salut, Coop, heureux de te revoir.

List lui donna un léger coup amical sur l'épaule.

— Comment s'est passé ton vol ?

— Beaucoup de trous d'air, il a fait trop chaud et je me suis ennuyé, s'efforça de plaisanter Cooper en saluant son ami de la même façon.

Tous deux avaient participé à plusieurs missions ensemble, et se connaissaient bien. List était un homme fiable, capable de tirer ses camarades du pire des pétrins. Ils avaient beaucoup discuté la nuit, durant leurs tours de garde, en Afghanistan. List savait tout ou presque de Cooper, et vice versa.

Il ignorait toutefois la dernière vérité concernant Cooper…

Mais peut-être s'en doutait-il.

— Alors, comme ça, tu disparais pour aller boire un verre avec notre ravissante chirurgienne ? Tu avais besoin de te changer les idées à ce point ? lança-t-il.

Cooper resta sans voix quelques secondes. Que List ait remarqué son intérêt pour Sophie l'agaçait un peu. Pourquoi ? Était-ce de la jalousie ? Voilà qui aurait été absurde ! Pourquoi éprouverait-il le moindre sentiment d'attachement exclusif envers cette femme ?

— Peut-être, oui… Elle est sympa.

— Très. Ici, tout le monde l'apprécie énormément, affirma List en lui décochant un regard direct. On ne veut pas qu'on lui fasse du mal.

Cooper comprit instantanément l'allusion.

— Je te rassure, loin de moi l'idée de nuire au Dr Ingram, affirma-t-il, irrité par la tournure que prenait la conversation. On avait des choses à se dire puisqu'on a vécu et subi l'attaque du camp de Bamiyan ensemble. Je me souviens que Sophie a été très affectée par ce qui est arrivé à son amie Kelly.

Après une pause, il reprit :

— Mais j'imagine que ce n'est pas pour me parler de Sophie que tu m'as convoqué.

— Bien sûr que non, admit List.

Tous deux échangèrent un long regard et Cooper se demanda de nouveau si son ami n'avait pas deviné ce qui s'était produit entre Sophie et lui. Pourquoi l'observait-il ainsi ? Pourquoi cette impression de sous-entendus ?

— Tu voudrais savoir si j'ai l'intention de m'engager de nouveau, c'est ça ?

List fit signe que oui.

— Désolé, non, dit Cooper. Je ne veux plus de cette existence-là, même si j'appréhende le retour à la vie civile.

Parce que l'essentiel lui manquait… Parce que tout serait vide, soudain si vide…

Puis Cooper pensa au bébé, à cette petite fille qui naîtrait bientôt, la sienne, *son enfant…* Et une émotion inconnue, indescriptible, l'envahit. Un mélange de joie, d'exaltation, et d'appréhension, de peur.

— Assieds-toi, proposa Alistair. Oublions le protocole, et soyons francs l'un envers l'autre.

Il prit place derrière son bureau, et Cooper s'installa sur la chaise en face de lui.

— Comment tu vas, toi ?

— Je n'ai pas à me plaindre, confia List en souriant. Être de retour en Australie, chez soi, c'est quand même agréable. Je peux sortir avec de jolies femmes, profiter de la vie, et ma famille se trouve non loin. On organise des dîners et des barbecues, ce genre de choses.

Cooper sourit à son tour.

— J'avais oublié que tu étais d'ici.

— Je suis né et j'ai grandi sur ces terres. Mon père et ma mère habitent toujours la maison de mon enfance, précisa List.

— Je ne peux même pas concevoir une telle situation, avoua Cooper en éprouvant une pointe d'envie mêlée de regret.

Que lui arrivait-il, aujourd'hui ? Jusqu'à présent, il n'avait jamais imaginé que les autres, et surtout l'un de ses meilleurs amis, puissent être plus heureux que lui. Pour sa part, il avait accepté de ne pas avoir de véritable foyer. Il avait acheté une villa à la périphérie d'Auckland mais, la plupart du temps, c'était son père qui y résidait lorsqu'il n'était pas en déplacement. Ce dernier continuait à sillonner les routes pour son travail, et à changer de compagne au gré de ses voyages. Aux yeux de Cooper, c'était ça, la vie : une sorte d'errance sans attaches.

L'image de Sophie s'insinua alors dans son esprit. Se frottant la paume, à l'endroit où il avait perçu les coups du bébé sur le ventre de la jeune femme, il éprouva, de nouveau, une sensation d'incrédulité et d'émerveillement. C'était *son* enfant… Comment était-ce possible ?

De nouveau, le même sentiment d'irréalité l'envahit.

— Si tu cesses de travailler pour l'armée, je te conseille de changer ton fusil d'épaule, reprit List.

— Joli jeu de mots.

— Merci. Mais… Tu me comprends ?

List le regarda fixement.

— T'installer. Te poser. T'engager… Moi-même, j'aimerais bien faire ce genre de choses. Je n'ai pas encore rencontré la perle rare, là est le problème.

Un peu surpris, Cooper contempla son camarade.

— Depuis quand tu t'es décidé ?

— Depuis qu'on a atterri ici il y a six mois. J'ai su, à ce moment-là, que j'étais prêt. Retrouver une jolie petite femme le soir, à la maison, ça doit être merveilleux.

Une fois de plus, Cooper eut l'impression que ces mots recelaient un double sens. Que savait réellement List à propos de Sophie et lui ?

Il préféra toutefois ne poser aucune question. Cela l'obligerait à trouver, lui-même, ses propres réponses.

List l'observait d'un air un peu amusé.

— Et toi ? Tu es proche de Sophie, pas vrai ?

— Pas trop, non… Pourquoi ?

— Parce qu'elle est la première personne que tu es allé voir à ton arrivée. Habituellement, c'est moi que tu viens embêter.

Cooper hocha la tête. Pour le coup, List avait raison. Il aurait dû y réfléchir avant.

— On avait des choses à se dire, répéta-t-il. Et toi ? Pourquoi m'as-tu fait venir ? Ce n'est pas seulement pour évoquer mon avenir, je le sais bien. Alors ?

Alistair sourit d'un air entendu.

— Alors je voudrais te demander d'embarquer à bord du même vol que Sophie en début de semaine prochaine. C'est un long voyage, jusqu'à Auckland, et je ne voudrais pas qu'elle ait des problèmes.

— Elle a des soucis de santé ? s'inquiéta aussitôt Cooper.

— Non mais, au cas où tu ne l'aurais pas remarqué, elle est enceinte. Elle a parfois des douleurs, des contractions qui portent un drôle de nom.

— Braxton Hicks. C'est normal.

— Oui, c'est ça. Normal, tu dis ? OK, moi, j'aimerais que tu l'accompagnes, si ça ne t'ennuie pas, insista Alistair. Disons que ce serait ta dernière mission pour l'armée.

— Sophie ira bien.

— Aucune certitude. Elle est quasiment à terme.

— Exact. Bien sûr, je partirai avec elle, promit Cooper. Et je m'occuperai d'elle, compte sur moi.

En prononçant ces mots, il éprouva de nouveau une curieuse sensation, mélange de joie et d'appréhension, mais vite, très vite, il la maîtrisa. Il serait en mission spéciale, voilà tout.

Alistair n'avait pas à savoir que ce serait aussi sur sa fille qu'il veillerait.

Ma petite fille secrète…

Allongée sur son petit lit, Sophie posa la main sur son ventre et regarda le plafond. La chaleur l'épuisait.

Les émotions aussi.

Vingt-quatre heures s'étaient écoulées depuis qu'elle avait revu Cooper. Elle avait souvent pensé à lui. Beaucoup trop souvent.

Il était à peine midi, elle avait sommeil… Mais son bébé, lui, était très réveillé ! Ses coups de pied devenaient insistants.

— Je sais bien que tu es là… Je sais que tu existes ! murmura-t-elle.

Bientôt, elle devrait lui trouver un prénom. Une liste se trouvait dans son tiroir. Des noms qui lui plaisaient, mais aucun ne l'avait encore totalement séduite.

Ce choix n'était pas simple. Un prénom, c'était pour la vie. Sophie voulait éviter ceux qui risquaient d'être abrégés, se transformant en vilains surnoms, ou ceux qui vaudraient des moqueries à sa fille. Pour autant, elle refusait la banalité d'un prénom trop ordinaire, ou trop à la mode donc courant.

À la caserne, ses camarades et collègues la taquinaient : comment ça, elle, habituellement si déterminée, n'avait pas encore pu se décider ? Elle avait le cerveau en compote ou quoi ?

Oui, peut-être…

Cette grossesse n'était, de toute façon, que le résultat d'une erreur phénoménale de la part d'une femme plutôt… écervelée sept mois plus tôt ! À l'avenir, promise à un célibat certainement encore plus long que ce qu'elle aurait pu imaginer auparavant, elle avait intérêt à acheter des préservatifs en nombre !

Sauf que pour l'instant sa priorité était de s'organiser pour sa nouvelle vie…

D'ici quelques semaines, elle serait mère, songea Sophie. Déjà ! Sa grossesse se serait bien déroulée, sans aucun souci de santé. Seul point de vigilance : son taux de glucides avait tendance à grimper, elle devait donc faire attention et contrôler ses fringales ! Après l'accouchement, sa glycémie se stabiliserait et tout irait bien. D'autant plus qu'elle allaiterait… Du moins, elle le souhaitait.

Oui, au quotidien, pensa Sophie, elle n'aurait plus franchement le temps de s'amuser. Son bébé exigerait toute son attention, et lorsqu'elle serait libre, eh bien, elle travaillerait. Si elle réussissait à trouver un poste à temps partiel. Il le faudrait. Elle serait obligée de continuer à gagner de l'argent, n'est-ce pas ? Pour payer le loyer de sa future maison... Probablement un petit appartement facile à entretenir.

Quant à sa fille... Elle l'aimerait de tout son cœur. Pas une seule fois elle ne l'accuserait de l'empêcher d'évoluer dans sa carrière. Elle veillerait à l'équilibre entre sa vie professionnelle et sa vie de mère, l'un ne pouvait pas survenir sans l'autre...

Un coup frappé à la porte de sa chambre la tira brusquement de ses réflexions.

— Sophie ?

C'était Cooper.

Sophie sentit son pouls s'accélérer. Elle n'avait aucune envie de le voir. Mais l'ignorer ? Impossible. Il savait qu'elle était là et ne s'en irait pas ! Cet homme avait de la suite dans les idées.

Elle se leva lentement — elle était si lourde, maintenant ! —, et alla ouvrir.

— Oui ?

Qu'il était beau ! Non, plus que beau. À couper le souffle. Son T-shirt blanc moulait ses biceps et son abdomen parfaitement plat. Sophie espéra ne pas rougir tandis que son regard appréciait les longues jambes musclées, bronzées, sous le bermuda.

Cooper ébaucha un sourire engageant, et sembla à peine remarquer la tenue de Sophie : une ample chemise de coton jaune canari qu'elle avait achetée dans une grande surface. Pas très esthétique, mais très confortable.

— Désolé de te déranger...

— Que se passe-t-il ?

— Rien. Je voudrais juste te revoir, dit Cooper.

— On ne s'est pas déjà assez vus ? On a travaillé ensemble, aujourd'hui !

Sauf que, naturellement, Sophie avait évité tout sujet n'ayant aucun rapport avec leurs patients, les soins en cours ou à venir.

— Oui… travaillé, répéta Cooper. Là, j'aimerais qu'on se détende… De préférence dans un endroit où il y a l'air conditionné ! Il fait une chaleur insupportable, ici.

L'argument eut raison de l'hésitation de Sophie.

— C'est vrai.

— On pourrait même aller au bord de l'eau, proposa Cooper. J'ai entendu parler d'un lac avec une plage ombragée à quelques kilomètres. On n'a qu'à emporter de quoi pique-niquer.

— Tu irais là-bas dans ma vieille voiture ? ironisa-t-elle. La question suivante, elle la garda pour elle-même : quel maillot porterait-elle ? Elle n'en avait plus à sa taille.

Cooper sortit des clés de sa poche.

— Alistair m'a prêté la sienne. Elle a la clim.

— Oh… Génial.

Sophie sentait la sueur dégouliner dans son dos. Se glisser dans de l'eau fraîche serait… paradisiaque.

— Je vais enfiler un T-shirt et un short.

— D'accord. J'achète de quoi manger, et on se retrouve sur le parking dans un quart d'heure.

Comment un homme pouvait-il être aussi… parfait ? se demanda Sophie en le regardant s'éloigner. Physiquement, en tout cas. Mais il semblait aussi posséder une personnalité généreuse et sympathique. Jusqu'à présent, elle n'avait rien décelé de déplaisant en lui. Rien du tout.

Sans se retourner, Cooper lui adressa un signe de la main amical. Donc il savait qu'elle le contemplait. Son ego avait dû être flatté une fois de plus. Il avait forcément l'habitude que les femmes l'admirent.

Elle aurait aimé lui prouver qu'elle n'était pas comme les autres…

Ce serait difficile.

Dès les premières secondes de sa baignade dans le lac, Sophie eut l'impression de revivre. De se régénérer. Tant pis si elle ressemblait à une baleine…

De toute façon, dans l'eau, on ne voyait rien.

Cooper émergea à la surface en faisant jaillir des gouttelettes fraîches.

— Heureuse ?

— Au paradis.

— Il t'en faut peu…

— Je me contente de choses simples, dit-elle en se laissant flotter. C'est juste… tellement bon !

Cooper lui sourit.

— Merci d'avoir choisi cet endroit, ajouta-t-elle en souriant à son tour.

Elle se sentait si bien, tout à coup, qu'elle l'aurait embrassé !

Ils nagèrent tranquillement, côte à côte, puis se rapprochèrent du rivage, où Sophie put rester dans l'eau tout en ayant pied.

— Où as-tu fait tes études de médecine ?

— À Auckland, répondit Cooper, acceptant le changement de conversation. J'ai passé mon diplôme de chirurgien il y a quatre ans, et j'ai vite signé mon premier contrat avec l'armée. Et toi ?

— À Otago. Quatre ans plus tard que toi.

— Et pourquoi as-tu voulu t'engager dans l'armée ?

Pour partir de chez moi au plus vite…

— J'aime découvrir de nouveaux pays, et ils voulaient embaucher des médecins dans des endroits où j'avais peu de chances d'aller un jour.

Sophie ne précisa pas que voyager lui permettait d'oublier ses doutes et le profond sentiment d'insécurité qui l'habitait depuis toujours. Si elle ne restait pas longtemps au même endroit, elle ne risquait pas de s'attacher. Voilà ce qu'elle voulait.

— Tu étais tentée par l'Afghanistan ?

— Pourquoi pas ? Ce n'était pas mon premier choix, mais j'ai signé pour l'aventure… Et j'ai eu la totale, admit-elle en esquissant une grimace.

Les souvenirs de l'attentat à Bamiyan la glaçaient encore.

— Je continue à faire des cauchemars sur cette attaque terroriste. Et toi ?

— Pareil.

Cooper se rapprocha et, d'un doigt, lui effleura la joue.

— Heureusement, j'ai aussi de bons souvenirs. Très bons.

— Oui… Moi aussi, avoua-t-elle, le cœur battant à se rompre tout à coup.

Cooper dut ressentir le trouble qu'elle éprouvait car il s'écarta.

— Comment va Kelly ?

— Pas trop mal. Elle récupère. Elle a perdu une jambe, mais elle a l'intention de reprendre son travail d'infirmière, à mi-temps, dès qu'elle se sera adaptée à sa prothèse. Elle est tombée amoureuse d'un des secouristes qui l'ont évacuée à Darwin. Ils ont emménagé ensemble dans une maison, à Perth.

— Quelle bonne nouvelle… C'est un des tours agréables du destin.

Oui… Et, pour moi, le destin a aussi réservé quelque chose de très particulier…

Une fois de plus, Cooper devina probablement ses pensées car il ajouta :

— Que comptes-tu faire après la naissance du bébé ?

— Travailler à temps partiel.

Les économies qu'elle avait pu faire depuis son recrutement dans l'armée lui permettraient de tenir jusqu'au début de l'année suivante si elle restait vigilante.

— Tu vas employer une nounou ?

— Je ne sais pas encore. Je n'aime pas trop l'idée, mais il faudra bien que je travaille. Je n'aurai pas le choix.

Elle regretta d'en avoir confié autant. Mais après tout c'était la vérité. Sa famille n'était pas fortunée. Ses parents — qui n'étaient toujours pas au courant de sa grossesse — ne l'aideraient pas vraiment. De toute façon, malgré le temps et l'âge, elle avait encore du mal à être à l'aise avec eux. Son enfance avait été ternie par la mésentente chronique de son père et de sa mère… C'était difficile à oublier.

Jamais elle n'agirait comme eux.

Jamais elle ne se marierait par nécessité.

Se laissant glisser sur le dos, Sophie ferma les yeux et savoura la caresse du soleil ainsi que la fraîcheur de l'eau.

Maintenant qu'elle avait révélé l'essentiel à Cooper, elle pensait à tout le reste. Il lui faudrait trouver un logement, acheter des meubles, des vêtements et des affaires pour le bébé…

Ainsi que prévenir son père et sa mère. Forcément. Cela se ferait le moment venu.

— J'espère qu'on pourra se revoir lorsqu'on sera à Auckland, dit alors Cooper en revenant vers elle.

— On agira pour le bien de ma… de notre fille, promit-elle.

— Exactement. C'est l'essentiel.

Et Cooper lui sourit.

Quand il souriait, il était encore plus beau.

Détournant le regard, Sophie s'obligea à se concentrer sur ce qui l'attendait maintenant : réussir à gagner le rivage sans perdre l'équilibre.

— J'ai une faveur à te demander…

— Laquelle ?

— Tu veux bien ne pas me regarder quand je vais sortir de l'eau ?

Son T-shirt collait à son corps comme une peau fripée.

— Pourquoi ? Tu es si belle, dit Cooper en riant. Ce n'est pas parce que tu as un ventre tout rond que tu n'es plus belle… au contraire ! Tu portes un enfant… Notre enfant !

Ces mots, inattendus, émurent tellement Sophie qu'elle en eut les larmes aux yeux.

— Merci, c'est gentil.

Il savait parler aux femmes. C'était un charmeur… Même si ce qu'il venait de lui dire semblait sincère, c'était un séducteur, songea Sophie. Le genre d'homme qui vous faisait perdre tout contrôle de vous-même. *À tomber par terre…*

Elle se dirigea lentement vers le sable. Cooper la précéda pour lui tendre un drap de bain qu'il lui enroula tendrement autour des épaules.

— Merci, dit-elle, touchée par sa gentillesse. Ça va aller…

Elle s'assit, consciente qu'il l'observait avec attention.

— Qu'est-ce que ça fait d'attendre un bébé ?

— Qu'est-ce que ça fait ? répéta-t-elle, surprise.

Elle ne put s'empêcher de rire.

— Eh bien, c'est… bizarrement excitant. C'est lourd. C'est merveilleux… Et effrayant. Enfin, un peu.

— Effrayant ? Pourquoi ? voulut-il savoir en s'installant près d'elle.

Elle n'aurait pas dû en dire autant…

— Oh… Je m'interroge beaucoup : est-ce que je serai une bonne mère ? Est-ce que l'accouchement se passera bien ? Ce genre de questions taraude la plupart des femmes enceintes…

— Pourquoi tu ne serais pas une bonne mère ? insista Cooper en lui caressant le dos de la main.

Sophie réprima un frisson.

C'était tout le problème… Comme ils ne se connaissaient pas, elle était obligée de se dévoiler. Un minimum, du moins.

— En deux mots, disons que, durant mon enfance, je n'ai pas eu de modèles parentaux dignes de ce nom.

— Je vois. Ça pourrait être un avantage : tu auras envie de faïre mieux et de ne pas commettre les mêmes erreurs que tes parents.

Sophie lui lança un bref coup d'œil. Cooper paraissait si sûr de lui…

Mais au fond il avait raison.

— C'est facile à dire si on a eu une enfance parfaite.

— Tu crois que ça existe ? répliqua-t-il. Personnellement, j'en doute…

Puis il fouilla dans la glacière et en extirpa des sandwichs au poulet et aux crudités, ainsi qu'une bouteille d'eau pétillante. Il servit Sophie.

Il lui donna une serviette.

Il lui sourit de nouveau.

Alors, pour la première fois depuis que la petite ligne bleue était apparue sur le tube du test, Sophie se sentit merveilleusement bien. Autant se l'avouer : la présence de Cooper, du père de sa fille, la rassurait viscéralement, qu'elle le veuille ou non.

Ils mangèrent avec appétit pendant quelques instants, sans parler. Une brise légère soufflait, rafraîchissant agréablement l'air.

— Il y a des familles plus heureuses que d'autres, reprit Sophie.

— Certainement. La nôtre pourrait l'être…

— La nôtre ?

— On va avoir un enfant. Donc on formera une famille, poursuivit Cooper. Je sais bien que c'est involontaire, on ne l'a pas souhaité, mais aujourd'hui notre petite fille va bientôt venir au monde et, franchement, j'aimerais qu'on l'accueille dans les meilleures conditions possible. Pas toi ?

Sophie sentit une boule se former dans sa gorge.

— Bien sûr que si.

— Alors on pourrait se marier, non ? Je m'occuperai de toi, d'elle, de vous deux… Et tu n'auras pas à tout assumer d'un point de vue financier ou autre. Qu'en penses-tu ?

4.

Sophie resta sans voix. La brise souffla un peu plus fort, irisant la surface du lac, et machinalement elle maintint les mèches qui lui tombaient dans les yeux.

— Tu plaisantes ?

Mais le visage de Cooper semblait si sérieux… Il l'observait intensément, l'air interrogateur et inquiet tout à la fois.

— On ne blague pas avec ce genre de choses.

Sophie soutint le regard de Cooper, et un tourbillon d'émotions contradictoires l'envahit. D'un côté, il lui paraissait totalement inimaginable d'épouser un homme qu'elle n'aimait pas. Même si Cooper lui plaisait, elle n'éprouvait rien d'autre que du désir pour lui. Ce n'était pas de l'amour !

En même temps, son avenir lui paraissait si incertain… Élever sa fille seule, tout en travaillant, ne serait pas simple.

Une contraction jaillit soudain du plus profond d'elle-même, irradiant dans tout son abdomen, lequel se durcit instantanément. Sophie inspira aussitôt, mais une autre contraction, plus douloureuse, surgit.

— Ça ne va pas ? demanda Cooper en s'agenouillant près d'elle.

La gorge sèche, Sophie entoura son ventre de ses bras et continua à respirer calmement.

Aussi calmement que possible.

Les contractions s'espacèrent puis cessèrent au bout de quelques secondes.

Les mots de Cooper, sa proposition ahurissante, avaient déclenché cette réaction viscérale qui, dans son état, pouvait provoquer une dilatation du col dès à présent… Alors que c'était trop tôt. Beaucoup trop tôt.

— Non, ça ne va pas, murmura-t-elle en espérant que les contractions ne recommenceraient pas. Je ne dois pas aborder de sujets trop sensibles en ce moment…

L'air confus, Cooper lui servit un verre d'eau fraîche dans un gobelet en plastique, et elle but plusieurs gorgées avec soulagement.

— Merci…

Sophie inspira de nouveau en regardant autour d'elle. La surface du lac, d'un bleu lumineux, le ciel sans un nuage, les pins maritimes qui créaient une ombre bienfaisante. Tout était si beau…

Et elle se trouvait à côté de l'homme le plus séduisant qu'elle ait jamais rencontré. Pourtant, à cet instant, elle n'éprouvait qu'une envie : fuir.

Partir loin.

Ne plus le voir. Jamais.

Une réaction également viscérale… Et injustifiée, lui souffla une petite voix intérieure.

— Il faut que je t'explique quelque chose, dit Sophie en se massant doucement le ventre. Tu me comprendras peut-être mieux si tu sais que mes parents se sont mariés parce que ma mère était enceinte de moi. J'en ai payé le prix… Parce qu'ils ne s'aimaient pas.

Cooper resta silencieux.

— Le mariage n'est pas un simple arrangement raisonnable, poursuivit-elle. C'est un engagement autant qu'une preuve d'amour. Du moins, moi, je le conçois de cette manière, précisa-t-elle à mi-voix, presque pour elle-même.

— Moi aussi, dit Cooper. Mais dans notre cas on pourrait…

— Dans notre cas ? coupa Sophie. Bon sang, on ne se connaît pas ! Ce qu'on a vécu ensemble est irresponsable… Maintenant, il faut assumer !

— C'est ce que je fais.

— En voulant m'épouser sans sentiments ? Mais c'est encore pire ! s'exclama Sophie, consciente qu'elle élevait la voix. Il faut réfléchir, dans la vie !

Tant pis si on l'entendait… Tant pis si on les regardait. D'autres personnes profitaient de la fraîcheur du lac, des groupes çà et là, sans qu'il y ait la foule du plein été. Pour elle, la détente était cependant terminée.

Elle se leva et, sentant sa respiration redevenir courte, s'obligea à inspirer profondément. Il ne fallait surtout pas que les contractions reviennent…

— On peut rentrer ? Je suis fatiguée.

— Bien sûr.

Cooper ramassa les sandwichs qu'ils n'avaient pas terminés et les rangea dans la glacière.

— Je suis désolé, dit-il. Je pensais bien faire.

Tout en enfilant son short — son T-shirt était déjà sec —, Sophie lui jeta un bref coup d'œil. Ce qu'elle éprouvait était indéfinissable. Comme un tourbillon de tristesse et de frustration, mêlé d'espoir.

Un espoir impossible.

— Je comprends, et je te remercie, déclara-t-elle fermement. Je n'ai besoin de rien. Comme on vivra tous les deux à Auckland, tu pourras voir ta fille régulièrement. Pour le reste, on oublie, d'accord ?

Dans la voiture, le silence devint vite pesant. Tout en conduisant en direction de la base militaire, Cooper s'efforçait de garder les idées claires. Qu'est-ce qui lui avait pris ? Il sentait à quel point la jeune femme était chamboulée…

Il y avait de quoi.

Sophie avait raison : il n'avait pas réfléchi. Il avait fait sa proposition parce que, subitement, l'évidence s'était imposée à lui.

Mais quelle évidence ? Était-il amoureux ? Attiré, oui, inévitablement. Admiratif, ému…

Jusqu'à présent, il n'avait pas connu de véritable amour. Il ne s'était jamais attaché à une femme. Contrairement à son père, il n'avait pas enchaîné les relations, se contentant d'histoires brèves de temps en temps, sans jamais espérer plus.

En vérité, le drame de son enfance l'empêchait de croire à la possibilité d'autre chose.

Avec amertume, Cooper se rappela les infidélités que son père avait commises autrefois. Sa mère était fragile, très fragile… Désespérée, elle avait fini par choisir l'irréparable contre elle-même, laissant son fils orphelin, dorénavant empli d'une tristesse secrète qui semblait définitive.

Là, maintenant, il se sentait également triste. Que Sophie ait refusé sa proposition le blessait et le peinait. Mais au moins avait-elle promis qu'il pourrait voir sa fille… Elle s'était montrée plutôt rassurante à ce sujet. Heureusement.

— Au fait, tu sais qu'on prendra le même avion lundi ? Alistair veut que je veille sur toi, poursuivit-il, espérant détendre l'atmosphère.

— Alistair ? Il ne m'en a pas parlé ! s'étonna Sophie.

Elle restait un peu pâle, mais apparemment les contractions n'avaient pas recommencé.

— À la réflexion, ce n'est pas une mauvaise idée de demander à un médecin de voyager avec moi, admit-elle sans le regarder.

Cooper fut soulagé qu'elle réagisse ainsi.

— Mais je croyais que tu repartais demain ? demanda Sophie.

— J'ai changé mes plans exprès.

— Je vois… Dans ce cas, merci.

— De rien. Alistair a insisté, comme s'il pressentait que cet enfant que tu portes est précieux pour moi… Le vol ne fait pas d'escale à Sydney, ajouta Cooper, espérant ne pas provoquer de nouveau une réaction à fleur de peau. On atterrira à Whenuapai. Ensuite, ce sera rapide pour aller à Auckland.

Ensuite, *home sweet home*, songea-t-il. Sauf qu'en arrivant cinq jours plus tard que ce qu'il avait prévu il aurait moins de temps à consacrer à son installation. Il devrait vite commencer son nouveau travail à l'hôpital d'Auckland, où il avait signé un contrat temporaire.

— Tu as un logement ? demanda Sophie.

— Oui, une maison à Parnell. Mon père s'y est installé

provisoirement en compagnie du dernier amour de sa vie, précisa Cooper d'un ton plus sarcastique qu'il ne l'aurait souhaité.

Il sentit que Sophie l'observait avec curiosité, mais il préféra taire la vérité : à son âge, son père n'avait toujours pas compris qu'aucune des femmes qu'il fréquentait n'était faite pour lui.

— Il va falloir que je visite des appartements, dit-elle.

Elle porta un ongle à sa bouche et le mordilla, trahissant sa nervosité.

— En attendant de trouver un endroit où habiter, j'irai peut-être chez mes parents, ajouta-t-elle sans enthousiasme.

— Tu pourrais aussi partager mon toit, proposa-t-il aussitôt. Ma maison est grande…

Sophie lui jeta un coup d'œil étonné.

— En tout bien tout honneur, se hâta-t-il de préciser.

Même si là, à cet instant, il mourait d'envie d'enlacer la jeune femme et de l'embrasser…

La mère de ma fille…

Il se rappela de nouveau l'intensité de leur étreinte à Bamiyan. Y penser suscitait un désir ardent en lui… Un désir impossible à rassasier. Maintenant, Sophie semblait être une autre femme, prudente…

Réaliste.

— C'est gentil, mais je crois que ce n'est pas une bonne idée, répondit-elle.

— Prends ton temps pour réfléchir.

— Merci, mais sincèrement… non. En plus, je suis désordonnée.

Cooper ne put s'empêcher de rire.

— Ça m'est bien égal…

— Je suis extrêmement désordonnée. Il n'y a que dans mon travail que j'aime l'ordre. Soyons sages, restons bons amis, poursuivit Sophie.

Cooper se contenta de soupirer, en proie à des sensations inexplicables. Un mélange de frustration et d'énervement. Pourquoi lui imposait-elle une telle distance entre eux ? Comme si la réponse n'était pas évidente…

Il connaissait la réputation qu'il avait. Sophie se méfiait.

Ils ne parlèrent plus pendant le reste du trajet qui, heureusement, s'acheva vite. À leur arrivée à la caserne, Sophie se tourna vers lui et ébaucha un sourire.

— C'était une bonne idée d'aller se rafraîchir… Mais discuter avec toi m'a finalement donné encore plus chaud ! s'efforça-t-elle de plaisanter, en gardant une main sur son ventre arrondi.

— Je comprends. Je suis désolé d'avoir abordé un sujet trop sensible. Si jamais tu changes d'avis…

— Merci, Cooper.

Les yeux verts de la jeune femme brillaient étrangement.

— À plus tard.

Et, sans attendre qu'il l'aide, elle descendit de voiture et, d'une démarche un peu hésitante, se dirigea vers l'entrée du camp militaire.

5.

Cette nuit-là, alors qu'elle avait eu toutes les peines du monde à s'endormir, Sophie fut réveillée en sursaut par des coups à sa porte.

— Capitaine, on a besoin de vous au dispensaire !

Il était 2 h 30 du matin. Ce devait être urgent.

— J'arrive.

S'extirpant de son lit en roulant sur le côté, Sophie esquissa une grimace. Elle avait l'esprit embrumé… Et le bébé semblait danser dans son ventre. Quant aux pensées qui l'avaient assaillie dans son sommeil, elle préférait les oublier sur-le-champ. Son oreiller était humide, ses paupières gonflées. Avait-elle pleuré sans s'en rendre compte ? Elle ?

Impossible.

Après avoir hâtivement revêtu un T-shirt et un pantalon de treillis, elle ouvrit.

L'une des infirmières, Simone, se tenait sur le seuil.

— Que se passe-t-il ?

— Des gars se sont battus en sortant du MacGregor… Ivres. Le sergent Dexter a voulu les séparer, mais maintenant il est mal en point. Il te réclame, toi et toi seule.

Génial…

— Où sont mes bottes ?

Sophie les chercha autour d'elle.

— Tu veux que je t'aide ? proposa Simone.

— Oui, je veux bien. Oh ! non, c'est bon, je les vois…

Sophie récupéra les bottes sous une chaise et les enfila

après s'être assise. En vérité, elle ne se sentait pas très bien, mais il n'était pas question de s'attarder.

— Allons-y.

Lorsqu'elle se releva, Sophie éprouva un léger étourdissement.

— Ça ne va pas ? s'inquiéta Simone.

Sophie inspira profondément et se ressaisit.

— Allons-y, répéta-t-elle.

Elles quittèrent le baraquement et se dirigèrent vers le dispensaire, situé de l'autre côté de la cour principale de la base.

Le sergent Dexter était allongé sur une civière, les yeux fermés. Son arcade sourcilière saignait : une entaille de plusieurs centimètres de long lui balafrait le front. Cooper était en train de l'examiner.

— Toi aussi, tu as été prévenu ? s'étonna Sophie.

Pourquoi, dans ce cas, Simone était-elle venue la chercher ?

— En fait, j'ai aidé Dexter à calmer les hommes, répondit Cooper. Il s'est pris un coup de poing dans le visage et un autre à l'arrière du crâne. Aucun symptôme de traumatisme à ce stade.

— J'ai mal à la tête, marmonna le sergent en entrouvrant un œil.

— Forcément, dit Sophie. Quelle idée…

— D'avoir voulu empêcher nos imbéciles de soldats de se taper dessus comme sur des punching-balls ? OK, la prochaine fois, je m'abstiendrai…

Puis le sergent Dexter soupira.

— Non, bien sûr que non, je ne m'abstiendrai pas. Les surveiller fait partie de mon travail, dit-il en essayant de se redresser.

— Ne bougez plus, ordonna Sophie.

— D'accord… Je vais essayer. Bon, alors, vous me soignez ?

Cooper jeta un coup d'œil à Sophie et réprima un sourire un peu embarrassé.

— J'ai voulu m'occuper de lui, mais il a refusé. C'est toi, le médecin du camp, et il a insisté pour te voir.

— Exact. En dépit de mon état…

Sophie posa une main sur son gros ventre.

— J'ai été réveillée au beau milieu de la nuit pour vous, sergent Dexter.

— Vous voulez une tasse de thé ? proposa Simone, qui se tenait en retrait.

— Je veux bien, dit Sophie en se lavant les mains.

Elle enfila des gants et, ignorant le regard de Cooper, examina la plaie du soldat. Heureusement, ce n'était pas aussi grave que ça en avait l'air.

— Inutile de recoudre, je vais mettre un strip de suture adhésive après avoir bien désinfecté. Tu peux y aller, ajouta-t-elle à l'intention de Cooper. Inutile qu'on soit deux ici.

— Je reste avec toi, proposa Simone.

— Toi, oui, mais…

Sophie jeta un coup d'œil à Cooper, qui ne soufflait mot. En T-shirt noir et pantalon noir, il était plus séduisant que jamais. Ses yeux gris clair ne la quittaient pas, comme s'il voulait lire en elle.

— Cooper n'a pas besoin de rester, pas vrai ?

— Je n'ai pas sommeil. Et… je t'attends dehors. Je voudrais te dire quelque chose.

— Maintenant ?

— Oui, sauf si ça t'ennuie…

Sophie hésita.

— Non, pas de problème. J'en ai pour quinze minutes maximum, et je te rejoins.

En prononçant ces mots, elle se souvint de ce qui s'était passé la dernière fois — et la seule fois — où ils s'étaient retrouvés ensemble, la nuit…

Leur fille avait été conçue.

Au léger sourire que Cooper lui adressa, gentil et tendre, craquant en diable, elle devina que lui aussi y pensait.

— À tout de suite, dit-il.

Le cœur battant, Sophie se contenta de hocher la tête, puis elle reporta son attention sur l'agent Dexter qui attendait patiemment qu'elle le soigne.

*
* *

Moins de vingt minutes plus tard, après avoir rangé le matériel de soin et éteint les lumières du dispensaire, Sophie se dirigea vers la cour où, comme convenu, Cooper l'attendait, assis sur un banc.

C'était une nuit sans lune et sans étoiles. Le ciel était noir, lourd de nuages provoqués par la chaleur accablante qui avait régné toute la journée. Quelques lampadaires éclairaient l'endroit, désert à cette heure.

— Dexter a eu de la chance, dit Cooper en se levant aussitôt. Il a le meilleur médecin au monde.

— Un médecin fatigué, soupira Sophie. Sa blessure n'était pas très grave, heureusement.

Elle croisa le regard de Cooper et ébaucha un sourire tout en plaçant les mains sur son ventre.

— Qu'est-ce que tu avais à me dire de si important ?

Cooper se racla la gorge.

— Autant être direct : je regrette de t'avoir perturbée cet après-midi et je te demande pardon.

— Perturbée ?

Sophie ne put retenir un petit rire un peu ému.

— C'est surtout le bébé qui a réagi. Mais tout va bien, maintenant. Ne t'inquiète plus, je ne vais pas accoucher ici…

— Je l'espère. Il existe des lieux plus… inspirants ! ajouta Cooper avec une pointe d'humour.

— Je suis bien d'accord.

— Ça m'ennuie de ne pas savoir où tu vas habiter, poursuivit Cooper.

Soudain épuisée, Sophie s'assit sur le banc et Cooper l'imita.

— Ce n'est pas le moment d'évoquer ce genre de problème… qui n'en est pas un puisque je trouverai un logement, et tu sauras où je suis, affirma-t-elle en sentant son ventre se contracter.

Oh non, ça n'allait pas recommencer… Il fallait qu'elle se repose au plus vite.

— Merci. Je voudrais être près d'elle et de toi. Si j'avais

été au courant plus tôt, je me serais manifesté. Je ne t'aurais pas laissée seule, précisa Cooper. Voilà ce que je voulais te dire qui ne pouvait pas attendre demain.

— OK…

Sophie éprouva une bouffée d'émotion qu'elle espéra dissimuler.

— Merci, c'est gentil.

— Gentil ? répéta Cooper, déconcerté. C'est seulement normal.

— Rien n'est normal dans notre situation.

Notre… Comment ne pas inclure Cooper ? Même si elle imaginait l'avenir sans lui, il était le père…

— Non, effectivement.

Cooper s'efforça de sourire.

— Bon, il est temps qu'on dorme. Il faut que tu reprennes des forces, tu tombes de fatigue. Je te raccompagne, proposa-t-il.

Sophie ne protesta pas. Tandis qu'ils se dirigeaient vers le bâtiment où leurs chambres se trouvaient, elle se remémora de nouveau le soir où Cooper et elle s'étaient abandonnés l'un à l'autre, si passionnément…

Comme à cet instant, ils avaient marché côte à côte, en silence. Mais brusquement quelque chose avait modifié leur trajectoire. Une envie partagée, des sensations indescriptibles… Ils avaient été saisis l'un et l'autre, en avaient été bouleversés. Dorénavant, leurs vies à tous deux ne suivraient plus jamais le même cours.

6.

Lorsque le lundi arriva — le jour du départ —, la chaleur commençait à s'apaiser, et une température vraiment agréable s'installa. Grimpant à bord de l'avion-cargo militaire, Sophie regretta presque de ne pas pouvoir profiter de cette relative fraîcheur.

— Merci pour tout, dit-elle à Alistair en l'embrassant sur la joue. Ça a été un plaisir de travailler avec tes hommes.

— Et ce fut un réel plaisir de te compter parmi nous, répondit Alistair.

Il l'enveloppa d'une étreinte aussi chaleureuse que maladroite.

— Tiens-moi au courant à propos de la petite princesse qui verra bientôt le jour, et prends soin de toi. Je veux une photo dès qu'elle sera arrivée.

— Promis.

Alistair lui sourit, l'air un peu ému, puis il serra vigoureusement la main de Cooper.

— Content de t'avoir revu, camarade. À une prochaine fois.

— On reste en contact, évidemment, renchérit Cooper.

Ils échangèrent quelques plaisanteries et, en les écoutant, Sophie songea que tous deux étaient vraiment proches. Pour sa part, elle ne s'était pas fait de réels amis hormis Kelly, qui lui manquait chaque jour depuis qu'elle avait été évacuée de Bamiyan.

— Allez, on embarque, lança Cooper en lui prenant le bras.

Sophie se dégagea aussitôt.

— Je peux marcher toute seule !

— Bien sûr… Et tu ne veux surtout pas que je t'aide, répliqua Cooper en ébauchant un sourire.

— Pour quoi faire ? Je ne vais quand même pas grimper l'Everest ! s'efforça de plaisanter Sophie en s'engageant sur la passerelle.

Néanmoins, elle dut se tenir à la rampe et espéra ne pas trahir l'effort qu'elle fournissait. Ce ne fut pas facile… Après l'accouchement, elle reprendrait la gymnastique, se promit-elle. Heureusement qu'avant elle avait fait beaucoup d'exercices pour se muscler les abdominaux et se gainer le plus possible ! Résultat, en dépit de son gros ventre, elle parvenait à rester bien droite et à ne pas trop se cambrer.

À l'intérieur de l'avion régnait une chaleur étouffante. Sophie sentit aussitôt de la sueur dégouliner dans son dos.

— Dommage qu'on ne puisse pas laisser ouvert pendant le vol, dit-elle à la jeune fille qui supervisait l'embarquement de cartons et caisses.

L'employée lui décocha un regard abasourdi.

— Ce serait trop dangereux, capitaine.

— Je m'en doute. Je blaguais, hein ?

Sophie se mit à rire et se détourna, ignorant l'expression ahurie qui se reflétait sur le visage de son interlocutrice.

Cooper se dirigea vers deux sièges-baquets disponibles.

— Voilà, ça ira. Je vais ranger nos sacs.

Boum…

Sophie posa une main sur son ventre et massa doucement l'endroit où le bébé venait de donner un franc coup de pied.

Boum.

On va à la maison, mon petit cœur…, pensa-t-elle.

À la maison. Un mot qui n'appartenait pas à son vocabulaire. Là où elle se sentait bien, ça devenait chez elle, que ce soit une maison, un appartement ou une chambre dans une caserne. Jusqu'à présent, elle n'avait encore jamais aménagé de lieu où elle aurait pu rester longtemps. Elle avait opté pour des colocations, partageant des endroits avec d'autres collègues et travaillant le plus possible jusqu'au voyage suivant. Elle ne possédait donc aucun meuble, aucun ustensile de cuisine ou ce genre de choses utiles au quotidien. Avant de partir de Darwin, elle avait pris rendez-vous avec deux agences pour visiter des appartements, et espérait trouver son pied-à-terre rapidement... Après quoi, elle achèterait tout ce qui leur serait nécessaire, à sa fille et elle.

Une nouvelle vie va bientôt commencer, pensa Sophie, soudain surexcitée, en s'efforçant de s'asseoir confortablement sur le siège bas et dur.

— Une minute...

Cooper l'aida, l'empêchant de basculer en avant.

— Merci.

Boum. Boum.

— Je crois que le bébé sent que c'est le début d'une aventure ! confia Sophie. Elle n'arrête pas de bouger.

Pourvu qu'elle ne choisisse pas de venir au monde pendant le vol..., compléta-t-elle intérieurement.

Chassant cette crainte de son esprit, elle se demanda alors quelle nationalité aurait sa fille. Australienne ou néo-zélandaise ?

— Pourquoi cette expression soucieuse ? s'inquiéta Cooper.

— Quand est-ce que tu as mis un bébé au monde pour la dernière fois ?

Pourquoi avait-elle posé cette question ? Ce n'était pas du tout ce qu'elle avait à l'esprit !

— Il y a un certain temps, mais ça ne s'oublie pas.

Cooper paraissait sûr de lui...

Il est chirurgien depuis quatre ans, se rappela Sophie. *Les chirurgiens ont toujours l'air confiants.*

— Tu peux préciser ?

Il fronça les sourcils.

— Tu as des contractions ? On peut encore sortir de l'avion maintenant, mais il faut faire vite, ajouta Cooper en se levant.

— Non, ça va, mentit-elle. Je me contentais de bavarder pour le plaisir de mieux faire connaissance.

N'importe quoi. Accoucher dans cet avion, entourée du personnel de bord, ce ne serait pas une partie de plaisir...

Pour Cooper non plus, se dit-elle en s'efforçant de trouver une position plus confortable.

Reste tranquille, ma petite fille…

Sophie ferma les yeux et adopta une respiration aussi ample que possible.

L'atterrissage à Auckland arriva plus vite que prévu. L'appareil se posa sur le tarmac sans encombre et gagna la zone qui lui était réservée. L'équipage quitta l'avion après avoir laissé Sophie et Cooper sortir en premier.

En inspirant l'air frais de la fin de cette journée pas comme les autres, Sophie fut en proie à une impression un peu irréelle. Sans doute parce qu'elle avait dormi pendant une bonne partie du vol, et avait l'esprit embrumé.

Le bébé ne remuait plus trop. Une bonne chose car elle devrait assurer, maintenant. Il était presque 20 heures… Et elle ne savait pas où aller. Ses parents, qui vivaient dans la banlieue d'Auckland, devaient être chez eux, mais elle ne les avait pas encore contactés.

— Eh bien, notre fille sera néo-zélandaise, dit Cooper tandis qu'ils récupéraient leurs bagages.

Sophie n'avait que deux valises, et Cooper, une seule. Travailler pour l'armée impliquait une forme de dénuement volontaire : on portait deux ou trois tenues, on n'achetait rien ou presque rien car l'essentiel était fourni. On s'engageait pour aider un pays, servir des idéaux, des valeurs, une population…

Mais, en regardant le peu d'affaires qu'elle détenait, Sophie pensa de nouveau que bientôt son quotidien changerait radicalement. Elle avait encore du mal à réaliser à quel point tout serait différent.

— Eh oui. Je vais accoucher sur cette terre.

— Sur cette terre ? répéta Cooper, l'air un peu déconcerté. En Nouvelle-Zélande, tu veux dire… Justement, où, précisément ?

— Je vais m'inscrire à la maternité dans la semaine.

— Laquelle ?

Sophie croisa le regard perçant de Cooper.

— Je ne sais pas encore. Celle qui sera le plus proche de mon domicile…

— Que tu n'as pas encore trouvé, ajouta-t-il en portant les valises. Il me semble que ce soir tu pourrais venir à la maison.

— Ce soir ?

— Je t'invite. En tout bien tout honneur, évidemment, précisa Cooper. Mais vu l'heure, et ta fatigue, pour le bien-être de la maman et de notre future petite fille, un hébergement dans un quartier résidentiel, tranquille, pourrait être bénéfique… Non, il sera bénéfique, poursuivit-il. Inutile d'essayer de refuser.

Sophie eut l'impression que les yeux de Cooper la sondaient. Prétendre que l'offre ne la tentait pas aurait été ridicule. Il avait raison, elle était épuisée. Par la chaleur, le voyage, la grossesse… Et les émotions. Elle avait également un peu mal dans le bas du dos. Et elle avait faim.

— D'accord, j'accepte avec plaisir. Mais dès demain j'appelle les agences que j'ai déjà contactées.

— Pas de problème. Demain, répéta Cooper. En attendant, il faut penser à se reposer.

Et il l'invita à le suivre vers la station de taxis.

La chambre était claire, avec des meubles de pin blond, un grand lit confortable, une fenêtre donnant sur le jardin. Allongée, Sophie ferma les yeux. *Enfin seule…*

À l'étage d'en dessous, Cooper parlait au téléphone. Elle percevait sa voix basse, aux inflexions chaudes, sans pour autant distinguer ses paroles.

Ils avaient dîné sur la terrasse. Un repas froid les attendait : du rôti de dinde, une salade composée avec du maïs et des tomates, des crackers accompagnés d'un assortiment de fromages. Le père de Cooper avait eu la délicatesse de leur acheter de quoi manger puis s'en était allé en laissant la clé dans une cachette à l'extérieur.

— Il n'était pas question qu'on se voie ce soir, avait expliqué Cooper. Entre lui et moi, c'est toujours un peu tendu.

Puis il avait précisé que son père était parti chez sa compagne du moment que lui-même ne connaissait pas encore.

Sophie n'avait pas beaucoup parlé, luttant contre le sommeil et une étrange sensation de dépaysement. Après avoir fini son assiette, elle avait débarrassé et demandé où se trouvait la salle de bains. Une bonne douche, se poser, voilà ce dont elle avait besoin à présent.

Cooper avait eu raison d'insister... Elle n'aurait pas eu la force de chercher une chambre d'hôtel. Elle aurait appelé ses parents qui l'auraient hébergée... Et l'auraient jugée. Elle ? Enceinte ? Alors qu'elle était célibataire ? Quelle inconsciente ! Elle n'aurait pas supporté leur façon de la considérer, de ne pas la comprendre, et se serait sans doute mise en colère...

Ou elle aurait pleuré en cachette, comme lorsqu'elle était enfant. Puis elle se serait hâtée de partir de chez eux.

Sophie ferma les yeux. Décidément, oui, Cooper avait bien fait.

La maison était calme. Il avait dû raccrocher : elle ne l'entendait plus, percevait seulement de vagues bruits dans la pièce en dessous. Le salon, se rappela-t-elle.

Cooper était gentil. Si gentil ! Bienveillant, oui...

Et tellement séduisant.

Trop.

La dernière pensée qu'elle eut avant de s'endormir fut qu'elle aurait pu facilement craquer pour lui...

Dans d'autres circonstances, peut-être.

Le lendemain matin, à son réveil, Sophie se sentit complètement désorientée. Incrédule, elle regarda autour d'elle, remarquant la tapisserie beige clair unie, la moquette vert pâle, le mobilier de pin...

Puis elle se souvint.

Une émotion étrange l'envahit, et aussitôt, au plus profond d'elle-même, une sensation diffuse la gagna. Un mélange de joie, d'appréhension et d'autre chose. Quoi ? Du désir ? De l'impatience ? Elle n'aurait su dire.

C'était à cause de Cooper…

C'était aussi étroitement lié à la merveilleuse aventure qui l'attendait dorénavant.

— Et voilà, c'est le début d'une nouvelle vie, murmura-t-elle en effleurant son ventre.

Un petit coup de pied lui répondit, suivi d'un autre. Sophie sourit et, avec précaution, se leva. Aujourd'hui, elle téléphonerait aux agences immobilières. Il faudrait aussi qu'elle achète une petite voiture en plus du reste… Et qu'elle s'inscrive dans une agence qui la mettrait en relation avec des hôpitaux ou des cliniques. Son emploi du temps serait bien rempli d'ici à l'arrivée de sa fille…

Entre deux, elle s'efforcerait d'appeler ses parents, mais plus elle y pensait, moins elle en avait envie. Ce serait presque une corvée, pour elle. Toutefois, elle savait qu'elle finirait par surmonter son appréhension. Ne serait-ce que pour son bébé, qui devrait connaître ses grands-parents, ce serait nécessaire.

Après avoir pris une douche rapide dans le cabinet de toilette à sa disposition, à côté de sa chambre, Sophie revêtit une robe de coton mauve à fines bretelles, et des sandales sans talons. Se regardant brièvement dans le miroir au-dessus de la commode, elle soupira. Elle ressemblait… à une baleine ! Chassant les pensées autocritiques qui, malgré elle, la gagnaient, elle quitta la pièce et descendit précautionneusement. Chaque pas lui coûtait, comme si en quelques jours son ventre avait grossi de façon démesurée.

Elle découvrit Cooper assis sur la terrasse, en train de boire un café.

— Bonjour…

Il se leva et lui sourit, les yeux brillants.

— Bien dormi ?

— Plutôt, oui. J'étais épuisée. Encore une fois, merci de m'avoir hébergée.

— Je t'en prie, c'est normal. Qu'est-ce que tu veux, pour le déjeuner ?

— Du thé, si tu en as.

— Je crois, oui. Ne bouge pas. Installe-toi, je t'apporte tout ici.

Cooper lui adressa de nouveau un sourire et s'éclipsa. Il était plus que gentil, pensa Sophie.

Et aussi séduisant le matin, pas encore rasé, songea-t-elle, observant distraitement le paysage environnant. Des villas au milieu de jardins arborés, un parc… On se serait presque cru à la campagne.

Elle s'installa à la petite table de fer forgé blanc, et dégusta avec plaisir le petit déjeuner que Cooper lui servit. Un bol de thé vert, des tartines, de la confiture mangue-kiwi. Il ne resta toutefois pas avec elle.

— J'ai des coups de fil à donner, expliqua-t-il.

— Moi aussi…

— Les agences ?

Sophie crut percevoir une lueur de défi dans le regard de Cooper.

— Eh oui. Ainsi que prévu.

— Pas de problème. Tu peux utiliser ma ligne, si tu veux.

— Merci, j'ai mon portable, et les numéros sont déjà enregistrés.

Cooper lui sourit de nouveau, et Sophie sentit un tiraillement dans le creux de son ventre. L'ignorant, elle répondit à son sourire. Poliment.

— Vous n'avez rien de libre en ce moment ? Même pas un studio ? insista Sophie, déconcertée.

Son interlocutrice répéta qu'en effet son agence ne proposait aucune location dans l'immédiat. Il faudrait rappeler d'ici une dizaine de jours : à partir de début septembre, des appartements se libéreraient. Du moins l'espérait-elle.

Après l'avoir remerciée, Sophie s'efforça de ne pas céder au découragement. Elle n'avait pas imaginé que ce serait aussi difficile. Auckland était une mégapole moderne et bourdonnante, avec des zones plus tranquilles que d'autres : celles dans lesquelles elle espérait trouver un logement, à la périphérie des gratte-ciel du centre-ville. La première agence qu'elle avait contactée pouvait lui proposer un deux-pièces pas trop coûteux, dans un quartier peu agréable. Rien d'autre. Et celle-là n'avait rien pour l'instant.

Il faudrait qu'elle élargisse le périmètre de ses recherches et, surtout, qu'elle ait d'autres contacts, pensa-t-elle en se levant.

De la terrasse, on voyait la petite route, en contrebas, qui traversait le quartier pour rejoindre les grands axes à quelques kilomètres. Ici, la vie était si paisible... Évidemment, vu qu'il s'agissait d'un quartier résidentiel, très agréable.

Sophie se dirigea vers l'intérieur. Cooper se trouvait dans le salon, en train de défaire une valise. Il était rasé de près, remarqua-t-elle.

— Alors ? Les recherches ont été fructueuses ?

— Pas trop. Il va falloir que je m'arme de patience. Je vais demander à mes parents de m'héb...

Mais, à ce moment-là, elle ressentit une crampe dans le bas-ventre, puis un léger étourdissement. Laissant échapper un léger cri, elle s'agrippa à la poignée de la porte, mais se sentit vaciller...

Elle glissa maladroitement à terre, s'efforçant instinctivement de protéger son ventre.

— Sophie !

Cooper se précipita vers elle.

— Qu'est-ce qui se passe ? Tu as des contractions ? Dis-moi ! Parle-moi !

Le cœur battant à se rompre, Sophie eut vaguement conscience que ses oreilles bourdonnaient et que de la sueur perlait sur son front.

— Non... C'est peut-être lié au taux de sucre dans mon sang... La grossesse le rend instable, murmura-t-elle en essayant de se ressaisir.

— J'appelle une ambulance, déclara Cooper, agenouillé près d'elle.

Sophie voulut protester, mais il l'en empêcha.

— On ne court aucun risque : je t'emmène aux urgences. L'hôpital principal d'Auckland est à quinze minutes à peine. On y va.

Elle le laissa l'aider à se redresser et à s'asseoir dans un fauteuil. Un soupir lui échappa alors.

— D'accord. Je n'aime pas ça, admit-elle, refusant de lui faire part de la sourde crainte qui la gagnait. J'ai l'impression de ne plus rien sentir.

Son bébé semblait anormalement immobile. Le choc avait pourtant dû le secouer… C'était bizarre qu'il ne réagisse pas.

— Quoi ? Plus rien ? demanda Cooper, les sourcils froncés.

— Non. Mais il dort peut-être…

— Il faut vite vérifier avec une échographie. Allons-y.

— OK. J'ai juste besoin de mes papiers… Et de mon sac. Il est dans la chambre, indiqua-t-elle à Cooper, qui était déjà prêt.

— Je vais chercher tout ce dont tu as besoin. Et je t'apporte un verre d'eau. Respire tranquillement. Ma voiture est dans le garage, donc pas besoin de prendre un taxi.

— Oh… Tant mieux.

— Oui, tant mieux. Absolument. Je suis là, Sophie. Je m'occupe de toi… Je m'occupe de vous deux.

Par chance, le trajet jusqu'à l'hôpital fut rapide. Cooper connaissait la route, cela se voyait, et il roula à la fois vite et prudemment.

Les mains sur son ventre — dur, contracté —, Sophie s'efforça vainement de ne pas trop s'inquiéter. Bon sang, pourquoi le bébé ne remuait-il plus ? Cela faisait maintenant presque une demi-heure. Ces derniers temps, il — elle ! — avait toujours réagi aux tendres pressions qu'elle imprimait sur sa peau, pour communiquer. Si elle appuyait avec le bout de son pouce, elle sentait une bosse se former peu de temps après, comme une réponse tactile, un merveilleux langage sans mots…

Mais, là, plus aucun signe.

Une fois aux urgences, Cooper expliqua la situation d'un ton bref, précisant qu'ils étaient tous deux médecins et qu'il était, de plus, le père de l'enfant. Ces paroles émurent étrangement Sophie, qui n'ajouta rien. C'était la vérité, n'est-ce pas ?

— Pas de problème, docteur Daniels, dit l'employée à l'accueil, je préviens le service de gynécologie, et on va appeler le Dr Wynn, qui est de garde aujourd'hui.

— Très bien…, dit Sophie.

« Et dépêchez-vous ! » faillit-elle ajouter, luttant contre la panique.

Son ventre durcissait encore…

Et il lui était toujours impossible de déceler le moindre mouvement chez le bébé.

Elle évita de croiser le regard de Cooper, craignant de fondre en larmes.

Cooper la guida jusqu'à un siège, et l'invita à s'asseoir, restant debout quant à lui. D'autres patients attendaient, mais pour le coup Sophie serait vraisemblablement prioritaire. De fait, moins de dix minutes plus tard — qui semblèrent une éternité à Sophie —, une femme en blouse et pantalon bleus s'avança.

— Bonjour, je suis le Dr Kate Wynn. Suivez-moi, je vous prie. À quel mois êtes-vous ?

— Septième…

Sophie ne protesta pas quand Cooper leur emboîta le pas. Il était logique qu'il soit là, lui aussi…

Même si ça lui faisait drôle.

Mais tout lui paraissait étonnant et déstabilisant depuis qu'ils avaient atterri à Auckland. L'effet du voyage, de la chaleur… Et de la grossesse, naturellement. Avec les inquiétudes afférentes.

Le Dr Wynn les mena dans une petite salle d'examen et invita Sophie à s'allonger pour l'ausculter.

— On m'apporte un doppler pour que je puisse écouter les battements du cœur, indiqua-t-elle. On en saura plus alors.

Sophie aurait aimé se sentir se sentir aussi confiante et détendue que Kate, mais à cet instant le sang-froid dont elle faisait habituellement preuve semblait avoir disparu.

— J'espère que tout ira bien.

— Mais oui. Ne vous tracassez pas trop, ça ne se sert à

rien. Il s'est passé quelque chose de particulier, aujourd'hui ? demanda Kate en commençant à palper l'abdomen de Sophie.

— Sophie a glissé et est tombée, intervint Cooper.

— Sur le ventre ? s'inquiéta le médecin.

— Non, heureusement…, dit Sophie. Sur les fesses. Mais, quand même, c'est un choc. Et depuis je ne sens plus le bébé bouger.

— Il n'a pas dû apprécier ! s'efforça de plaisanter le Dr Wynn. Mais, rassurez-vous, le bébé est très protégé. Ah, voilà ce dont j'ai besoin, ajouta-t-elle tandis qu'un technicien apportait le doppler demandé. Bon, on va faire une échographie… Vous êtes le futur papa ? demanda-t-elle à Cooper.

— Oui, dit-il aussitôt. Sophie, ça t'ennuie si je reste ?

— Pas du tout, répondit-elle en ôtant sa robe.

Que Cooper la voie en slip et soutien-gorge ne la gênait même pas. Pour l'heure, elle pensait uniquement à l'examen qui leur permettrait de savoir comment se portait leur enfant.

— Parfait, commençons, dit le Dr Wynn.

Elle étala un peu de gel sur le ventre de Sophie et posa la sonde. Sur l'écran s'affichèrent des ombres, puis des taches en couleur… Puis la forme précise d'un bébé déjà grand de taille. Il semblait sucer son pouce. Et un bruit régulier s'éleva, tel un léger galop…

Celui de son cœur.

— Alors tout va très bien, affirma la gynécologue en souriant. Votre enfant se porte très bien, répéta-t-elle. Il commence juste à manquer de place !

Des larmes d'émotion chatouillèrent les paupières de Sophie.

— Oh ! quel soulagement…

— Pourquoi en serait-il autrement ? dit Cooper en posant la main sur l'abdomen de Sophie.

Elle tressaillit involontairement. La paume de Cooper était puissante, rassurante et douce tout à la fois.

À sa place… Sur sa peau ?

Non ! Cooper n'aurait aucun rôle à jouer dans sa vie personnelle… Uniquement dans celle de leur fille !

Mais, au lieu de repousser la main de Cooper, Sophie en

apprécia la force et la chaleur. Comment nier qu'elle avait besoin qu'il soit à son côté pendant encore un petit moment… Cela la rassurait, qu'elle le veuille ou non. Même s'ils ne s'aimaient pas, même s'ils n'étaient pas ensemble, ils seraient parents et, à ce titre, proches l'un de l'autre, comme… des amis. Ils s'entraideraient.

— Je viens d'éprouver les pires doutes, mais heureusement tout va vraiment très bien, dit-elle en effleurant tendrement les doigts de Cooper.

Il la regarda, sourit et reporta son attention sur l'écran où l'image de leur fille était à présent d'une extraordinaire clarté. Il la prit en photo avec son portable.

— Un souvenir, murmura-t-il, l'air un peu gêné de se montrer aussi sentimental.

— Je vais imprimer le cliché, mais nombreux sont ceux qui font comme vous, répondit le médecin en souriant à son tour. Vous êtes rassurés, tous les deux ?

Sophie échangea un rapide coup d'œil avec Cooper.

— Oui, dirent-ils en même temps.

— Parfait, alors je vais préparer le compte rendu que vous pourrez communiquer à votre sage-femme ou votre obstétricien. Il faut surtout vous reposer, ajouta le Dr Wynn à l'intention de Sophie. Pour ne pas accoucher avant terme… Ce serait mieux.

— Bien sûr. Je vais faire ce qu'il faut, répondit Sophie en pensant à tout ce qui l'attendait.

Aussitôt, une bouffée d'appréhension l'envahit, et elle se força à respirer calmement.

Il faudrait qu'elle loge chez ses parents… Ce serait la seule solution. Elle reporterait ses recherches d'appartement à plus tard, décida-t-elle à contrecœur. Elle n'allait quand même pas mettre la santé du bébé en danger…

L'avertissement était à écouter. Elle avait eu très peur.

— Tu peux rester chez moi aussi longtemps que nécessaire, proposa alors Cooper, en écho de ses pensées.

Incertaine malgré elle, Sophie le regarda.

— Vraiment ?

Ce n'était pas du tout ce qu'elle aurait dû dire…

— Vraiment, oui. On a fait plus de cinq mille kilomètres en avion, et tu es enceinte de sept mois… J'imagine que tu ne t'es pas beaucoup reposée au cours des dernières semaines… Et encore moins avant-hier, hier… Tu me comprends, ajouta Cooper en hochant la tête.

— Oui.

— Donc viens à la maison.

— Je ne vois pas le rapport…

— Je retire le « donc ». Tu viens à la maison.

Sophie hésita, mais au fond d'elle-même la réponse, raisonnable, s'imposait peu à peu, plus forte que ses résistances.

— Quelques jours, oui, le temps de savoir où je vais aller ensuite…

Oui, seulement quelques jours, se répéta-t-elle. Parce que leur bébé avait besoin de calme.

Parce qu'elle était fatiguée.

Parce que Cooper lui souriait, et que son sourire était irrésistible.

7.

Cooper s'engagea dans le couloir qui menait aux blocs opératoires. Heureusement, Sophie était restée chez lui…

Et ça faisait deux jours.

Elle avait accepté de prolonger encore, le temps nécessaire car, de nouveau, elle avait souffert de fortes contractions qui, par chance, avaient fini par se calmer. Se retrouver seule en ville, dans un hôtel ? Cela n'aurait pas été sérieux… Quant à se rendre chez ses parents, ça ne la tentait décidément pas. Que s'était-il donc passé dans sa famille ? Moins la jeune femme lui en révélait à propos d'elle-même, plus il éprouvait l'envie d'en savoir davantage sur elle.

En vérité, il commençait à avoir Sophie dans la peau…

Et pas qu'un peu.

Mettre de la distance entre eux, voilà qui serait logique, songea-t-il. Logique et prudent. Il aurait intérêt à se ressaisir et à garder son objectif de départ : soutenir la mère de sa fille, point final.

Il aurait intérêt à se rappeler, et vite, qu'il ne voulait s'engager dans aucune relation sentimentale. Aucune. Car si, malgré sa volonté, cela advenait, ce serait au détriment de Sophie et du bébé.

Les faire souffrir lui serait insupportable.

Mais de quoi avait-il peur, au juste ? Que Sophie et l'enfant finissent par exiger ce qu'il ne pouvait pas leur offrir ? Que Sophie devienne comme l'une des femmes de son père ?

Non… Pas elle.

De toute façon, s'il gardait la porte de son cœur fermée, il éviterait les ennuis.

Quant au bébé, c'était une autre histoire. Un autre problème. Mais une chose était sûre : jamais il n'abandonnerait sa fille. Ce qui impliquait qu'il n'abandonnerait jamais Sophie. Il s'en sentait viscéralement incapable. Quand Sophie avait fait ce malaise deux jours plus tôt, il avait imaginé le pire. Il tenait déjà tellement à elle…

À toutes les deux. La mère et la fille.

Sa fille.

Malgré tout, il faudrait probablement qu'il définisse une limite à l'hospitalité qu'il proposait. Pour ne pas inciter Sophie à croire à l'impossible… Au cas où.

Il l'appréciait, il l'aimait bien, il l'admirait… Mais ce n'était pas de l'amour.

De toute façon, ce sentiment n'existait pas. Ce n'était qu'une illusion…

Envahi de doutes, Cooper s'arrêta pour regarder par la fenêtre. En contrebas, le périphérique d'Auckland était embouteillé.

Quel serait l'avantage d'un lien plus étroit avec Sophie ? ne put-il s'empêcher de se demander, avant de chasser cette pensée absurde de son esprit. Une relation ne se mesurait pas en termes d'avantages et d'inconvénients… Il s'agissait de ressentis, de sensations, d'envies, d'engagements… Et sur ces points, hormis le dernier, il n'était pas du tout sûr de lui-même.

— Cooper ? C'est toi ?

Une voix féminine venait de l'interpeller, le tirant de ses réflexions.

Cooper en reconnut aussitôt les inflexions sensuelles.

— Svetlana… Quel plaisir de te revoir, dit-il à la jeune femme brune en blouse blanche qui s'avançait vers lui d'un pas vif.

La seule qu'il espérait ne pas revoir.

Elle l'enlaça d'un air malicieux et l'embrassa au coin des lèvres.

— Comment tu vas ? Tu m'as manqué.

— J'ai été en mission pour l'armée, dit Cooper en s'écartant de Svetlana. Toujours aussi ravissante, fut-il obligé d'ajouter.

À la lueur coquine qui se reflétait dans les yeux de Svetlana, il comprit qu'il devrait vite mettre les choses au clair. Il savait comment elle agissait, avait été séduit par elle à une époque, mais aujourd'hui il n'était plus intéressé.

Elle sourit davantage et s'humecta les lèvres.

— La vie militaire t'a réussi, dit-elle en lui pressant les biceps dans un geste appréciateur.

Cooper recula encore d'un pas. Qu'avait-il aimé chez elle ? Qu'elle soit directe et facile ? Sûrement. Aucune autre réponse ne lui venait à l'esprit. Ils avaient passé quelques moments ensemble, et ça avait été tout à fait agréable. Rien de plus. À cet instant, le souvenir de leurs ébats ne lui évoquait rien d'autre. Aucun frisson d'anticipation, aucune envie.

Puis la vision de Sophie surgit en lui, occultant tout le reste. Leur brève étreinte. Les baisers brûlants… Le manque, ensuite.

Le manque ?

Il revint aussitôt à l'instant présent.

— Merci, Svetlana. On est actifs, sur le terrain. On garde la forme !

Cooper commença à s'éloigner, mais Svetlana lui emboîta le pas, le collant presque, auréolée d'un lourd parfum sucré.

— Ça te dirait qu'on se retrouve de nouveau, toi et moi ? Ce soir ? Ou cette semaine ?

— Merci, je suis occupé tous les jours… Presque tout le temps, se hâta-t-il de préciser.

Elle cligna rapidement des yeux.

— Ne me dis pas que pendant ta mission tu es devenu un homme sage parce que… marié, peut-être ?

Sa petite moue suggérait qu'elle avait parfaitement deviné qu'il était passé à autre chose.

— Non, le mariage, ce n'est pas pour moi, dit-il en riant presque.

Mais il n'était pas tenté par une aventure d'un soir pour autant. Même si c'était ce qu'il avait toujours fait auparavant.

Exactement. Avant…

Avant Sophie… qu'il aurait été prêt à épouser.

— Sympa de t'avoir revue, Svetlana.

Volontairement, Cooper jeta un coup d'œil à sa montre.

— J'ai un rendez-vous et je suis en retard, désolé. À bientôt.

Il s'éloigna aussitôt en s'en voulant de s'être montré aussi abrupt, mais soulagé. Pourvu qu'il ne la revoie pas trop souvent. À la blouse blanche et au stéthoscope que Svetlana portait autour du cou, il sut qu'elle travaillait là. C'était le genre à afficher son rôle avec fierté…

Contrairement au Dr Sophie Ingram. En treillis, short et T-shirt, Sophie était un médecin qui se moquait de son apparence. Avec ses patients, on sentait son assurance. Ce jour où, à Bamiyan, elle s'était occupée de Kelly, si calme en dépit du traumatisme subi, elle avait impressionné tout le monde. Tous ceux qui, ensuite, s'étaient relayés pour sauver Kelly avaient bénéficié du sang-froid de Sophie, ainsi que des gestes justes qu'elle avait effectués.

Même lui.

Quelques instants après l'explosion, alors que les balles pleuvaient, il avait craint pour sa propre vie et celle de cette femme magnifique qu'il venait de rencontrer. Il s'était jeté sur elle pour la protéger de tout son corps. Après, lorsque l'attaque avait cessé et qu'ils s'étaient tous les deux redressés, sains et saufs, il avait commencé à trembler. Si Sophie n'avait pas été près de lui, il se serait peut-être enfui en courant et en hurlant…

Ou peut-être pas. En tout cas, il lui aurait fallu plus de temps pour récupérer et être capable d'aider les blessés sans sursauter au moindre bruit.

Chassant les images de son esprit, Cooper pénétra dans la zone des blocs opératoires et partit à la recherche de Shaun Langford, le chef du service et son mentor à l'époque où il faisait son internat dans cet hôpital.

— Bonjour, Cooper ! On est ravis de recommencer à travailler avec vous, lança une infirmière.

À l'accueil, la réceptionniste acquiesça d'un signe de tête.

— Merci, dit Cooper en souriant. Ça fait plaisir de revenir.

Il était sincère. Ce fut d'ailleurs d'une démarche enthousiaste qu'il gagna le bureau de Shaun. Il était de retour, il retrouverait des personnes qu'il appréciait, et travaillerait dans un environnement familier où son rôle était déterminé et où il donnerait le meilleur de lui-même. Oui, finalement, sans l'avoir réellement programmé, il avait pris la bonne décision pour son avenir professionnel.

Sa carrière évoluerait dans le bon sens.

Il ne lui resterait plus qu'à faire de même pour sa vie personnelle.

Sophie s'agenouilla devant les petits vêtements de bébé, soigneusement pliés, qu'elle avait étalés sur la moquette de sa chambre.

— Pas mal… Je trouve que c'est pas mal, tout ça.

— Tu parles toute seule, maintenant ?

Cooper…

Elle sentit un frisson la parcourir.

— Ne t'inquiète pas, j'en suis consciente ! dit-elle en riant. Déjà de retour ?

Au cours des deux derniers jours, elle avait profité du calme de la maison comme si elle se trouvait chez elle. Le mobilier était dépareillé, et certaines pièces avaient franchement besoin d'être repeintes, mais la villa était chaleureuse et douillette. Sophie n'avait encore jamais connu d'endroit aussi reposant.

Quant à Cooper… Il était de plus en plus séduisant. Et gentil. Elle savait qu'elle aurait dû s'en aller… Mais là, maintenant, cela lui paraissait juste impossible.

— Comme je viens d'être embauché, j'ai un emploi du temps inhabituellement calme, expliqua-t-il en l'aidant à se relever.

— Je comprends. Tout se passe bien ?

— Oui, très. Je connais le service, ça facilite les choses, précisa Cooper. Comment tu te sens, aujourd'hui ?

— Lourde.

— Forcément…

— J'ai rendez-vous chez une sage-femme demain.

— Bonne nouvelle.

Cooper ébaucha un sourire en désignant les vêtements de bébé.

— Il y a tout ce qu'il faut ?

— Pratiquement. J'ai pris le bus ce matin et fait ces achats avec bonheur, avoua-t-elle. Je n'avais pas mis les pieds dans un centre commercial depuis des mois ! J'ai aussi acheté des couches et des biberons au cas où je ne pourrais pas allaiter. Il manque juste un berceau, poursuivit Sophie. Et quelques meubles pour la chambre. Enfin, encore faudrait-il que j'aie trouvé un appartement, mais…

— Plus tard, ne t'inquiète pas, affirma Cooper. Pour l'instant, mène ta grossesse à terme. C'est l'essentiel. Ici, si besoin, il y a une troisième chambre pour notre fille.

Sophie éprouva une drôle de sensation. « Une troisième chambre pour notre fille »…

— Une chambre provisoire, évidemment, mais ce sera mieux que rien, ajouta alors Cooper comme en écho de ses pensées.

— Bien sûr. Tu es vraiment adorable, avoua spontanément Sophie.

— Je suis le père du bébé, ne l'oublie pas… C'est la moindre des choses, non ?

Sophie soutint le regard de Cooper, et son cœur se mit à battre plus vite.

— Merci pour elle, murmura-t-elle. Elle prendra un bon départ, dans la vie…

— Qui aurait cru qu'il y aurait tant de choix ? dit Sophie tandis qu'ils s'engageaient dans une nouvelle allée du magasin d'ameublement. Je croyais qu'un berceau c'était juste un berceau !

— Alors qu'il y en a en bois naturel et en bois peint, des roses, des blancs et de toutes les couleurs possibles et imaginables, renchérit Cooper. Il en existe même équipés de rangements…

Et il se mit à rire. Il paraissait d'excellente humeur depuis qu'ils déambulaient ensemble de rayon en rayon.

— Il va aussi falloir choisir un matelas et ce qu'on met dessus, les espèces de combinaisons pyjamas…

Mais Sophie ne l'écoutait pas.

— J'aime bien ces petits lapins blancs à mettre au-dessus du lit, pas toi ?

— Elle sera censée dormir, non ? Pourquoi la distraire avec ce genre de gadgets ? répliqua-t-il, la mine amusée.

— D'accord, dans ce cas, choisissons la version basique.

Sophie sentait l'excitation l'envahir et, en conséquence, de légères contractions durcissaient son ventre. De temps en temps, le bébé donnait un discret coup de pied… Et cela la réjouissait encore plus.

— J'opte pour le berceau en bois teinté, et la gigoteuse rose avec des éléphants imprimés dessus.

— Parfait. Dans ce cas, j'achète le même, dit Cooper. Il faut qu'on ait tout en double.

— Oui…

Mais Sophie eut du mal à dissimuler sa soudaine appréhension. Bien sûr, Cooper aurait la garde de sa fille… Plus tard. Lorsqu'elle ne l'allaiterait plus !

— Quand elle boira au biberon, précisa-t-elle précipitamment. Tant que je lui donnerai le sein, elle restera avec moi. C'est logique.

Cooper la regarda et ébaucha de nouveau un sourire.

— Ne t'inquiète pas. Je vais acheter plein de biberons. Et un deuxième berceau. Celui-là, déclara-t-il en montrant un modèle blanc, simple, de forme ovale.

— Je l'aime bien, admit Sophie. Mais je préfère le mien.

— Pas de problème. Chacun le sien. Il faut aussi une petite baignoire, non ?

— Exact.

— Bon, on va avoir besoin de conseils et d'aide…

Cooper chercha un vendeur et, bientôt, deux employés les suivirent en notant tout ce qu'ils avaient choisi en double, afin que ce soit livré. Une partie — la moitié — des achats resterait dans des cartons et serait apportée dans le futur logement de Sophie, précisa Cooper.

Mais, en entendant ses paroles, Sophie sentit une bouffée d'anxiété l'envahir. Pourquoi agissaient-ils ainsi ? Pour sa part, elle devait se préparer à l'arrivée du bébé, mais Cooper ? Il n'avait pas besoin d'autant d'affaires chez lui ! C'était comme s'il se préparait à garder souvent leur fille, pas seulement quelques jours par-ci par-là, lorsqu'il ne travaillerait pas.

— Je pressens une longue discussion, dit-il d'un air entendu alors qu'il tendait sa carte de crédit pour tout payer, contre le gré de Sophie. Que se passe-t-il ? Tu n'es pas contente que j'aménage ma maison pour accueillir notre fille, c'est ça ?

Sophie hésita, soudain mal à l'aise.

— Si, bien sûr, mais… Elle vivra surtout avec moi.

— La plupart du temps, en effet. Mais, lorsqu'elle sera chez moi, je veux qu'elle se sente bien.

Cooper fronça légèrement les sourcils.

— Tu ne vas pas l'empêcher de faire partie de ma vie, j'espère.

— Certainement pas. J'ai trop souffert d'exclusion quand j'étais enfant… On s'organisera. Et on fera les papiers nécessaires pour que la garde soit équilibrée, ajouta Sophie, ennuyée qu'il ait ce genre de pensées. Il faudra aussi prévoir les dispositions à prendre au cas où un problème nous arriverait, à l'un ou à l'autre.

— Tu as raison. On devrait sans doute consulter un spécialiste juridique.

— Oui, tu as raison.

Cooper lui prit le bras et ils se dirigèrent vers le parking où sa voiture était garée.

— C'est le genre de conversation qui gâche tout, marmonna-t-il.

— Désolée. On est obligés d'être responsables, dit Sophie. On aurait même dû l'être avant… Devenir parents, ça ne s'improvise pas.

— Je suis d'accord. On va faire ce qu'il faut d'un point de vue légal, promit Cooper. En attendant, rentrons à la maison. On a besoin de repos.

À la maison… Une fois de plus, ces simples petits mots réconfortèrent instantanément Sophie. *Si seulement…*

Elle resta quasiment silencieuse durant tout le trajet, pas trop long heureusement. Mais, dès qu'elle entra dans la villa, elle sentit aussitôt qu'elle se détendait.

Oui, cette maison était un refuge. Un foyer. Le genre d'endroit où elle aimerait rentrer après une journée de travail difficile, mais aussi où elle pourrait se reposer pour s'occuper de sa fille.

Assise sur le canapé du salon, Sophie posa les mains sur son ventre et le massa doucement.

Même si elle était bien, il faudrait que cette situation cesse, pensa-t-elle à regret. Il était impératif qu'elle trouve son propre domicile, le lieu qui serait chez elle…

Totalement chez elle.

— Sophie, ça va ? s'inquiéta aussitôt Cooper. Faire des courses, c'est fatigant…

— Oui, mais ça va bien, je t'assure.

Je suis juste lucide, poursuivit-elle en son for intérieur.

Oui, il faudrait qu'elle vive comme elle l'avait prévu, de manière indépendante et libre. Comme elle l'avait envisagé à partir du moment où elle avait appris qu'elle était enceinte. La présence de Cooper bouleversait ses projets, mais il ne tenait qu'à elle de les réaliser.

— Dis-moi si tu sens quelque chose de particulier, insista Cooper. Des contractions plus régulières, une douleur…

— Bien sûr.

Si je suis toujours ici quand ça arrivera…

Mais Sophie garda cette résolution pour elle-même. Elle ne voulait pas froisser Cooper. Pas maintenant, en tout cas. Il était tellement empli de sollicitude ! Elle n'avait pas l'habitude d'être choyée…

8.

Trois jours s'écoulèrent.

Trois jours tranquilles.

Cooper alla travailler à l'hôpital et, contre toute attente, Sophie prolongea encore son séjour chez lui.

Elle consulta la sage-femme qui trouva que Sophie était en pleine forme malgré son évidente fatigue, et s'inscrivit à la maternité la plus proche. Par conséquent, il faudrait qu'elle déniche un logement à proximité. Encouragée, elle passa quelques appels téléphoniques pour trouver un appartement et une voiture, nota différentes coordonnées, mais ne prit aucune décision.

C'était difficile. En vérité, elle avait surtout envie de cocooner, de se reposer, d'oublier ses soucis.

Elle n'appela toujours pas ses parents.

Oh ! ils ne lui en voudraient pas trop, songea-t-elle à plusieurs reprises. De toute façon, ils s'étaient toujours montrés si distants avec elle !

Le soir, avec Cooper, elle parlait de tout et de rien. Ils firent néanmoins davantage connaissance. Elle lui confia qu'elle était d'origine irlandaise, mais qu'elle n'était allée à Dublin qu'une fois. Elle avait passé quatre mois en Italie après avoir fini son internat à Londres. Elle avait adoré la vie là-bas mais, n'ayant pas obtenu de permis de travail, elle était retournée en Angleterre. Après quoi, elle était partie au Chili pendant presque un an.

Cooper lui raconta ses missions dans des pays en guerre,

où il ne retournerait jamais. D'ailleurs, il ne voulait plus travailler dans des zones à risques.

Ils partageaient le goût du voyage, des horizons nouveaux et la passion de la médecine.

Tout aurait pu les réunir… si les circonstances avaient été différentes, se répéta Sophie.

Vendredi en fin d'après-midi, quatre jours après leurs achats en commun, Cooper téléphona à Sophie pour l'inviter à dîner.

— Un nouveau restaurant italien vient d'ouvrir dans le quartier. J'ai pensé que ça pourrait te plaire.

Sophie se mit à rire.

— J'aurais du mal à refuser… J'aime les pâtes à toutes les sauces !

— C'est ce que je me suis dit.

— Mais on peut rester à la mai… chez toi, rectifia Sophie.

Elle s'apprêtait à dire « maison ». À vrai dire, oui, elle se sentait si bien…

Peu à peu, malgré elle, une sorte de torpeur l'envahissait. Une envie de se laisser aller, de ne pas se poser trop de questions… Une envie de croire que, chez Cooper, c'était aussi chez elle. Ce qui n'était pas le cas. Et ne le serait jamais.

— Je rentrerai vers 19 heures. Enfin, j'espère, précisa Cooper. On a une appendicectomie et, si tout se passe bien, j'aurai fini en fin d'après-midi. Il n'y aura plus qu'à faire le compte rendu.

— D'accord. Bon courage, ajouta Sophie en imaginant ce qui l'attendait.

— Merci. À tout à l'heure, alors.

— Oui. Je t'attends.

Je t'attends…

Après avoir coupé la communication, Sophie se surprit en train de sourire. Cette soirée lui changerait les idées. Elle choisirait une tenue qui ne ressemblerait pas à un sac informe : des leggings noires et sa robe chemisier rouge en fin coton, avec un joli décolleté carré. Oui, ce soir, elle essaierait d'être à son avantage. Non pas pour plaire à Cooper, mais pour se sentir elle-même… Ne plus être seulement la femme qui portait leur enfant, affublée d'un ventre énorme… Redevenir féminine et, peut-être, un peu séduisante aux yeux de Cooper ! Cette pensée l'étonna, et elle la chassa aussitôt de son esprit.

En voyant la jeune femme s'avancer vers lui, souriante, ses cheveux noués en queue-de-cheval, Cooper sentit son cœur battre plus vite. Qu'elle était jolie ! Fraîche, naturelle… Craquante. Un léger maquillage mettait en valeur ses prunelles vertes.

— Tu es prête ? demanda-t-il, espérant dissimuler son trouble.

— Oui. Il n'y a pas eu de problème ?

— Comment ça ?

— Pendant l'opération.

Cooper se rendit compte qu'il devait être en train de dévorer Sophie du regard. Il s'obligea à détourner les yeux, conscient qu'il risquait de lui envoyer un message qui lui déplairait. Depuis qu'ils s'étaient retrouvés, elle avait été claire : entre eux, rien ne devait dépasser les limites du raisonnable.

— Aucun. Tout s'est passé à merveille, même le réveil de notre patient.

Il sourit et ajouta :

— Je prends une douche rapide, et on y va. Le restaurant est à deux pas.

— Parfait…

Sophie l'observa avec attention.

— Si tu es trop fatigué, on peut rester ici.

— Je ne suis pas fatigué. Pas plus que d'habitude, en tout cas. Tu sais bien que la chirurgie nécessite une concentration très soutenue, mais on peut décompresser entre les interventions. En principe, du moins. Aujourd'hui, ça a été possible.

« Et j'ai beaucoup pensé à notre fille », faillit-il avouer. Il préféra ne rien dire, ne sachant pas trop comment réagirait Sophie. Elle était tellement imprévisible.

Une heure plus tard, attablés dans le nouveau restaurant italien du quartier, ils bavardèrent d'un ton léger en évitant soigneusement, l'un et l'autre, d'aborder des sujets compliqués. Par exemple les démarches juridiques qu'ils devraient entreprendre pour préparer correctement l'arrivée du bébé. Cooper préféra interroger Sophie sur ses futurs choix professionnels, et le logement qu'elle espérait trouver.

— Je n'ai pas beaucoup avancé de ce côté-là, avoua-t-elle. Je me repose chez toi… Pour l'instant.

— Tu peux rester aussi longtemps que tu le souhaites.

Le plus longtemps possible…

Non sans peine, Cooper se retint de formuler sa véritable pensée. Une telle proposition ferait fuir Sophie, il le savait. Mais justement, se dit-il, peut-être parce qu'elle était si farouchement attachée à son indépendance et à sa liberté personnelle, il éprouvait une envie de plus en plus pressante de l'inviter à partager sa vie ! Quelle contradiction…

En réalité, ils seraient parents en vivant dans des lieux séparés. Pas trop loin l'un de l'autre. Et ils s'organiseraient.

— Merci, Cooper, fit Sophie, le tirant de ses réflexions. Pour être franche, je crois que j'en ai besoin. J'apprécie vraiment ton hospitalité.

— Tant mieux, j'en suis ravi.

Elle lui sourit et se plongea dans la lecture de la carte. Ils commandèrent des tagliatelles au saumon, et du vin rosé servi au verre seulement pour Cooper puisque Sophie ne buvait que de l'eau.

Le repas fut délicieux, et très copieux. Le restaurant, récemment ouvert, arborait un décor simple mais chaleureux, avec des couleurs bleues qui évoquaient l'Italie et la Méditerranée.

— C'est sympa, ici, déclara Sophie après avoir fini son assiette. Sympa et accueillant. Bon choix. Et j'ai mangé pour deux !

— Normal ! Et moi aussi, d'une certaine manière. J'ai eu un appétit de loup. Qui sait, je vais peut-être grossir !

Sophie l'observa d'un air amusé.

— Certains hommes font ce qui s'appelle une couvade…

— Eh oui, on participe à la grossesse comme on peut.

— Tu crois que ce serait ton cas ? insista-t-elle d'un ton amusé.

— Pourquoi pas ?

— Impossible… On n'est pas suffisamment ensemble !

Et Sophie ponctua ses mots d'un éclat de rire.

— Exact, admit Cooper à regret. Il faut une certaine osmose dans le couple, je crois, pour qu'un homme ait l'impression d'être également en train de concevoir un bébé en même temps que la future mère de son enfant.

— Une osmose, oui, répéta Sophie. Au minimum, une très bonne entente.

— De la complicité…

— Et surtout de l'amour.

Sophie garda le silence quelques secondes avant de reprendre :

— Enfin, j'imagine. Mes propres parents n'ont pas vécu ce genre de situation, je le crains.

— Les miens non plus. Ma mère était psychologiquement instable. Elle s'est suicidée quand j'avais six ans, confia Cooper.

— Quoi ?

Il regretta aussitôt ses paroles. Ce n'était ni le lieu ni le moment pour révéler ce drame affreux.

— Eh oui.

— C'est triste, dit Sophie après être restée silencieuse pendant un long instant. Le genre de malheur qui vous poursuit la vie durant.

— Je peux difficilement prétendre le contraire, reconnut Cooper. Pardonne-moi, je n'aurais pas dû t'en parler maintenant.

— Pourquoi ?

— Tu es… fragile, en ce moment.

— Fragile ? Émotionnellement, oui… À cause des hormones ! Ce qui ne m'empêche pas d'être capable d'écouter des informations difficiles… Je suis médecin, ne l'oublie pas.

— Je ne l'oublie pas. À ce propos, j'espère que tu trouveras le poste à mi-temps que tu recherches. Je transmettrai ta candidature au service des ressources humaines de mon hôpital, proposa Cooper, désireux de changer de sujet le plus vite possible.

— Je veux bien. Merci de ton aide.

— De rien. Tu vas bientôt m'offrir le plus beau bouleversement qui puisse arriver dans la vie d'un homme, et ça mérite soutien, admiration, affection... Et même le mariage, ajouta-t-il avec une pointe de provocation malgré lui.

— Le mariage ?

Sophie se mit à rire.

— Je n'ai pas besoin d'un contrat pour t'assurer que je te laisserai voir ta fille... Sois rassuré sur ce point.

— Merci. Je le suis.

— Tant mieux.

Une ombre se refléta sur le joli visage de Sophie.

— Je ne crois pas au mariage. Je t'ai déjà dit que mes parents se sont mariés par obligation, parce que ma mère était enceinte de moi... Involontairement, elle m'en a voulu. C'est aussi le genre de situation qui marque pour la vie.

Cooper garda le silence. Il regrettait d'avoir de nouveau abordé l'épineuse question du mariage. Qu'est-ce qui lui avait pris ? D'autant qu'il partageait l'avis de Sophie...

— Je sais. Désolé. De toute façon, entre nous, les choses ne se passeront pas comme pour nos parents respectifs. Déjà, notre première rencontre...

— Plutôt tumultueuse, voire houleuse, renchérit Sophie, une lueur amusée au fond des yeux.

Torride...

Cooper se rappela de nouveau leur étreinte passionnée à Bamiyan. Jamais il n'avait éprouvé un tel plaisir. Ça avait été aussi spontané qu'intense. Une expérience unique dont il avait maintes fois rêvé.

Par moments, de façon fugitive, il s'imaginait prendre Sophie dans ses bras et l'embrasser, goûter ses lèvres, humer son parfum, découvrir — redécouvrir... — sa sensualité. Puis il contemplait le ventre plein de la jeune femme, il pensait au bébé qu'elle mettrait bientôt au monde, et un sentiment étrange, mélange de perplexité, de culpabilité et de joie, l'envahissait. À l'époque, même s'ils venaient de survivre à une attaque effroyable, ils auraient dû avoir un rapport protégé. Ils avaient ignoré la plus élémentaire des règles de prudence, se faisant instinctivement confiance, n'envisageant pas l'avenir ne serait-ce qu'une seule seconde…

Et voilà, presque huit mois plus tard, une petite fille s'apprêtait à naître, fruit de leur passion inconsciente.

Il s'en voulait… Et en même temps il était heureux. Fou de joie, même. Sans ce hasard extraordinaire, peut-être ne serait-il jamais devenu père.

— Cooper…

— Oui ?

Sophie le dévisageait d'un air interrogateur.

— Tu as l'air songeur.

— Je le suis. Je pensais à tout ce que tu dois encore faire, poursuivit-il, ne mentant qu'à moitié. Trouver un appartement ou une maison à louer, t'installer…

La jeune femme acquiesça.

— Je vais sûrement demander à mes parents de m'aider. Je les appellerai bientôt, leur annoncerai la nouvelle et j'imagine qu'ils viendront me donner un coup de main pour l'emménagement.

— Je l'espère. Je serai également là. Tu peux compter sur moi. De même, si tu veux, je me charge de te trouver une voiture. Dis-moi seulement de quel budget tu disposes, et quel genre de modèle tu souhaites.

Sophie lui sourit.

— C'est très gentil. Mais tu n'as pas tellement de temps pour ce genre de choses…

— Je le prendrai. Tu dois veiller à ta santé et ne pas trop courir à droite et à gauche.

— Je ne suis pas malade ! protesta Sophie. Seulement très… alourdie.

Elle esquissa une moue.

— Et j'ai un peu mal au dos.

— C'est normal. Tu es bientôt à terme.

— Bientôt…, répéta Sophie en souriant de nouveau. Ça me semble tellement surréaliste. Aïe… Elle vient de me donner un coup de pied ! confia-t-elle en se tenant le ventre.

— Elle n'aime pas que tu dises que c'est « surréaliste », répliqua Cooper, amusé et un peu inquiet tout à la fois.

Jusqu'à présent, Sophie ne s'était pas ménagée, et le bébé devait le sentir.

— Ne t'en fais pas, elle ne va pas arriver maintenant, assura-t-elle alors, comme en écho de ses pensées.

— Comment peux-tu en être certaine ?

— C'est mon intuition… Je ne suis pas prête ! Mon corps n'est pas prêt. Le bébé doit rester au chaud et à l'abri pendant quelque temps encore.

— Si tu le dis…

— Oui… Enfin, je l'espère, avoua Sophie après une courte pause. Ça m'ennuierait d'accoucher trop tôt. Il ne s'agirait plus d'un prématuré, mais chaque jour compte pour un bon développement physique et cognitif.

— Je suis bien d'accord. Par conséquent, repose-toi, profite de la maison… Je m'occupe de ta voiture et je peux aussi, si tu le souhaites, appeler des agences.

En prononçant ces derniers mots, Cooper sentit une boule lui nouer la gorge. Peut-être parce qu'il n'avait aucune envie qu'elle habite ailleurs…

Probablement parce qu'il voulait s'occuper de leur enfant, partager chaque instant, être là lui aussi… Pour leur bébé.

Sophie se massa brièvement le front, espérant apaiser son mal de tête, puis elle prit les clés de sa voiture : une confortable berline bleu turquoise équipée de gadgets facilitant la conduite, ainsi que d'un coffre spacieux.

Décidément efficace, Cooper la lui avait trouvée en moins de vingt-quatre heures. Un modèle d'occasion fiable, plus cher que ce que Sophie comptait dépenser, mais cela valait le coup, avait-il assuré. Voyant que ça posait un problème de budget, il lui avait proposé de participer à l'achat, et elle avait catégoriquement refusé.

Elle refusait beaucoup, ces derniers temps. Le mariage, l'hébergement… Et, maintenant, la somme qui aurait pu lui permettre de ne pas acheter à crédit. Personne ne lui avait tant offert en si peu de temps. En plus de ses autres qualités, Cooper était un homme incontestablement généreux.

— Revenez quand vous le voulez si vous avez besoin d'aide pour installer le siège du bébé, dit Graham, le garagiste, en lui tenant la portière.

Ramenée à l'instant présent, Sophie lui sourit et, avec précaution, se glissa au volant.

— Je n'y manquerai pas. Merci beaucoup.

Graham connaissait Cooper depuis longtemps, et c'était lui qui s'était débrouillé pour mettre la main sur ce véhicule-là. Son ancien propriétaire l'avait laissé dans un autre garage, et Graham était allé le chercher exprès. Une fois l'affaire conclue, il avait demandé à sa secrétaire de préparer une tasse de thé pour Sophie, et s'était occupé des divers documents administratifs à remplir. Pourquoi ne pouvait-elle pas tomber amoureuse d'un homme comme celui-là ? s'interrogea subitement Sophie. Un homme simplement gentil, pas compliqué…

Jour après jour, elle sentait qu'elle s'attachait de plus en plus à Cooper. Il lui plaisait trop…

Beaucoup trop.

Cooper possédait un côté chevaleresque qui, avait-elle cru, n'existait que dans les romans d'amour. Il l'avait déjà protégée de la mort… Maintenant, il faisait tout pour qu'elle soit bien, le mieux possible en tout cas, sans rien lui demander en échange. Par moments, elle se rendait compte qu'il l'observait en silence. Que pensait-il ? Que voulait-il vraiment ? Qu'attendait-il d'elle ?

La réponse était évidente… Seul le bébé l'intéressait. Sinon, il aurait déjà essayé de l'embrasser de nouveau.

Réprimant un soupir, Sophie remercia Graham, boucla sa ceinture de sécurité, régla les rétroviseurs et démarra.

Elle s'engagea dans l'avenue qui menait vers le port et le front de mer. On était en septembre et, bien qu'il fasse déjà un peu moins chaud, l'air marin lui ferait du bien. Elle marcherait le long de la plage et s'efforcerait de ne pas trop réfléchir à son avenir… À quoi bon ? Tout semblait déjà tellement planifié. La naissance, la recherche d'un logement qui serait le sien, l'organisation d'une vie aussi équilibrée que possible…

Seule ?

Par moments, le doute l'assaillait. Ce quotidien avec Cooper la déstabilisait et lui donnait envie d'autre chose…

Il valait mieux qu'elle n'y pense pas.

Alors que Sophie s'apprêtait à bifurquer vers le pont conduisant à la zone portuaire, son portable sonna. L'appareil était connecté au système de la radio GPS si bien qu'elle put voir le numéro s'afficher sur l'écran du tableau de bord.

Elle reconnut celui de ses parents.

Son cœur se serra. Répondre ? Il le fallait… Il le faudrait ! Elle n'allait quand même pas ne pas donner de nouvelles… Ou passer les voir ? Maintenant ?

Sa mère lui laissa un bref message :

« Sophie, ma chérie, je crois me souvenir que tu es de retour, et que tu es dans les parages… Comment vas-tu ? On t'embrasse… »

Les mots avaient été prononcés d'une voix inhabituellement douce, comme sereine. Sophie hésita à rappeler. Et si, à la place, elle se rendait chez ses parents ? Elle leur parlerait. Ce serait plus facile, à présent. Ils seraient tellement surpris de découvrir qu'elle était enceinte…

Au lieu de prendre la bretelle qui filait vers le bord de mer, Sophie poursuivit donc sa route en direction du quartier d'Auckland où elle avait grandi. L'appréhension lui nouait la gorge, mais elle s'était décidée, n'est-ce pas ? La rencontre n'avait pas été prévue, et au fond le côté spontané facilitait les choses.

Son père serait sans doute absent, comme souvent, et par conséquent sa mère serait plus détendue. Elle n'était vraiment à l'aise que lorsque son mari était loin d'elle. Curieux mariage, songea Sophie une fois de plus, en sonnant quinze minutes plus tard à l'entrée de la petite maison de briques rouges.

— Tu as changé !

Telles furent les premières paroles qu'elle prononça en reculant d'un pas pour mieux voir sa mère. Ce n'était ni la coiffure ni le style vestimentaire qui paraissaient différents. Autre chose… Mais quoi ?

— Moi, j'ai changé ? s'exclama Mme Ingram en fixant le gros ventre de sa fille. Oh ! ma chérie… Que vois-je ? C'est merveilleux !

Elle enlaça tendrement Sophie.

— Merveilleux ! répéta-t-elle. Jack, mon chéri, viens ! Sophie est là !

Stupéfaite, Sophie garda le silence. Non seulement sa mère se montrait heureuse et accueillante, mais en plus son père était là ?

— Papa n'est pas au travail ?

— Je suis retraité, maintenant, annonça-t-il gaiement en les rejoignant. Mais je rêve ou tu es enceinte ?

Hochant la tête, Sophie sentit son abdomen se contracter. Elle réprima une moue. Maintenant, les questions et reproches allaient fuser. Ou les accusations quand ses parents apprendraient sa situation.

— Viens vite t'asseoir, dit sa mère en l'invitant à s'installer sur le canapé du salon. Pour quand est prévu le bébé ? Qui est le père ? On le connaît ? Où est-il ? Raconte-nous tout !

Elle ne cessait de regarder le ventre de Sophie d'un air émerveillé. Puis elle prit place à côté d'elle, ce qui surprit également Sophie. Son père s'assit dans le fauteuil en face.

— J'accouche dans cinq semaines, annonça-t-elle, déconcertée par cet accueil chaleureux.

— Tu es si… mince alors que tu es presque à terme, lança-t-il d'un ton soucieux.

— Non, papa, pas tant que ça ! En tout cas, la sage-femme ne m'a fait aucune réflexion inquiétante, assura Sophie.

— Bon, tant mieux.

— Donc tu t'es déjà organisée pour l'accouchement ? reprit sa mère.

— J'ai fait l'essentiel. Examens de routine, inscription à la maternité… Je suis désolée de ne pas vous avoir prévenus plus tôt, poursuivit Sophie. J'ai été très occupée.

L'excuse classique, dans sa famille, qui signifiait qu'elle

avait préféré garder ses distances pour éviter les complications et conflits éventuels.

— Mais maintenant tu es là, souligna gentiment sa mère. C'est le plus important, n'est-ce pas ?

Incrédule, Sophie regarda ses parents à tour de rôle. Jamais ils n'avaient été aussi bienveillants… Que se passait-il ? Allait-elle s'éveiller subitement et se rendre compte que tout cela n'était qu'un rêve ?

— Oui, en effet. Actuellement, j'habite chez un ami… Qui est aussi le père du bébé, s'empressa-t-elle de préciser.

Elle attendit les commentaires. Il n'y en eut aucun.

— Mais dès que possible j'emménagerai chez moi, compléta-t-elle.

— Chez toi ? Où ? Pourquoi ne vivras-tu pas avec cet homme ? protesta son père. Il ne veut pas assumer ses responsabilités, c'est ça ?

— Jack, je t'en prie ! intervint sèchement la mère de Sophie.

Ah, voilà qui ressemblait davantage au ton dont Sophie se souvenait…

— Si, bien sûr. Mais, moi, je n'ai pas envie de partager ma vie avec lui. C'est mon choix, pas le sien, expliqua Sophie.

Ses parents seraient bien placés pour la comprendre !

— Parce que, lui, il aimerait que vous soyez ensemble ? interrogea son père.

Sophie sentit son cœur battre plus vite en pensant à Cooper. Si seulement elle avait réellement su ce qu'il ressentait et voulait… Elle constatait juste qu'il était généreux, attentif, et qu'il tenait à élever leur enfant. Autant qu'elle.

— Il m'a demandée en mariage, mais j'ai refusé. Il m'a aussi proposé de poursuivre la cohabitation sous son toit — il a une villa —, mais j'ai décliné l'offre.

Sophie s'adossa contre le dossier et redouta une pluie de reproches. Mais sa mère se contenta de sourire.

— Tu as toujours su ce que tu voulais, n'est-ce pas ? Si c'est ce que tu veux, et si tu penses que c'est ce qu'il y a de mieux pour toi, on te soutiendra quoi qu'il arrive.

— Mais ce sera difficile d'être seule avec ton bébé, renchérit son père.

Sophie crut avoir mal entendu. Ils étaient d'accord ? Ils ne l'accusaient de rien ? Ils se souriaient ? Décidément, c'était vraiment bizarre.

— Eh bien, merci… Je vous remercie vraiment. À part ça, vous allez bien, tous les deux ? demanda-t-elle.

— Très bien, assura sa mère. Pourquoi en serait-il autrement ?

— D'autant que tu nous reviens en pleine forme… Et en nous offrant le plus beau cadeau de notre vie ! enchérit son père. Nous ne nous attendions pas à devenir grands-parents de sitôt, puisque tu ne cesses de voyager tout en travaillant dur. Ton métier de médecin n'est pas facile, on en est conscients…

Il a parlé normalement, sans me reprocher quoi que ce soit…

Soudain, Sophie éclata de rire. C'était vraiment comme dans un rêve. Oh ! ce devait être un rêve. Il n'y avait aucune autre explication.

— Qu'est-ce qui est drôle ? s'inquiéta sa mère.

Elle n'aurait pas pu leur expliquer ce qui la surprenait tellement. Non, bien sûr… C'était inconcevable.

S'efforçant de maîtriser son accès d'hilarité, Sophie prit une profonde inspiration.

— Pas de souci, tout va bien. La grossesse me rend joyeuse de façon parfois inconsidérée… C'est normal. Oui, tout va même très bien !

Ce soir-là, pendant le dîner qu'ils prirent sur la terrasse comme les fois précédentes, Sophie raconta son entrevue familiale à Cooper.

— C'était vraiment incroyable. Je suis restée avec mes parents pendant deux heures environ, et ils ne se sont pas disputés une seule fois. Ils ont été agréables et à l'écoute… Ils semblaient s'entendre, comme s'ils étaient heureux ensemble !

— C'est peut-être le cas, souligna Cooper.

— Mais comment est-ce que ça pourrait être possible après trente-quatre ans de conflits ?

— Les choses changent… Tu ne les avais pas vus depuis longtemps, je crois ?

— Oui. Justement, c'est peut-être parce que je ne vis plus avec eux qu'ils vont mieux.

Sophie sentit sa gorge se nouer.

— Ils paraissaient sincèrement bien ensemble, et pour moi c'est totalement extraordinaire… Et même inimaginable.

S'abstenant de commentaires, Cooper lui servit du thé glacé. Il avait apporté des plats tout préparés, achetés chez le traiteur : du poulet au citron, légèrement parfumé, du riz vapeur, et un assortiment de légumes croquants, délicieux, parfumés d'une pointe de safran. Mais Sophie n'avait pas faim. Elle avait envie de parler, de comprendre… De se réjouir aussi, pleinement, de ce revirement de situation tellement inattendu qu'elle n'en revenait toujours pas.

Simultanément, assombrissant son humeur, une interrogation s'imposait à elle : comment ne pas se demander si les tensions au sein de sa famille n'avaient pas été directement liées à sa présence ? Si elle n'était pas née, ses parents ne se seraient pas mariés et n'auraient pas dû supporter une union qu'ils n'avaient pas souhaitée…

Sauf que maintenant ils paraissaient d'humeur plus légère et enjouée !

Oui, tout évoluait. Pour le mieux, finalement ? Ça en avait l'air…

9.

Après avoir allumé des bougies — la nuit commençait à tomber —, Cooper s'assit de nouveau à table et contempla Sophie. Elle semblait songeuse et même un peu triste. Une main sur son ventre, elle gardait le regard tourné vers l'horizon, absorbée dans ses pensées.

Plus il la connaissait, plus il la trouvait ravissante et, surtout, désarmante. Bien qu'elle soit médecin, elle aussi, elle avait gardé une forme de spontanéité et de naïveté qu'il adorait. À moins que ce ne soit la fragilité qu'il sentait en elle ? Il avait envie de la protéger… De la chérir et de la choyer.

— J'aimerais en savoir plus sur ton enfance… Si tu acceptes de m'en parler, ajouta-t-il, lisant de la surprise dans le regard de Sophie.

— Pourquoi pas…

Elle ébaucha un sourire.

— Qu'est-ce qui t'intéresse ?

Tout…

— Si tu as des frères et sœurs, par exemple. Tu ne m'as jamais rien dit à ce sujet. J'en ai déduit que tu étais fille unique.

— Gagné. Mes parents ne m'ont pas désirée, et ils n'ont visiblement pas eu envie d'avoir un autre enfant. D'autant que je ne les ai pas comblés, semble-t-il.

Sophie lui avait répondu d'un ton un peu sec, et il devina aussitôt qu'elle était encore plus blessée qu'il ne l'avait imaginé par cette réalité. Comment son père et sa mère avaient-ils pu ne pas l'aimer ?

Comment pouvait-on ne pas aimer Sophie ?

Cooper détourna le regard un instant, troublé par ses pensées et l'évidente tristesse de Sophie.

Il avait passé pratiquement toute la journée au bloc, enchaînant les interventions et les consultations. Malgré tout, il n'avait pas cessé de penser au moment où il rentrerait à la maison pour la retrouver et s'assurer qu'elle allait bien. Il savait qu'elle avait du mal à rester inactive. Elle avait aménagé la future chambre du bébé, rangé les petits vêtements, installé le berceau… Toute seule. Ça l'inquiétait qu'elle ne se ménage pas. Surtout après l'incident qui les avait conduits aux urgences.

Toutefois, dès qu'il avait franchi le seuil de la villa, toute la tension qu'il avait éprouvée s'était évanouie. En présence de Sophie, il se sentait bien et chez lui. À la maison. Il était rentré *à la maison.*

Ce qui impliquait que, prochainement, il ne ressentirait plus ce réconfort. Bientôt, Sophie déménagerait. Elle continuait à contacter des agences, n'est-ce pas ? On lui organisait des visites virtuelles, sur Internet, ce qui était idéal.

Cooper reporta son attention sur la jeune femme.

— Et toi ? Tu aimerais d'autres enfants ?

Sophie écarquilla les yeux.

— Il faut déjà que je m'habitue à l'arrivée de ce bébé-là…

— Bien sûr.

Cooper sourit.

— Quand j'étais petit, j'avais envie d'avoir une sœur. J'aurais sans doute aimé pouvoir partager ce que je pensais des petites amies de mon père… Mais, à ce propos, je me faisais sûrement des illusions. Les garçons et les filles ne voient pas ce genre de situation de la même façon.

Sophie le dévisagea attentivement pendant quelques secondes. Voulait-elle lire en lui ? Essayait-elle d'évaluer ce qu'elle pouvait lui révéler ?

— Moi aussi, j'aurais rêvé d'une sœur… Quelqu'un qui m'aurait aimée et ne m'aurait pas accusée de tous les maux de la terre.

Une personne qui aurait partagé, avec elle, la vie de famille et le quotidien, décoda Cooper.

Un éclat différent se refléta dans les prunelles vertes de la jeune femme.

— Je crois que j'aimerais bien un autre enfant d'ici quelques années. Dans deux ou trois ans, peut-être. Si tout va bien… On ne sait pas ce que l'avenir nous réserve.

— C'est certain.

Cooper sentit sa gorge se nouer à l'idée que Sophie puisse de nouveau être mère… Sans lui. Un court instant, il imagina être le futur père. Ce serait merveilleux… Sauf que Sophie ne voulait ni vivre avec lui ni se marier avec lui. Leur situation serait alors décidément curieuse : ils n'habiteraient pas sous le même toit, mais seraient parents de deux enfants… Non, ce ne serait pas possible, se raisonna-t-il.

Dans l'immédiat, il espérait que Sophie ne serait pas une mère trop distante et détachée de lui. Idéalement, il voulait de tout cœur être présent et jouer son rôle paternel tout le temps, pas uniquement un week-end sur deux !

— Mais, ne t'inquiète pas, ça ne risque pas d'arriver… Du moins pas ensemble, ajouta alors Sophie avec un sourire malicieux. À moins qu'une bombe ne nous oblige de nouveau à nous… rapprocher !

— Parce que tu as besoin qu'une bombe explose pour avoir des envies passionnées ? ne put-il s'empêcher de plaisanter.

Sophie se mit à rire, mais rougit également un peu.

— Il semblerait que ce genre de situation m'amène à sauter dans les bras d'un parfait inconnu, répliqua-t-elle avec humour.

— Un parfait inconnu ? Moi ? Je te signale qu'on se connaissait depuis cinq heures.

— Exactement. On était donc de parfaits étrangers l'un pour l'autre, insista Sophie.

— Peut-être. Quoi qu'il en soit, personnellement, je ne regrette pas une seule seconde ce qui s'est passé entre nous.

En formulant cet aveu, Cooper laissa jaillir les images de ce souvenir extraordinaire. Leur étreinte brûlante, presque animale, instinctive, qui l'avait profondément comblé et même apaisé. Comme jamais.

— Et toi ? demanda-t-il.

Sophie posa une main sur son ventre.

— Oh non… Pas du tout, murmura-t-elle, une expression rêveuse au fond des yeux.

— Parce que tu es enceinte ?

Elle secoua la tête.

— Pas uniquement. Pour être franche, dès que je t'ai vu ce jour-là, j'ai pensé que tu étais… à tomber par terre. J'en ai même parlé à Kelly.

— À tomber par terre ? répéta Cooper, amusé. Ça, c'est un compliment… Merci !

— Je suis sincère.

Sophie sourit.

— Tu sais bien que tu es un très bel homme. Les femmes ne doivent pas souvent te résister.

Cooper se sentit un peu gêné tout à coup. Non qu'elle ait tort… Il avait toujours rencontré un certain succès, sans s'en préoccuper vraiment.

— Tu es la seule à m'avoir résisté.

— Moi ?

Les yeux de Sophie brillèrent et parurent alors encore plus verts. Fascinants.

— Pas à Bamiyan, en tout cas.

— On a eu des circonstances atténuantes, souligna Cooper.

— Si on veut, oui.

— On aurait pu mourir.

— C'est sûr.

Sophie s'humecta les lèvres et Cooper ne put s'empêcher d'admirer la bouche de la jeune femme, rose et charnue. Un fruit qu'il avait encore envie de goûter…

Refoulant le désir qui l'envahissait, il sourit.

— Moi aussi, j'ai trouvé que tu étais à tomber par terre. Une… bombe !

— Oh…

Sophie éclata de rire.

— Quel jeu de mots ! En treillis, mal coiffée, j'étais sexy ? C'est une blague ?

— Pas du tout. Tu étais magnifique… Et tu l'es toujours.

Sophie rougit de nouveau.

— Tu es flatteur…

— Je suis franc. Je te trouve très belle. Encore plus, aujourd'hui. La grossesse te rend lumineuse.

Sophie le regarda attentivement, l'air perplexe, puis elle esquissa une moue.

— C'est à cause de la lueur des bougies, dit-elle en désignant les flammes dans les photophores qu'il avait apportés.

— Pas du tout. À la lumière du jour, au réveil le matin, ou le soir après une longue journée, tu es belle. Même fatiguée.

Sophie garda le silence.

— Tu es indulgent.

— Franc, répéta Cooper d'une voix douce. Tu n'es pas comme les autres… Je suis heureux de savoir que mon premier enfant aura été conçu par une femme telle que toi.

— Merci… J'en déduis que tu en veux d'autres ! lança Sophie en se levant lentement.

— Peut-être. Si l'avenir le permet. Je l'espère.

Se redressant à son tour, Cooper accompagna Sophie à l'intérieur. Une lumière tamisée régnait dans le salon, et autour d'eux tout était étonnamment silencieux. De temps à autre, on percevait juste le chant d'un oiseau.

Sophie se retourna vers lui.

— Merci pour ce bon moment.

— Merci d'être là.

Elle resta immobile sans le quitter des yeux, puis ébaucha un sourire. Cooper sentit son cœur battre plus vite. Il ne voulait pas qu'elle s'éloigne…

Il aurait tout fait pour prolonger cet instant. Eux, ensemble.

Il se contenta de tendre une main vers elle. Si elle la prenait, il ferait le premier pas. Si elle refusait, il laisserait tomber et respecterait le choix de Sophie. Le choix de la distance.

Sophie hésita un court instant, puis elle s'avança et glissa sa paume contre celle de Cooper. La caresse fut furtive mais bien réelle. Une invitation ?

Ce n'était plus l'heure des explications…

Cooper s'approcha de la jeune femme et l'enlaça avec

douceur, conscient du ventre rebondi, tiède, qui se plaçait entre eux.

— C'est vraiment une bonne idée ? murmura Sophie.

— À ton avis ?

Et il l'embrassa.

Enfin.

Il laissa ses lèvres courir sur la nuque de Sophie, remonter jusqu'à son visage, s'emparer de sa bouche. Leur baiser fut d'abord un peu timide, mais très vite passionné. Les sens enflammés, Cooper eut vite l'impression d'être en train de franchir la limite interdite. Il avait tellement envie de Sophie… Ses mains lui effleuraient le corps, sa poitrine lourde et voluptueuse, cherchant déjà plus, encore plus, comme affamées.

— On peut faire l'amour ? chuchota-t-il à son oreille.

— Tu es direct, au moins !

— Tu m'en veux ?

— Mais non…

Les yeux brillants, Sophie lui caressa la joue.

— Si on est prudents, ça ira, murmura-t-elle en se blottissant contre lui.

— On le sera. Viens…

Il l'emmena dans sa chambre et, avec délicatesse, l'aida à s'allonger sur le lit.

— Bonheur… Bonheur ! répéta-t-il en l'embrassant de nouveau. Je rêve de ce moment depuis que je t'ai revue…

— Vraiment ?

Il crut percevoir une lueur de défi dans les prunelles de Sophie.

— Oui, vraiment… Tu en doutes ?

En guise de réponse, Sophie lui sourit et roula sur le côté de façon qu'il puisse se caler contre elle en lui épousant les reins. Cooper sentit son désir répondre instantanément. Il découvrit le ventre de Sophie, puis ses seins fermes et gonflés, et le délicieux parfum de sa peau. Une émotion profonde le parcourut. La nuit durant, il la couvrirait de baisers et se fondrait en elle…

Ils ne feraient plus qu'un. Ils s'aimeraient.

*
* *

Sophie se réveilla le sourire aux lèvres. Elle était courbatue mais heureuse. Pour la première fois en presque huit mois, elle avait l'impression d'être totalement elle-même. Comblée.

Cooper lui enlaçait la taille, et sa respiration régulière lui chatouillait la nuque, tiède et rassurante.

Et voilà, se dit-elle, elle était contre Cooper, au lit, et cela lui semblait merveilleux. Pour rien au monde, elle n'aurait voulu se trouver ailleurs. S'éveiller à côté de cet homme lui paraissait simplement juste et normal.

Poum... Poum...

— Aïe...

Les coups de pied du bébé la ramenèrent à la réalité. *On a dû te secouer quelque peu, cette nuit*, pensa Sophie en se remémorant la façon dont ils avaient fait l'amour. Lentement, précautionneusement, partageant un plaisir sans cesse croissant et une extase renouvelée. Cooper s'était montré aussi audacieux qu'attentif, respectueux et... comme amoureux. Plusieurs fois, Sophie avait eu l'impression que ce n'était pas seulement purement physique, entre eux. Toutefois, aucune parole n'avait été échangée à ce propos. Aucun aveu. Rien. Seuls leurs corps avaient parlé.

— Bonjour, beauté...

Cooper prit appui sur un coude pour se pencher vers elle.

— Comment ça va ? Et notre fille ? On ne l'a pas trop dérangée, j'espère.

Sophie lui prit la main et la plaça sur son ventre, là où l'on pouvait sentir les mouvements du bébé.

— Waouh... C'est une vraie gymnaste ! s'exclama-t-il.

Sophie se mit à rire.

— Je crois qu'elle commence à manquer de place... Tu as pensé à des prénoms ?

Jusqu'à présent, elle n'avait pas voulu aborder cette question avec Cooper. Elle-même n'avait pas fait son choix, consciente que de toutes les manières il faudrait qu'elle en discute avec lui.

— Non, pas vraiment. J'espérais qu'on en parlerait

ensemble, avoua Cooper en la caressant doucement. Mais j'avais l'impression que tu ne le souhaitais pas trop.

Sophie se retourna pour le regarder. Il souriait d'un air un peu rêveur qui ne lui ressemblait pas… Un air qui l'attendrit soudain complètement. Cet homme était en train de la bouleverser totalement… Tout comme il avait déjà chamboulé sa vie.

— Il faut que j'apprenne à te connaître, peut-être…, murmura-t-elle, troublée. Quels noms te plaisent ?

— Lily et Emma.

— J'aime bien Lily.

Elle avait noté Emma dans sa liste, mais pas ce prénom-là.

— Lily Ingram. Ça sonne bien.

— Tout comme Lily Daniels.

Sophie sentit sa gorge se nouer.

— Ingram-Daniels. C'est un peu long.

Cooper s'assit sur le lit et l'observa quelques secondes.

— On pourrait facilement régler cette question. Ma proposition tient toujours.

— Ta… proposition ?

— On pourrait se marier.

Sophie soutint le regard de Cooper. L'espace d'un instant, un tourbillon de pensées contradictoires l'envahit. Si elle acceptait, elle agirait comme sa mère… Ce qui lui semblait absolument inconcevable. Mais peut-être que sa mère aimait son père, à l'époque… Comment le savoir ? Et, elle-même, aimait-elle Cooper ?

Peut-être, oui…

Il faisait battre son cœur plus vite, c'était sûr. Elle pensait souvent à lui, c'était certain. Elle se sentait bien dans ses bras, oh oui…

Et lui ? L'aimait-il ?

De nouveau, sa gorge se serra. Là, rien n'était sûr. Cooper ne laissait rien transparaître… Ce qui pouvait signifier qu'il n'éprouvait pas de sentiments pour elle.

Jamais je ne me marierai pour des raisons administratives…

En silence, Sophie se redressa puis se leva en prenant soin d'enrouler le drap autour de son corps. Elle avait l'impression d'être déformée par sa grossesse et, malgré elle, ne souhaitait pas se montrer en plein jour.

— Tu es très belle, dit-il. Ne te cache pas, s'il te plaît.

Elle hésita. Cooper ne l'avait pas vue s'arrondir au fil des mois, centimètre après centimètre. Il la découvrait presque à terme. Son compliment paraissait sincère… Et, réalisant cette vérité, elle devina qu'elle risquait de craquer encore plus pour lui.

Il faudrait qu'elle impose rapidement une distance entre eux. Même s'ils avaient passé une merveilleuse nuit ensemble. Même si elle avait encore la sensation des baisers de Cooper sur sa peau et leur goût sur la langue.

— Je te remercie, mais tu sais bien que le mariage n'est pas possible, dit-elle finalement, en évitant de le regarder.

— Pourquoi ? À cause de ce que tu as vécu pendant ton enfance ? insista Cooper. Ce serait vraiment ça ?

Non…

Soudain, Sophie n'éprouvait plus la moindre certitude sauf une : elle n'épouserait pas un homme qui ne l'aimait pas. Toute discussion à ce sujet serait inutile.

— Cooper, quelles que soient les raisons, elles m'appartiennent.

Elle lui jeta un coup d'œil et s'efforça de sourire.

— Tu agis en vrai gentleman, et j'apprécie… J'apprécie sincèrement. Mais je ne peux pas accepter.

Sans attendre de réponse, elle sortit de la chambre pour gagner la salle de bains. Il faudrait qu'elle se montre ferme… Qu'elle résiste. Cooper lui plaisait déjà trop, et elle savait que dorénavant il pourrait aisément la convaincre. Elle s'était donnée à lui… Et avait aimé faire l'amour avec lui. Tout comme elle aimait vivre avec lui. Il avait dû sentir tout cela.

— Sophie ?

Surprise, elle se retourna. Cooper avait revêtu un peignoir à la hâte et lui avait emboîté le pas.

— Je ne comprends pas, dit-il, le visage sombre. Cette nuit, j'ai eu l'impression qu'il se passait quelque chose de fort, entre nous.

— Moi aussi. On éprouve du désir l'un pour l'autre, c'est certain.

Il acquiesça sans un mot, le regard intense.

— Pour se marier, il faut ressentir de l'amour, non ? poursuivit-elle. Et, l'amour, ce n'est pas seulement du désir.

— Bien sûr que non, dit Cooper.

Il secoua la tête.

— Message reçu. À partir de maintenant, on cohabite comme des amis, rien de plus, c'est ça ?

— Des amis qui vont avoir un enfant ensemble.

— Un peu plus que des amis, alors ?

Sophie hésita. Ce qu'elle s'apprêtait à dire serait définitif, elle le savait.

— Non, Cooper. On est amis, on sera parents…

— Mais plus amants, j'ai compris, compléta-t-il d'un ton résigné. OK. Très bien. De toute façon, je n'irai plus vers toi. Je ne te referai plus de demande. Les dés sont lancés, Sophie.

Puis il tourna les talons.

Les larmes aux yeux, Sophie alla s'enfermer dans la salle de bains. La situation était enfin clarifiée. Parfois, il fallait faire preuve de détermination pour éviter les ambiguïtés et le flou dangereux. Cooper savait ce qu'elle ne voulait pas.

Pas de mariage.

Plus de relations autres qu'amicales.

Elle s'appuya contre le mur de la pièce et pressa la paume de sa main contre sa bouche pour étouffer le son de ses sanglots…

Mais le miroir lui renvoyait le reflet de son désespoir.

Cooper regarda par la fenêtre que la pluie battait. La pelouse de son jardin était trop haute, et les mauvaises herbes poussaient si vite ! Que faisaient les gens le samedi après-midi par un temps comme celui-ci ? Il avait passé la matinée à l'hôpital, à rendre visite à ses patients, à leur parler de l'intervention déjà pratiquée ou qu'il réaliserait, à les rassurer quant à la date de leur retour chez eux…

Il avait même proposé à Svetlana de prendre un café avec

lui pour retarder le moment fatidique où il devrait rentrer à la maison.

Ce qui aurait pu être sa maison.

Mais, sitôt assis en face de Svetlana, il avait regretté d'être avec elle. Elle interpréterait forcément son invitation, et il avait dû se montrer plus froid qu'il ne l'aurait souhaité afin qu'elle ne nourrisse pas de faux espoirs. Il n'aimait pas blesser les autres, qui que ce soit.

Sauf que lui-même était blessé. Triste. Vide… Comme la villa que Sophie avait quittée sans laisser ne serait-ce qu'un vêtement ou un livre derrière elle.

Elle avait trouvé un appartement dans un quartier résidentiel pas trop loin, heureusement, et avait emménagé aussitôt. Le trois-pièces était sombre, peu engageant, mais Sophie n'avait pas hésité à le louer. La mort dans l'âme, il l'avait aidée à déménager.

Maintenant, tout lui paraissait affreusement désert autour de lui. Les murs, les pièces, l'ambiance…

Sophie lui manquait tellement ! Son rire, son sourire, sa voix, son parfum, sa peau…

Plusieurs fois depuis son départ, Cooper avait pensé à l'appeler et lui demander de revenir. Mais il savait que, lorsque Sophie refusait, c'était catégorique. Essayer de la faire changer d'avis, elle ? Ce serait mission impossible.

Son téléphone vibra dans sa poche. Une distraction bienvenue.

C'était son père.

— Salut, papa. Comment ça va ?

— Parfaitement bien ! On est partis en voyage, Gillian et moi. Queenstown, Arrowtown, et même la fête foraine de Coronet Peak… On a aussi découvert des tas de petits restaurants très sympas sur le front de mer.

On…

Cooper réprima un soupir.

Combien de temps son père resterait-il avec sa nouvelle compagne ?

— Quand êtes-vous rentrés ?

— Hier soir. C'est pour ça que je t'appelle. Tu es chez toi, peut-être ? Si c'est le cas, je pourrais passer et on prendrait un moment pour bavarder.

— Bonne idée.

L'après-midi ne serait plus aussi morose. La compagnie de son père n'était jamais ennuyeuse, juste source de questionnements et, parfois, de malaise… En fonction de la femme avec laquelle il se trouvait.

— Ça me ferait plaisir de te présenter quelqu'un, précisa son père.

— D'accord, dit Cooper, s'efforçant de paraître enthousiaste. Je vais mettre une bouteille de bon vin blanc au frais.

Ou deux… Autant apprécier l'après-midi et tenter d'oublier Sophie pendant quelques heures.

— Quel plaisir de te rencontrer !

Gillian, la femme qui accompagnait le père de Cooper, lui tendit la main.

— J'ai beaucoup entendu parler de toi. Je peux te tutoyer ? ajouta-t-elle.

— Bien sûr. Ravi de vous… de faire ta connaissance, dit Cooper après avoir échangé un rapide coup d'œil avec son père.

Gillian ne ressemblait pas du tout aux petites amies que ce dernier avait eues jusque-là. Elle devait avoir une cinquantaine d'années, et portait un pantalon noir et un chemisier qui ne dévoilait pas un décolleté extravagant. Elle arborait un sourire généreux et sincère.

— Je ne reste pas longtemps, reprit Gillian après avoir accepté le verre que Cooper lui offrait. Je dois aller au supermarché. Je suis sûre que vous avez beaucoup à vous raconter et, si je suis dans les parages, ce ne sera pas pareil !

Elle lança un regard appuyé au père de Cooper et ajouta :

— Demande bien à ton fils si la date lui convient.

— Je ne risque pas d'oublier, répondit M. Daniels.

Cooper eut du mal à ne pas trahir sa curiosité. Quelque chose d'inhabituel se tramait. Il le sentait à la manière dont son estomac se crispait. À trente-huit ans, il réagissait encore de façon viscérale lors de certaines situations impliquant son père. Comme lorsqu'il était petit. Il n'avait plus qu'à espérer que ce ne serait pas une histoire d'argent ou d'investissement mal placé… Mais c'était peu probable. Autant son père commettait facilement des erreurs en matière de relations sentimentales, autant, matériellement parlant, il gardait les pieds sur terre.

Gillian bavarda avec eux une dizaine de minutes, puis, comme promis, elle s'en alla faire des courses, les laissant tous les deux.

— Alors ? demanda Cooper. Qu'est-ce que vous complotez ?

Son père se mit à rire.

— Un mariage, fiston… On va se marier le mois prochain. Le 8 octobre précisément.

Cooper resta muet de surprise. Quoi, son père se stabilisait ? Avec une femme de son âge qui semblait tout à fait raisonnable ? Incroyable !

— Je sais, c'est inespéré. Mais tout arrive quand on garde l'esprit ouvert, affirma son père. Et si on est patient…

Il hocha la tête d'un air entendu.

— Tu as raison, admit Cooper, abasourdi. Tu aimes donc Gillian à ce point ?

Malgré lui, il ne pouvait s'empêcher de penser à Sophie… À ce qu'il éprouvait pour elle et qu'il n'aurait pas su décrire.

— Oui, à ce point. Il faut savoir tourner la page, non ? J'ai attendu suffisamment de temps, depuis la mort de ta mère.

— C'est certain.

— J'espère sincèrement que tu approuves… Et que tu viendras à notre mariage. La cérémonie sera intime, poursuivit son père, les yeux brillants de joie. Il y aura juste les filles de Gillian accompagnées de leurs maris, les petits-enfants de Gillian, et toi.

— Je serai là, évidemment, dit Cooper. Comment pourrais-je rater un tel événement ? Mais…

Il hésita.

— Tu es sûr de ne pas précipiter les choses ?

— Absolument. On ne rajeunit pas, tu sais… Gillian et moi voulons profiter de la vie ensemble.

— Je comprends très bien.

Cooper regarda son père, et une étrange émotion l'envahit. Au fond, il avait attendu cela depuis si longtemps ! Sans se l'avouer… Sans en parler.

— Tu es heureux, ça se voit.

— Je le suis, fiston. Très. Gillian m'apaise et me comble… Toi et moi savons que j'ai été terriblement stressé au cours des dernières années.

— C'est vrai.

Cooper avait hérité du tempérament impulsif de son père, mais il se maîtrisait mieux que lui… Heureusement !

— J'imagine ce que tu ressens, ajouta-t-il.

— Vraiment ?

— Absolument.

Réalisant cette vérité, Cooper se sentit bizarre, tout à coup. Encore plus ému. Comme secoué par ce qu'il s'avouait secrètement à cet instant : en présence de Sophie, il était apaisé et comblé, lui aussi. Totalement. Profondément.

— Qui est-elle ? demanda son père d'un ton un peu taquin.

Il avait lu en lui.

— Sophie… Elle s'appelle Sophie.

Puis Cooper pensa à l'arrivée imminente du bébé.

— Quelle est la date de votre mariage, déjà ?

— Le 8 octobre. Si ça pose le moindre problème, dis-le-moi vite. Je veux que tu sois là !

Cooper regarda de nouveau son père et sourit. Comment lui révéler la vérité ? Il aurait tant aimé que Sophie soit auprès de lui à ce moment précis…

Une nouvelle émotion le saisit, et il inspira comme s'il s'apprêtait à plonger dans une eau glacée.

— Papa, tu vas te marier et, en plus, devenir grand-père…

10.

L'appartement restait trop sombre malgré les jolies lampes et la fenêtre qui s'ouvrait sur la cour. Trop petit. Et trop silencieux. La chambre du bébé ? Exiguë mais douillette, songea Sophie en promenant un regard circulaire sur la pièce. Le berceau, le mobile aux couleurs pastel suspendu au-dessus, la veilleuse, la commode rose pâle aux tiroirs emplis de gigoteuses, layettes, couches, chaussons… Au moins, cet endroit-là lui semblait réussi. Mais le reste…

Quatre jours s'étaient écoulés depuis qu'elle avait quitté la villa de Cooper, et elle avait l'impression de ne pas réussir à faire la coupure. En elle-même, tout restait connecté à cette maison-là, sa terrasse, son ambiance… Et à lui, Cooper Daniels, l'homme qui avait bouleversé son existence à jamais.

Aucune nouvelle de lui… Et tant mieux. Sophie n'en voulait pas. Même si elle vérifiait son portable plusieurs fois par jour, afin de s'assurer qu'elle n'avait pas raté un message, même si à chaque fois son cœur se serrait à cause de la déception… Non, elle n'en voulait pas.

Elle se répétait qu'elle préférait qu'il disparaisse de sa vie… Pour l'instant. Lorsqu'elle aurait accouché, la situation changerait forcément. Alors, elle aviserait. Cooper et elle aménageraient leurs emplois du temps. Ils s'organiseraient et tout se passerait bien.

Du moins, elle l'espérait.

Sophie se prépara une tasse de thé vert parfumé au jasmin, et alla s'asseoir dans le salon-salle à manger : une pièce à vivre équipée d'un coin cuisine, assez ordinaire pour le moment. Elle n'avait pas encore trouvé de meubles à son goût, se contentant de récupérer le canapé de l'ancien locataire. Ça la dépannait. Elle s'était fait livrer un lit, une armoire pour sa chambre, une table en pin blanc, deux chaises, une cuisinière et des étagères. Ses parents lui avaient apporté du linge de maison et proposé leur aide pour poursuivre l'aménagement, mais Sophie avait refusé : elle préférait se reposer et aviserait en temps voulu. L'essentiel était là, n'est-ce pas ? Tout ce qui était nécessaire pour dormir, manger, se laver. La salle de bains comportait une simple douche, ce qui ne serait pas forcément pratique avec le bébé... Mais il suffirait qu'elle achète une petite baignoire en plastique, et ça irait.

Sophie alluma la radio, choisit une chaîne musicale, et s'installa pour boire son thé. Il était presque 18 heures, et dehors la lumière déclinait déjà. Au troisième étage d'un immeuble qui en comptait six, son appartement n'était décidément pas lumineux. Qu'est-ce que ce serait en hiver ?

Prenant appui sur un coussin, elle ferma brièvement les yeux, consciente des mouvements légers mais réguliers dans son ventre. Elle portait un T-shirt ample et des leggings suffisamment élastiques pour ne pas se sentir comprimée au niveau de la taille. Si seulement elle n'avait pas éprouvé cette étrange tristesse, ce vide teinté de découragement...

C'était incompréhensible. Elle avait dit et fait ce qu'elle voulait, non ? Alors pourquoi avait-elle l'impression de regretter sa décision ? Ou, pire encore, d'avoir commis une erreur ? Difficile à supporter pour elle qui ne revenait jamais en arrière.

Peut-être était-ce justement ce qui lui pesait... Car cette fois les circonstances étaient plus que singulières. Uniques. Le père de sa fille lui avait proposé de l'épouser, et elle avait refusé.

Sophie se remémorait son dernier échange avec Cooper quand la sonnette de la porte d'entrée retentit. Surprise, elle se leva et alla ouvrir.

Son cœur battit soudain précipitamment.

Comme une projection de ses pensées, de sa rêverie, il était là, devant elle. Cooper se tenait sur le seuil. Le sourire aux lèvres comme s'il était attendu, il lui tendit un volumineux bouquet de jonquilles.

— Les premières de la saison, pour illuminer ta maison.

— C'est gentil, merci…

Sophie huma le parfum des fleurs et, incrédule, laissa Cooper entrer. Que faisait-il ici ? Elle lui avait envoyé un texto pour lui communiquer son adresse tout en spécifiant que c'était par pure politesse… Et pour leur future organisation. Le message avait été un peu sec, et il ne lui avait bien sûr pas répondu.

— Tu es étonnée que je sois là ? demanda-t-il en l'observant.

— J'avoue que oui. Je t'en prie, installe-toi. C'est un peu spartiate, chez moi, dit-elle sur un ton d'excuse, en désignant le salon.

— Je vois. Mais si tu es bien…

— Très, mentit-elle. Je vais mettre les fleurs dans la carafe de la cafetière… Je n'ai pas encore de vase. Ce sera sur ma liste. Tu veux boire quelque chose ?

— Tu aurais du bourbon, par hasard ?

Elle en ajouterait sur sa liste.

— Désolée, comme je ne bois pas d'alcool, je n'en ai pas du tout. Sauf du vin blanc, se souvint-elle.

— Ce sera parfait. Tu veux que je serve pendant que tu t'occupes des fleurs ? Joli…, lâcha-t-il en regardant le bouquet qu'elle avait déjà agencé.

Sophie le plaça au milieu de sa nouvelle table.

— Oui, ça égaie.

Elle alla s'asseoir à côté de Cooper. De toute façon, il n'y avait aucun autre endroit.

De nouveau, son cœur se mit à battre plus vite, et elle chercha à se maîtriser. En vain. Une émotion difficilement contrôlable la gagnait… Parce que Cooper était là.

— Comment vas-tu ? demanda-t-il en l'observant avec attention. Tu parais un peu fatiguée.

— Je le suis. Le déménagement, sans aucun doute. Oh ! le vin…

Sophie s'apprêta à se relever mais, d'un geste doux — une pression sur l'avant-bras —, il l'en empêcha. Elle frissonna.

— Je n'en prendrai pas. Je me contenterai de te regarder.

— Pardon ?

Cooper se mit à rire.

— Te regarder me fait du bien. Ça apaise ma soif.

— C'est joliment exprimé, murmura-t-elle, troublée.

Décidément, cet homme l'étonnerait toujours.

— Tu es un vrai charmeur.

— Seulement vraiment sincère, affirma-t-il. Je voulais t'appeler, mais j'ai cru sentir qu'il valait mieux conserver une certaine distance entre nous.

— Ce n'est pas faux.

— Malgré tout, je suis là, reprit Cooper. J'ai bravé l'interdiction.

— Il n'y a aucune interdiction ! répliqua Sophie. L'autre fois, tu m'as gênée, c'est vrai, mais…

Elle haussa les épaules.

— Moi aussi, je devais être sincère avec toi.

Mais l'étais-tu vraiment ?

Chassant la petite voix qui protestait dans son esprit, elle s'obligea à sourire.

— Je suis contente de te voir.

— Bonne nouvelle. Moi aussi, je suis content. Très.

Cooper sourit à son tour et, une fois de plus, Sophie sentit son pouls s'accélérer. Si elle s'était écoutée, elle se serait blottie dans ses bras, l'aurait embrassé… Et plus encore. En présence de Cooper, ses résolutions fondaient comme neige au soleil.

— J'avais besoin d'être certain que tu allais bien, reprit-il. Loin de toi, je ne suis que moyennement rassuré.

— Tout va bien. Seul hic : je m'ennuie, dit Sophie.

Ça, au moins, c'était totalement vrai !

— Comment ça ?

— Maintenant que tout est installé, chez toi et chez moi, que je suis prête, j'ai presque hâte de reprendre le travail !

— Tu es sérieuse ? À trente-sept semaines de grossesse ?

— Et alors ?

— À ce stade, de nombreuses femmes ont du mal à

rester inactives, admit Cooper. Mais il faut faire preuve de bon sens et de prudence…

Cooper se leva et gagna le coin cuisine.

— Je peux ? demanda-t-il en désignant le réfrigérateur.

— Bien sûr. Sers-toi.

Il trouva la bouteille de vin blanc, l'ouvrit et se versa un verre.

— À notre enfant, dit-il.

Sophie sourit et tendit sa tasse de thé pour qu'ils trinquent.

— Profite de ce moment privilégié, conseilla-t-il après avoir bu une gorgée. Je parie que, lorsque le bébé sera là, tu n'auras plus une minute à toi.

— J'en suis certaine, soupira Sophie. Mais j'aime être utile. Faire du shopping ne me satisfait pas. Au contraire, ça finit par m'ennuyer encore plus.

— Tu n'es décidément pas une femme comme les autres, déclara Cooper en lui décochant un de ses sourires aussi malicieux que craquants.

Sophie éprouva soudain un désir brûlant pour Cooper. Une envie irrésistible de se lover contre lui, de l'enlacer…

Mais il n'était pas question de faire de nouveau l'amour avec lui. Pas maintenant…

Plus jamais.

Il fallait vite trouver une diversion. Quelque chose qui la distrairait.

— Et si on sortait dîner ? proposa-t-elle. Ensuite, on pourrait aller au cinéma, qu'en dis-tu ?

Une demi-heure plus tard, ça allait mieux. Manger un hamburger et des frites rassasia Sophie, si bien qu'elle oublia peu à peu les sensations perturbantes qui l'avaient envahie. De plus, Cooper osa faire remarquer, tout en engouffrant, quant à lui, un deuxième hamburger, que ce genre de repas n'était pas sain. Ça l'énerva passablement… Une bonne chose !

Puis le film l'enthousiasma, et elle finit par occulter totalement ses fantasmes…

Jusqu'à ce qu'elle se couche seule dans son grand lit froid, et qu'elle essaye de trouver le sommeil.

En vain.

Enveloppant les bras autour de sa poitrine, Sophie laissa son imagination vagabonder. Que se serait-il passé si Cooper l'avait raccompagnée à l'intérieur au lieu de se limiter au seuil de son appartement ? Auraient-ils fini par s'étreindre et s'aimer passionnément comme la dernière fois ? Songeant aux scénarios possibles, Sophie sentit de nouveau le désir s'éveiller en elle.

Oh non…

Elle n'avait plus qu'à se concentrer sur les étoiles, compter les moutons encore et encore ; tourner la page. Cooper lui plaisait trop, oui… Elle était même plutôt… amoureuse, réalisa-t-elle. Oui, c'était évident. Ce désir qu'elle éprouvait n'était pas seulement lié au physique tellement attirant de Cooper. Il avait une personnalité attachante, vraiment sympathique…

Mais il n'était pas pour elle.

De toute façon, seul comptait le bébé qui viendrait bientôt au monde.

Seul comptait le repos qu'elle méritait.

Sophie inspira et expira calmement. De longues minutes s'écoulèrent mais, les yeux rivés sur le plafond de la pièce plongée dans l'obscurité, Sophie ne s'endormit toujours pas.

Cooper m'a apporté des fleurs…

La dernière fois qu'on lui en avait offert, c'était quand elle était en troisième année de médecine. Le jour de son vingt-troisième anniversaire, son petit ami de l'époque l'avait invitée au restaurant. Au cours de cette soirée, elle s'était rendu compte que son copain était bien trop sérieux dans ses intentions à son sujet, et elle avait préféré couper court.

Elle pensa de nouveau à Cooper. Quand même, il l'avait demandée en mariage à deux reprises… Deux fois ! Elle avait tout fait pour l'en dissuader, mais il avait insisté malgré tout.

La petite voix de sa conscience résonna encore à son esprit.

Tu n'es pas juste. Si tu ne veux pas engager de relation avec Cooper, sois encore plus franche avec lui !

Elle avait cru l'être.

Tu as accepté de dîner avec lui, pas vrai ? Tu as accepté ses fleurs, n'est-ce pas ?

Sophie sentit sa gorge se nouer tandis qu'un doute la gagnait. Aurait-elle été hypocrite ou manipulatrice ? Aurait-elle profité de la gentillesse et de l'hospitalité de Cooper parce qu'elle était fatiguée et n'avait pas le moral ?

Non… Non !

D'abord, cela ne lui ressemblait pas. D'autre part, jamais Cooper ne se serait laissé duper ou entraîner dans quelque chose qu'il ne voulait pas. Il avait eu envie de se détendre avec elle, lui aussi. Il appréciait sa compagnie… Même s'il n'était pas amoureux.

Mais alors… Pourquoi ce bouquet ?

La sonnette de la porte d'entrée retentit alors que Sophie rongeait son frein. Elle n'en pouvait plus de ne rien faire.

— J'arrive ! s'exclama-t-elle avec soulagement.

Elle ouvrit et fit face à deux hommes musclés qui s'appuyaient sur ce qui semblait être un grand fauteuil rembourré, enveloppé d'une housse de plastique transparent.

— Vous avez dû vous tromper d'adresse, dit-elle, déçue.

— Vous êtes bien Sophie Ingram ? C'est bien l'appartement numéro 3, résidence Willows ? répliqua l'un des livreurs en fixant des yeux l'étiquette qu'elle avait collée sur la sonnette.

— Oui, mais ça…

D'un doigt, Sophie désigna le fauteuil.

— Ça ne peut pas être pour moi.

L'autre homme extirpa un bon de livraison de sa poche et lut les informations inscrites.

— Si. Acheté et payé hier par… Cooper Daniels.

Sophie resta muette de stupeur.

— Vous connaissez ce M. Daniels ?

— Oui. Je vous en prie, entrez, balbutia Sophie. Je ne sais pas où on va le mettre…

— Dans votre chambre à coucher, paraît-il. Ce sont les instructions.

— Ma chambre ?

Il faudrait qu'elle abatte le mur de la pièce déjà trop petite !

— Je crois qu'il vaut mieux le placer dans le salon...

— On nous a recommandé de l'installer dans la chambre... Et de ne pas tenir compte des commentaires de la bénéficiaire du cadeau, précisa le livreur en finissant de lire le document qu'il tenait à la main.

— Je vois, dit Sophie, sidérée.

Cooper ne lui avait absolument rien dit... Mais ce cadeau était encore plus parlant que des fleurs.

— Il va falloir que vous déplaciez le lit.

— Pas de problème.

L'homme ébaucha un large sourire.

— Vous n'êtes pas franchement en état de bouger quoi que ce soit, surtout pas du mobilier. On s'occupe de tout.

Avait-elle le choix ?

Sophie se promit de dire à Cooper qu'il ne pouvait pas agir ainsi. Même pour son bien. Même par gentillesse. C'était... trop.

Une fois que les hommes eurent réussi à installer le fauteuil dans un coin de la chambre — ils avaient changé le lit et la commode de place —, et après avoir ôté la housse de protection, elle découvrit un fauteuil à bascule entièrement en cuir.

Son irritation s'évanouit aussitôt. C'était un cadeau aussi superbe qu'attentionné. À l'image de Cooper. Un superbe fauteuil, idéal pour s'installer afin d'allaiter le bébé...

Elle n'aurait jamais eu les moyens de s'en offrir un aussi beau.

— Le week-end dernier, j'ai rencontré une femme que j'aime bien, annonça Cooper vendredi soir.

Il avait téléphoné à la fin de sa journée à l'hôpital, et demandé s'il pouvait passer chez Sophie. Elle avait accepté sans hésiter.

— Une femme ? répéta-t-elle.

Avait-il déjà rencontré quelqu'un d'autre ? Quelqu'un

qui lui plaisait ? Et elle ? Elle ne comptait déjà plus ? Et leur enfant ?

— Elle s'appelle Gillian et elle aime mon père. Ils vont se marier.

— Quelle belle nouvelle ! s'exclama Sophie, gagnée par un soulagement indicible.

Pourquoi réagissait-elle ainsi ? Puisqu'elle avait refusé d'épouser Cooper, elle n'avait aucune raison de se sentir déstabilisée !

Cooper tira une chaise pour qu'elle puisse s'asseoir.

— Repose-toi. Tu es toute pâle.

— Un peu fatiguée, sans doute, prétendit-elle en prenant place.

Elle observa Cooper quelques secondes.

— Dis-m'en plus, si tu veux.

Et aide-moi à oublier l'absurde jalousie que j'ai éprouvée !

Cooper fit tourbillonner doucement le bourbon contenu dans son verre, puis il s'assit face à elle.

— Mon père a commencé à fréquenter d'autres femmes environ un an après le décès de ma mère. Il se sentait seul, je suppose, ce qui se comprend…

Il avala une gorgée et garda le silence un court instant.

— Pendant longtemps, il est sorti avec des femmes plus jeunes que lui. Aucune ne restait, même si l'une d'elles — la deuxième, je crois — a été présente pendant presque un an. J'ai cru, et presque espéré, qu'elle deviendrait ma belle-mère. Mais ce n'est pas arrivé.

Cooper posa son verre et reprit :

— Gillian a environ l'âge de mon père, et ils s'aiment. C'est étrange et merveilleux de le voir aussi joyeux qu'un jeune homme… Une chose est sûre : Gillian ne profite pas de lui. Elle veut le rendre heureux.

Soudain, Sophie regretta de ne pas pouvoir boire d'alcool, elle aussi. Tant de personnes organisaient leur vie et réussissaient à trouver l'âme sœur, même tardivement… Pourquoi pas elle ?

— J'ai prévenu mon père qu'il serait bientôt grand-père, poursuivit Cooper. Il est si heureux… Gillian et lui veulent te rencontrer. Tu es également invitée au mariage, mais il y a un problème : c'est le même jour que celui qui est prévu pour l'accouchement.

Sophie eut l'impression d'être saisie de vertige.

— Oh là là ! ça va trop vite…

Le père de Cooper et sa future femme, qui seraient donc les grands-parents de sa fille, souhaitaient faire sa connaissance ? Pourquoi n'avait-elle jamais envisagé une telle situation ? Sans doute parce que Cooper avait rarement parlé de sa famille, si bien qu'elle n'y avait jamais pensé.

Mais… ce n'était pas une mauvaise nouvelle. Pas du tout.

— Notre enfant aura quatre grands-parents…

Sophie sourit.

— C'est merveilleux.

— Je suis bien d'accord. Tu as aussi entendu le reste ?

— Oui… Le mariage est prévu le jour de l'accouchement.

Sophie eut du mal à refréner une bouffée de déception. Parce que Cooper se rendrait forcément à la cérémonie. Par conséquent, il ne pourrait pas l'accompagner à la maternité. Jusqu'à cet instant, elle ne s'était pas rendu compte à quel point elle comptait sur sa présence ce jour-là.

— Soyons réalistes : combien de bébés arrivent exactement à la date annoncée ? souligna Cooper en souriant. Attendons de voir… Sophie, je serai là, auprès de toi. Notre fille est plus importante que tout.

Sophie sourit, à la fois soulagée et partagée.

— Je ne te demande pas de rater le mariage de ton père.

— Non, c'est moi qui te le propose. Parce que je ne veux pas manquer la naissance de notre enfant.

Le sourire de Cooper était si doux et craquant que Sophie eut terriblement envie de se blottir dans ses bras. Mais, restant immobile sur sa chaise, elle s'obligea à se ressaisir. Elle devenait si émotive…

— Ça te tente d'aller dîner au restaurant thaïlandais qui se trouve dans la rue d'à côté ? demanda Cooper. Je meurs de faim !

Nourriture asiatique ou hamburgers, elle se moquait bien de ce qu'elle mangerait…

— Moi aussi ! avoua-t-elle, consciente qu'elle voulait juste rester avec lui.

Ne plus le quitter…

Heureux que la partie inférieure de son visage soit dissimulée derrière un masque, Cooper s'accorda un sourire détendu tandis qu'il finissait de suturer l'abdomen de Jason Mowbray.

La veille au soir, Sophie avait accepté sans hésiter de rencontrer son père et Gillian… Tout comme elle avait admis, tout naturellement, qu'ils feraient partie de la vie du bébé…

De *leur* vie.

Sophie serait sans doute énervée si elle savait à quel point il rêvait de l'épouser. Il espérait même, secrètement, que la rencontre avec son père et Gillian l'amadouerait.

Lui offrir un fauteuil avait aussi été un choix mûrement réfléchi. Lorsqu'elle l'avait appelé, après la livraison, il avait d'abord cru que ce serait pour refuser le cadeau, le lui reprocher… Il aurait alors expliqué qu'en tant que père du bébé il avait le droit d'avoir envie de veiller au bien-être de la maman ! Mais il n'avait pas eu besoin d'en arriver là : Sophie s'était montrée enthousiaste et reconnaissante…

Oui, comme heureuse.

Revenant à l'instant présent, Cooper mit l'aiguille à suture dans le récipient et se redressa en regardant Becky, l'anesthésiste.

— Et voilà, c'est terminé.

— La tumeur n'était pas aussi importante que ce que tu avais envisagé, dit sa collègue.

— Une chance, oui… Une chance dans la malchance.

Jason aurait encore des épreuves à endurer, avec des séances de chimiothérapie et de rayons dès que la plaie serait cicatrisée. L'homme n'avait que trente-cinq ans. C'était bien trop jeune pour lutter ainsi contre un cancer.

Cooper avait déjà vu tant de situations difficiles qu'il se demandait parfois ce qui l'attendait. La vie était imprévisible et devait être savourée le plus possible… Sauf que lui-même avait été trop instable sentimentalement parlant, des années durant, pour pouvoir réellement apprécier certaines choses simples : la santé, la tranquillité, le partage, l'engagement…

Tu n'as pas été inconstant depuis ton atterrissage à Darwin le mois dernier.

À cause de Sophie. Ou plutôt *grâce* à elle. Il voulait avant tout qu'elle ne manque de rien. Le reste ne l'intéressait plus.

Il existait sans doute d'autres manières que le mariage pour prouver à Sophie qu'il pouvait être un bon père et un partenaire fiable. Mais lesquelles ? Si seulement il avait su exactement ce qu'il ressentait à l'égard de la jeune femme, il aurait été capable de la convaincre de sa sincérité. Il aurait même pu lui dire qu'il l'aimait…

Cooper se figea. Quoi, ces mots-là ? Jamais !

Il se rappela de nouveau les confidences de son père à propos de Gillian qui, avait-il dit, le comblait et l'apaisait. Sophie lui produisait le même effet. Elle était devenue le centre de son univers. Qu'est-ce que cela signifiait ? Qu'il était amoureux ?

De fait, ses sentiments ne cessaient de croître…

Oui, il voulait embrasser Sophie, la serrer dans ses bras, la protéger, la choyer jour et nuit…

Oui, il avait envie de la voir le plus souvent possible, et il avait confiance en elle…

Comment le lui montrer ?

Et que ferait-il si elle le repoussait ?

À cette perspective, il sentit son cœur se serrer.

OK, si Sophie ne voulait pas de lui, il s'engagerait probablement de nouveau dans l'armée, et accepterait une mission à l'étranger. Loin.

Puis, presque simultanément, Cooper songea qu'une telle fuite n'était plus envisageable. Il faudrait qu'il tienne compte de sa fille, dorénavant. Et pour toujours.

— Cooper ? Ça va ? s'inquiéta Becky, le tirant de ses réflexions.

Gêné, il se rendit compte qu'elle l'observait.

— Oui, merci. J'ai eu un petit moment d'absence,

c'est tout. Et Jason ? interrogea Cooper en s'obligeant à se détendre les mains.

Involontairement, il les avait crispées.

— Sa respiration est ample. Les constantes sont bonnes. Tout va bien.

Bien que ce soit l'état le plus habituel de ses patients après une intervention, Cooper se sentit soulagé. En vérité, il ne serait totalement tranquillisé qu'une fois Jason réveillé. Lorsqu'il avait effectué sa toute première opération, son patient avait fait un arrêt cardiaque fatal pendant le processus de réveil. Ça n'avait pas été la faute de Cooper mais, depuis, il éprouvait régulièrement une pointe de culpabilité teintée d'appréhension.

— Parfait. Emmenons-le en postopératoire.

Becky appela une infirmière qui se chargea du transfert.

— Tu as le temps de boire un café avant de retourner examiner Jason ? demanda Becky.

Cooper tenait à revoir ses patients dès que possible afin de leur expliquer ce qu'il avait réalisé et de les rassurer. Plongés dans l'inévitable confusion consécutive à une anesthésie générale, ils étaient très attentifs à tous ses mots, même s'ils ne s'en souvenaient pas forcément après.

— Oui. Mets de l'eau à chauffer, moi, je vais chercher mon téléphone.

Cooper se hâta d'ouvrir son casier. Il n'avait pas consulté ses messages depuis deux heures et demie. Et si Sophie avait eu besoin de lui ? Le cœur battant, il prit l'appareil et appuya sur la connexion.

Aucun SMS ni appel, constata-t-il avec soulagement.

— Tu es nerveux comme un futur papa, lança Becky.

— C'est tellement évident ?

Cooper referma le casier et jeta un coup d'œil à sa consœur.

— Le bébé arrive dans moins de trois semaines. Je serai sur les rotules quand il viendra au monde !

Becky se mit à rire.

— Ménage-toi… Garde des forces pour lui une fois qu'il sera né !

Évidemment, elle ignorait qu'il n'aurait pas à faire face

aux nuits entrecoupées. Sophie avait décidé de s'occuper pleinement du bébé, n'est-ce pas ?

Sauf qu'au fond de lui-même Cooper avait envie d'être là, lui aussi… Il voulait se rapprocher de Sophie. Il l'aimait… Oui, il l'aimait ! C'était tellement évident, maintenant… Comment lui faire comprendre ?

Comment la convaincre ?

Cooper songea qu'il aurait du mal à la demander en mariage une troisième fois. Il ne supporterait pas qu'elle refuse de nouveau. Ça risquerait de lui briser le cœur, il le savait.

Donc…

Il faudrait simplement qu'il continue à rester auprès d'elle, voilà. Il l'aiderait à se préparer, à s'installer, en espérant que peu à peu elle apprécierait sa présence. Et peut-être plus.

— Tiens…

Becky lui tendait une tasse. Au même instant, la sonnerie imitant un sifflement de train résonna dans la poche de Cooper. *Sophie ?* Du café se répandit sur le sol tandis qu'il récupérait le téléphone.

— Allô, Sophie ?

— On y est… C'est maintenant, annonça-t-elle à l'autre bout du fil, la voix un peu haletante.

— Tu es sûre ?

— Certaine, gémit-elle. Et j'ai mal.

Sophie s'apprêtait à accoucher… Et il se trouvait à l'hôpital, loin d'elle !

Cooper posa la tasse et ôta sa blouse quasiment en même temps.

— Je suis déjà à la maternité, ajouta Sophie. Tu peux venir ? J'ai besoin de toi.

— Tout de suite… Je pars à l'instant ! Je t'embrasse fort…

Cooper coupa la communication et croisa le regard de Becky. Elle était en train d'essuyer les gouttes de café sur le sol.

— C'est le grand jour ?

— Oui. Il faut que j'y aille. Tu pourras expliquer à Jason que j'ai dû m'absenter pour une urgence ? Je reviendrai le voir plus tard…

Et Cooper partit avant que sa collègue ait répondu.

Il patienta à peine aux feux rouges.

Il n'attendit pas l'ascenseur qui menait à l'étage de la maternité, préférant grimper l'escalier deux à deux.

— Je viens voir Sophie Ingram, annonça-t-il à la réceptionniste, reprenant à peine sa respiration.

— Juste derrière vous, répondit son interlocutrice en souriant gentiment. Elle est en salle de travail.

Il faillit trébucher en pénétrant dans la pièce, se retint de justesse.

— Sophie…

Elle était debout devant la fenêtre, très calme. Étonnamment calme. Comment était-ce possible ?

Parce que c'est Sophie, voilà…

— Coucou, dit-elle simplement. Merci d'être là.

— Merci ? C'est normal.

Elle portait une blouse bleu pâle et se tenait le ventre. Elle esquissa une grimace et souffla, visiblement saisie d'une longue contraction.

— Maintenant, je suis là, dit Cooper en l'enlaçant tendrement. Je vais t'aider.

Il commença à lui masser le bas du dos, décrivant des cercles du bout des doigts.

— Super…, murmura-t-elle.

— Quand est-ce que ça a commencé ?

— Il y a environ deux heures. Je n'ai pas trouvé mon téléphone, sinon je t'aurais appelé plus tôt. Il était pourtant dans mon sac…

Sophie s'efforça de sourire, et des larmes brillèrent au fond de ses yeux verts.

— C'est maintenant… Le bébé va arriver… Je n'y crois pas !

Cooper sentit son cœur se serrer. Il embrassa Sophie sur la bouche.

— Eh oui… Ce sera merveilleux. Tu es merveilleuse… Et très belle.

— Tu dis ça pour me faire plaisir… Aïe !

Une autre contraction, puis encore une, secoua Sophie.

— Respirez bien ! conseilla la sage-femme qui venait de les rejoindre. Vous vous débrouillez très bien, Sophie.

— Les deux dernières contractions ont été très rapprochées, signala Cooper.

La sage-femme fit signe que oui.

— Je crois que cette petite fille a hâte de voir le monde. Sophie, je vais vous examiner de nouveau, précisa-t-elle en désignant la table d'accouchement.

Cooper hésita. Devait-il laisser Sophie pendant quelques minutes ? Non, hors de question, même si la sage-femme était auprès d'elle.

Il regarda Sophie.

— Je peux attendre dehors.

Il fut soulagé qu'elle secoue la tête en signe de dénégation.

— Reste plutôt… et tiens-moi la main.

Elle se montrait si calme…

Impressionnante.

Toutefois, quelques instants plus tard, allongée et de nouveau parcourue de contractions, Sophie laissa échapper ses premiers cris de douleur.

— C'est bien, l'encouragea-t-il, profondément ému. Tu te débrouilles à merveille…

— Comment tu le sais ?

— Je le sais, c'est tout.

— Oh ! tais-toi et tiens-moi la main !

Oui, madame.

Il lui massa aussi la nuque, doucement mais fermement, tandis qu'elle poussait…

— Dilatation maximale, annonça la sage-femme. Vous y êtes presque, Sophie… Encore un peu ! Allez !

Cooper embrassa la main de Sophie.

— Tu es géniale.

Les yeux verts s'embuèrent, devenant presque gris à cause des larmes.

— Je suis contente que tu sois là, murmura Sophie. Avec moi… Avec nous.

Cooper sentit des larmes lui piquer les yeux.

— On forme une famille…, répondit-il, la voix légèrement enrouée.

D'une manière ou d'une autre, oui, ce serait le cas.

Sophie ne protesta pas. Au contraire, elle attira son visage vers le sien et l'embrassa sur les lèvres avec ferveur.

Le baiser fut brusquement interrompu quand, après une longue et dernière contraction, Sophie mit Lily Ingram-Daniels au monde.

Le nouveau-né poussa aussitôt son premier cri et Sophie le prit dans ses bras, le visage transfiguré par l'amour et la joie. En la regardant, Cooper éprouva alors l'absolue certitude qu'elle serait une mère merveilleuse…

Soulagement et bonheur s'emparèrent de lui en même temps. Le bébé était parfait… Sa petite fille était parfaite ! Elle serait dans sa vie pour toujours, et il veillerait sur elle autant que sur sa mère…

Sophie avait le front couvert de sueur, la chevelure emmêlée, mais jamais il ne l'avait trouvée plus belle.

— Elle a tes yeux, je crois, murmura-t-elle sans cesser de contempler le bébé.

— Elle aura peut-être ton fichu caractère, dit-il sur le ton de la plaisanterie.

Sophie se contenta de sourire, l'air émerveillé.

— Lily d'amour, voici ton papa…

Cooper prit le bébé dans ses bras et, instantanément, quelque chose changea en lui. Il regarda la peau rose, le tout petit nez, les quelques mèches de cheveux sombres, le minuscule poing…

Des larmes coulèrent sur ses joues.

La sage-femme s'éclaircit la voix.

— Désolée de vous déranger, mais le pédiatre est là pour examiner Lily…

— Pourquoi ? demanda Sophie d'un ton inquiet. Quelque chose ne va pas ?

Cooper eut l'impression que son cœur cessait de battre. *Non… Dites-moi que ce n'est pas vrai…*

— Pas du tout. Le médecin veut toujours vérifier qu'il

n'y a pas de problème mais, rassurez-vous, c'est une simple routine, expliqua la sage-femme.

— Oh ! d'accord, fit Sophie, visiblement soulagée. Merci.

— Oui, merci, répéta Cooper.

Il avait l'impression d'afficher un sourire idiot, mais peu lui importait.

— Dire qu'on est médecins, Sophie et moi… Devenir parents ne nous rend pas plus malins, du moins pour l'instant, ajouta-t-il en s'efforçant de plaisanter.

Sophie se mit à rire.

— Parce qu'on est déjà gagas.

— C'est normal, assura la sage-femme en prenant Lily avec délicatesse. Détendez-vous, essayez même de vous reposer le temps qu'on l'examine.

Sophie la suivit du regard quelques instants avant de reporter son attention sur Cooper.

— Ne t'inquiète pas, tout ira bien, murmura-t-il. Elle va vite nous la ramener.

— Je sais…

— Il faudrait que tu dormes, pour récupérer.

Sophie esquissa une moue perplexe.

— Ça va être difficile. J'ai l'intention d'allaiter Lily ! D'ailleurs, je rêverais de rentrer à la maison dès maintenant pour être tranquille.

— Il faut d'abord que tu apprennes à nourrir Lily.

— Pourquoi ? Ce n'est pas aussi simple que ça en a l'air ?

— C'est à moi que tu demandes ça ?

Cooper se mit à rire. Il avait l'impression qu'il ne cesserait plus jamais de rire tant il se sentait heureux.

— Puisque tu ne pourras pas partir d'ici avant deux jours, je vais rester près de toi pour te tenir compagnie…

Et veiller sur Sophie et sa fille.

11.

Sophie fut stupéfaite de constater qu'elle s'était endormie alors que son bébé se trouvait dans le berceau juste à côté de son lit. Elle aurait dû rester éveillée pour le contempler sans se lasser !

Prenant appui sur un coude, elle se redressa et observa l'adorable petit être au visage rond et angélique, enveloppé d'un body rose.

C'est moi qui l'ai créé ?

Une immense fierté l'envahit, vite remplacée par de l'incrédulité.

— J'ai gardé l'œil sur vous deux, dit Cooper d'une voix douce. Tout va très bien.

Il était assis de l'autre côté de la chambre.

— J'ai dormi longtemps ? demanda Sophie, heureuse qu'il soit là.

— Une heure. Tu en avais besoin. Lily a également dormi, en même temps que toi, tu vois ? Je crois que l'infirmière va bientôt revenir pendant que tu nourris Lily.

Cooper semblait si détendu et à l'aise que Sophie en fut émue.

— Je n'aurais pas aussi bien vécu ce moment si tu n'avais pas été là. Merci…

Cooper sourit.

— C'est normal que je sois là. Il n'aurait pas été possible qu'il en soit autrement !

Sauf si, stupidement, elle avait écarté le père de sa fille… Mais elle ne l'avait pas fait.

Heureusement.

La présence de Cooper la rassurait et la comblait. Oui, c'était évident… Tellement évident qu'elle ressentit des frissons. Elle se souvint de la manière dont il l'avait massée avant l'accouchement, pour l'aider, la soutenir et la détendre… Ça lui avait fait un bien fou.

— Tu m'as vraiment beaucoup aidée.

— Tant mieux. Tu n'as qu'à exprimer tes souhaits ou besoins, et je serai là pour toi, affirma-t-il en lui souriant de nouveau.

Si seulement elle osait… Mais ensuite que se passerait-il ? Elle serait attachée à lui. Trop. Cooper aimait sa fille, oui, mais elle ?

— Je ne suis pas très douée pour demander.

— Je crois l'avoir compris.

Sophie le regarda et il garda les yeux rivés sur elle. Une lueur intense se reflétait dans ses prunelles.

— Tant mieux, alors, dit-elle, le cœur battant.

Elle ferma brièvement les paupières, consciente du trouble nouveau, très déstabilisant, qui s'emparait d'elle.

— Je vais pouvoir sortir dès cet après-midi, ajouta-t-elle.

Et, après ces dernières quarante-huit heures passées dans le cocon de la maternité, ce serait sans nul doute stressant de se retrouver seule, sans pouvoir appeler une infirmière ou une puéricultrice, sans qu'on lui apporte ces repas peu goûteux, typiques des hôpitaux, et néanmoins bienfaisants.

— Je t'emmènerai, dit Cooper. Je me suis organisé pour ne pas travailler.

— Oh… C'est gentil. On ira chez moi, alors.

— Non, à la maison.

Sophie le considéra en silence, incertaine. Elle avait préparé la chambre du bébé, mais le reste… Tout était encore si peu confortable. Le robinet d'eau chaude ne fonctionnait pas bien, et pourtant elle avait déjà demandé à un plombier de le réparer.

— Il y fera plus chaud. Je pourrai cuisiner, insista Cooper. Tu partiras quand tu seras en forme, évidemment… En attendant, moi, je serai là pour t'aider.

Sophie hésita encore. Cooper lui souriait… À croire qu'il savait pouvoir tout obtenir d'elle avec ce sourire irrésistible. Vraiment tout.

— Ne te sens pas obligé…

— Au contraire, ce sera un plaisir. Je pourrai aussi changer Lily la nuit, pour que tu récupères mieux.

Elle sentit ses dernières résistances fondre.

— Bon… D'accord.

Il se mit à rire.

— J'aurais dû commencer par cet argument-là… Maintenant, il faudra également que je fasse à manger !

La villa était bien chauffée entre autres grâce au poêle à bois qui diffusait une douce chaleur. Résultat, il faisait aussi bon qu'à la maternité !

Avant d'aller chercher Sophie et Lily, Cooper avait disposé des bûches et préparé la chambre où Sophie avait déjà dormi. Il avait installé le berceau près du lit, une table à langer, et apporté une pile de couches ainsi que des lingettes, du coton et une lotion nettoyante. Il avait rangé de nombreux petits vêtements pour Lily : bodys, chaussons… Des achats complétés la veille au soir, lorsqu'il avait quitté l'hôpital.

Jetant un coup d'œil circulaire, Sophie sourit, l'air étonné.

— Tu as tout organisé à merveille… Merci !

— De rien. Je suis heureux d'être utile, tu sais.

Et un point de plus en sa faveur, songea-t-il avant de se dire qu'il se ridiculisait peut-être. Mais peu lui importait. Quelle autre solution avait-il pour inciter la jeune femme à s'installer définitivement sous son toit ? Aucune… Il fallait qu'elle se sente bien en sa compagnie, sécurisée et… libre.

Dans les bras de Sophie, le bébé bougea une main, captant aussitôt l'attention de Cooper. Il sentit son cœur se gonfler de joie.

— Qu'elle est belle… Vous êtes belles toutes les deux !

Sophie lui jeta un coup d'œil perplexe.

— Je dois avoir mauvaise mine… Je suis si fatiguée !

— C'est normal, ma chérie, tu viens de mettre au monde

une magnifique petite fille. Repose-toi, maintenant, ajouta Cooper en prenant doucement Lily pour l'installer dans le berceau.

— Tu m'as appelée… « ma chérie » ? demanda Sophie, l'air encore plus incrédule.

— Oui. Désolé, ne m'en veux pas… Mais tu sais bien que tu m'es chère. Très chère. Je tiens à toi et à vous deux.

Sophie ébaucha un sourire et ses yeux brillèrent.

— Je ne t'en veux pas. Tu aimerais bien qu'on vive ici, pas vrai ?

— Je peux difficilement prétendre le contraire. J'en serais si heureux…

Encore plus que tu ne peux l'imaginer.

En vérité, réalisa Cooper, il était prêt à faire tout ce qui était en son pouvoir pour la persuader de ne pas habiter seule, pour qu'elle souhaite rester avec lui… Ici. Chez lui. Chez eux. Il y mettrait autant d'énergie que lorsqu'il s'efforçait de garder les femmes à distance ! Quelle ironie du sort. Difficile de croire qu'il était le même homme qu'avant. Peut-être ne l'était-il d'ailleurs pas…

Tout ça parce qu'il avait rencontré Sophie, et qu'elle avait définitivement bouleversé son existence. Il n'aurait jamais pu envisager qu'un tel revirement de situation lui arrive un jour.

— Je t'aime.

Cooper cligna des yeux. La pièce était plongée dans une douce pénombre, et personne ne se tenait près du canapé sur lequel il s'était endormi.

Il avait dû rêver que Sophie murmurait ces mots… Parce qu'il aurait tant voulu qu'elle les prononce ? Oui, sûrement.

Un petit corps chaud était blotti contre lui. Baissant le regard, il ne vit que la tête de Lily, auréolée de cheveux noirs.

Bien sûr… Il avait pris Lily avec lui après la dernière tétée pour la changer.

Lorsqu'il était retourné dans la chambre, Sophie dormait profondément. Il l'avait bordée et était vite reparti en gardant Lily.

Il n'avait pas prévu de s'endormir… Mais il était fatigué, lui aussi. Les nombreuses interventions à l'hôpital durant la semaine précédente, puis les bouleversements liés à la naissance avaient quelque peu secoué son endurance à rester éveillé. Et peut-être sa raison… Puisqu'il imaginait que Sophie venait de formuler l'impossible.

Cooper referma les paupières. Mais un léger bruit le fit tressaillir et il ouvrit de nouveau les yeux.

— Sophie ?

— Qui d'autre pourrait être là ?

Elle se tenait bel et bien à côté de lui, vêtue d'une chemise de nuit rose et légèrement décolletée. En dessous, ses seins étaient pleins, gonflés. Ses longs cheveux cascadaient sur ses épaules.

Une vision de rêve.

— Tu ne dors plus ?

— Apparemment pas.

— Je ne voulais pas te réveiller, tout à l'heure… Tu avais l'air de si bien récupérer !

— C'est le cas. D'ailleurs, là, je me sens très bien. Et tu aurais dû me réveiller, ajouta Sophie. Ce n'est pas moi qui devrai assurer quatre opérations demain… À moins que ce ne soit aujourd'hui ?

Si seulement on était samedi, songea Cooper. Le réveil ne sonnerait pas à 6 heures. La salle d'attente ne serait pas emplie de personnes souffrantes, impatientes qu'il les reçoive. Sa fille et Sophie seraient près de lui durant la journée entière.

— Quelle heure est-il ?

— L'heure de te coucher et de te reposer à ton tour. Je te remplace.

Sophie lui sourit et Cooper sentit son cœur battre plus vite. Qu'elle était belle…

— D'accord. Tu es là depuis longtemps ?

Finalement, il n'était peut-être pas en train de rêver. Cette conversation paraissait si normale.

— Quelques minutes, répondit-elle. Je me suis réveillée en sursaut et je me suis levée aussitôt en vous cherchant, Lily et toi. Tu dormais en la tenant dans tes bras comme si elle était un trésor… Je n'oublierai jamais ce genre de moments.

Cooper tendit la main pour attraper celle de Sophie et il lui embrassa tendrement la paume.

— Cooper…, murmura-t-elle en s'essayant sur le canapé.

Il la regarda, conscient des battements précipités de son cœur. Elle s'apprêtait à lui dire quelque chose de particulier, il le sentait. Ça avait l'air d'être difficile pour elle.

Peut-être pouvait-il encore éviter le pire…

— Retourne te coucher. Je t'amène Lily dès qu'elle sera réveillée.

Sophie eut un doux sourire.

— Tu es décidément adorable. Toi et moi…

Elle ferma les yeux un court instant et sembla prendre une profonde inspiration.

— En fait, je t'aime.

Quoi ?

Non, je rêve.

Mais à l'accélération franche de son pouls, à la chaleur qui se diffusait en lui, Cooper sut qu'il était éveillé.

Ce qu'il venait d'entendre, c'était ce qu'il appelait de ses vœux depuis des jours et des jours.

— J'ai imaginé tellement de fois que tu me disais ces mots magiques… Tout à l'heure, par exemple.

Sophie sourit de nouveau.

— C'était vrai. Je les ai prononcés pendant que tu étais endormi.

Cooper la dévisagea, le cœur battant. Il aurait voulu bondir de joie, réveiller la rue entière… Il aurait voulu enlacer Sophie, l'étreindre fort, très fort, et lui avouer ses sentiments…

Mais il tenait sa fille dans ses bras.

Sans quitter Sophie des yeux, il se redressa doucement afin d'être face à la jeune femme.

— Tu as bien dit… que tu m'aimais ?

Un sentiment d'émerveillement l'envahissait peu à peu, effaçant les doutes qu'il avait éprouvés jusque-là, les transformant en amour pur et désir fou.

Sophie soutint le regard de Cooper, une expression calme et déterminée sur la figure. D'où tenait-elle cette capacité à se maîtriser ? Elle était si forte. Vraiment impressionnante.

— Oui, je l'ai dit. Mais je n'aurais peut-être pas dû…

— Pourquoi ? Au contraire…

Cooper s'efforça de respirer amplement, espérant paraître posé, lui aussi.

— Il fallait que ce soit toi qui le dises en premier.

— Pourquoi ? murmura Sophie, l'air de nouveau perplexe.

Le cœur battant, Cooper commença par poser Lily dans le couffin placé à côté du canapé, puis il prit la main de Sophie et la serra doucement dans la sienne.

— Viens…

Dès qu'elle fut allongée sur le canapé, il se glissa auprès d'elle afin qu'ils soient l'un contre l'autre, collés serrés. De sa main libre, il saisit doucement le menton de Sophie et lui tourna le visage vers lui.

— Personne ne me l'a jamais dit, avoua-t-il en gardant les yeux dans ceux de Sophie. Personne.

— Personne ?

— Dans ma famille, on n'exprime pas ses sentiments. La seule fois où j'ai dit à une femme que je l'aimais, j'avais huit ans et elle vingt-huit. Elle a quitté mon père le lendemain.

— Oh… Je vois.

Sophie ajouta après un court silence :

— Tu ne l'exprimes peut-être pas, mais tu le montres. J'ai pu constater et sentir à quel point tu te soucies de moi depuis que tu as appris ma grossesse…

Elle le regarda sans rien dire, visiblement émue. Un léger sourire affleura à ses lèvres.

— J'ai eu du mal à l'accepter, tu t'en es rendu compte. J'ai l'habitude de m'occuper seule de moi-même. J'ai l'habitude d'une certaine solitude, admit-elle. Ça ne m'effraye pas. Je ne veux pas être une charge, tu comprends ? En même temps…

Elle hésita.

— Avec toi, je suis bien. Très bien. Et j'ai l'impression que je pourrais passer la vie entière avec toi !

— La vie entière, tu as dit ?

Cooper eut de nouveau l'impression d'être en train de rêver.

— Et moi je veux qu'on ne se quitte plus. Plus jamais…

Il le savait instinctivement depuis des semaines. Il l'avait probablement ressenti le jour où ils s'étaient rencontrés pour la première fois, alors que le monde explosait autour d'eux. Mais il n'avait pas osé l'exprimer. Il avait eu trop peur que Sophie le repousse…

Il avait eu tort.

De toute façon, l'amour ne pouvait advenir qu'avec une certaine audace. Une prise de risque ? Oui, en quelque sorte.

Pourrai-je le lui dire ?

Inconsciente du combat secret qui se livrait en lui, Sophie poursuivit :

— Alors j'ai l'impression qu'on est sur la même longueur d'onde ?

— Je crois bien, oui…

— Je t'aime.

— Je t'aime… Mais toi tu es sûre ?

— Je vais le répéter pour que tu n'aies plus de doutes, reprit-elle d'un air à la fois ému et malicieux. Cooper Daniels, moi, Sophie Ingram, je t'aime de tout mon cœur. Et…

Elle leva la main, paume tournée vers lui.

— Je t'aimerai toujours.

Un sentiment de bonheur inconnu inonda Cooper.

— Je t'aime aussi, Sophie… Je t'aime à la folie… Je t'aime comme je n'ai jamais aimé personne… Tu es une femme extraordinaire, et la mère de ma fille…

Il sentit sa gorge se nouer. Comment hésiter encore ? Il fallait qu'il aille jusqu'au bout, à présent. Quoi qu'il lui en coûte.

— Sophie, je voudrais t'épouser. Tu veux bien ?

À ce moment-là, Lily se mit à pleurer.

Sophie éclata de rire…

Et Cooper retint son souffle.

— Ça tombe mal, mon bébé chéri, murmura-t-elle. Mais j'imagine que la vie de parents est ainsi faite… Les contretemps sont forcément nombreux.

Cooper avait la sensation de ne plus pouvoir respirer.

Sophie ?

Des yeux vert émeraude le fixèrent tandis qu'elle lui déposait un léger baiser sur les lèvres.

— Oui, murmura-t-elle. Oui pour la première fois où tu me l'as demandé. Oui pour la deuxième… Et définitivement oui aujourd'hui.

Lily cria de nouveau.

Cooper se leva et prit leur fille dans ses bras.

— C'est décidément miraculeux, dit-il en la tendant à Sophie. Je t'ai avoué que je t'aime, et tu as accepté que je t'épouse…

Il en avait presque le vertige. Il avait toujours cru que ce sentiment-là n'était pas fait pour lui… Erreur. Non seulement il le ressentait, mais en plus son amour était partagé.

— Eh oui, tout ça à la fois ! dit Sophie en installant le bébé contre son sein.

Elle sourit à Cooper.

— Même pas mal, pas vrai ?

— Ah non…

Cooper se mit à rire et s'assit à côté de Sophie.

— J'aurais dû essayer avant.

— Pour mieux me satisfaire, alors, répliqua-t-elle d'un ton taquin.

— Tu es facile à satisfaire.

— Oh ! oh… Serais-tu déjà fier de toi ?

— Non, seulement extrêmement amoureux de ma future femme.

Sophie sourit de nouveau et regarda leur fille avec tendresse.

— Tu as de la chance, ma chérie, maman et papa sont ensemble et s'aiment…

Cooper lui prit la main et l'embrassa.

— C'est moi qui ai de la chance de vous avoir toutes les deux auprès de moi.

Il avait trouvé l'amour, appris à en donner, et ce bien plus tôt que son vieux père…

— Ce miracle, c'est grâce à toi, murmura-t-il tout contre les lèvres de Sophie.

Puis il l'embrassa passionnément.

Épilogue

— Joyeux Noël, mes chéries !

Cooper pénétra dans la chambre à coucher en apportant un plateau garni de tasses et deux petits cadeaux joliment empaquetés, ornés de rubans rouges.

Sophie se sentit envahie de bonheur et de fierté. Cet homme tellement séduisant — même avec ce ridicule bonnet de Père Noël sur la tête — était son époux ?

— Joyeux Noël, mon amour…

Un Noël pas comme les autres… Puisqu'il s'agissait aussi de leur lune de miel.

Ils s'étaient mariés la veille dans le jardin de roses du château d'Auckland, en présence d'un petit groupe d'invités : leurs parents et amis les plus proches qui voulaient partager leur joie.

Le sourire aux lèvres, Cooper posa le plateau et prit Lily dans ses bras. Il l'embrassa tendrement sur le front, puis il s'assit près de Sophie et la regarda, l'air ému.

— Je n'ai jamais été aussi heureux de ma vie… Je t'aime, Sophie Daniels.

— Moi aussi je t'aime, Cooper Daniels. L'homme qui est à tomber par terre est devenu mon mari !

Cooper se mit à rire.

— L'homme qui est à tomber par terre…, répéta-t-il. Vous m'avez vraiment décrit de cette manière, Kelly et toi ?

— Je le jure. Mais ni elle ni moi n'aurions pu imaginer qu'on ferait notre vie ensemble, toi et moi.

— Personne n'aurait pu l'imaginer, admit Cooper. Même

si, quand je t'ai vue cette première fois, j'ai ressenti quelque chose de très particulier, comme un petit électrochoc, je crois… Ce truc qui devait déjà être en train de me souffler : « C'est elle, la femme de tes rêves… »

Sophie sourit, se remémorant les circonstances de leur rencontre. Oui, qui eût cru qu'un an plus tard ils seraient mari et femme, et parents d'une adorable petite fille ?

— Allez, ouvre ton cadeau, dit Cooper en lui tendant le paquet.

Sensible à l'impatience qu'il témoignait, Sophie défit aussitôt le papier cadeau et découvrit une petite boîte. Elle l'ouvrit, révélant un écrin de satin blanc contenant un fin bracelet d'argent orné de trois pendentifs.

— Oh ! que c'est beau…

Elle avait souvent eu envie d'en acheter un mais, jugeant son désir trop futile, ne l'avait jamais fait.

— Et si romantique, murmura-t-elle en effleurant l'un des pendentifs en forme de cœur. En fait, tu es romantique !

Cooper hocha la tête.

— Peut-être bien.

Le sourire aux lèvres, Sophie regarda le deuxième pendentif, qui représentait un chausson de bébé. Des larmes embuèrent ses yeux.

— Ça, c'est pour Lily… Et, ça, c'est pour nous, poursuivit-elle en admirant le troisième pendentif.

Un petit caducée : l'emblème du soin et de la médecine.

— Je l'ai fait fabriquer spécialement, dit Cooper.

— Merci…

Émue, Sophie l'embrassa sur la bouche. Depuis qu'ils étaient mariés, leurs baisers lui semblaient encore plus délicieux…

Elle se blottit contre son mari et mit le joli bracelet à son poignet. Qu'elle était heureuse !

Comme par hasard, au même instant, Lily se mit à pleurnicher. Dès que ses parents s'enlaçaient, elle se manifestait presque systématiquement.

Cooper soupira.

— Oui, ma chérie, papa Noël a aussi un cadeau pour

toi, mais j'ai bien peur qu'il ne te distraie pas suffisamment longtemps pour que j'aie le temps d'offrir à ta mère son véritable cadeau !

En souriant, Sophie ouvrit le deuxième paquet. Elle en extirpa une boîte qui contenait un deuxième bracelet orné de pendentifs. Un tout petit modèle pour Lily.

— C'est adorable…, dit-elle, emplie de gratitude envers cet homme devenu essentiel dans sa vie.

Un an auparavant, elle était invitée à un réveillon chez des amis. Comment aurait-elle pu imaginer ce qui l'attendait ? L'existence recelait souvent une part d'imprévu extraordinaire…

— Je ferais mieux de me préparer, annonça-t-elle, s'écartant à regret. Nos amis ne vont pas tarder.

— C'est vrai. On attendra qu'ils soient là pour ouvrir nos autres cadeaux. Au fait, ne t'inquiète pas : mes parents sont toujours en retard, précisa Cooper.

— Aucun problème…

Sophie lui prit la main et la serra tendrement dans la sienne.

— Je n'arrive pas à y croire… On va fêter Noël tous ensemble… Ce sera un véritable Noël ! Avec des paquets, un bon repas, une ambiance festive qui fait rêver…

— Oui, mon amour, un véritable Noël, renchérit Cooper. Avec nos parents… Qui sont aussi, dorénavant, les grands-parents de notre fille !

L'émotion brilla dans ses yeux.

— Grâce à toi… C'est grâce à toi. Je n'ai jamais vécu un tel bonheur, et je pensais que ça ne m'arriverait jamais. Je te suis vraiment reconnaissant.

— Non, mon chéri…

Sophie secoua la tête.

— Tu n'as pas à te sentir redevable de quoi que ce soit. On s'aime trop, toi et moi. Notre fille a la chance qu'on soit tous les deux là pour elle, et qu'on puisse lui offrir ce dont elle a besoin : de l'amour avant tout. Ce sera un Noël de rêve !

— Oui… Un rêve devenu réalité, avoua Cooper en l'enlaçant tendrement.

Ils échangèrent un long baiser.

— À propos de réel, si je mettais la dinde au four ? proposa-t-il.

— Déjà ? On ne mangera pas avant plusieurs heures… La chair risque de sécher.

— Il faut que la volaille cuise longtemps, lentement, et qu'on l'arrose souvent. Fais-moi confiance, ce sera parfait.

Sophie éclata de rire.

— J'ai confiance en toi pour tant de choses… Pour ça aussi, alors ? Tu es sûr de toi ?

— Oui… Enfin, je crois. Gillian serait de bon conseil, ajouta Cooper. Elle est une excellente cuisinière.

— Parfait. Tu veux l'attendre ?

En prononçant ces mots, Sophie eut la sensation qu'ils formaient dorénavant une vraie grande famille… Gillian et le père de Cooper, ses propres parents, ses amies de l'époque lycéenne et étudiante, les camarades de Cooper, en couple pour la plupart et parents, eux aussi…

Leur maison résonnerait bientôt de bavardages et de rires insouciants. On entrechoquerait les coupes de champagne, on savourerait le repas… Et ces instants partagés seraient immortalisés par des photos. Si besoin, elle demanderait conseil pour mieux s'occuper de Lily… Tout deviendrait plus facile et agréable parce qu'ils seraient ensemble.

Renversant la tête contre l'oreiller, Sophie regarda Cooper et Lily.

— Waouh…

— Qu'est-ce qu'il y a ? demanda Cooper.

— Je disais juste « waouh ».

Elle se mit à rire.

— Parce que je suis si heureuse !

Quand Cooper l'embrassa de nouveau, Sophie goûta ses lèvres et ce baiser qui scellait leur amour infini… C'était merveilleux. D'autant plus que Lily n'interrompit pas leur étreinte. *Waouh…*

CAROL MARINELLI

Te garder près de moi

Traduction française de
CHARLINE MCGREGOR

Blanche

HARLEQUIN

Titre original :
PLAYBOY ON HER CHRISTMAS LIST

1.

— Holly, range les décorations. Il y en a assez, je te l'ai déjà dit. On est aux urgences, pas dans le service pédiatrique.

Les bras chargés de guirlandes de Noël et de bonshommes de neige argentés, Holly sursauta en reconnaissant le fort accent irlandais de Kay, l'infirmière en chef.

Prise la main dans le sac !

Pour arranger les choses, le médecin-chef remplaçant que Holly avait cru en pause dîner buvait en fait son café au comptoir de l'accueil. Évidemment, il fallait qu'elle se fasse gronder devant le beau Daniel.

— Je te croyais rentrée chez toi, répondit-elle à Kay en rougissant comme une adolescente.

— Je sais bien, mais non, fit l'infirmière avec un long soupir, je fais des heures sup pour organiser le planning de Noël.

— Mais il est déjà fait, répondit Holly, inquiète.

La dernière chose dont elle avait besoin, c'était que le planning change, et ses projets de fêtes en famille avec — elle avait tout prévu depuis des semaines.

— Oui, mais j'ai deux membres du personnel en longue maladie, vois-tu, répondit Kay. Heureusement, Nora a proposé de travailler le soir de Noël, mais ça reste extrêmement tendu. Maintenant, fais-moi plaisir, va ranger ces guirlandes et attache-toi les cheveux.

— Ils sont attachés.

— Non, Holly.

En début de garde, elle domptait systématiquement sa

longue crinière brune en une queue-de-cheval soignée, mais, boucle après boucle, celle-ci s'échappait ensuite tout aussi systématiquement de ses liens.

Holly Jacobs retourna penaude au cagibi et Daniel se surprit à sourire en la suivant des yeux. Même lui, qui n'était remplaçant au Primary que depuis un mois ou deux, savait à quel point elle prenait les décorations de Noël au sérieux. Dans l'espoir de « Noëliser les lieux », elle avait attendu tout l'après-midi que Kay, censée terminer à 16 heures, rentre chez elle.

Le Primary Hospital, hôpital universitaire du nord de Londres, était moderne, débordant d'activité, et très différent du prestigieux Royal où Daniel avait fait ses débuts en tant qu'interne. Il avait ensuite gravi tous les échelons jusqu'à devenir chef du service urgences et traumatologie.

D'après le père de Daniel, son poste au Primary était un retour en arrière. Le célèbre Pr Marcus Chandler n'avait en effet jamais digéré que son fils s'abaisse à des remplacements dans divers hôpitaux londoniens, lui qui aurait pu effectuer toutes ses heures au Royal.

Pour Daniel, en revanche, ce poste au Primary était, sinon une avancée, du moins un pas dans la bonne direction. Oui, car il appréciait ses fonctions, et pouvait exercer au Primary sans pression ni réputation à tenir. Lentement, il se forgeait la sienne. Et ses talents avaient été remarqués.

— Vous savez qu'un poste fixe se profile ? lui dit Kay, les yeux rivés à son écran d'ordinateur.

— Oui, je suis au courant, répondit Daniel, qui avait été approché à ce sujet. J'ai déjà informé M. Edwards que je n'étais pas intéressé.

— On n'est pas assez bien pour vous, c'est ça ?

— Il y avait un poste fixe au Royal, quand j'en suis parti. Et je n'étais pas plus intéressé.

— Vous êtes un mystère, dit Kay en soupirant, avant d'épousseter en souriant des paillettes laissées par Holly. C'est un service d'urgences, ici, pas la grotte du Père Noël. Les gens n'ont pas besoin qu'on les bassine avec une ambiance festive. C'est une période de l'année suffisamment difficile pour nos patients. Moi, j'en ai déjà ma claque, et on n'est que le 2 décembre.

— Vous prêchez un convaincu, répondit-il.

— Vous n'êtes pas fana de Noël, vous non plus ?

— Non.

— Pour moi ça fait ressortir le pire chez les gens. Vous devriez voir cet endroit la nuit de Noël. D'ailleurs, vous allez à la fête de Noël des urgences, ce soir ? demanda-t-elle en reportant son attention sur l'ordinateur.

— Non.

Kay éclata de rire, avant de froncer les sourcils.

— Mais j'y pense, comment se fait-il que vous soyez encore parmi nous ? Je croyais que vous remplaciez votre ami le temps de ses noces. Le mariage n'était pas la semaine dernière ?

— Si, en effet, répondit Daniel en continuant d'écrire.

Il avait terminé son temps au Royal fin septembre, et tuait le temps depuis en attendant le mariage de Rupert, son meilleur ami.

Bientôt, il enchaînerait sur une année sabbatique. Il commencerait par dévaler les pistes de ski en Suisse, et puis… Eh bien, il verrait au jour le jour.

— Pourquoi ne pas être parti en voyage et revenu pour la cérémonie ? demanda Kay.

— Oh ! non. Une fois que je serai parti, je serai parti pour de bon.

— Waouh, c'est bien radical !

Holly était de retour, bonshommes de neige et guirlandes en moins, et sa queue-de-cheval rajustée — quoique parsemée de paillettes. Elle posa un regard soucieux sur Kay — elle avait manifestement vraiment besoin de ses congés à Noël, cette année.

Holly savait qu'elle risquait d'être mise à contribution si le planning changeait. L'année précédente, à peu près à la même époque, on avait diagnostiqué un cancer du sein à sa mère. Kay avait été adorable et avait organisé le planning pour donner à Holly dix jours de congé à passer en famille.

Hélas, le cancer avait la particularité de ne pas suivre de programme fixe, avec un début et une fin précisément circonscrits.

L'année écoulée avait été rude, et chaque fois que ses gardes le lui permettaient, Holly faisait l'aller-retour par autoroute dans sa petite voiture rouge. Esther, sa mère, avait récemment dû entamer une deuxième session de chimiothérapie et, même si désormais les nouvelles étaient meilleures, elle tenait à tout prix à ce que sa famille soit réunie autour d'elle pour les fêtes.

Et ces temps-ci, ce qu'Esther demandait, Esther l'avait !

Holly lâcha un soupir nerveux. Elle aimait profondément sa famille, mais le moins que l'on pouvait dire c'était que la situation était pénible, ces derniers temps.

— Kay, je peux te parler un instant ? demanda-t-elle.

— Si c'est au sujet du planning, la réponse est « non ». Ta requête a été prise en compte et, oui, je sais que c'est aussi ton anniversaire.

— Alors, comme ça, vous êtes un bébé de Noël, Holly ? demanda Daniel. Oh, oh, oh !

— Très drôle.

Ils aimaient bien se taquiner l'un l'autre, sans arrière-pensée. Et c'était agréable.

— Du coup, vous n'avez qu'un seul cadeau au lieu de deux ? dit-il d'un ton léger.

— Eh bien, non mes parents ont toujours pris soin de m'en offrir deux. Mais vous, fit-elle, revenant sur la conversation qu'elle avait surprise en arrivant, pourquoi n'êtes-vous pas simplement rentré d'un coup d'avion pour le mariage ?

— Il y avait l'enterrement de vie de garçon à organiser, dit-il. En fait, il y en avait même deux. Et puis, la future épouse de Rupert était à cran, elle redoutait que je ne rentre pas à temps si je quittais le pays. D'ailleurs, elle avait raison de s'inquiéter, comme je l'ai dit : une fois parti, je serai parti pour de bon.

Holly n'aimait pas cette idée. Daniel avait partagé quelques gardes avec elle, et elle s'habituait à sa présence.

Ou plutôt, elle s'habituait au ramdam que provoquait la présence du beau docteur dans sa poitrine. Et « beau » n'était qu'un euphémisme.

Grand, les cheveux noirs et épais, et un parfum à vous donner la chair de poule. Oui, il avait tout cela, mais c'étaient ses yeux qui les premiers l'avaient chamboulée.

Bleu marine. Oui, oui, bleu marine.

Comme si le peintre avait prévu de revenir ajouter quelques touches d'argent et de bleu ciel, puis oublié. Restaient donc des iris magnifiques, d'un bleu profond, cerclés d'un halo noir.

Elle avait été captivée au premier regard, et n'avait pu s'empêcher de les scruter.

Et il avait soutenu son regard.

— Tout va bien ? avait-il demandé.

— J'ai une douleur abdominale, avait-elle tenté pour détourner l'attention. Avec vomissements.

Elle faisait allusion à un patient qu'elle souhaitait lui faire examiner, mais les mots étaient sortis de travers.

— Dans ce cas, allez vous allonger, je vais vous ausculter.

La voix était hautaine, le ton narquois, et elle avait été tentée de répondre sur le même ton. Au lieu de quoi elle avait souri.

— Je vous attends en salle d'examen numéro quatre.

La douleur abdominale en question s'était avérée une appendicite sur une patiente de vingt ans. En entrant, Daniel avait découvert Holly qui tenait un bol sous la bouche de la pauvrette. Il lui avait offert un léger sourire, manière de lui signifier sa déception que ce ne soit pas elle, allongée là à l'attendre.

— Dommage, avait-il marmonné, assez bas pour que seule Holly l'entende.

Ce petit flirt, quelle que fût l'importance qu'elle lui accordait, n'était qu'habituel pour lui. Il était suave par nature et, d'après la rumeur, sortait beaucoup. De toute façon, il n'était pas son genre et vice versa.

Sauf que…

— Comment était la noce, alors ? demanda-t-elle.

En fait, elle était curieuse de savoir pourquoi il avait repoussé son grand départ.

— Comme tous les mariages, répondit-il alors qu'elle s'installait sur le banc près de lui. Interminable.

— Et la tenue de la mariée ?

— De mémoire, c'était une robe. Probablement blanche.

— J'adore les mariages en hiver, dit-elle avec un soupir. Surtout quand il neige.

— L'église était glaciale, répondit-il d'un ton qui indiquait une vision bien moins romantique des choses. Et il pleuvait à verse pour les photos.

— Qui était votre cavalière ? demanda Kay sans détacher les yeux de son écran.

— Je n'emmène jamais de cavalière à un mariage, fit-il en secouant la tête. Enfin, plus depuis longtemps. Ça leur donne l'idée que c'est sérieux entre vous, je l'ai appris à mes dépens. De toute façon, j'étais garçon d'honneur, tout le monde attendait que je sorte avec la demoiselle d'honneur.

— Et alors ? demanda Kay.

— Je ne fais jamais ça non plus.

Sur quoi il planta ses yeux bleu marine dans ceux de Holly. Un regard sans équivoque. Dieu qu'il était direct ! Il flirtait avec elle dans le dos de Kay, et cela la fit sourire.

— Bref, reprit-il, je tenais à m'assurer que tout se passe au mieux pour Rupert. Il s'est comporté en véritable ami, quand…

Il laissa sa phrase en suspens, et conclut :

— C'est un très bon ami.

— Et pourquoi n'avez-vous pas pris le premier avion pour partir en Suisse après le mariage ? insista Kay.

— Comme ça…

Et, sur un haussement d'épaules, la conversation prit fin. Il ne répondit pas. Il faisait cela souvent. Si direct qu'il fût dans sa façon de flirter, dès qu'une conversation devenait trop personnelle, eh bien, il se contentait d'y mettre un terme.

— Je rentre à la maison, dit finalement Kay en refermant son ordinateur portable. Daniel, on vous revoit ?

— Je ne pense pas, répondit-il.

Les remplaçants, ça allait, ça venait mais, au sourire de l'infirmière-chef, Holly devina que celui-ci lui manquerait.

— On se voit ce soir au pub, reprit-elle à l'intention de Holly. L'équipe de nuit doit venir un peu en avance pour que celle de jour arrive à la fête à une heure raisonnable. Comment est-ce que vous venez ?

— En taxi, avec Anna et Laura, répondit cette dernière. Vous souhaitez partager avec nous, Daniel ? Il reste une place.

— Non, je n'irai pas à la fête.

Il ne donna aucune raison particulière, et heureusement ne leva pas non plus les yeux, car les épaules de Holly s'étaient un peu affaissées. Aussitôt, elle se redressa.

En fait, c'était plutôt une bonne nouvelle. Car, vu la façon dont elle se sentait en danger en présence de cet homme, elle n'était pas à l'abri d'une bêtise. Ce qui aurait été d'autant plus inutile qu'il était sur le point de partir à l'autre bout du monde.

D'après ce qu'elle avait entendu, il donnait dans les relations légères et sans lendemain. Tout l'opposé d'elle, quoi.

Quoiqu'elle pourrait faire une exception.

Lui.

Parfois, plaisanteries et flirts sans conséquence mis à part, elle le sentait qui l'observait, et il y avait entre eux une tension qu'elle aurait jurée réciproque. Car il ne s'agissait pas uniquement d'un simple flirt. Elle percevait quelque chose dans ses yeux, qui lui donnait des picotements dans le ventre.

— Je vais prendre ma pause dîner tant que c'est calme, dit-elle pour couper court à ses pensées. À plus tard, Kay.

— Attends un peu. J'ai un cadeau pour toi. Et pour vous aussi, dit Kay avec un sourire pour Daniel.

Kay aimait offrir des présents. Des bricoles, de petites choses qui l'avaient fait rire et qu'elle transmettait. Sa générosité ne concernait d'ailleurs pas que le personnel : le service organisait régulièrement des collectes de fonds en faveur des sans-abri.

Elle sortit un sac archi-plein de sous son banc et leur

tendit à chacun une fine enveloppe parmi les nombreuses qu'il recelait.

— Un calendrier de l'Avent ! s'exclama Holly, ravie.

— Je les ai pris au magasin discount, avoua Kay, manifestement très contente de son choix. J'en ai un pour tout le monde.

— Ça alors, il y a du chocolat, dit Daniel en ouvrant une des petites fenêtres.

— Évidemment, dit Kay en éclatant de rire. Vous n'avez jamais vu de calendrier de l'Avent ?

— Non, en fait.

— Comme on est le 2 décembre, vous avez le droit d'en prendre deux, lui expliqua-t-elle. Mais ensuite ce sera un par jour seulement.

Au regard qu'il lui coula, Holly devina que, pour sa part, les vingt-cinq seraient avalés dans la journée.

— Un seul par jour, lui redit-elle en secouant la tête.

— J'ai beaucoup de mal à me retenir, avec les bonnes choses.

Aïe. Parfois, un peu trop souvent même, il sortait des phrases de ce genre, qu'elle préférait balayer d'un revers de main, mais c'était de plus en plus compliqué, ces derniers temps.

— Eh bien, moi, je suis dotée d'une forte volonté, répondit-elle. Je sais très bien résister.

Elle le vit hausser un sourcil. Non, ils ne parlaient que de chocolat, inutile d'y voir autre chose. Et, en matière de chocolat, elle savait garder son self-control. Ce qui n'était pas le cas quand il s'agissait de Daniel. Heureusement qu'il partait, car elle aurait tout à fait pu fondre.

Elle avait complètement craqué pour lui, au fond, ce qui n'était pas du tout dans ses habitudes. Du moins, cela ne lui était pas arrivé depuis bien longtemps. À vingt-huit ans, elle aurait même cru loin derrière elle les jours où ses rêves étaient tout entiers concentrés sur un être attirant.

Eh bien, non.

Kay s'apprêtait à partir quand Laura, l'infirmière de garde ce soir-là, entra en trombe.

— On a un arrêt cardiaque qui arrive. Homme, cinquante-cinq ans, qui a fait un malaise chez lui.

Oubliant son dîner, Holly sauta du banc. Daniel se leva aussi, et ils partirent se préparer à l'admission du patient.

— Je vais rester, au cas où on aurait besoin de moi, dit Kay.

Holly s'attendait à ce que Laura lui réponde, comme d'habitude, qu'ils se débrouilleraient, au lieu de quoi elle jeta un regard inquiet à Kay. Et l'entraîna à l'écart.

Holly lança l'appel à l'équipe médicale des urgences, puis partit préparer le matériel. En attendant l'équipe, Daniel serait aux commandes mais, pour avoir déjà travaillé avec lui, elle n'était pas soucieuse quant à ses compétences.

— Qu'est-ce qui se passe ? lui demanda-t-il en plaçant des seringues avec les sachets de perfusions.

Il désigna Laura et Kay, toujours en train de discuter à mi-voix.

— Je n'en sais rien, mais il y a quelque chose, répondit-elle, inquiète.

— Holly, l'interpella justement Kay d'une voix plus sérieuse que jamais en enfilant une tenue plastifiée, signe qu'elle prendrait part à la réanimation. Le patient est le mari de Nora.

Holly déglutit. Nora Hewitt était la seconde de Kay, tout le monde l'adorait. Plus important, son époux, Paul, était un homme charmantissime aussi. Il passait souvent dans le service, pour venir chercher Nora, ou lui apporter le déjeuner qu'elle avait oublié à la maison. Il avait toujours une parole agréable pour chacun, et devait assister à la fête de Noël des urgences avec sa femme.

Holly entendit des sanglots en provenance de l'extérieur, mais ne reconnut pas la voix de Nora.

— Sa fille est vraiment bouleversée, dit le brancardier.

— Anna, vous pouvez rester avec la famille ? demanda Kay d'un ton sans appel.

— Où est l'équipe ? s'enquit Holly, désireuse que les meilleurs soins soient offerts à Paul.

— On va parfaitement s'en sortir, lui assura Daniel de sa voix grave et réconfortante.

Il était penché sur le lit médicalisé, et manifestement prêt à intervenir avec un mélange d'efficacité et de calme.

Tout ce dont les urgentistes avaient besoin en cet instant.

2.

— À mon compte ! intima Daniel, et Paul fut transféré du brancard sur le lit de la salle de réanimation.

Tout le monde était un peu agité. Tous les membres du personnel, brancardiers compris, connaissaient Nora.

Daniel, lui, restait d'un calme olympien. Il supervisa l'insertion du tube respiratoire et, une fois le tout branché, vérifia le moniteur. Il demanda à Kay de recommencer le massage cardiaque et indiqua les médicaments à lui passer en perfusion, le tout en écoutant le compte rendu des urgentistes.

Apparemment, l'intervention sur place avait été quelque peu chaotique. La fille de Paul et son petit ami étaient passablement nerveux, et, dans leur inquiétude, avaient gêné l'intervention des médecins.

— Il s'est effondré dans sa salle de bains.

— Quelqu'un était avec lui ?

— On a du mal à le savoir clairement.

Holly tendit à Daniel les médicaments demandés. Il la remercia d'un hochement de tête mais, compte tenu de l'agitation ambiante, revérifia le contenu et le dosage.

Paul était encore arythmique, ne réagissait pas au traitement et, malgré plusieurs chocs électriques chez lui et en chemin, il n'avait toujours pas retrouvé un rythme normal. Daniel fit charger le défibrillateur et installer de nouveaux patchs sur le torse de Paul.

Holly obtempéra, et sentit ses mains trembler.

— Quelqu'un interroge la famille sur le déroulement de l'incident ? demanda Daniel.

— J'ai envoyé Anna auprès de Nora, répondit Kay. Je ne pense pas qu'il ait d'antécédents, cela dit.

Mais Daniel ne voulait rien entendre.

— Je veux savoir ce que Nora a à dire.

L'équipe des urgences arrivait peu à peu et prit le relais. Daniel ayant tout contrôlé, il fut en mesure de leur faire un rapport complet tout en continuant à s'affairer. Kay, rouge et en nage, poursuivait le massage cardiaque.

— Tu peux me remplacer, Holly ?

Malgré ses mains tremblantes, celle-ci s'exécuta. Elle dut faire un effort sur elle-même pour effectuer un travail efficace. Après un coup d'œil à la pendule, elle reporta son attention sur Paul. Ils n'obtenaient aucune réaction depuis l'attaque.

— On s'écarte ! ordonna le Dr Dawson, cardiologue.

Une fois Holly descendue du lit et suffisamment en retrait, il administra la décharge électrique.

— Il s'est effondré à 17 heures ? demanda le Dr Dawson.

Il était désormais 17 h 45…

Une odeur de brûlé se dégageait du corps, conséquence des multiples chocs. Kay leva elle aussi les yeux vers la pendule.

— Il était inconscient quand on l'a découvert ? demanda le Dr Dawson.

— On en attend la confirmation, répondit Daniel.

Les brancardiers avaient été précis dans leur compte rendu, mais il restait quelques zones d'ombre.

— Il n'a pas d'antécédents et ne suit pas de traitement, annonça Anna qui venait d'entrer dans la salle. Paul était debout dans la salle de bains en train de discuter avec Nora quand il a ressenti une vive douleur à la poitrine. Sa femme l'a assis au sol et a appelé une ambulance. En attendant les secours, elle lui a donné de l'aspirine et est restée à ses côtés, puis il a fait un arrêt cardiaque et elle a aussitôt entamé le massage cardiaque.

Il était donc désormais clair qu'il s'agissait d'une crise cardiaque. Connaissant les talents de Nora, Holly était convaincue qu'il avait d'emblée reçu une réanimation de qualité.

— Reprenez le massage, ordonna le Dr Dawson.

Holly s'apprêtait à remonter sur le lit, mais Daniel la retint.

— Attendez une seconde, dit-il, les doigts appuyés sur la carotide dans le cou de Paul. Je sens un pouls.

Et alors, avec un son plus beau que la plus belle des musiques, le moniteur se mit à sonner. Deux bips d'abord, suivis d'une longue pause, puis trois à la suite, et enfin le rythme sinusal s'enclencha et les bips rapides des battements cardiaques se firent entendre. Soudain, l'espoir renaissait.

Un espoir fragile, cependant. Paul avait été en arrêt pendant de longues minutes. Les cardiologues observaient son ECG, pour décider s'ils l'emmenaient directement en réanimation ou au labo afin de déterminer exactement ce qui s'était passé. Chacun espérait pouvoir dissoudre le caillot et ouvrir les vaisseaux bloqués qui menaient au cœur, afin de minimiser les dommages au muscle cardiaque.

— Je monte avec lui, dit Kay en récupérant l'équipement nécessaire à un transfert d'urgence. Daniel, pouvez-vous expliquer à Nora que le Dr Dawson s'occupe de Paul, mais qu'il va passer demander son consentement pour… (Elle laissa sa phrase en suspens.) Enfin, vous connaissez le topo.

— Je connais.

— J'oublie toujours à quel point vous êtes expérimenté.

— Pas de problème, répondit-il d'un ton calme, avant de réaffirmer son autorité. Avant tout, on doit faire venir sa femme.

— Le temps est compté, dit le Dr Dawson.

— Je suis certain qu'elle le comprendra.

Nora avait dû être en train de se préparer pour la fête au moment de l'accident cardiaque, car une seule de ses paupières était maquillée d'ombre pailletée.

Assister à l'émotion si vive de quelqu'un qui faisait de son mieux pour contenir son désarroi suffit à mettre Holly au bord des larmes.

— Il va monter très bientôt, dit-elle à sa collègue. Dès que le Dr Dawson aura obtenu ton consentement.

Tout en écoutant les explications de Holly, Nora prit la main de Paul entre les siennes, comme pour la réchauffer.

— Je t'en prie, Paul, ne me quitte pas. J'ai su, à l'instant où je l'ai rencontré, qu'il était l'homme de ma vie, dit-elle à l'intention de Holly.

Que répondre ? Qu'ajouter à un amour qui durait depuis plus de trente ans ? Au lieu de balbutier la première ineptie venue, Holly afficha un sourire nerveux. Nora la connaissait heureusement assez pour ne pas s'en offusquer.

— J'ai juste besoin d'un moment seule avec lui, dit-elle.

À cet instant, Anna passa la tête entre les rideaux.

— Nora, ta fille veut entrer.

— Non, répondit Nora d'une voix ferme. Elle est trop bouleversée, elle ne ferait que l'affoler.

Kay et Holly laissèrent donc Nora seule avec son époux et l'anesthésiste, et allèrent se poster avec le reste de l'équipe derrière le rideau qui séparait la pièce en deux. Holly avait pris soin de monter le son des moniteurs, le personnel devait pouvoir intervenir rapidement au moindre problème.

Elles entendirent Nora dire à son mari qu'elle l'aimait, qu'il devait se montrer fort et qu'elle l'attendrait à sa sortie de la salle d'opération. Sa voix ne fléchit pas, au cas où il l'entendrait.

Holly ne connaissait que trop bien ce timbre de voix.

Elle repensa à sa mère quand elle était sur le point de subir son opération. Holly étant la seule de la famille à avoir des compétences médicales, tout lui incombait. Elle avait pris toutes les décisions, même les plus graves. Quand son père avait commencé à craquer pendant l'intervention — il avait demandé à y assister derrière une vitre —, c'était aussi Holly, un sourire fermement en place malgré ses propres craintes, qui avait dû le rassurer. Sa mère avait été tellement affaiblie par la chimiothérapie qu'il était impossible de ne pas s'inquiéter de l'issue de l'opération.

— Qu'en pensez-vous ? demanda Kay à Daniel.

— Ils font tout leur possible.

Son expression sombre et sa réponse évasive en disaient long sur ses inquiétudes : selon lui, les chances étaient maigres.

*
* *

La garde, qui avait débuté calmement, avait vite tourné à l'affolement général. Et cela ne semblait pas vouloir s'apaiser. Holly était secouée, pourtant ce n'était pas le moment de s'asseoir pour réfléchir aux événements. Aux urgences, il n'y avait pas de bouton « pause », et surtout pas quand on en avait besoin.

Au moment où Paul fut emmené en cardiologie, un autre patient en état critique arriva.

Avec tout cela, Holly avait complètement oublié qu'elle avait une soirée prévue. À l'arrivée de l'équipe de nuit, à 20 heures, elle n'en revenait pas qu'il soit déjà aussi tard.

Elle dut annoncer la mauvaise nouvelle à propos de Paul, ce qui lui enleva toute envie de festoyer. Mais Kay n'était pas de cet avis. Elle appela Holly dans son bureau.

— J'ai besoin de toi pour régler les questions financières avec le patron du pub. Écoute, je sais que tu n'as pas envie de faire la fête, mais tout le monde est maintenant au courant, pour Paul. Sa fille a publié la nouvelle sur les réseaux sociaux. Et Nora souhaite que la soirée ait lieu. D'après elle, annuler signifierait qu'il n'y a plus d'espoir pour Paul.

— Comment va-t-il ? demanda Holly.

— Il est en soins intensifs, ils l'ont placé en coma artificiel. On n'en saura pas plus avant quelques jours. Je ne suis pas très optimiste, je t'avoue. Il est resté en arrêt très longtemps.

— Moins de une heure.

— Je sais, mais…

Kay semblait sur le point de pleurer et Holly ne savait pas du tout quoi dire, aussi lui proposa-t-elle la première chose qui lui vint à l'esprit.

— Tu veux une tasse de thé ?

Kay rit de cette idée, mais son rire se changea en sanglot.

— Oui, une tasse rapide, et ensuite j'y remonte. Tu en prends une avec moi ?

Kay sortit du coffre-fort l'enveloppe contenant le montant de leur collecte des dernières semaines.

Un petit coup frappé à la porte les interrompit.

Daniel.

— Désolé de vous déranger pour ça, mais Laura ne trouve pas de taxi. Il y a au moins une heure d'attente. J'ai proposé de vous déposer à la fin de ma garde, d'ici cinq minutes.

— Allez, va te préparer, dit Kay à Holly. Moi, je retourne auprès de Nora.

— Prends cinq minutes pour toi, lui conseilla Holly, songeant aux moments pénibles qu'elle avait elle-même passés à l'hôpital pour sa mère, et à son épuisement.

— Tu as raison. Tu n'es pas là demain, si ?

— Non, je suis en pause jusqu'à lundi, mais je passerai un coup de fil dans la matinée pour avoir des nouvelles de Paul et…

Elle se ravisa. Le moment était mal choisi pour penser aux vacances de Noël, Kay avait autre chose en tête. Alors, plutôt que de réfléchir au lendemain, au surlendemain, ou aux jours suivants, elle se dirigea vers les vestiaires et prit la douche la plus rapide de sa vie. Avant d'enfiler sa petite robe noire.

— C'est très joli, dit Anna quand elle ressortit.

Sa collègue, qui se mettait de l'ombre à paupières devant le miroir, était magnifique dans une robe très rouge. Elle eut un haussement d'épaules un peu hautain.

— Le noir, c'est toujours flatteur.

Holly ne releva pas le caractère peu amène du commentaire et sortit sa trousse de maquillage. Elle n'était pas vraiment d'humeur à se pomponner, mais elle en avait sacrément besoin, après une garde pareille. Sans compter que l'humidité avait fait boucler ses cheveux plus encore qu'à l'habitude.

— Daniel nous attend, fit Anna, pimpante, en se détournant enfin du miroir. On n'a pas beaucoup de temps.

— Il peut bien nous attendre cinq minutes, répondit Holly.

Après tout, elle ne lui avait pas demandé de jouer les taxis, et surtout, pour sa part, elle n'aurait pas vu d'inconvénient à en attendre un. Au moins, elle aurait eu tout le temps de se préparer et de secouer sa morosité.

— Allez-y sans moi, sinon, je vous rejoins sur place.

— Mieux que ça, je vais aller attendre avec lui, dit

Anna. Et essayer de le persuader de venir prendre un verre à la fête. C'est vrai, quoi, c'est son pot de départ, au fond.

Sans trop comprendre pourquoi, Holly sentit une boule se former au creux de son estomac à l'idée de ne plus le revoir.

— Je vais peut-être même l'embrasser, histoire de lui souhaiter bon voyage, dit Anna.

— Ça ne t'ennuierait pas, sachant qu'il va partir ?

Anna haussa les épaules.

— Travailler ici m'a appris une chose : on peut tous partir à n'importe quel moment. Il faut profiter du présent.

Sur ce, elle sortit sur ses jambes maigrichonnes et ses talons hauts, laissant derrière elle son parfum entêtant et une drôle d'impression.

Holly, profitant de son premier moment de solitude, ferma les yeux et appuya la tête contre le mur. Elle se laissa envahir par la pensée de Nora, de Paul, mais aussi de ses parents.

À la même époque l'an dernier, tout était chamboulé dans sa vie, entre les visites à l'hôpital pour accompagner sa mère à ses séances de chimio, et les retours ici pour offrir son aide sur ses jours de repos. Le lendemain, après les courses de Noël, elle reprendrait l'autoroute pour rentrer chez ses parents.

Une année s'était écoulée, pourtant elle avait l'impression que pas grand-chose n'avait changé. Ça avait été une année remarquable par son absence de rires, de joie ; seul Daniel, ces derniers mois, avait quelque peu illuminé ses journées.

Et il y avait toutes les chances pour qu'elle ne le revoie plus jamais.

Non, ça n'était pas la raison des larmes qui menaçaient soudain de couler. Non, cela avait été une garde riche en émotions, qui arrivait à la fin d'une année difficile.

Rien à voir avec une éventuelle occasion ratée.

D'ailleurs, y avait-il quoi que ce fût entre eux ? Elle songea aux moments où leur flirt aurait peut-être pu aller un peu plus loin. Mais dans quel but ?

Elle se mordit les lèvres. Au fond, peut-être aurait-elle dû adopter l'attitude d'Anna. Un peu moins de réflexion et un peu plus de spontanéité, en matière d'hommes.

À moins qu'elle ne soit en train de se chercher un prétexte pour se comporter de façon légère.

Elle sortit du vestiaire et traversa le service. Daniel était là, très sexy en jean noir et pull très fin qui ne laissait aucun doute sur la fermeté de son torse.

Voilà qu'elle se mettait à penser comme un homme.

— Alors vous venez, finalement ? lui demanda-t-elle, le voyant habillé pour… eh bien, pour n'importe quoi.

— Non, pourquoi ?

— Vous vous êtes changé.

— Parce que je suis remplaçant, répondit-il. Si je ne me changeais pas à la fin de mes gardes, j'aurais un sacré paquet de tuniques vertes à l'appartement, vu le nombre d'hôpitaux où j'ai travaillé.

En passant devant le bureau d'accueil des infirmières, il récupéra son calendrier de l'Avent.

— Vous voulez le vôtre ? demanda-t-il.

— Oui, répondit-elle avec un grand sourire à l'intention de Gloria. Je ne fais aucune confiance à l'équipe de nuit.

Décidément, elle aurait préféré rentrer chez elle au lieu d'aller à une fête, surtout si Daniel n'en était pas.

Ils sortirent dans la nuit froide et se dirigèrent vers sa voiture. Vu l'humidité ambiante, Holly avait bien fait de laisser ses cheveux vivre leur vie.

Daniel adorait quand Holly n'attachait pas ses cheveux. Ils retombaient en un nuage sombre au-delà de ses épaules, et quelques boucles s'échappèrent sur le devant quand elle se baissa vers son sac à main.

Il l'avait déjà vue autrement qu'en tenue de travail — elle arrivait souvent à l'hôpital en jean —, mais jamais en robe. Et il se surprit à regretter qu'elle soit en manteau.

Anna interrompit le fil de ses pensées coquines.

— Vous vous envolez quand ?

— Je n'ai pas encore réservé mon vol. Sans doute la semaine prochaine.

— Quelle sera votre prochaine étape ?

— La Suisse.

Il actionna l'ouverture automatique des portières, plaça les sacs de ses passagères dans le coffre, et elles montèrent. Laura et Holly à l'arrière, Anna devant. Et soudain Daniel sut pourquoi il reportait son séjour au ski. Holly.

Plusieurs hôpitaux l'avaient appelé pour du travail, mais il avait à chaque fois refusé. Sauf quand un poste s'était libéré au service des urgences du Primary.

Et, lorsque Anna s'octroya la place du passager, il eut la sensation que quelque chose clochait. Comme si c'était Holly qui aurait dû se trouver là, à ses côtés.

Quand il se retourna pour faire marche arrière, leurs yeux se croisèrent et la température sembla monter d'un cran dans l'habitacle.

Il sortit du parking, avança jusqu'à la barrière où il inséra sa carte, puis jeta un coup d'œil dans le rétroviseur. Pas pour vérifier si quelqu'un le suivait, plutôt pour voir si elle attendait encore son regard.

Oui.

Trop souvent elle détournait les yeux, comme pour mettre un terme à ce qui avait débuté au cours d'une conversation. Pas ce soir. Et, malgré la pénombre, il crut déceler le début d'un rougissement. Adorable.

— Daniel ! fit Anna.

La barrière s'était relevée, mais il n'avait pas bougé.

— Désolé, répondit-il. J'étais parti très loin.

Dans un lit. Avec Holly !

— Tout le monde demande des nouvelles de Paul, dit Laura qui lisait les messages sur son portable. Qu'est-ce qu'on répond ?

— On reste aussi vagues que possible, dit Daniel.

Ils étaient sur la route principale à présent et, quand il jeta un nouveau coup d'œil dans le rétroviseur, Holly, manifestement perdue dans ses pensées, regardait par la vitre.

— On est arrivés ! s'exclama Anna. Vous entrez prendre un verre ? Allez, un seul.

Son ton taquin ne lui fit aucun effet, si ce n'est de l'irriter.

— Je conduis.

À cet instant, il croisa le regard de Holly dans le rétroviseur. Tous deux savaient qu'en temps normal elle aurait détourné les yeux depuis longtemps et serait sortie de la voiture.

— Allez, fit de nouveau Anna, qui ne semblait pas sentir le courant qui passait entre la banquette arrière et le siège conducteur. Vous ne risquez rien, sauf de passer un bon moment.

— Vous savez quoi ? Je crois que je vais venir, oui.

Du coup, ses passagères ne descendirent pas, et il alla garer le véhicule. Bientôt, tous se dirigeaient vers le pub. Tous sauf Holly, qui fouillait une énième fois dans son sac.

— Qu'est-ce que vous faites ? lui demanda Daniel.

— C'est plus fort que moi, je vérifie que j'ai encore l'enveloppe de Kay. Je dois payer le patron du pub…

Ils entrèrent, accueillis par l'odeur familière des pubs anglais, mélange de bois et de bière. On leur tamponna le poignet afin qu'ils puissent entrer et sortir à leur guise et les dames donnèrent leur manteau au vestiaire. Holly demanda où elle devait remettre l'argent : elle devait s'adresser à Desmond, dans la partie *lounge* du bar.

— Je vous accompagne, dit Daniel.

Il ne regrettait pas d'être entré, car sous son manteau elle portait une adorable robe en velours noire. Couleur corbeau. Alors qu'il marchait derrière elle, il remarqua les reflets bleutés sur la courbe de ses hanches. Elle avait des bas très fins, et ses talons hauts lui donnaient une allure folle.

Tandis qu'il avançait pour lui ouvrir la porte, il résista à l'envie de poser une main au bas de son dos pour la guider dans la salle.

Desmond n'étant pas là, ils attendirent près du bar le temps que quelqu'un aille à sa recherche.

Le pub était charmant, avec un énorme sapin de Noël joliment décoré dont l'odeur emplissait la pièce.

— C'est assez Noëlisé pour vous ? demanda Daniel, taquin.

— C'est très joli.

Pourtant, son sourire semblait forcé.

— Vous n'êtes pas d'humeur à faire la fête ? demanda-t-il, déjà titillé par l'idée de filer en douce avec elle.

Elle secoua la tête.

— Je me sens super mal.

— Il va peut-être s'en sortir.

— Non, c'est parce que…

Puis elle secoua de nouveau la tête.

Soudain, il éprouva une drôle de sensation. Inédite, en tout cas.

Au lieu de se demander combien de temps il lui faudrait pour terminer la conversation polie et passer aux choses sérieuses avec elle, autrement dit regagner en sa compagnie sa voiture, puis son appartement, il se surprit à avoir follement envie d'entendre la raison de son mal-être. Avant de revenir à l'essentiel.

— Racontez-moi.

— Vous savez, tout à l'heure Kay disait que la fille de Nora s'était renseignée sur qui allait préparer à dîner, comme si elle s'inquiétait plus de ça que de l'état de son père…

Il éclata d'un rire acerbe. Il avait déjà vu pire.

— Eh bien, je ne suis pas mieux qu'elle, dit Holly.

— Pourquoi, vous avez demandé à Nora de vous préparer un sandwich ?

— Non. J'ai failli demander à Kay ce qu'elle allait faire pour le planning de fin d'année. Pff. Paul est mourant, Nora traverse une horrible épreuve et, tout ce qui me tracasse, ce sont mes vacances de Noël. Alors que Kay et Nora sont les meilleures amies du monde. Elle a d'autres chats à fouetter, la pauvre.

— Vous voulez que je vous révèle un secret ?

Elle hocha la tête.

— Juste avant de suivre Paul en salle d'op, Kay m'a dit, je cite : « Punaise, je me demande comment je vais organiser ce fichu planning de fin d'année. »

— C'est vrai ?

Elle rit.

— C'est vrai. Et je parie que, si l'état de Paul est stabilisé, Nora réfléchit déjà au million de choses qui semblent tant vous occuper l'esprit, à vous les femmes, à cette époque de l'année.

— Remarque extrêmement sexiste.

— Juste une observation.

— Fausse observation.

— Je ne peux me fier qu'à ce que j'ai vu. Mon père ne faisait jamais rien pour Noël. Et moi je prévois d'être loin à cette date… Quant à mon oncle, il laisse tout ça à gérer à ma tante.

Sur ces entrefaites, Desmond arriva, prit l'enveloppe des mains de Holly et lui donna un reçu qu'elle rangea dans son sac.

— Qu'est-ce que je vous offre ? demanda le patron des lieux. C'est pour moi, avant que vous ne rejoigniez cette bande de fous.

— Juste une eau gazeuse pour moi, merci, répondit Daniel.

— Quel bonnet de nuit, fit Desmond en souriant à Holly. Et vous, beauté ?

— Un scotch, s'il vous plaît.

Holly n'était pas une grosse buveuse mais, là, elle avait vraiment besoin d'un scotch. Daniel les guida jusqu'à une table près de la cheminée.

— Finalement, je suis peut-être d'humeur festive, dit Holly en souriant.

Enfin détendue, elle se cala contre le dossier de son fauteuil et tendit ses jambes à la chaleur du feu, dont les craquements et l'odeur avaient le don de l'apaiser.

— J'en veux bien un aussi, dit Daniel en désignant son verre.

— Trop tard, dit-elle, joueuse, en prenant une gorgée de l'alcool ambré, qu'elle laissa tracer son chemin brûlant le long de sa gorge. Je n'aime pas trop les alcools forts mais, comme mon père adore le scotch, j'en garde toujours une bouteille à la maison. Et, de temps en temps, je m'en offre un verre.

— Bon à savoir.

— Quoi donc ?

Il lui offrit un sourire, et elle se rendit compte qu'il était peut-être en train de s'inviter à venir prendre un verre chez elle. À moins que ce ne fût elle qui l'y ait indirectement invité.

Comment savoir où cette histoire pouvait mener ? En tout cas c'était agréable de sortir un peu du carcan de sa vie habituelle, sans patients, sans appels d'urgence, sans le reste du personnel. Elle appréciait ces cinq minutes qu'ils prenaient rien que tous les deux avant de rejoindre le reste du groupe.

— Vous vous entendez bien avec vos parents ? demanda-t-il.

— Très bien, oui.

— Et ils vivent… ?

— Dans le Nord, répondit-elle, avant de lui donner le nom du village.

— Comment se fait-il que vous ayez atterri à Londres, alors ?

— Justement parce que je m'entends si bien avec eux, répondit-elle sur le ton de la plaisanterie. Non, j'ai fait mon internat là-haut, et ça aurait été facile de rester vivre à la maison… Mais j'avais besoin de changement.

— Vous y retournez souvent, pourtant, non ?

— Ma mère a été malade, dit-elle, avant de songer que la soirée n'avait pas besoin d'une couche de tragédie supplémentaire. Et vous ? Votre famille vit à Londres ?

Elle ne savait absolument rien de lui, elle se rendait compte tout à coup.

— Oui, répondit-il simplement.

— Et vous êtes proches ?

— Non.

— Pourquoi ?

— Parce que mon père est un type arrogant. Mais étant donné que je tourne à l'eau gazeuse, fit-il en louchant sur son scotch, je n'en dirai pas plus.

Elle rit.

— Et votre mère ?

— Elle est morte.

Oh. Voilà qui cassait quelque peu l'ambiance.

— Mon père s'est remarié, et j'ai une sœur…

— Vous vous entendez bien avec elle ?

— Quand je la vois, oui. D'ailleurs, ça me fait penser que je dois lui acheter un cadeau de Noël avant mon départ.

Le téléphone de Holly vibra, signalant l'arrivée d'un SMS. Anna s'inquiétait de savoir où ils étaient passés.

— Notre absence a été remarquée ? demanda Daniel.

— C'est ça.

Le plaisant interlude était terminé, mais cette minuscule pause avait été des plus plaisantes. Elle vida son verre et se leva, prête à afficher son éternel sourire.

— Bon, fit-elle, il est temps d'y aller. Après tout, c'est Noël. S'il y a un moment de l'année où l'on peut espérer un miracle, c'est bien maintenant…

— Les miracles, Noël ou pas, ça n'existe pas, répondit-il, douchant sa tentative d'utiliser la méthode Coué.

— Vous êtes toujours aussi négatif ? demanda-t-elle tandis qu'ils se dirigeaient vers la salle du fond.

— Toujours.

Les portes s'ouvrirent et quelques « Holly ! » retentirent, mais pas autant que des « Daniel ! ». Ces dames étaient manifestement ravies de le voir. Et notamment Anna, qui sautilla jusqu'à lui pour lui tendre un verre de cocktail joliment décoré.

— Je conduis, lui rappela-t-il.

— Il est sans alcool, répondit Anna avec un sourire aguicheur. Je l'ai fait préparer exprès pour vous.

Oh ! non… Le ton on ne pouvait plus suggestif donna à Holly des envies peu amènes à l'endroit de sa collègue, mais elle se retint. Anna ne lui gâcherait pas sa soirée. Aussi Holly arbora-t-elle son plus beau sourire avant de s'en aller discuter avec ses amis.

La soirée fut difficile, tout le monde demandait des nouvelles de Paul, et Holly savait qu'il n'était pas de son ressort d'en parler. C'était à Nora de décider ce qu'elle souhaitait dire ou pas, or Nora préférait jouer l'optimisme, donc Holly fit de son mieux pour en communiquer. Vers 22 heures, cependant, elle était épuisée.

Elle tourna la tête. Anna et Daniel étaient engagés dans une conversation animée. Enfin, Anna parlait et Daniel était coincé, vu la façon dont il leva les yeux au ciel en voyant Holly les observer.

Elle lui sourit, mais elle ne pouvait s'empêcher d'être triste. Si seulement elle avait su se lâcher, si elle avait pu s'approcher de lui et lui jeter quelque remarque spirituelle et drôle, flirter un peu…

Enfin, elle se rendit vite compte que dévisager l'objet de ses désirs comme elle le faisait inconsciemment depuis quelques minutes fonctionnait aussi. Oups !

Daniel dit quelque chose à Anna — sans doute pour s'excuser — et mit le cap vers elle.

Il était temps de filer discrètement mais rapidement.

— Tu t'en vas déjà ? lui demanda Trevor, un infirmier.

— Oui, fit-elle, tout sourire. Je dois faire des courses demain, et…

À court d'arguments, elle ne prit pas la peine de terminer et, ayant récupéré son manteau, se dirigea vers la sortie.

— Vous partez ?

Elle se retourna. Daniel.

— Oui.

— Je vous raccompagne ?

— Je viens d'appeler un taxi, répondit-elle, ce qui était un mensonge éhonté.

— Ça ne me dérange pas, je vous assure.

— J'habite assez loin.

— Eh bien, ça vous économisera la course.

— Non, merci.

Pourquoi refusait-elle ? Parce qu'elle était incapable de lui dire « non » si elle partait avec lui ?

— Allez…

Il agita ses clés et elle hocha la tête. C'était juste un collègue qui la raccompagnait chez elle, après tout.

Menteuse, menteuse.

Ils montèrent dans la voiture de Daniel, et cette fois elle s'installa à l'avant. *Beaucoup mieux*, songea-t-elle.

— Quelle est l'adresse ? demanda-t-il.

Il entra les indications dans son téléphone, lança l'application GPS et démarra.

— Dirigez-vous vers le nord, commanda le téléphone.

— Je déteste ces trucs, dit-il. Comment je sais où il est, le nord ? Il me faudrait une boussole au milieu du volant.

— Tournez à gauche, répondit-elle. Vous avez fini vos bagages ?

Il fallait bien meubler le silence.

— Plus ou moins. J'essaye de louer mon appartement, mais on dirait que décembre n'est pas la période idéale pour cela.

— C'est donc pour ça que vous reportez sans cesse ?

— En partie.

— Au point où vous en êtes, restez jusqu'à Noël…

— J'en doute. Il se peut même que je prenne un vol ce jour-là. Pour moi, c'est juste un jour comme les autres. Eh oui, fit-il avec un regard en coin, nous sommes à l'opposé, tous les deux.

Inutile de préciser le sous-entendu.

Les opposés s'attiraient.

3.

Holly regrettait de ne pas avoir fait ses au revoir à Daniel au pub. Car alors, il y aurait eu un espoir qu'en se revoyant dans le futur ils n'aient été que de simples collègues ayant vaguement flirté à l'occasion.

Au pub, elle aurait pu lui souhaiter un bon voyage. Oui, bien sûr, elle pouvait toujours en faire autant quand il se garerait devant chez elle.

Sauf qu'elle n'en avait pas envie.

Mais comment réagir ? Elle était largement sortie de sa zone de confort. Devait-elle lui offrir un verre, ou valait-il mieux le laisser proposer lui-même d'entrer ?

Et le lendemain matin ?

Si seulement elle ne réfléchissait pas autant, si elle avait été un genre d'Anna, par exemple…

En l'occurrence, elle se contentait d'espérer que le feu ne passerait jamais au vert, que le temps s'arrêterait, qu'elle pourrait avouer à Daniel que la Holly un peu coquine qu'il avait croisée au travail n'était pas la vraie. La femme qui avait ri de ses sous-entendus n'existait pas avant l'arrivée de ce séduisant médecin dans son univers.

Mais les feux tricolores n'écoutèrent pas ses muettes suppliques, et trop vite ils furent devant son appartement.

— Et voilà, dit Daniel.

— Merci de m'avoir raccompagnée.

— Pas de problème.

— J'ai apprécié de travailler avec vous. Vos grimaces vont me manquer.

— Votre sourire va me manquer.

L'air était chargé d'électricité, mais soudain Daniel tourna la tête vers le pare-brise et rompit le charme. Sans doute s'agissait-il du signal du départ. Holly posa la main sur la poignée de la portière. Comme il ne faisait rien pour l'en empêcher, elle sortit.

Sans doute était-ce mieux ainsi. Elle respirait enfin, pourtant, malgré le froid et la bruine, la nuit lui semblait aussi étouffante qu'en plein été.

Elle se trouvait à six, peut-être sept pas d'échapper à une grossière erreur, mais elle brûlait d'agir à l'inverse de ce que lui intimait sa conscience. Rien qu'une fois. Le choix était entre ses mains.

Serait-elle en mesure de s'en tenir à une relation légère, sans révéler la profondeur de ses sentiments ?

Elle se retourna vers la vitre et tapa au carreau.

— Oui ? demanda-t-il en la baissant.

Sa voix était rauque, presque grincheuse. Lui aussi avait envie d'un baiser, elle l'aurait juré, et sans doute aussi de finir dans son lit, mais il n'était certainement pas prêt à prendre le risque qu'elle s'accroche ensuite à lui.

— Oui ? répéta-t-il.

Et lentement, très lentement, un sourire lui illumina le visage. Alors elle trouva enfin le courage.

— Vous allez m'obliger à vous inviter chez moi ?

— Oui.

— Vous n'essayez pas de me convaincre de vous laisser m'embrasser ?

— Soit vous en avez envie, soit non, dit-il dans un haussement d'épaules. Pour ma part, je vous désire, c'est absolument clair. Mais, Holly, est-ce que vous comprenez bien que…

— Je n'ai pas besoin de mise en garde.

Il tendit la main, elle crut d'abord qu'il allait actionner la poignée de la portière, mais non. Il la saisit par la nuque et attira son visage à lui. Et l'embrassa, puissamment, même si c'était elle qui était debout et lui assis. Il y eut le frottement de sa peau mal rasée contre la sienne, et puis sa langue s'immisça entre ses lèvres. Il la tenait si fermement qu'elle avait le ventre collé à la portière.

Cette autorité était le signe avant-coureur de la passion. Elle pouvait encore se dégager, se redresser, lui souhaiter une bonne nuit et s'éloigner. Mais elle en avait assez de la méfiance. Elle pouvait bien tomber telle Alice par le trou de sa vitre ouverte, se retrouver engloutie dans la voiture, au vu et au su des voisins, elle s'en fichait.

Elle lâcha son sac sur le trottoir, puis Daniel la libéra. Elle le dévisagea, essoufflée, les lèvres en feu. Se penchant, elle ramassa son sac et se dirigea vers son appartement. Dans son dos, elle entendit le bruit d'une portière qui claquait, le bip du système de sécurité, et soudain il fut à ses côtés.

Le cœur battant à tout rompre, elle enfonça la clé dans la serrure de la porte du bâtiment et monta les marches de béton. Derrière, les pas plus lourds de Daniel la suivaient. Sans réfléchir, elle accéléra le pas et arriva devant sa porte le souffle court sous l'effet de l'excitation et de la crainte mêlées.

Sitôt que le battant s'ouvrit, il la prit dans ses bras, avec une fougue qui faillit bien les jeter tous les deux à terre. Le couloir était plongé dans l'obscurité, à l'exception du scintillement des guirlandes électriques du sapin.

Mais Daniel semblait trop impatient pour aller plus loin dans l'appartement. Elle n'avait jamais rien vécu de tel. Non, jamais, en presque vingt-neuf ans, elle n'avait ressenti ce désir d'un homme pour elle. Cette urgence.

Il posa les mains sur sa robe. Ses bas ? Aucun problème, il les lui ôta, ainsi que sa culotte. Puis il lui passa les mains dans le dos et baissa la fermeture Éclair de la robe, juste assez pour libérer ses seins.

Elle baissa les yeux vers sa poitrine ainsi exposée, puis sur ses bas et sa culotte épars au sol. Soudain, elle se sentit incroyablement libre, sexy.

Elle aimait cette sensation. À tel point qu'elle se mit à tirer sur le coton fin du pull de Daniel, avide de découvrir son ventre, d'y passer la main, de descendre sur ses cuisses robustes à travers le jean, de se rapprocher de son bas-ventre.

Elle défit le bouton doré d'une main agile, manqua cependant de se casser un ongle avec la fermeture Éclair, mais finit par libérer l'objet de son désir.

Visiblement, Daniel était tout aussi prêt qu'elle, d'ailleurs dans la précipitation elle faillit oublier le préservatif. Elle ne trouvait rien de sexy dans ces morceaux de latex, mais en un instant Daniel la fit changer d'avis. Il sortit son portefeuille, en tira un petit carré d'aluminium qu'il déchira avec les dents en jetant le portefeuille par terre.

— Mets-le-moi, lui ordonna-t-il alors qu'il commençait à jouer avec ses tétons.

Elle obtempéra, et déroula lentement le latex, ce qui n'était pas chose aisée car Daniel lui prodiguait des caresses terriblement excitantes et elle mourait d'impatience.

Et puis il prononça LE mot. Celui dont elle avait besoin à ce moment-là.

— Viens.

Elle ne se le fit pas dire deux fois. Il plia les genoux, juste assez pour se trouver à la bonne hauteur, et Holly se retrouva plaquée au mur. Elle arqua le dos, consumée par le plaisir de ses coups de boutoir.

— J'en avais envie depuis le début de la soirée, avoua-t-il tandis qu'elle enroulait les jambes autour de son bassin, serrant fort, s'empalant plus profondément sur lui, s'ouvrant au maximum afin qu'il la pénètre plus avant.

Totalement contrôlée, possédée par lui, voilà ce qu'elle voulait être.

— Dès le premier jour où je t'ai vue, je t'ai désirée, dit-il.

Et leurs regards se nouèrent tandis qu'elle cognait le mur à chaque assaut, et qu'il l'embrassait avec une passion sauvage, les doigts enfoncés dans ses fesses pour la maintenir plus fermement. Une vague de chaleur se répandit dans le ventre de Holly et elle rompit le baiser.

— Je vais jouir…

Elle-même perçut la surprise dans sa propre voix. Non seulement parce que, en général, elle mettait longtemps à venir, mais surtout à cause de l'intensité de l'orgasme.

Daniel plongea une dernière fois en elle, et elle le sentit

exploser à son tour. Puis il la reposa au sol et elle resta un moment à vaciller sur ses jambes. Quand elle en eut recouvré l'usage, elle le guida vers les lumières du sapin, et ensemble ils s'écroulèrent sur son lit.

— Holly ?

La pièce avait cessé de tournoyer, ils étaient couchés, nus, sur le lit. Vu qu'ils s'étaient débarrassés de la plupart de leurs vêtements dans l'entrée, le reste avait eu tôt fait de disparaître ensuite. Daniel regarda autour de lui, surpris.

— Pourquoi y a-t-il un sapin de Noël dans ta chambre ?

— Mes voisins sont un peu bruyants, répondit Holly, alors je passe pas mal de temps ici. Du coup, j'ai préféré installer le sapin dans la pièce où je suis le plus souvent.

Ils restèrent à discuter de tout et de rien, allongés sur le dos. Et il s'avéra que leurs chemins avaient déjà failli se croiser.

— J'ai passé un entretien d'embauche au Royal, quand je cherchais à venir m'installer à Londres, lui révéla-t-elle. Je me rappelle combien j'étais nerveuse.

— C'était il y a combien de temps ?

— J'avais vingt et un ans. Donc sept ans, presque huit. Tu y étais à l'époque ?

Il hocha la tête.

— Et tu as décroché le poste ?

— Oui, mais on m'a proposé celui du Primary la même semaine, et j'ai opté pour celui-ci. Je n'aimais pas leur façon de gérer les plannings, au Royal. Trop de gardes de nuit.

— Tu n'aimes pas faire les nuits ?

— Pas trop, répondit-elle. Je n'arrive pas bien à dormir la journée.

— Dire que j'aurais pu t'avoir à vingt et un ans, dit-il avec un rire idiot.

Il aimait bien cette idée.

— Non, répondit-elle avec un sourire. J'étais avec quelqu'un. J'ai même failli me fiancer.

Il n'aimait pas du tout cette idée-là, en revanche.

— On aurait pu avoir une aventure, fit-il, obstiné.

— Non. Impossible.

Pourquoi regrettait-il un événement qui n'avait même pas eu lieu sept ou huit ans plus tôt ?

— Et vous avez rompu ?

— On lui a offert un boulot aux États-Unis. Je n'avais pas envie de partir, lui si. On était trop jeunes, sans doute.

Ils s'engageaient sur un territoire que Daniel évitait en général. Il préféra donc revenir au sujet du travail.

— Je ne suis pas douée avec les familles en deuil, dit Holly à un moment donné.

— Mais si, répondit-il, étonné.

Le peu de fois où il l'avait vue annoncer de mauvaises nouvelles, il l'avait trouvée impeccable. Quoiqu'un peu en retrait.

— Oh ! je me suis améliorée, admit-elle. Mais avant, quand j'étais nerveuse, je souriais. C'est Kay qui me l'avait fait remarquer. Tu devrais me voir sur mes photos de classe, ou quand je passe un entretien…

Il prit conscience qu'il aimerait bien les voir, ses vieilles photos. Et en apprendre plus sur elle. Continuer à l'écouter.

Bref, tout ce qu'il essayait d'éviter.

Daniel se réveilla à l'air frais de la pièce. Mais dans un lit chaud. Il se pelotonna contre Holly. Dieu que c'était agréable ! Ses fesses douces collées à lui, il posa une main sur la sienne et l'embrassa sur l'épaule. Puis remonta dans son cou, soulevant les boucles brunes pour mieux atteindre la peau nue.

La nuit avait été incroyable. Et maintenant il en voulait plus. Holly aussi, apparemment.

Il glissa sa main libre vers le ventre plat de Holly, mais s'interrompit brusquement. Une nuit de sexe, c'était une chose, mais la manière dont il la voulait à présent risquait de mettre de la confusion dans la situation. C'était peut-être arrogant de sa part, mais il savait que Holly l'appréciait, sérieusement, et de son côté il l'appréciait assez pour ne pas souhaiter envoyer de signaux ambigus.

Mais comment mettre un terme à une relation sans heurts ? En général, il n'y réfléchissait pas trop, mais, toujours en général, il avait affaire à des femmes un peu plus endurcies.

Cela dit, Holly n'était pas non plus une oie blanche. S'étirant contre lui, elle se frotta exprès à son bas-ventre, comme pour lui montrer ce qu'il ratait en ne poursuivant pas ses caresses. Puis elle roula sur l'autre flanc, face à lui, et lui offrit un sourire faussement innocent.

— C'est agréable de ne pas travailler le week-end, une fois de temps en temps, dit-elle, l'air de rien.

— J'ai tous mes week-ends, maintenant, lui rappela-t-il.

Elle répondit par un petit coup sur le torse, et reposa la tête sur son oreiller, les yeux rivés aux siens.

— Tu comptes pratiquer à l'étranger ? demanda-t-elle.

— C'est une option.

Il n'aurait pas pu lui dévoiler ses projets, car à la vérité il n'en avait pas.

— Je veux juste prendre une année et voir comment les choses évoluent.

— Je vois, répondit-elle.

Pourtant, à son léger froncement de sourcils, il devinait que non, elle ne comprenait pas trop.

Ils étaient vraiment à l'opposé. Non seulement parce qu'il partait sans plan précisément établi, mais aussi parce qu'il avait les moyens de partir.

— Je vais nous faire du café, dit-il.

— J'y vais. La machine est un peu spéciale.

— Je devrais y arriver.

Holly resta donc allongée, sans trop savoir comment tout cela allait se terminer. Un certain embarras semblait s'insinuer entre eux, et elle eut toutes les peines du monde à sourire quand Daniel quitta la chambre.

Puis elle entendit sa porte d'entrée s'ouvrir. Et se refermer sans bruit.

— Salaud, dit-elle dans un souffle.

Mais, quelques instants plus tard, elle entendit la porte

s'ouvrir à nouveau et se réinstalla contre les oreillers, regrettant son insulte. Il avait dû laisser la porte entrouverte afin de pouvoir rentrer tout seul.

Il fallait vraiment qu'elle soit peu sûre d'elle, dans cette histoire, pour avoir cru qu'il puisse partir ainsi comme un voleur. Au lieu de quoi le voilà qui revenait, avec deux tasses de café et les deux calendriers de l'Avent qu'il avait dû aller chercher dans la voiture.

Il déposa les mugs sur la table de chevet et jeta les calendriers sur le lit.

— Holly, pourquoi n'y a-t-il pas de nourriture dans ton frigo ?

— Il y a des œufs.

— Oui, mais pas de pain. J'ai entendu les voisins, enfin, j'ai entendu leur télévision et la femme qui criait à son mari de se lever…

— Je t'avais averti. Et c'est pire encore la semaine. Elle doit l'appeler au moins quinze fois avant qu'il ne fasse surface. Parfois j'ai envie d'y aller et de le tirer moi-même du lit !

Il vint la rejoindre sous les couvertures. Elle lui fit passer des coussins, afin qu'ils puissent tous les deux s'asseoir confortablement.

— Tu pourrais installer la cafetière ici aussi, dit-il après un tour d'horizon des lieux.

Elle aimait bien sa chambre. Elle y avait casé son ordinateur et son téléphone, des étagères remplies de livres et de DVD, et son téléviseur sur la commode.

— J'y ai songé, admit-elle. Mais bon, il m'aurait aussi fallu le frigo…

Ils restèrent silencieux un moment, puis il reprit :

— Il va falloir que j'y aille bientôt.

— Bien, répondit-elle, j'ai pas mal de trucs à faire.

Elle ramassa son calendrier de l'Avent et entreprit d'ouvrir les cases. Il en fit autant.

— Je n'arrive pas à croire que tu n'en aies jamais eu.

— Peut-être quand j'étais petit, mais je ne me rappelle pas, dit-il en sortant un petit chocolat de sa prison de carton.

— Je doute qu'il soit bien fameux. Ça vient d'un magasin discount. Mais bon, c'est l'intention qui compte…

Elle s'interrompit, ravie par le goût du chocolat qu'elle venait de porter à sa bouche. Le plus délicieux, le plus fondant qu'elle ait jamais goûté. Et Daniel semblait du même avis, qui ouvrait déjà la fenêtre numéro 2.

— Et tu n'as pas encore goûté le 2 décembre… À la liqueur d'orange.

— Oh là là ! c'est délicieux !

— Et tu as de la chance, nous sommes le 3, donc tu as droit à un autre. Pas étonnant qu'ils soient bons, ça vient de Belgique, lut-il au dos du calendrier.

— Qu'est-ce qu'ils faisaient au magasin discount ?

Le café chaud fit bientôt descendre le chocolat, mais Daniel ne rentra pas chez lui, et Holly ne partit pas faire son shopping. Ils se retournèrent face à face dans le lit.

— Et si on sortait petit-déjeuner, je suis affamé, dit-il. Je connais un endroit très sympa.

Elle se lécha les babines quand il lui annonça le grand magasin où il projetait de l'emmener.

— Mais il faut faire vite, dit-elle, je dois acheter mes cadeaux de Noël.

— Oui, moi aussi.

Pendant qu'il était sous la douche, elle s'interrogea. Passer du lit au centre commercial était-il judicieux ? La sonnerie du portable de Daniel interrompit le cours de ses pensées.

Un coup d'œil sur l'écran révéla le nom de Maddie.

Et cette Maddie semblait s'impatienter, car elle rappela trois fois en l'espace de cinq minutes.

Holly tâcha de ne pas y prêter attention. En vain. Quand Daniel sortit de la salle de bains, elle était déjà en train d'enfiler ses bottes. Il attrapa son téléphone et leva les yeux au ciel en découvrant les appels en absence.

Vraiment, il allait écouter les messages de cette femme en sa présence ? C'était terriblement vexant.

— Allons-y, fit-elle, d'une voix qu'elle espérait plus détachée qu'elle ne l'était en réalité. Je pense que le café ouvre à 10 heures.

Ils y arrivèrent à 10 h 15. Aussitôt, Daniel commanda un petit déjeuner anglais complet, et Holly des *mince pies* avec un café bien fort. Malgré ses appréhensions, le petit déjeuner fut parfait et la conversation redevint parfaitement fluide.

— Tu dois faire des courses pour qui ? demanda-t-elle.

— Ma sœur.

— Et puis ?

— C'est tout. Et toi ?

— Tout le monde ! Mais avant, dit-elle avec un soupir, je vais passer un coup de fil à l'hôpital.

— Pour prendre des nouvelles de Paul ou du planning de Noël ? demanda-t-il, taquin.

— Arrête ! dit-elle en rougissant. Je t'interdis de répéter ça à quiconque.

— Je ne répète jamais les conversations sur l'oreiller.

— Je te l'ai dit dans la voiture.

— En effet, mais tu avais déjà prévu de me faire monter dans ta tanière.

— Pas du tout, répondit-elle en attendant que la réceptionniste lui passe les urgences. J'ai pris ma décision à la dernière minute.

— Je suis content que tu l'aies fait, en tout cas.

Elle aussi.

— Il est stable, lui annonça Kay au bout du fil. Il n'y a pas vraiment de changement, ce qui est plutôt bon signe. Pas d'arythmies pendant la nuit, mais ils vont le garder intubé quelques jours.

— Et Nora, comment se sent-elle ?

— Épuisée. Elle vient de rentrer dormir un peu chez elle. Comment c'était, la fête ?

— Très bien, répondit Holly. Tout le monde s'inquiétait pour Paul, évidemment, mais je pense que ça s'est bien passé.

— J'ai entendu dire que tu étais partie tôt.

— Ben, je n'étais pas vraiment d'humeur… Enfin, tu comprends.

— Il paraît aussi que Daniel est entré boire un verre.

— En effet.

Leur départ simultané avait-il été remarqué ?

— Anna lui a sauté dessus, apparemment ?

— Je n'ai pas remarqué.

— Arrête un peu, ricana Kay. Alors, dis-moi, il est parti avec qui ?

Holly regarda Daniel, qui sauçait ses œufs avec un morceau de toast beurré. Elle aurait dû être soulagée que Kay ne songe pas un instant que cela puisse être avec elle.

— Tout seul, je pense, mentit-elle d'une voix cependant un peu trop haut perchée.

Qui fit lever les yeux à Daniel. Il dut deviner la raison de son embarras, car il lui chuchota :

— Tu veux que je lui parle ?

Holly éclata de rire en imaginant l'expression choquée de Kay si elle le lui passait, mais secoua la tête et détourna le regard afin de ne plus voir l'objet de ses péchés.

— Holly, reprit Kay plus sérieusement, je vais devoir me replonger dans les plannings. Et tu sais que j'essaye toujours de contenter tout le monde, mais je dois être juste. J'ai des jeunes mamans, notamment…

— J'apprécie tes efforts, Kay.

Et elle raccrocha. Daniel lui offrit un petit sourire.

— La réalité ne met pas longtemps à refaire surface, hein ?

Ils finirent leur plat et sortirent, mais au lieu de se séparer ils jetèrent un coup d'œil au plan du centre commercial.

— Qu'est-ce qu'elle aime, ta sœur ? demanda Holly.

— Les éléphants.

— Ah.

Comme il ne semblait pas décidé à en dire plus, ils rejoignirent en silence la foule des acheteurs en quête du cadeau idéal.

Elle grimaça en voyant le collier à pendentif éléphant que Daniel lui présenta. Elle lui avait prêté une sœur à peu près du même âge que lui, et pas une enfant.

— Pourquoi ne pas adopter un éléphant à son nom ? dit-elle pour masquer son embarras et le sourire qui le trahissait. À sa place, j'adorerais l'idée.

Il lui répondit en levant les yeux au ciel.

Soudain, elle tomba sur son cadeau idéal. Du verre de

mer, poli et entrelacé pour former la plus fantastique des parures, collier et boucles d'oreilles.

— Je prendrais bien ça pour Adam. Mais c'est un peu cher.

Daniel la dévisagea.

— Adam ?

— Mon frère. En fait, expliqua-t-elle devant son expression perplexe, on a décidé que chacun s'achetait le cadeau qu'il souhaitait vraiment, puis on considère que c'est de la part de l'autre. Ça évite les déceptions.

Daniel était peu au fait des relations familiales — il avait une sœur de cinq ans, Maddie, que l'on prenait parfois pour sa fille, et à qui il allait devoir trouver un cadeau aussi, plus par convention que par réelle envie. Qu'acheter à une enfant qui avait déjà tout ? Il avait du mal à comprendre que les gens se mettent dans tous leurs états pour cette occasion.

Soudain, pourtant, au beau milieu d'un magasin et sans qu'il s'y attende du tout, quelque chose lui revint en mémoire. Il se revoyait se réveiller devant une chaussette remplie de fruits au pied de son lit, et d'un château miniature. Un château où il se rappelait être allé en vacances le même été.

Les vacances en elles-mêmes ne constituaient pas un souvenir tangible, en revanche cette maquette, qu'il avait tenue dans sa paume, oui. Car il l'avait vue dans une vitrine.

Il se rendit compte que sa mère avait dû la lui offrir. Sans doute pas son père.

Il resta planté là, au milieu de la boutique, à se rappeler ces moments précieux.

— Pourquoi font-ils la queue ? demanda Holly, le tirant de son introspection.

Elle avait reposé le collier et observait une longue file d'attente au fond du magasin.

— Parce qu'ils n'ont rien de mieux à faire, suggéra-t-il. Ou pour voir le Père Noël.

— Mais ce sont des adultes.

— C'est peut-être un Père Noël classé X, fit-il, mais elle ne sourit pas de sa plaisanterie. Quoi ? Tu n'approuves pas ?

— Je refuse ta façon de railler sans cesse la magie de Noël. Je veux voir ce qui se passe là-bas.

Ils se dirigèrent vers un attroupement encore plus impressionnant qu'ils ne l'avaient d'abord cru. Un petit elfe jouait sur un clavier miniature. Un peu plus loin, une machine imprimait des lettres de la taille d'un timbre, qu'un autre elfe plaçait dans de petites enveloppes. Au bout d'un moment, ils comprirent que les lettres en question étaient déposées à l'intérieur de boules de Noël confectionnées à la main. Ils restèrent à observer le souffleur de verre, sans se rendre compte du temps qui s'écoulait.

— Ça fait un cadeau magnifique, dit Holly.

Bien qu'intéressé par le processus, Daniel était trop terre à terre pour être convaincu.

— Je ne comprends pas l'intérêt. Il faut briser la boule pour lire la missive à l'intérieur.

— C'est justement ça, le truc. On ne la brise pas. Ou bien si…

Ils étaient en train de débattre quand Daniel entendit son nom. Quelqu'un l'interpellait.

Ils se tournèrent vers une assez belle femme environ du même âge que Holly, quoique d'un style bien plus jeune. Elle portait ses cheveux soigneusement lissés, et semblait tout droit sortie d'un salon de beauté.

— Bonjour, Amelia, répondit-il un peu fraîchement. Tu vas bien ?

— Je suis débordée, répondit-elle en agitant les sacs en papier qui lui pendaient au bout des bras.

Le moment était plutôt gênant. Daniel était tendu et quand Amelia regarda Holly, attendant manifestement de lui être présentée, il ne pipa mot.

Comment expliquer que cette femme était sa belle-mère ? Qu'il n'avait pas vue depuis presque un an. Depuis Noël, en fait, où elle lui avait avoué, l'alcool aidant, que, si la fortune de son père était géniale, leur mariage l'était moins. Avant d'ajouter qu'elle en avait assez de coucher avec un vieil homme, et n'aurait rien contre essayer la version plus jeune, à savoir son fils. Lui. Et que personne n'en saurait rien.

Daniel avait récupéré sa veste et était parti. Il n'avait pas revu sa chère belle-maman depuis.

— Qu'est-ce que tu fais de beau ?

— Oh ! pas grand-chose.

— Et pour Noël ?

Je vous évite, mon père et toi, aurait-il voulu répondre. Mais pourquoi mettre Holly encore plus mal à l'aise que cette rencontre embarrassante ne semblait la rendre, au vu de son sourire crispé ?

— Je ne sais pas encore, répondit-il donc d'un ton blasé. Soit je travaille, soit je pars au ski.

Amelia finit par les abandonner avec un signe de sa main manucurée. Bon débarras. Mais le charme de la matinée paraissait rompu. Et Holly avait l'air furieuse.

Au grand agacement de Holly, Daniel jeta un coup d'œil par-dessus son épaule. À croire qu'il regrettait le départ de cette femme sophistiquée. À qui il avait évité de la présenter. Tout à coup, elle n'avait plus envie d'être là avec lui. Avec un homme qui qualifiait leur matinée ensemble de « pas grand-chose », qui écoutait les messages téléphoniques d'une autre femme juste au sortir du lit avec elle.

À sa décharge, il l'avait avertie, mais, évidemment, elle se rendait compte un peu tard qu'il n'était pas pour elle.

Il était temps de se rappeler ce à quoi elle avait dit « oui », à savoir une aventure d'une nuit, et point barre.

Cette matinée n'était ni un rendez-vous galant, ni le début d'une histoire. La nuit précédente, elle avait accepté de jouer selon les règles de Daniel Chandler, et ils auraient dû se séparer depuis des heures déjà.

— Je vais y aller, dit-elle. Merci pour le petit déjeuner.

— Merci à toi.

Il y avait toutes les chances qu'ils ne se revoient jamais. Que dire dans ces cas-là ? « Bonne vie » ? On s'embrasse sur la joue et chacun part de son côté ?

Elle choisit le petit signe de la main en s'éloignant.

4.

Holly avait prévenu ses parents qu'elle serait en retard et, juste avant de quitter l'autoroute, elle aperçut les lumières de son village au loin.

Pourtant, elle n'éprouvait aucun soulagement à la perspective d'arriver enfin. En réalité, elle n'avait pas eu de week-end de repos depuis des lustres, et aurait apprécié de voir des amis. Ou plutôt, au vu des événements récents, de passer une soirée seule chez elle à regarder un film en ressassant ce qui s'était passé avec Daniel. Mais, voilà, sa mère avait besoin d'aide pour préparer Noël, alors, au lieu de laisser libre cours à sa morosité, en sortant de la voiture Holly afficha un large sourire et agita la main.

À l'intérieur, le sapin était installé et les décorations sorties. Manifestement, son père n'était pas resté inactif. Sa mère retourna à la cuisine pour terminer le dîner, et Holly la rejoignit.

— On t'a attendue, lui dit Esther.

— Je vous avais dit de manger sans moi.

Quand le ronronnement du couteau électrique cessa, Holly prit son courage à deux mains.

— Maman, il se peut qu'il y ait une modification du planning des vacances, à l'hôpital.

— Je croyais que tout était organisé, répondit Esther en posant un doigt sur le calendrier accroché au mur. Tu es de repos du 23 au 28.

— C'est ce qui était prévu, mais plusieurs collègues sont malades et…

Elle préférait ne pas parler de Paul à sa mère ; la moindre mauvaise nouvelle semblait la bouleverser, ces derniers temps. Du coup, toute la famille marchait sur des œufs avec elle.

— Bref, Kay a besoin de bras en plus.

— Ton frère part en Mongolie l'an prochain, lui rappela Esther. Tout le monde doit être là…

— Je sais tout ça, maman. Et je ferai tout mon possible pour venir, mais j'ai déjà eu Noël et le jour de l'an l'année dernière. Il faut bien que ça tourne. Il y a des mamans de jeunes enfants et…

— Holly, je suis maman, moi aussi, et je veux ma famille réunie ce Noël. Vu l'année qu'on vient de passer, ce n'est pas trop demander, il me semble, si ?

— Ce n'est pas moi qui établis les plannings, maman.

Mais sa mère ne voulait rien entendre. C'était tellement agaçant. Comme si la journée n'avait pas déjà été assez difficile comme ça.

— Ils ne peuvent pas t'obliger à changer tes projets à la dernière minute, insista sa mère.

Eh bien, si, mais Holly ne voulait pas se disputer. Enfin si, elle aurait bien voulu. Comme avant, quand sa mère et elle pouvaient parler de tout librement, sans craindre de provoquer un drame.

— Je monte mon sac à l'étage.

Une fois dans sa chambre d'enfant, Holly s'assit sur son vieux lit et prit une profonde inspiration.

Elle était fatiguée. Pas seulement d'avoir peu dormi et conduit longtemps, mais d'une année pénible. Elle avait ses propres problèmes, elle aussi. OK, ils n'étaient peut-être pas majeurs, n'empêche qu'elle ne cessait de repenser à la nuit passée, de se demander si elle reverrait Daniel un jour.

Mais ce n'était pas le moment d'y songer. Sa mère n'avait pas la moindre idée de ce qui se passait dans la vie de sa fille, et cela faisait bien longtemps qu'elle ne l'interrogeait plus à ce sujet.

On frappa à sa porte.

— Ta mère m'a dit que tu n'aurais peut-être pas de congé pour Noël ? demanda son père.

— C'est possible, oui.

— Je sais qu'ils ont été extra avec nous l'an dernier, mais tu sais ce que ces fêtes signifient pour ta mère. Il n'y a pas moyen…

— Papa, le mari de l'infirmière qui devait travailler à Noël a fait une attaque cardiaque sous ses yeux hier soir.

— Oh.

— Oui, « oh ». Je veux passer Noël en famille, mais tout le monde est dans le même cas, figure-toi. Que maman t'envoie me harceler n'y changera rien.

Hormis ces débuts quelque peu chaotiques, le week-end fut agréable. Holly sortit faire des courses avec sa mère et put aider à pas mal de choses, y compris commander la dinde. Pourtant, si plaisant que cela ait été, elle repartit au travail plus épuisée par ce week-end de repos qu'avant son départ.

Aucune nouvelle de Daniel.

Elle n'avait attendu ni fleurs ni coup de fil, et encore moins un autre rendez-vous. Mais cela ne l'avait pas empêchée d'espérer, tout au fond d'elle.

Des espoirs déçus.

Comment des moments aussi extraordinaires pouvaient-ils prendre fin aussi brutalement ?

5.

Retourner au lit avec son café n'était pas raisonnable, Holly en était bien consciente. Il était 5 h 30 du matin et elle commençait le travail à 7 heures. Elle aurait donc mieux fait de filer sous la douche. Au lieu de quoi elle s'autorisa un petit luxe qui était récemment devenu une habitude.

Et pas seulement pour elle. Le service des urgences dans son ensemble adorait les calendriers de l'Avent. C'était le 15 décembre, ils avaient donc jusqu'à présent dégusté quatorze délices chocolatés. Chaque matin, les comparaisons allaient bon train en salle de repos.

Elle ouvrit la fenêtre marquée du chiffre quinze et posa sur sa langue la sucrerie décorée de sucre rouge et vert. Elle était prête pour un nouveau moment de bonheur gustatif.

Mais quelle horreur ! Elle dut recracher le chocolat dans un mouchoir. En marmonnant, elle tâcha de faire disparaître cette atrocité à coups de gorgées de café. Puis elle se dirigea vers la salle de bains. Mon Dieu, la sale tête qu'elle avait !

Ça ne lui ressemblait pas d'être aussi morose, surtout à l'approche des fêtes. Mais il n'y avait pas qu'elle. Aux urgences, l'ambiance était tristounette. Paul, après avoir été transféré des soins intensifs au service cardiologie, avait connu un deuxième accident cardiaque. Et retour aux soins intensifs, sous respirateur artificiel.

Maintenant que Daniel n'était plus là, les journées semblaient longues et l'atmosphère… moins Noëlisée.

En arrivant à l'hôpital, l'humeur de Holly était passée de grise à noire. Le métro était bondé, ses bottes avaient laissé passer l'eau et, pour couronner le tout, ses règles lui vrillaient le ventre. Bref, pas le meilleur début de journée.

— Allons prendre une tasse de thé avant de commencer, dit Kay.

Bonne idée.

Trevor les accueillit en salle de repos, laquelle était bondée.

— Salut. Vous avez mangé votre chocolat, ce matin ?

Holly grimaça.

— J'en ai encore la nausée, dit Anna.

— À croire que le maître chocolatier a pris ses congés et laissé l'apprenti aux manettes, fit Holly.

Tout le monde éclata de rire, et Holly sursauta. Parmi les rires, elle avait reconnu celui de Daniel. Tournant la tête, elle le vit assis derrière elle, qui mangeait un toast avec son thé. Aussitôt, son cœur l'incita à la méfiance.

La situation était potentiellement douloureuse.

— Je vous croyais parti, dit Kay, manifestement surprise.

— Moi aussi, répondit-il. Mais essayez de dire ça à l'administration. Ils m'ont appelé à 6 heures du matin pour me demander de venir. Je ne reste que jusqu'à midi, cela dit.

Holly mit un point d'honneur à ne pas prêter attention à lui. Après ses « douze jours d'absence », comme elle les appelait désormais, s'il s'attendait à des sourires et des « oh, mais quel plaisir de te revoir ! », il se trompait.

Elle continua à siroter son thé en s'occupant de leur traditionnel Père Noël secret.

— Qu'est-ce que tu fais ? lui demanda-t-il au bout d'un moment, tandis qu'elle déchirait une feuille sur laquelle elle avait noté une liste.

— Père Noël secret, répondit-elle sans lever les yeux.

En temps normal, elle lui aurait au minimum souri. Sauf que là elle ne savait pas comment se comporter. Auparavant, ils étaient des collègues et camarades qui flirtaient occasionnellement. Et maintenant ?

Ex-amants. À moins que le terme ne soit un peu trop grandiloquent pour décrire la chose.

Pas pour elle. Mais elle n'avait aucune idée de ses sentiments à lui. S'il en avait.

Sans doute cela ne la mènerait-il nulle part, mais elle voulait savoir.

La matinée se déroula à la vitesse de l'éclair, chargée pour tous, surtout pour Kay qui la passa dans son bureau à travailler sur le planning. Ce calendrier de vacances était le plus attendu de l'année. Kay avait tenté de repousser l'échéance, Nora lui ayant assuré qu'elle serait de retour mais, avec la détérioration de l'état de Paul, il était désormais évident que cela ne pourrait pas être le cas.

Holly se glissa dans les vestiaires et écrivit Holly Jacobs une vingtaine de fois, avant de faire des boulettes de papier de chaque étiquette. Puis elle ôta les étiquettes originales, qu'elle fourra dans les poches de sa tunique, ajoutant les copies portant son nom dans l'enveloppe. En ressortant, elle découvrit Daniel en train de vérifier des résultats sur l'ordinateur, alors que Kay lui tendait un formulaire à signer.

— Choisis un nom, lui dit Holly en agitant l'enveloppe sous son nez.

— Je ne serai pas là pour Noël, dit-il.

— Tout le monde tire un nom au sort, insista-t-elle. C'est juste histoire de se plonger dans l'esprit de Noël.

Il leva ses yeux bleu marine au ciel, signifiant clairement ce qu'il en pensait, et reporta son attention sur l'écran.

— Allez, Daniel, prenez un nom, dit Kay d'un ton encourageant. Vous pourrez toujours déposer le cadeau en partant à l'aéroport, si vous ne revenez pas travailler.

L'air exaspéré, il plongea néanmoins la main dans l'enveloppe et déplia le morceau de papier.

— Tu n'as pas le droit de dire qui tu as tiré au sort, lui expliqua Holly. En revanche, il faut respecter la limite de prix et déposer le cadeau sous le sapin. Tu dois te renseigner pour savoir quel est le dernier jour de travail de la personne. Admettons que tu aies Trevor, tu vas voir son planning et…

— J'ai compris, l'interrompit-il.

Puis il descendit de son tabouret et sortit à grandes enjambées. Holly ne put réprimer un sourire satisfait. Là, au moins, elle saurait. S'il lui achetait quelque chose d'atroce, voire s'il oubliait carrément, elle devrait accepter qu'il n'avait rien à faire d'elle. Et que leur relation n'était véritablement qu'une aventure d'une nuit. Enfin, elle pourrait éteindre les lumières qui scintillaient dans sa tête quand il était dans les parages.

— À moi ! dit Kay en tendant la main à son tour.

Oups ! Holly n'avait pas été assez rapide, et n'avait pas encore remplacé les morceaux de papier portant son nom par les autres. Il fallait absolument trouver une excuse. Et vite, car Anna approchait.

— Tu te sens bien ? demanda Kay quand elle lui retira l'enveloppe.

— Non !

Incapable de trouver quoi que ce soit à ajouter, elle fila. Enfermée dans les toilettes, elle entendit Kay l'appeler de l'autre côté de la porte.

— Qu'est-ce qu'il y a, Holly ?

— Je me sens un peu… nauséeuse.

Un mensonge en entraînait un autre, mais elle n'était pas très douée dans ce domaine. Elle finit par sortir, sous le regard perçant de sa chef.

— Tu veux rentrer chez toi ?

— Non, non, ça va passer.

— Tant mieux. Prends une tasse de thé et va t'asseoir un moment.

Elle obtempéra, piteuse. Daniel apparut dix minutes plus tard.

— Kay m'a dit que tu ne te sentais pas très bien.

— Ça va.

Il sourit.

— Quoi ?

— Elle est persuadée que tu es enceinte.

— Oh non ! grommela Holly.

— Ce n'est pas le cas, si ?

Bizarrement, il ne souriait plus.

— Non.

— Tu es sûre ? Enfin, on s'est protégés, mais…

— Non, tu n'as pas de souci à te faire. J'ai mes règles, dit-elle en baissant la voix.

— C'est pour ça, ton humeur de rogue ?

— Non. Ça doit venir d'autre chose. Ne te tracasse de rien, Daniel, tout ça n'aura absolument aucune répercussion sur ta vie !

Et, avec un sourire tendu, elle se leva.

— Je retourne travailler.

Daniel regarda Holly passer près de lui, sachant pertinemment qu'elle se trompait. Bien sûr que si, la nuit qu'ils avaient passée ensemble avait des répercussions sur sa vie. Leur amitié avait changé. Fini les plaisanteries, les flirts agréables et sans la moindre gêne. Sans compter le mensonge qu'il s'était raconté à lui-même, qu'après une nuit avec elle il oublierait Holly. Comme cela avait été le cas avec ses autres aventures.

Il aurait pu mettre son changement d'humeur sur le compte de l'administration, qui l'avait réveillé à 6 heures du matin, mais il n'y avait pas que cela. Il pouvait aussi se convaincre qu'il était encore en Angleterre car il avait découvert que ni Amelia ni son père ne seraient disponibles pour assister à la pièce de théâtre de Noël avec Maddie dans l'après-midi. Et qu'il avait donc décidé de s'en charger.

Il sortit le morceau de papier froissé de sa poche.

Holly Jacobs.

Oui, il y avait des répercussions.

6.

Avant que Holly ne reparte aux urgences, Kay la fit venir dans son bureau.

— J'ai travaillé avec nombre de jeunes femmes, lui dit-elle, et quand elles se plaignent de nausées et s'enferment dans les toilettes pour vomir… mieux vaut affronter la vérité. Retarder l'échéance ne sert à rien.

Joignant le geste à la parole, elle sortit un test de grossesse de sa poche.

— Kay… Je ne suis pas enceinte.

— Tu peux tout me dire, Holly.

— Je sais, mais je ne suis pas enceinte. J'ai mes règles.

— Eh bien, ce sont de sacrées règles, alors, car depuis deux semaines tu n'es plus toi-même. Tu es d'une humeur terrible. Tu peux me le dire, s'il y a un problème.

Holly fut touchée par l'air inquiet de Kay. Et puis, pouvoir s'ouvrir à quelqu'un des bouleversements qu'elle traversait serait peut-être un soulagement. Par le passé, elle aurait pu en parler avec sa mère, mais plus aujourd'hui.

Aussi raconta-t-elle tout à Kay. Enfin, en partie.

— En fait, j'ai inventé cette histoire de nausées. Je ne voulais pas qu'Anna ou toi piochiez dans l'enveloppe, car j'ai truqué le Père Noël secret. Je n'avais écrit que mon nom sur tous les papiers.

— Pour que Daniel te choisisse ? devina Kay avec un sourire entendu. Très ingénieux. J'ai hâte de voir ce qu'il va t'offrir.

— Rien, sans doute, répondit Holly, incapable de réprimer une larme. Je ne pense pas qu'il soit très attaché à Noël.

Et il n'était pas non plus très attaché à elle.

— Il s'en va, Holly. Il l'avait dit depuis le début.

— Je regrette qu'il ne soit pas déjà parti.

— Menteuse.

Kay avait raison. Ce matin, en le voyant, Holly avait senti son cœur bondir dans sa poitrine. Et ce malgré sa colère. À présent, elle devait recommencer le processus d'oubli depuis le début, elle qui, ces derniers jours, avait déjà vécu l'enfer.

Car elle ne ressentait pas simplement de la sympathie pour Daniel. C'était beaucoup plus.

En fait, jamais de toute sa vie elle n'avait rien ressenti de pareil pour personne. Elle avait beau s'interdire de qualifier ça d'amour, y compris pour elle-même, n'empêche…

— Méfie-toi, dit Kay, loin de mesurer l'ampleur des dégâts. Daniel est charmant, mais je connais les hommes dans son genre. Tout ce qui l'intéresse, c'est de coucher avec toi. Enfin, tu n'as pas à t'inquiéter, ton secret est bien gardé avec moi. Bon, j'ai terminé le planning. Je vais l'afficher.

Holly sentit ses joues devenir écarlates.

— Tu veux y jeter un coup d'œil en avant-première ? demanda Kay en faisant pivoter l'écran vers elle.

Holly était de repos à partir du 24 à midi, et reprenait le soir du 25 pour une garde de nuit. Pour le réveillon du 31, elle était de repos.

— J'ai fait de mon mieux, dit Kay.

Holly n'en doutait pas. Ce n'était pas parfait, mais au moins elle aurait le temps de monter chez ses parents et de passer une bonne partie de la journée de Noël avec sa famille.

— Et toi ? demanda-t-elle à Kay, remarquant qu'elle s'était mise de garde le 24 et le 25. Tu ne veux pas ton Noël ?

— Oh ! Eamon s'est habitué à ce que je travaille à Noël. Enfin, je le prendrai l'année prochaine.

Kay lui offrit son large sourire d'Irlandaise. Sa fille, Louise, devait accoucher pour la nouvelle année, Kay allait être grand-mère pour la première fois.

— Pas question que je rate le premier Noël du bébé, dit Kay tandis qu'elles sortaient ensemble dans le couloir.

— Et si le bébé naissait le jour de Noël ? fit Holly alors qu'elles s'écartaient pour laisser l'équipe prendre connaissance du planning désormais affiché.

— Oh ! j'espère que non, le pauvre petit. Jamais il n'aurait de véritable anniversaire…

Holly se rappela soudain le soir de Noël où, dans sa famille aussi, ils avaient oublié son anniversaire. Ce Noël qu'ils auraient tous voulu occulter.

Pourquoi tout lui donnait-il envie de pleurer, aujourd'hui ?

— Holly !

Une patiente était amenée par Karen, une brancardière joviale. La dame paraissait avoir dans les soixante-dix ans, était bien habillée, mais assise avec un bras en écharpe dans un fauteuil roulant.

— Voici Iris Morrison…

C'était une blessure banale, à cette époque de l'année. Les gens s'affairaient, les rues étaient glissantes et Iris, se sentant tomber, avait tendu la main pour se rattraper. Et s'était apparemment brisé le poignet.

Elle fut emmenée dans une salle d'examen et Holly se chargea d'elle. Le poignet de la vieille dame la faisait énormément souffrir, et elle était aussi très pâle. Mieux valait donc qu'elle ne reste pas trop longtemps assise, raison pour laquelle Holly décida de la placer sur un brancard.

Le passage de témoin fut bref. L'état de santé général d'Iris était bon, et elle était plus en colère après elle qu'autre chose.

Il faisait plutôt chaud aux urgences, et elle allait devoir être déshabillée pour sa radio, mais Holly décida de le faire uniquement après lui avoir fait donner des antidouleurs.

Sortant dans le couloir, elle rencontra Daniel, qui observait lui aussi une radio du poignet.

— J'ai une dame de soixante-douze ans…

— J'ai vu.

— Elle peut recevoir des antidouleurs avant que je la déshabille ?

Hochant la tête, il lui prit le dossier de la patiente des mains et la suivit dans la salle d'examen.

— Bonjour, madame Morrison, je suis le Dr Chandler.

— Chandler ? répéta Iris, les sourcils froncés, en l'observant attentivement. J'ai travaillé pour un Marcus Chandler et, à vos yeux, je dirais que vous êtes Daniel.

— Exact, répondit-il avec un sourire. Je suis désolé, je ne…

— Vous n'aviez que cinq ans, vous ne pouvez pas vous rappeler. D'ailleurs, on ne s'est jamais rencontrés. J'ai été la secrétaire de votre père pendant une année. C'était un chirurgien très impressionnant.

— Et vous êtes une femme pleine de tact, répondit Daniel.

Quand il lui manipula le poignet, la vieille dame grimaça.

— Il est cassé, c'est ça ?

— Oui. Je vais vous donner quelque chose pour la douleur, ensuite nous vous enlèverons ce manteau et vous irez directement…

— En fait, il y a pas mal d'attente pour les radios, dit Holly.

— Je vais voir si je peux vous faire passer entre deux patients, promit Daniel à Iris, qui lui répondit par un sourire ravi.

Évidemment, il n'eut aucun problème à convaincre la radiologue. À la façon dont elle battait des paupières en présence du Dr Chandler, elle s'ajoutait à sa longue liste de fans.

— Il est adorable, hein ? Et bel homme, avec ça, murmura Iris à Holly tandis qu'elles attendaient son tour.

— Et il le sait, fit Holly comme pour elle.

— Oh ! croyez-moi, ce n'est rien à côté de son père. Cet homme ! fit-elle en levant les yeux au ciel. Un chirurgien fantastique, mais l'homme le plus froid que j'aie jamais rencontré. Moi je tâchais toujours d'être aimable, comme sa femme était morte, ça ne devait pas être facile de se retrouver à élever seul un enfant de cinq ans…

Holly déglutit. La peur de perdre sa mère avait chamboulé son univers pendant plus d'une année, alors qu'elle avait vingt-huit ans. Difficile d'imaginer ce que ça avait dû être pour un enfant de cinq ans. Impossible, même.

*
* *

Holly et Daniel se dansèrent plus ou moins autour tout le reste de la matinée. On plâtra le poignet d'Iris, et sa fille vint la récupérer. Holly fut occupée avec un patient qui avait besoin d'une étroite surveillance en attendant son admission au service psychiatrique.

À midi, Daniel, prêt à rentrer, sortit du vestiaire et tomba sur Holly assise près du brancard du patient en question.

— Ils ne lui ont toujours pas trouvé de lit ? lui demanda-t-il, étonné.

— Encore une heure, répondit-elle sans même lever les yeux.

Lui d'habitude si à l'aise, si sûr de lui avec les femmes, avec elle, il était un peu perdu.

En fait, il ne savait pas trop ce qu'il voulait et, même s'il avait su, il n'était pas certain qu'elle accepte de prendre un verre ou de discuter avec lui. Elle qui était toujours gaie, enjouée, semblait tout sauf heureuse. Sans aucun doute, il avait dû contribuer à ce changement d'attitude.

— Daniel ? demanda Kay, qui passait dans le couloir, je viens de parler à M. Edwards, il demande si vous pourriez rester jusqu'à 17 heures.

— Désolé, répondit-il. Je suis pris cet après-midi.

— Ah oui ? Un rendez-vous ? demanda la curieuse.

— On peut dire ça, répondit-il sans réfléchir.

Aussitôt il aperçut le sourire contraint de Holly.

Une fois sa garde terminée, Holly fila au centre commercial où elle était allée quelques semaines plus tôt avec Daniel, et se retrouva à admirer un moment le souffleur de verre. À cause de sa tricherie, elle devait trouver un cadeau pour Daniel.

Elle aurait adoré lui acheter une de ces boules de verre faites à la demande, mais elle n'avait pas la moindre idée de ce qu'elle aurait demandé comme message.

Et puis, c'était bien trop cher. Et il aurait été gênant de lui révéler ainsi combien il comptait pour elle.

De toute façon, il ne reviendrait probablement pas récupérer son cadeau, et sans doute pas non plus déposer le sien.

Alors, au lieu de vider son cœur dans une petite lettre qui ne serait jamais lue par son destinataire, elle se dirigea à l'étage « hommes » et lui choisit un présent plus approprié.

Un baume à lèvres pour ses vacances au ski. Voilà un cadeau qui représentait bien leur histoire : plus jamais elle ne s'approcherait à nouveau de ses lèvres. Le cadeau rentrait à peu près dans le budget, était personnel mais pas trop, et utile.

Ce n'était en revanche pas un cadeau qui venait du cœur. Mais Daniel avait clairement établi qu'il ne souhaitait pas qu'elle lui offre le sien.

7.

En sortant de l'hôpital, Daniel se rendit directement à l'école de Maddie, mais ses pensées restaient tournées vers Holly.

Elle ne correspondait pas du tout à son style de femmes habituel, pourtant elle lui avait plu au premier regard. Et non seulement le sentiment s'était confirmé, mais il avait grandi. Plus il la connaissait, plus elle l'intriguait. Pour un homme qui faisait toujours en sorte de ne pas s'impliquer, c'était pour le moins étrange.

Et nouveau. D'ailleurs, il préférait ne pas trop se perdre en analyses.

Il savait qu'elle l'appréciait, et il pensait cela sans arrogance aucune, plutôt avec une touche d'inquiétude. Car, oui, il était au courant de la réputation qu'il avait.

En posant le pied hors de la voiture, cependant, il décida de se concentrer sur Maddie. Et d'oublier sa colère vis-à-vis de son père et d'Amelia qui ne s'étaient pas libérés pour leur fille.

Sa mère à lui avait toujours fait l'effort d'être présente pour ce genre d'événements. Alors que cette idée lui traversait l'esprit, il se figea.

Toutes ces années plus tard, les souvenirs semblaient revenir, ce qui le sidérait à chaque fois. En prenant place dans le public, il se rappela une fois où, lui-même sur scène affublé d'une cravate de son père et d'une serviette autour de la tête, il avait vu sa mère dans la salle, un sourire fier aux lèvres.

Alors il fit de même pour Maddie quand elle apparut.

Elle était habillée en ange, avec un halo argenté, et oublia totalement son personnage quand leurs regards se croisèrent : elle lui rendit son sourire et agita la main dans sa direction.

La pièce donnait une image plutôt drolatique de la nativité. Joseph n'avait pas de dents de devant, et le public s'inquiéta un instant quand il manqua de tomber sur l'Enfant Jésus. Maddie et Daniel échangèrent un regard affolé mais, hormis cet incident, tout se déroula très bien.

— Laquelle est la vôtre ? demanda la voisine de chaise de Daniel.

— L'ange qui chante très fort, répondit-il, ravi d'avoir reporté son voyage afin que Maddie ait un membre de sa famille pour l'applaudir.

D'ailleurs, sitôt la pantomime finie, elle courut se jeter dans ses bras.

— Tu as été fantastique ! lui dit-il.

— Je sais, fit-elle, rayonnante. Tu as vu quand Thomas a failli tomber sur le bébé ?

— Oui. Vous vous êtes très bien rattrapés.

— On va où ? demanda-t-elle avec la confiance d'une sœur sachant qu'elle allait être gâtée par son grand frère.

— Je pensais qu'on pourrait aller au cinéma.

Le visage de Maddie se rembrunit quand il lui annonça le titre qu'il avait en tête.

— Je voulais le voir avec le déguisement !

— Je m'en doutais, répondit-il en lui tendant un sac.

Elle en retira son costume de princesse, qu'il était allé récupérer auprès de Jessica, la nounou.

Quelques instants plus tard, Maddie revint des toilettes en robe pailletée et tiare, et effectua un petit défilé pour ses camarades émerveillées.

— J'adore quand tu viens me chercher à l'école, dit-elle tandis qu'il sortait le siège enfant de son coffre.

— Moi aussi.

Et c'était vrai.

— Pourquoi tu ne le fais pas plus souvent ?

Il ne répondit pas. Ce n'était pas de venir la chercher à

l'école qui lui posait problème, c'était de la déposer chez elle et d'éviter qu'on l'invite à entrer.

Quand il démarra, elle agita la main comme une reine depuis son siège enfant à l'arrière.

— Si on épouse un prince, on devient forcément une princesse ? demanda-t-elle.

— Pas forcément, non. On peut devenir duchesse ou comtesse.

— Pff, c'est nul, fit-elle en soupirant.

Maddie était bien la fille de sa mère. Enfin, contrairement à Amelia, elle le faisait rire. Elle était adorable, et avait les mêmes yeux bleu marine que lui. De plus, pour une enfant de cinq ans, sa compagnie était très intéressante.

— Comment ça va, l'école ? lui demanda-t-il.

— Super, j'adore. Et toi, ton travail à l'autre hôpital ?

— J'adore aussi.

C'était la vérité. Il avait aimé travailler dans son ancien hôpital, il y avait fait son internat, gravi les échelons et s'y était fait un solide réseau d'amis. Pourtant, il se sentait à sa place au Primary.

Et ça n'avait rien à voir avec Holly, il n'était tout de même pas aussi superficiel. Non, cela tenait sans doute plus au fait qu'au Primary il n'était pas le fils de Marcus Chandler. On n'attendait rien de plus de lui que de bien faire son travail.

Tout en garant la voiture, et même s'il essayait de se reconcentrer sur Maddie, il regretta que Holly ne soit pas avec lui. Car, vu la longue queue de petites filles surexcitées devant le cinéma, la soirée s'annonçait compliquée.

— C'est tellement mieux que quand je vais avec papa, dit Maddie.

Il fronça les sourcils, mais la fillette poursuivit :

— C'est vrai, quoi, il ne me prend pas souvent, et quand il m'emmène à son club… pff… je m'ennuie.

Daniel ne répondit rien, mais il se rappelait les longs après-midi qu'il avait lui aussi passés à ce fichu club, assis avec un livre de coloriages pendant que les adultes s'amusaient.

Lui aussi, il avait détesté ça.

Malgré la folie ambiante, les enfants qui chantaient

la musique du film, les abus de chocolat et de pop-corn, il passa un bon moment. Surtout, sa petite sœur s'amusa comme une folle.

Après des heures de conversation dans la voiture, alors qu'ils étaient coincés dans les embouteillages sur le trajet du retour, Maddie était soudain bien silencieuse.

— Tu es fatiguée ? demanda-t-il avec un coup d'œil dans le rétroviseur.

— Non. Pourquoi tu ne seras pas là pour Noël ?

Typique des enfants.

— Je pars en voyage, dit-il finalement. Ça fait très longtemps que c'est prévu.

— Mais Noël n'est que dans dix dodos.

— Je ne sais pas exactement quand je pars.

— Je ne veux pas que tu t'en ailles.

Et elle éclata en une série de sanglots bruyants. Ne sachant pas ce qu'il ressentait vraiment, et encore moins ce qu'il devait répondre, Daniel garda les yeux rivés à la route.

Il n'allait pas changer ses projets à cause d'un caprice de sa petite sœur. Il avait trente-deux ans, nom de Dieu, il ne pouvait quand même pas remplacer son père…

Sauf qu'il ne s'agissait pas de son père, en l'occurrence.

— Je ne te vois presque plus jamais, dit Maddie en pleurnichant.

— On a passé tout l'après-midi ensemble.

— Oui, mais c'était juste parce que tu allais partir.

En effet, il n'avait pas beaucoup vu Maddie les deux premières années de sa vie. Son père et lui se parlaient tout juste, à la naissance de sa sœur. Daniel n'appréciait pas que son père se soit remarié avec une femme tellement plus jeune que lui. En retour, son père était furieux qu'il refuse de devenir chirurgien. Quand Maddison était née, son père lui avait plus ou moins suggéré de rester à l'écart, laissant entendre que sa fille et Amelia étaient désormais sa seule famille.

Au départ, cela lui avait parfaitement convenu. Daniel n'était pas très attiré par les bébés, il s'était donc contenté d'assister au baptême et de déposer chaque année un cadeau d'anniversaire. Ce genre de choses. Et puis le bébé avait grandi, son charme et sa personnalité s'étaient développés et Daniel s'était pris d'affection pour la fillette.

Il avait donc commencé à intervenir plus souvent dans sa vie. Jusqu'au Noël précédent, quand Amelia lui avait fait des avances. D'où sa décision de se trouver le plus loin possible d'eux ce Noël. De rester à l'écart de la vie de son père. Sauf que ce n'était pas aussi facile que prévu.

— Écoute, fit-il en se garant devant la maison digne d'une carte postale, je ne sais pas encore ce que je vais faire. J'ai pas mal de projets, Maddie. Des trucs de grandes personnes.

— Je déteste les trucs de grandes personnes.

— Moi aussi.

— S'il te plaît, tu viendras me voir à Noël ?

Il aurait bien aimé répondre un « non » ferme et définitif, rentrer chez lui et se réserver un vol et un hôtel sur Internet. Il tourna la tête vers ce qui avait jadis été sa maison de famille et songea qu'il y avait bien peu de souvenirs heureux. Il n'y avait pas de raison que ce soit la même chose pour Maddie.

Il ne resterait pas longtemps, mais oui, pour Noël, il pouvait toujours passer et faire le bonheur d'une fillette de cinq ans.

— Bon, je viendrai t'apporter ton cadeau le jour de Noël.

Elle lâcha un petit hurlement aigu, et descendit tout sourire de son siège.

Daniel le rendit à Jessica, avec l'uniforme scolaire de Maddie. La nounou était venue à leur rencontre sur le seuil.

— Elle ne veut pas que vous partiez, dit-elle quand Daniel lui expliqua la raison des larmes de sa petite sœur.

— Eh bien, je passerai le 25.

— C'est gentil, fit Jessica, dont le sourire était néanmoins un peu triste.

Tous deux savaient qu'il ne faisait que repousser l'inévitable. Maddie finirait par être malheureuse le jour où il s'en irait pour de bon.

Alors qu'il remontait dans sa voiture, son téléphone sonna. L'agence où il était inscrit lui proposait plusieurs remplacements. Il s'apprêtait à décliner, puis se ravisa. Puisqu'il était là au moins une semaine encore, il pouvait bien travailler.

Il refusa une garde le 24, de 9 heures à 16 heures au service ambulatoire du Primary, puis une veillée du nouvel an au Royal — alors là, pas question, ces soirées-là étaient atroces. Enfin, l'opératrice lui proposa une garde au Primary, le 24, aux urgences.

— Quels horaires ? demanda-t-il.

— De 7 à 16 heures.

Holly serait là, il l'avait vu sur le planning. Peut-être d'ailleurs était-ce la raison pour laquelle il ne s'était pas désinscrit de la liste des remplaçants. En outre, il aimait les urgences du Primary. L'atmosphère qui y régnait. Il pensa à M. Edwards, à Kay, qui lui avaient montré combien il était apprécié de l'équipe, et à Paul, le mari de Nora. Il était curieux de savoir comment il s'en sortait.

Il y avait pire, comme endroit, pour passer la veillée de Noël. Cette garde lui permettrait de prendre des nouvelles des patients, et de voir comment allait Holly. Avec un peu de chance, leurs adieux seraient moins tendus qu'aujourd'hui.

— OK, je prends.

Bon, la première conséquence de cette décision, c'était qu'il devait aller faire ses courses de Noël. Or on était le dernier samedi avant Noël, à savoir la journée la plus chargée de l'année. Voilà comment il se retrouva dans le centre commercial bondé où il était allé avec Holly.

Il avait déjà son idée pour le cadeau mystère de Holly, en revanche il lui fallut trois bonnes heures pour décider quoi écrire dans la toute petite lettre.

Vu qu'il était encore là plusieurs semaines après leur nuit ensemble, il était évident que, non, ça n'avait pas été qu'une aventure sans lendemain. Et pourtant il allait partir. Même si ça lui semblait de plus en plus difficile.

À cause de Maddie, qui avait besoin de son grand frère, d'un poste de médecin-chef à pourvoir au Primary… Et puis, il y avait Holly.

N'empêche, sa vie était compliquée, si compliquée qu'il ne savait pas trop ce qu'il voulait. Toute son existence, il avait senti la déception de son père, jamais satisfait ni de ses réussites ni de ses choix. Or, pour régler tout ça, il avait besoin de s'éloigner. De partir.

Quand son tour arriva de dicter son message à l'elfe — aussi impatient que les gens qui attendaient derrière lui — il dut se décider vite.

— C'est tout ? s'étonna l'elfe une fois les mots tapés sur son miniclavier.

— C'est tout, répondit-il.

Avec une grimace qui en disait long sur son opinion, l'elfe appuya sur la touche « envoi ».

— Allez vous placer là-bas, votre lettre va arriver.

Il suivit la file d'attente et se posta près de la « descente magique ». Il n'en revenait pas de se trouver là. Soudain, interrompant ses réflexions cyniques sur la mise en scène de l'événement, sa lettre à Holly tomba devant lui.

On lui demanda de vérifier le contenu du message à travers une loupe. Malgré la réaction de l'elfe, il craignait pour sa part d'en avoir trop dit. Il hocha néanmoins la tête, et regarda le souffleur de verre opérer son travail magnifique.

Ce cadeau, prix exorbitant mis à part, était ce qui se rapprochait le plus de ce qu'il avait dans le cœur.

C'était quitte ou double.

Or en l'occurrence il paraissait plus compliqué de doubler la mise.

8.

La veille de Noël avait toujours été une journée spéciale pour Holly, qu'elle travaille ou pas. Les préparatifs de dernière minute, l'excitation et la perspective d'une soirée en famille, et une certaine panique parfois.

Ce joyeux mélange en faisait une journée magique.

L'an passé, le diagnostic médical de sa mère avait augmenté la pression et la panique. Pas tellement l'excitation, en revanche.

Cette année…

Un coup d'œil à sa chambre, remplie de cadeaux déjà emballés et soigneusement choisis, la rassura. Tout était prêt. Le plein d'essence était fait, il ne lui restait plus qu'à charger la voiture, faire sa garde matinale et attendre qu'arrive la sensation habituelle.

La nuit précédente, elle s'était laissée aller à pleurer pour la première fois. Au moins, son chagrin concernant Daniel était expulsé, elle ne risquait pas de gâcher la journée de tout le monde avec une humeur noire.

D'autant qu'elle n'avait rien à lui reprocher, il avait été honnête d'emblée. C'était elle qui avait pris tout cela trop au sérieux. Alors elle avait pleuré, car elle était triste qu'il s'en aille.

Peut-être était-il d'ailleurs déjà parti.

Elle ouvrit la fenêtre numéro 24 de son calendrier et se délecta d'une truffe. Délicieuse. Oui, décidément, le chocolat était un puissant remède à la mélancolie.

En plus, elle verrait peut-être Daniel. Si ça se trouvait, il passerait déposer son cadeau du Père Noël secret.

Après une douche revigorante, elle enfila un jean noir, des bottes et un pull de Noël rouge avant de partir à l'hôpital. Ses cheveux étaient particulièrement indomptables, ce matin, mais, ayant passé les doigts entre les boucles folles, elle décida qu'elle les attacherait une fois arrivée au travail. Et s'autorisa une touche de rouge aux lèvres, assorti à ses boucles d'oreilles.

Après tout, c'était Noël, pas question d'être triste aujourd'hui !

Daniel se réveilla tôt, pressé de commencer sa garde au Primary. Après un café en guise de petit déjeuner, accompagné d'une exquise truffe au chocolat, il récupéra le cadeau de Holly, rangé à côté de celui de Maddie et aussi de ceux pour son père et Amelia.

La journée ressemblait un peu plus à Noël, cette année.

Malgré sa bonne humeur, cependant, il passa le trajet jusqu'à l'hôpital à se tracasser, craignant que le cadeau qu'il avait acheté à Holly ne soit trop coûteux, et qu'elle n'y voie plus qu'il ne fallait y voir.

N'empêche, il tenait à ce qu'elle l'ait, même s'il ne servait que de souvenir de la merveilleuse nuit qu'ils avaient partagée. Car, oui, ça avait compté pour lui.

Il savait qu'elle quittait le travail à midi. Il devrait donc lui donner le cadeau quand elle partirait.

— Daniel !

Le cri fut si fort, sitôt qu'il descendit de voiture, qu'il redouta un drame. Plantée à côté de Holly sur le parking, Kay agitait la main comme une folle dans sa direction.

— On a besoin d'un coup de main, vite !

— Quoi, qu'est-ce qu'il y a ? demanda-t-il, inquiet, en arrivant près d'elles.

— Holly ne peut pas laisser tous les cadeaux pour sa famille dans sa voiture, ils risquent d'être volés, alors si vous pouviez nous aider à les porter à l'intérieur…

— J'ai cru qu'il y avait eu un accident ! fit-il en marmonnant.

— Non, mais on ne veut pas être en retard.

Holly et lui échangèrent un sourire, le premier depuis… Eh bien, depuis la fameuse nuit et le lendemain matin.

— Comment va Paul ? demanda-t-il tandis qu'ils s'approchaient de la voiture de Holly.

— Ils vont essayer de lui enlever le respirateur artificiel ce matin, répondit Holly. Et, si ça ne fonctionne pas, il devra retourner au bloc. Il a eu plus de hauts que de bas, ces derniers temps.

— Ça fait plus de trois semaines, dit Kay.

Holly et Daniel se regardèrent. Trois semaines, en effet.

Une fois chargés jusqu'aux yeux de sacs et de paquets, ils rentrèrent. Kay fila à son bureau, et Daniel vit l'occasion d'aller cacher son présent discrètement.

Vu le prix qu'il y avait mis, il ne voulait pas l'offrir à Holly devant tout le monde, cela risquait de faire jaser. Pourtant il tenait à ce qu'elle sache ce qu'il ressentait.

Mais uniquement après qu'il serait parti.

Quelques minutes plus tard, lorsqu'il la rejoignit, elle se débattait avec un sans-abri peu coopératif. Le pauvre homme avait manifestement besoin de soins, mais il refusait qu'elle lui pose l'aiguille pour recevoir des nutriments par intraveineuse. Pas plus qu'il n'acceptait de prise de sang.

Il se montra plus réactif quand Daniel intervint. Il le laissa même écouter sa respiration.

— Depuis combien de temps toussez-vous autant ?

— Ça a empiré depuis deux jours, à peu près.

— Vous avez de la température, dit Daniel, à quoi l'homme, Albert, opina du chef.

— Oui, depuis hier soir. J'avais des frissons et impossible de me réchauffer. Pourtant, j'étais brûlant.

Daniel le fit allonger et lui palpa le ventre.

— Je vais vous prélever un échantillon de sang, vous poser une perfusion, et ensuite on fera une radio.

Albert ne répondait plus.

— Vous pouvez en profiter pour prendre un petit déjeuner, car il y aura sans doute pas mal d'attente.

— Je ne veux pas de petit déjeuner.

Il était visiblement déshydraté, ce qui serait bientôt réglé par la perfusion, mais c'était surtout sa léthargie qui inquiétait Daniel.

— Il y a autre chose, Albert ? demanda-t-il.

— Non, tout va super bien ! répondit l'intéressé sur un ton sarcastique.

Daniel croisa le regard de Holly, qui observait la scène.

— Depuis combien de temps êtes-vous à la rue ?

— Trop longtemps. Parfois je vais au refuge, mais je n'aime pas. Guérissez-moi cette toux, ensuite je m'en vais.

— Quel âge avez-vous, Albert ?

— Soixante-douze.

— Et l'hiver ne fait que commencer, dit Holly en fermant les yeux.

— Oh ! ça, ce n'est pas grave, fit bravement Albert.

Mais son corps disait le contraire.

Quand les radios revinrent, elles montraient une pneumonie, entre autres problèmes plus mineurs. Holly passa les antibiotiques indiqués dans la perfusion et tenta de convaincre Albert de se nourrir. En vain.

— Je vais quand même aller vous chercher quelque chose, insista-t-elle. Et, quand je reviendrai, j'examinerai vos yeux.

— Elle ne lâche pas facilement, pas vrai ? fit Albert sitôt qu'elle eut quitté la chambre.

— On peut dire ça, répondit Daniel. Bon, je crains que vous ne deviez passer Noël ici, Albert.

Étonnamment, il hocha la tête. Et parut même soulagé.

— Vous toussez encore, dit Daniel, et ça va durer un peu. Pour le reste, comment vous sentez-vous ?

— Fatigué, avoua Albert.

Tout était résumé dans ce mot. Fatigué d'être malade. Fatigué de vivre à la dure.

— En attendant votre admission, je vais appeler l'assistante sociale, dit Daniel.

— Faites comme vous voudrez, fit Albert en haussant les épaules. Je ne vois pas ce qu'elle pourra faire pour moi…

Alors qu'il était sorti appeler l'assistante sociale de garde depuis le bureau d'accueil des infirmières, une Nora aux joues rougies et aux yeux larmoyants fit irruption dans la pièce.

— Je cherche Kay, dit-elle, avant de fondre en larmes.

Daniel bipa Kay, qui était responsable d'un cas de violence domestique, et accompagna Nora au bureau de l'infirmière en chef.

— Il parle ! balbutia Nora entre ses larmes. Il sait où il est !

Aussi surprise que lui, Kay ouvrit grand la bouche. Ils s'attendaient presque à ce qu'on leur annonce la mort de Paul, au lieu de quoi les nouvelles étaient excellentes.

Qui l'eût cru ?

Daniel laissa les deux femmes et retourna au chevet d'Albert, qui somnolait, mais ouvrit les yeux dès qu'il approcha.

— J'ai parlé aux services sociaux, lui expliqua-t-il.

— Mais il y a de l'attente, dit Albert, qui apparemment connaissait la routine.

— Y a-t-il quelqu'un que je puisse informer de votre présence ici ? demanda Daniel.

— Je doute que ça les intéresse.

C'était le premier aperçu qu'il lui offrait de la vie qu'il avait perdue.

— J'envoyais une carte à ma petite-nièce Emily, avant, dit finalement Albert. C'est aussi ma filleule. Mais, une année, j'ai été malade et je n'ai rien posté. Après, je n'ai plus osé.

Daniel comprenait bien comment, ayant perdu le contact pendant quelques années, il était difficile de renouer les liens.

— Quel âge a-t-elle ?

— Elle avait deux ans la dernière fois que je l'ai vue. Elle doit en avoir vingt, maintenant. Je doute qu'elle se rappelle mon nom.

— Et ses parents ?

— Sa mère, Dianne, est la fille de feu ma sœur. Elle aussi, elle a du caractère, comme votre jeune infirmière. Dianne a toujours été gentille avec moi, surtout pendant le divorce, mais je n'étais pas bien, dit Albert en se tapant la tempe pour indiquer des problèmes mentaux. Dianne m'invitait toujours à Noël, et moi je fichais systématiquement le bazar.

— Pourquoi ça ?

— Pour pouvoir partir. J'avais honte. Vous savez, j'étais professeur de géographie, avant. J'ai failli passer coordonnateur, même, mais ils ont dit que je n'avais pas les reins assez solides. Et moi, au lieu de leur prouver le contraire, eh bien, je les ai confortés dans leur jugement en quittant mon poste. Ma femme en a eu assez, je ne peux pas l'en blâmer. Alors j'ai tout perdu : mon travail, mon mariage, tout.

Et cet homme si fort, indépendant, se mit à pleurer. Daniel lui tendit des mouchoirs en papier et le laissa pleurer. Le son de ses sanglots attira Holly, qui passa la tête par la porte. Constatant que Daniel était là, elle repartit aussitôt.

— Vous avez pensé à appeler votre nièce ? demanda-t-il.

— Tous les jours, dit Albert, qui fouilla dans le petit sac qu'il refusait de lâcher.

Il en tira un sachet en plastique, et un morceau de papier avec un nom, une adresse et un numéro de téléphone soigneusement écrits.

— Je ne sais pas quoi lui dire, se lamenta-t-il.

Après presque deux décennies, que dire, en effet ?

— Je sais qu'ils habitent toujours au même endroit. Je passe parfois devant. Mais il y a un panneau « à vendre », ils risquent de ne plus être là bien longtemps.

— Vous voulez que j'essaye de les appeler ? proposa Daniel, espérant presque un refus.

Car ce serait affreux de revenir avec la mauvaise nouvelle que sa famille ne voulait pas entendre parler de lui. Et cela arrivait souvent.

— Oui, j'aimerais bien, répondit aussitôt Albert.

Daniel sortit de la pièce alors que Holly arrivait, chargée d'un plateau de victuailles. Elle avait remonté ses cheveux et arborait un large sourire, quoiqu'un peu forcé.

— Je lui ai fait préparer un déjeuner un peu en avance.

— Bien. Et moi je vais essayer de joindre sa nièce. Qu'il n'a pas vue depuis dix-huit ans. Albert espère reprendre contact.

À l'expression de Holly, elle non plus n'y croyait pas trop. Il lui tint la porte ouverte et l'entendit annoncer le menu à un Albert toujours aussi peu coopératif.

Il s'avéra que la nièce d'Albert acceptait de recevoir de ses nouvelles. Dianne Eames était au courant du choix d'Albert de vivre à la rue, son mari et elle avaient essayé de rester en lien avec lui. Elle sembla d'abord en colère, mais finalement prit les devants et demanda où il était admis.

Oui, elle était prête à abandonner ses préparatifs de dîner pour venir voir Albert, après dix-huit ans.

Daniel préféra cependant lui dire clairement les choses, pour leur éviter à tous les deux une situation embarrassante.

— Il vaudrait peut-être mieux que vous lui laissiez le temps de se rendre un peu plus présentable, dit-il.

— Il a toujours été fier, le bougre, maugréa-t-elle. Vous pouvez l'avertir que je vais passer le voir dans l'après-midi ? Attendez… Dites-lui qu'Emily sera avec moi.

Sur quoi elle lui donna son numéro de portable et demanda à être immédiatement avertie en cas d'évolution de son état.

Au lieu de filer annoncer la nouvelle à Albert, Daniel resta un moment assis, les yeux fixés sur le téléphone. Il s'était attendu à une réaction froide, voire à ce qu'on lui raccroche au nez. Au mieux, à être bombardé de questions. Mais non. Dianne n'avait pas exigé de rapport circonstancié sur les années manquées. Elle avait simplement voulu savoir où était son oncle pour venir à son chevet.

Il retourna voir Albert, que Holly essayait en vain de persuader de manger un peu.

— Je viens de parler avec Dianne, dit Daniel. Elle va venir avec Emily. Cet après-midi.

— C'est vrai ? s'exclama le vieil homme en rouvrant les yeux. Oh là là ! je ne peux pas les voir comme ça. Je sens…

— On va arranger tout ça, dit Holly.

Daniel savait que Kay conservait, en plus de tout un tas de petits cadeaux, de Noël ou autres, des vêtements qu'elle achetait pour les enfants ou les gens comme Albert.

Quelques heures plus tard, lavé, rasé, coiffé et rhabillé par les bons soins de Holly, Albert était plus que présentable. Et, enfin, il accepta de manger.

*
* *

Ravie de l'issue au problème Albert, Holly fila récupérer ses affaires. Il était midi passé, grand temps qu'elle prenne la route. Elle avait déjà décidé qu'elle ne dirait pas au revoir à Daniel. Elle l'avait fait trop souvent, et c'était chaque fois un peu plus douloureux.

— Tu as récupéré ton cadeau mystère sous le sapin ? lui demanda Kay alors qu'elle s'apprêtait à partir.

Il n'y avait rien, elle avait vérifié à sa pause, et même tâché de se convaincre que cela n'importait pas. Feignant la surprise, elle se rendit néanmoins au pied de l'arbre.

Où elle découvrit une chaussette remplie d'un joli paquet de chocolats. Kay avait dû se rendre compte qu'elle n'avait rien, et remédier à l'oubli. C'était gentil de sa part, mais cela n'enlevait rien à la tristesse.

En franchissant les portes d'entrée principales, elle tomba sur Daniel.

— Joyeux Noël, Holly.

— À toi aussi.

— Ça a été super de travailler avec toi.

Non mais il était sérieux ? Ils avaient fait l'amour dans son couloir, et il ne trouvait rien de mieux à dire ?

Passant son chemin, elle ne put s'empêcher de se retourner. Daniel en avait fait autant et ils se dévisagèrent un long moment. Elle n'en revenait pas qu'il la laisse partir aussi facilement, et que leurs adieux se résument à un « merci » entre collègues. Alors elle n'y tint plus.

— Tu n'as même pas pu aller m'acheter un cadeau ? dit-elle. Je ne valais pas un peu mieux qu'une boîte de chocolats ?

Il resta un moment bouche bée, avant de se ressaisir.

— Comment sais-tu que c'était moi, ton Père Noël secret ?

Zut. Prise la main dans le sac.

— Tu as triché ! s'exclama-t-il avec un sourire en coin. Pourquoi ?

— Je voulais… J'espérais découvrir ce que tu ressentais.

— Ce que je ressentais ?

— À propos de nous.

— De nous ?

— Ben, savoir si c'était plus qu'une aventure d'une nuit. Quelle idiote !

— Qu'est-ce que tu entends par là ?

Elle avait cru entrapercevoir la possibilité d'un « nous ». Elle allait devoir prendre des résolutions. L'an prochain, plus de niaiseries sentimentales. Elle serait distante et sophistiquée. Mais il restait quelques jours avant la nouvelle année…

— Holly, on a passé une nuit fabuleuse. On ne peut pas l'apprécier pour ce que ça a été ?

Un courant d'air glacé pénétrait dans le hall par les portes qui s'ouvraient et se refermaient. Le sol était mouillé par les entrées et sorties des gens, et le temps de la romance était officiellement mort.

— Profite bien de ton année sabbatique, dit-elle.

— Mon année sabbatique ?

— Ce n'est pas ce que font les adolescents quand ils ne savent pas quoi faire de leur vie ? demanda-t-elle d'un ton grinçant.

Elle tentait de ricaner, mais la mesquinerie ne lui réussissait pas vraiment. Contrairement à Daniel.

— Salue-le pour moi, fit-il.

— Qui ?

— M. Holly, précisa-t-il. Car c'est manifestement ce que tu cherches. Entre nous, c'était censé être du plaisir, point barre.

Voilà. Il venait de lui faire une immense faveur, en brisant définitivement les derniers espoirs qui auraient pu lui rester.

— Eh bien, passe un Noël « plaisant », fit-elle.

Puis elle tourna les talons. Et il la laissa partir.

Daniel regarda Holly s'éloigner en direction du parking. Puis il retourna aux urgences. Alors que le monde continuait à tourner autour de lui, il se prit à regretter la manière dont ils s'étaient quittés. Et puis elle avait un autre cadeau, qu'elle découvrirait peut-être dans la soirée, mais alors ils ne pourraient plus se parler.

Bref, après n'avoir vécu quasiment que des Noëls ratés, il venait de gâcher celui de Holly.

Il aurait dû abandonner l'affaire, mais il en était incapable.

Reposant le dossier d'un patient, il se précipita dehors. Il faisait un froid glacial, il pleuvait des cordes, et il ne portait que sa tunique. En plus, il l'avait sans doute déjà ratée.

Non.

Elle était là, assise au volant de sa voiture, la tête baissée. Elle pleurait.

— Holly…

Il frappa à la vitre, elle leva les yeux et se mit à sangloter de plus belle en le voyant.

— Je ne pleure pas à cause de toi, parvint-elle à dire entre deux sanglots. Ma voiture refuse de démarrer…

Elle tourna la clé dans le démarreur, et en effet le véhicule émit un drôle de son.

— Attention à ne pas la noyer, dit-il.

— Il faut que j'aille chez mes parents. Je ne peux pas manquer cette soirée. Je vais appeler un taxi.

Pourquoi une telle panique ? OK, il avait peu, voire pas, de famille lui-même, mais Holly n'avait pas non plus cinq enfants qui l'attendaient à la maison.

— Un taxi va te coûter une fortune. Et puis, ça ne réglerait pas la question de ton retour demain. Il n'y a pas de trains, le jour de Noël. Tu ne peux pas ne pas y aller ?

— Tout le monde n'est pas comme toi, fit-elle d'un ton méchant. Certaines personnes veulent passer Noël en famille.

Elle renversa la tête en arrière et lâcha un profond soupir.

— Ma mère n'est pas bien…

Il se souvenait l'avoir entendue en parler. Il ignorait en revanche à quel point sa mère était malade.

— L'an dernier, on a passé un Noël affreux. Et, même si elle n'est pas tout à fait guérie, on espérait se rattraper cette année, voilà. Elle ne va pas comprendre que je ne vienne pas.

Elle releva la tête vers lui, et un sourire se dessina sur son visage. Il était en tunique, grelottant et trempé.

— Pourquoi tu es sorti ? J'ai oublié de signer quelque chose ?

— Non. Je détestais qu'on se soit quittés sur une dispute.

— Moi aussi.

— Je pense qu'on peut faire mieux que ça. Et si je te conduisais chez toi ? Je ne finis qu'à 16 heures, mais…

— Je ne peux pas te demander ça.

— Tu ne m'as rien demandé, répondit-il. Et puis c'est une urgence, or, les urgences, c'est ma spécialité. Où est-ce que tu vas ? C'est loin comment ?

— Au moins trois heures de route les bons jours. Mais un jour comme aujourd'hui…

— Pas de problème, l'interrompit-il. Mais je ne resterai pas.

— Je sais. Merci.

Ils décidèrent de mettre tous les cadeaux de Holly dans le coffre plus sécurisé de la voiture de Daniel. Elle allait repasser à son appartement, l'y attendrait, et il irait la prendre là-bas après sa garde. Puis ils feraient la longue route côte à côte dans l'espace confiné de sa voiture…

— Va manger tes chocolats, lui conseilla-t-il.

— Ça tombe bien, j'en ai plein, fit-elle en désignant la chaussette.

9.

— Vous ne devriez pas être parti ? demanda Kay à Daniel en regardant la pendule.

— Si. D'ailleurs je pars. Pour de bon, cette fois. Ça a été un réel plaisir de travailler avec vous.

Et il le pensait.

À tel point qu'il envisageait, une fois qu'il aurait éclairci les choses dans sa tête, peut-être d'ici un an ou deux, de revenir au Primary. Et pas en tant que remplaçant. Mais il avait trop de choses à l'esprit pour le moment pour s'en ouvrir à Kay. D'autant que ça ne serait pas non plus juste vis-à-vis de Holly.

— N'oubliez pas votre cadeau, lui rappela l'infirmière-chef.

Il alla récupérer un petit paquet orné d'un nœud argenté au pied du sapin. Si Holly avait trafiqué le tirage au sort du Père Noël secret afin qu'il tombe sur son nom, elle avait sans doute fait de même dans l'autre sens.

Il vérifia la carte et, en effet, reconnut son écriture ronde.

Il l'ouvrirait plus tard. Toutefois, il ne fila pas directement à sa voiture. Il monta au service où se trouvait Albert. Sa famille n'était pas encore arrivée, mais on lui apprit que le vieil homme allait bien, qu'il dormait.

C'était sans doute mieux que d'être à la rue. L'espace d'un moment, Daniel avait entraperçu un monde où les familles étaient réunies.

Mais le jour commençait à décliner, il devait se presser. Il resta néanmoins assis derrière son volant quelques minutes à se demander ce que Holly avait bien pu lui choisir. Et ce qu'elle avait écrit sur la carte. Au lieu de l'ouvrir, il déposa le tout dans la boîte à gants. Ce voyage comportait déjà un fort potentiel de gêne sans la petite boule à neige estampillée « Holly et Daniel » ou autre cadeau du genre.

Il n'avait que peu d'imagination quand il s'agissait de présents romantiques mais, si elle avait été autant vexée par la chaussette pleine de chocolats, elle avait dû en revanche lui offrir un cadeau spécial.

Il l'ouvrirait le lendemain, une fois qu'il l'aurait conduite chez elle. Parce qu'il l'appréciait. Plus qu'il ne souhaitait l'admettre — face à lui-même et Holly.

Pas étonnant qu'elle soit perdue, il l'était aussi. Cela faisait presque un an qu'il préparait son voyage, qu'il l'attendait avec impatience. Et voilà qu'il se trouvait de plus en plus de raisons de rester.

Il se gara devant son immeuble, tâchant de ne pas repenser à la soirée où il avait grimpé les marches à sa suite.

— Entrez, lui dit-elle en ouvrant.

— Non, il ne vaut mieux pas. Ils annoncent beaucoup de circulation.

Surtout, il avait trop de souvenirs dans ce couloir !

— Bien sûr, fit-elle, l'air déçue. J'arrive alors.

Planté sur le seuil, il l'entendit parler au téléphone. Au lieu de la jouer comme son père, qui serait allé attendre dans la voiture en appuyant sur le klaxon jusqu'à ce que tout le monde accoure, il entra et agita la main dans sa direction pour lui indiquer de prendre son temps.

— On part maintenant, disait-elle. Non, ne t'inquiète pas pour ça. À très vite. (…) Maman, il faut vraiment que j'y aille, Daniel est déjà très gentil de m'accompagner.

Elle vint à la porte de sa chambre et leva les yeux au ciel.

— Oui, j'ai pris le fromage.

Au lieu de taper des doigts avec impatience, il entra dans un petit salon et s'assit au milieu des cris des voisins.

— Désolée, dit Holly, le rejoignant, en prenant son manteau sur le dossier de la chaise. La logistique de Noël. Bon, je suis prête.

— Pas moi, dit-il. Je boirais bien quelque chose.

— Bien sûr. Un café ?

Il la suivit à la cuisine.

— Tu veux quelque chose à manger ?

En temps normal, il aurait décliné, mais il n'avait pas pris de déjeuner et, comme il n'avait pas l'intention de s'arrêter en route pour ne pas lui faire perdre de temps, il accepta.

Elle leur confectionna des sandwichs toastés : dinde, brie et airelles.

— C'est Noël, après tout ! Bon, je vais pouvoir voir la fin du film, alors.

Et elle l'entraîna dans sa chambre. Sans arrière-pensée, il le savait, vu qu'elle vivait pratiquement dans cette pièce.

— Holly, fit-il en découvrant une des niaiseries qu'ils repassaient tous les Noëls. Même moi, je connais la fin.

Elle se contenta de sourire et s'assit au bord de son lit tandis qu'il prenait place sur une petite chaise. Très bizarrement, il fut soudain pris de l'envie de s'allonger, d'ouvrir une bouteille de vin et… de passer Noël au lit. Oui, il se sentait bien, ici avec elle.

— La famille d'Albert est venue le voir ? demanda-t-elle. Ils doivent avoir tellement de choses à se dire.

Le charme était rompu. Il se leva d'un coup.

— Allez, on ferait mieux de se mettre en route.

Comme prévu, la circulation était atroce. En ville, mais aussi ensuite sur l'autoroute. Bientôt, il était 18 heures passées et ils étaient encore loin du but.

— Quels sont tes projets pour demain ? demanda Holly, brisant le silence. Tu dois voir tes proches ?

— Oh ! j'y passerai seulement cinq minutes. C'est un peu compliqué, avec ma famille, dit-il en la voyant écarquiller les yeux.

Avec un autre interlocuteur, il n'aurait même pas pris la peine de se justifier. Son téléphone sonna, le nom de son père s'afficha à l'écran, mais il ne répondit pas. Au bout d'un moment — ils avaient enfin commencé à rouler à une vitesse raisonnable — Holly réclama un arrêt pipi. Il la soupçonnait d'avoir vu l'identité de l'appelant et de vouloir lui laisser l'occasion de rappeler. Ce qu'il fit dès qu'elle eut quitté la voiture.

— Amelia veut savoir combien nous serons pour Noël, dit son père après de brèves salutations.

Daniel ne put réprimer un rire sec. Tout ce qu'Amelia avait à faire, en termes de préparatifs, c'était d'annoncer le nombre de convives à la cuisinière. Le souvenir lui revint de ses années de pensionnat, les festivités battaient leur plein à l'approche des fêtes et lui rentrait chez lui pour les vacances dans une maison vide de toute décoration. Son père travaillait la plupart du temps et, si gentille que soit la nounou, elle préférait passer les fêtes avec sa propre famille.

La solitude. Voilà ce qui lui revenait de ses Noëls d'enfance. Alors pas question de faire semblant.

— Je ne serai pas là pour le repas, dit-il à son père. Je passerai apporter un cadeau à Maddie, mais je ne pourrai pas rester longtemps.

— On ira au club l'après-midi, dit son père. Et ton vol, il est quand ?

— Je n'ai pas encore réservé, répondit-il. Bon, à demain.

Holly avait raison. Trente-deux ans, c'était un peu vieux pour prendre une année sabbatique. En fait, il fuyait, et, comme le vieil Albert, il était fatigué tout à coup.

Déjà Holly revenait, les mains chargées de tasses.

— Café de Noël ! dit-elle, tout sourire, en lui tendant un gobelet.

— Tu vois vraiment Noël partout, dit-il en prenant une gorgée de sa boisson. Bon sang, qu'est-ce que c'est que ce truc ?

— Café et cannelle, je crois. Alors, tu l'as appelé ?

Et voilà. Une des raisons pour lesquelles il l'appréciait de plus en plus. Elle pensait à tout et à tous.

— Oui, il voulait juste savoir combien on serait à manger. Mais je n'y serai pas.

— Je suis sûre que ça lui ferait plaisir, pourtant… OK, j'arrête, fit-elle en le voyant garder le silence.

— Merci, je préfère.

Ils passèrent un moment les yeux rivés sur les voitures devant eux, mais bientôt Holly n'y tint plus.

— Quand même, pour Noël…

Il ne la laissa pas finir.

— Holly, je n'ai pas proposé de t'accompagner chez toi pour avoir ton avis sur ma façon de gérer mes affaires familiales.

— Entre amis, on peut discuter… Bon, je me demande quand il va cesser de pleuvoir. Voilà, c'est assez banal pour toi comme conversation ?

— Holly…

— Non, c'est vrai, après tout tu as raison, ce n'est pas comme si on était amis. Tu n'as même pas pris la peine de me présenter à ton ex.

— Amelia n'est pas mon ex.

— Une ancienne aventure d'une nuit, alors.

— Je n'ai jamais couché avec elle.

— Je ne te crois pas.

— Je n'ai pas besoin que tu me croies, Holly. Je n'ai pas à m'expliquer de tout auprès de toi.

Pourtant, il en mourait d'envie. Cela avait été affreux, au centre commercial, de la sentir vexée au point qu'elle s'en aille.

— Je sais que tu étais mal à l'aise, au centre commercial.

— Oh ! je l'étais bien avant ça. Quand Maddie a appelé trois fois pendant que tu étais sous la douche. C'était elle, ton rendez-vous de l'autre fois ? Ça doit être compliqué, de jongler entre toutes ces femmes.

Les choses allaient trop loin.

— Amelia, que tu as rencontrée au centre commercial, est ma belle-mère. Et, la semaine dernière, j'avais en effet rendez-vous avec Maddie, ma sœur de cinq ans.

À sa décharge, elle eut la bonne grâce de ne pas répondre. Juste un petit hoquet surpris.

— Pourquoi ne pas me l'avoir dit ?

— Parce que je trouve ça bizarre. Quand je l'emmène quelque part, tout le monde la prend pour ma fille.

— C'est pour elle que tu es encore là ?

— Oui, elle voulait que j'aille la voir dans la pièce de Noël à l'école. Et elle est triste que je m'en aille.

— Elle doit te considérer comme son héros.

— Je l'aime beaucoup aussi, je sors parfois avec elle, mais je ne vais pas vraiment chez eux.

— Parce que tu ne t'entends pas avec ton père ? demanda-t-elle, les sourcils froncés. Il doit bien y avoir un moyen de surmonter ça, pour Maddie ?

De nouveau son téléphone sonna. Maddie. Il mit son kit mains libres.

— Qu'est-ce qu'elle fait debout si tard ? dit-il en grommelant.

— C'est Noël ! Elle doit être surexcitée.

Au bout du fil, pourtant, sa petite sœur semblait plutôt tendue.

— Le Père Noël, il existe ? Thomas dit que ce sont des histoires.

— Thomas, celui qui n'a pas de dents ?

Maddie pouffa, alors Daniel en rajouta.

— Celui qui a failli tomber sur le bébé ? À ta place, je ne ferais pas trop attention à ce qu'il raconte.

— Donc il y a vraiment un Père Noël ?

Malgré tous ses défauts, Amelia avait dû s'assurer qu'il y ait des cadeaux sous le sapin.

— Oui, tu peux arrêter de t'inquiéter et aller te coucher. On se voit demain.

— Pour manger ?

— Non, je… À demain, Maddie.

Il sentait le regard de Holly rivé sur lui.

— Pourquoi ne pas y aller manger ? Pour lui faire plaisir ?

— Holly, mon père ne fêtait même pas Noël avant d'épouser Amelia. Je restais à la maison, tout seul, pendant qu'il travaillait. Toutes les familles ne sont pas parfaites, tu vois !

— Ma famille n'est pas parfaite non plus, dit-elle, le regard fixe.

— Pas loin, en tout cas. Ils fêtent Noël ensemble, ils n'oublient pas ton anniversaire.

— Tu te trompes, dit-elle. Ils l'ont oublié une fois.

10.

— Oublié ? Raconte.

— Non, tu viens de m'avouer que tu n'avais pas de Noël quand tu étais enfant, je ne vais pas geindre parce qu'une fois mes parents ont oublié mon anniversaire.

— Tu avais quel âge ?

— J'allais sur mes sept ans.

— Allez, raconte-moi.

La voix de Daniel était si douce que Holly eut envie de s'ouvrir à lui.

— Je suis un bébé de Noël, tu le sais, non ? Enfin, bref, en général on avait un gâteau d'anniversaire au petit déjeuner le jour de Noël, j'ouvrais mes cadeaux, puis on passait au salon et Noël pouvait commencer. D'ailleurs, on procède toujours ainsi, le champagne en plus. Ce jour-là, rien. On est allés au salon, et moi je pensais qu'ils me faisaient une blague, qu'ils faisaient semblant d'avoir oublié, mais non. Avec le recul, ça avait été une année difficile pour mes parents, mon oncle Harry avait été hospitalisé — on le surnomme oncle Boirry, si tu vois l'allusion, dit-elle avec un sourire tendre. Et Adam, mon frère, avait eu une bronchiolite.

— Ils s'en sont souvenus quand ?

— Quand je suis allée au lit.

— Tu as pleuré ?

— Non, je souriais, mon sourire nerveux, tu vois le genre ?

Elle détourna les yeux, sachant pertinemment que les larmes qui menaçaient n'avaient pas grand-chose à voir avec ce lointain souvenir.

Elle se sentait un peu pareille qu'à l'époque, avec Daniel. Comme si quelque chose de terriblement important pour elle ne comptait pas beaucoup pour lui.

Alors, d'accord, il était ressorti sous la pluie pour s'excuser mais, si sa voiture n'était pas tombée en panne, leurs chemins se seraient déjà séparés.

Elle ne serait bientôt plus qu'un lointain souvenir, elle aussi.

Sa jolie passagère s'était tue, et Daniel pensait apprécier un peu de silence. Sauf que les bavardages de Holly lui manquaient, en fait. Il alluma la radio, où ne passaient que des chansons de Noël.

Un kilomètre. Une demi-heure. Et toujours pas un mot de la part de Holly. Elle sortit quelques cartes de vœux de son sac et entreprit de les écrire, avant de renoncer et de les mettre dans le vide-poches.

Soudain, des lumières bleues scintillèrent sur la bande d'arrêt d'urgence. La police et les pompiers les dépassèrent. Bientôt, toutes les voitures roulaient au pas.

— Jette un coup d'œil sur ton téléphone, histoire de voir ce qui se passe, dit-il.

— Un camion qui a perdu son chargement, répondit-elle après quelques recherches.

— Il va falloir qu'on prenne la prochaine sortie.

— Impossible, fit-elle en compulsant les prévisions de circulation. Il y a eu une inondation, la sortie est fermée.

Non seulement il n'en ressentit aucune frustration, mais au fond il était plutôt content.

— On va peut-être devoir passer la nuit en route, alors. Il se fait tard.

— Je suis vraiment désolée d'avoir gâché ton Noël, dit-elle.

— Il n'y avait rien à gâcher.

— Ah oui, c'est vrai, c'est juste un jour comme un autre.

Elle se tut un moment, manifestement plongée dans ses pensées, puis :

— Je suis désolée de ne pas m'en être tenue à ce qui était convenu, dit-elle tout à trac. Je savais que je n'étais pas faite pour les histoires d'une nuit. Il faut vraiment que je me détende. Mais c'est plus facile à dire qu'à faire.

— Non, c'est facile. Envisage juste le sexe comme une partie de plaisir.

— Et comment ? demanda-t-elle en souriant.

— En ne cherchant pas de sens profond à tout. Et en lâchant les chevaux, comme on dit.

— Haha.

— Qu'est-ce que tu m'as acheté pour Noël ?

— Tu n'as pas ouvert ton cadeau ?

Il secoua la tête.

— Eh bien, tu le sauras demain, dit-elle. Et toi, qu'est-ce que tu as acheté à Maddie ?

— Le collier éléphant. Et, demain, elle découvrira qu'elle a adopté un éléphant !

— Elle va adorer. Et pour ton père ?

— Un livre.

— Amelia ?

— Un agenda.

Elle grimaça.

— On ne s'entend pas bien, elle et moi.

— Tu as fait l'effort, au moins ?

— Au départ, quand mon père a commencé à fréquenter Amelia, on s'est disputés, lui et moi. Je n'approuvais pas leur différence d'âge. En fait, je trouvais ça gênant, d'autant qu'elle n'était clairement là que pour l'argent. Mais bon, à la naissance de Maddie, j'ai décidé de faire un effort… Non que je les aie soudain crus amoureux, dit-il en voyant son joli visage s'éclairer. Amelia est aussi superficielle que mon père est distant, mais je voulais être présent pour l'enfant.

La circulation était à l'arrêt, cette fois.

— Je m'inquiète pour Maddie, dit-il à brûle-pourpoint dans les lumières rouges des feux. Elle est élevée par des gouvernantes, et ni son père ni sa mère ne se sont libérés pour assister à sa pièce de fin d'année. Il ne comprend rien, décidément.

Il avait les mains crispées sur le volant.

— Tu lui as parlé ?

Au lieu de lancer son habituelle remarque cynique, dans le genre : « Comme si ça allait y changer quelque chose ! », il se tut et réfléchit.

— J'ai essayé quand elle est née, dit-il. Ce n'était sans doute pas le meilleur moment : je venais de refuser un poste de chirurgien pour intégrer les urgences. Il m'a répondu que, tout comme je refusais ses conseils en matière de carrière, il n'avait pas besoin des miens en matière d'éducation.

Les chants de Noël continuaient à brailler dans la radio et, contre toute attente, ce fut elle qui éteignit.

— Merci.

— Pourquoi est-ce que tu t'en vas, Daniel ? J'ai pourtant l'impression que tu veux être présent pour ta sœur.

— C'est vrai. Mais c'est impossible.

Il était conscient qu'elle ne comprenait pas, alors, pour la première fois, il voulut s'expliquer. Après tout, elle n'avait aucune chance de rencontrer Amelia un jour, il ne risquait pas grand-chose à tout lui déballer.

— L'an dernier, mon père travaillait, alors j'ai mis mes doutes de côté et accompagné Maddie et Amelia à une pantomime. Puis Amelia a annoncé qu'elle voulait décorer la chambre de Maddie, lui faire la surprise, et m'a demandé de l'aider à choisir du papier…

Holly tiqua aussitôt.

— Et tu as répondu quoi ?

Pour une femme aussi douce, elle était aussi très vive dans sa perception des gens.

— J'ai refusé, je lui ai dit de demander conseil à leur décorateur d'intérieur. Je trouvais ça malsain.

Il agita la main pour appuyer sa sensation, et elle hocha la tête. Elle comprenait sa réaction.

— Et puis, à Noël, j'ai été invité comme les deux précédentes années. En général, j'y allais manger, et pour les anniversaires de Maddie, ce genre d'occasions. La famille d'Amelia était là, elle était manifestement nerveuse, elle a un peu forcé sur le vin. L'après-midi, sa famille est partie, moi je me suis endormi sur le canapé pendant que mon père allait à son club et Maddie à la sieste. Quand je me suis réveillé, Amelia était assise à côté de moi. Elle s'est mise à me raconter qu'elle était malheureuse, et que, malgré le confort matériel que mon père lui apportait, il était vieux et qu'elle voulait du jeune, et… Bref, qu'il n'en saurait jamais rien.

Il tourna la tête vers Holly, dont les joues s'étaient empourprées. Et cela n'avait rien à voir avec les feux des voitures.

— Il ne s'est rien passé, se sentit-il tenu de préciser.

— Je n'ai rien demandé.

— Ben tu le sais.

Et cela lui importait.

— Mais tu lui as répondu quoi ?

— Que ça n'arriverait pas. Puis je suis parti. Depuis, je fais en sorte de rester loin d'elle. Jusqu'en septembre, je travaillais dans le même hôpital que mon père, c'était donc facile de savoir quand je pouvais y aller sans qu'elle soit là. Elle part souvent en voyage. En fait, je ne l'avais pas revue jusqu'à l'autre fois, au centre commercial.

— OK, tu es pardonné de ne pas m'avoir présentée.

Il se tourna vers elle, elle souriait. Et pas un sourire nerveux, non.

— C'est gênant, hein ? dit-il.

— Pour elle, j'imagine. Tu en as parlé à ton père ?

— Ah non, surtout pas ! Je me suis juste fait à l'idée que je n'étais pas doué pour les fêtes de Noël, voilà.

— Oh ! je n'en suis pas aussi sûre. Tu n'as rien fait de mal, ton père n'en a pas souffert et ta petite sœur non plus. Je dirais au contraire que tu as bien géré une situation potentiellement explosive.

Il ne put retenir un rire amer.

Personne n'était au courant, et il n'avait longtemps eu aucune intention que ça change. Cela dit, maintenant qu'il s'en était ouvert à Holly, il se sentait étrangement léger.

Baissant les yeux sur son smartphone, elle lâcha un grognement.

— Oh là là ! Je commence à penser que ce dîner de Noël est maudit.

— On peut quitter l'autoroute à la prochaine sortie

ouverte et essayer de trouver un endroit où passer la nuit, ou bien on continue.

Il était 22 heures largement dépassées. Leur voyage de trois heures s'était changé en une équipée interminable de plus de six heures.

— Je ne veux pas mettre ton Noël en péril. Enfin, dit-elle après réflexion, je crains que ça ne soit déjà fait.

— Holly…

Mais elle ne l'écoutait pas, trop occupée à lire les informations routières comme si cela pouvait changer quelque chose.

Tous les espoirs n'étaient pourtant pas perdus en matière de miracle de Noël. La preuve, il s'entendit lui avouer quelque chose qu'il pensait très fort, mais ne se serait jamais cru capable d'exprimer à haute voix.

— C'est le meilleur Noël de ma vie.

11.

— Il faut que j'aille aux toilettes, dit Holly.

— De toute façon, répondit Daniel, il faut nous rendre à l'évidence : on n'arrivera pas chez toi ce soir.

Alors qu'ils approchaient, centimètre par centimètre, d'une sortie d'autoroute, Holly commença à appeler les motels et auberges environnants. Apparemment, ils n'étaient pas les seuls à avoir eu cette idée, et ils durent se rabattre, après moult tergiversations, sur un bed and breakfast qui n'avait plus qu'une chambre double disponible.

À la perspective de partager la chambre — et même le lit —, la mâchoire de Holly se crispa.

— Ça fait six heures que je conduis, dit-il, après une journée de garde. Je suis épuisé, affamé, et je t'assure que tu pourrais m'offrir un spectacle de *pole dance* que je ne m'en rendrais même pas compte. Mais, bon, je peux toujours dormir sur le canapé, si tu veux.

— Et s'il n'y en a pas ?

— Dans ce cas, tu coucheras par terre.

— Tu es un vrai gentleman.

— Non, Holly.

Peu après, ils se garèrent devant le petit bâtiment. Heureusement, elle n'insista pas pour qu'ils transportent tous ses cadeaux à l'intérieur.

Il s'occupa des formalités pendant qu'elle filait aux toilettes. Mais leur hôtesse était du genre méticuleux et, malgré l'heure avancée, elle ne leur épargna aucune des règles en vigueur dans son établissement.

— Pas de bruit après minuit, pas de fête dans la chambre, dit-elle. Pas de douche après minuit non plus, obligation d'être habillés entre la chambre et la salle de bains, pas de chaussures à l'étage et, surtout, pas de nourriture dans la chambre.

Il s'éclaircit la gorge. Le spectacle de *pole dance* n'était décidément pas à l'ordre du jour.

— Et vous devez signer le registre chaque fois que vous entrez ou sortez, conclut-elle.

Ils retirèrent donc leurs chaussures et furent emmenés à l'étage par un escalier grinçant.

— Le petit déjeuner est servi entre 7 et 9 heures, aucun retardataire ne sera accepté.

— Nous serons partis avant 7 heures, répondit-il. Y a-t-il un endroit où on peut trouver une pizza ou…

— Non.

Réponse sans appel.

Quand la propriétaire leur ouvrit la porte de la chambre, ils eurent l'impression de pénétrer dans une faille spatio-temporelle. Rien ne semblait avoir changé ici depuis trente ou quarante ans. Tout était en crinoline mauve, et surtout… il n'y avait pas de canapé !

— Holly, il faut vraiment que je mange, dit Daniel une fois qu'ils furent seuls.

— J'ai des fromages dans une glacière dans la voiture. Et du chocolat.

— On peut faire un pique-nique.

— Oh ! et j'ai du scotch pour mon père, je suis sûre qu'il ne nous en voudra pas de l'avoir entamé. Je vais descendre à la voiture, je sais où tout se trouve.

— Non, j'y vais.

Pas question qu'elle fouille les sacs.

À son retour de la voiture, il s'affala aussitôt sur le lit.

— Ouf, enfin !

Holly avait sorti des verres et leur servit une dose de scotch, puis elle coupa des tranches de fromage. Ils s'assirent tous deux à même le sol, mangeant de bon appétit, buvant et discutant gaiement.

C'était agréable.

Holly souriait. C'était le meilleur réveillon de Noël qu'elle ait jamais eu. Car elle le passait avec le compagnon qu'elle aurait choisi entre mille. Et, comme il était allé se doucher et n'avait pas de vêtements de rechange propres, il était resté torse nu.

Il la questionna un peu sur sa famille.

— Tu t'entends bien avec ton frère ? Question idiote, dit-il quand elle hocha la tête. Tu t'entends avec tout le monde.

— Pas du tout ! se récria-t-elle. Et toi, tu te rappelles ta mère ?

Il l'avait interrogée sur sa famille, elle estima donc qu'elle pouvait se permettre cette question.

— Un peu. C'était la seule à faire des efforts pour les fêtes, genre Noël et tout ça.

— Comment c'était, après sa mort ?

— Je suis allé en pension. Et, pour être honnête, je préférais ça à la maison.

— Ton père était en deuil, dit-elle.

— Peut-être. C'est mon ami Rupert, celui dont j'ai été le garçon d'honneur, qui m'a convaincu d'assister au remariage de mon père avec Amelia. Disons que j'ai plus ou moins réussi à maintenir les apparences.

Minuit approchant, Holly dut aller à la douche. Une fois sur place, elle se rendit compte qu'elle avait oublié son pyjama. Ne voulant pas renfiler ses vêtements sales, elle s'enveloppa dans une serviette, et ressortit discrètement dans le couloir. La chambre était plongée dans la pénombre, à l'exception d'une bougie.

— Bon anniversaire, Holly.

— Tu t'en es souvenu ! Et dire que même moi j'avais oublié !

— Menteuse.

— Si, c'est vrai. Tu ne chantes pas ?

— Non, n'exagère pas.

Elle s'agenouilla et souffla l'unique bougie, qui était plantée dans une part de gâteau aux carottes recouvert d'un nappage à la crème d'oranger.

— Je l'ai récupéré auprès de Mme Barrett, la propriétaire, en descendant chercher le fromage, dit-il. Elle m'a fait promettre de ne pas faire de bruit après minuit.

— On fera doucement.

Elle lécha le nappage, Daniel s'agenouilla à ses côtés et elle lui laissa le gâteau. Mais l'un n'allant pas sans l'autre, et pour cette raison uniquement, ils échangèrent un tout petit baiser.

Délicieux.

Elle dut cependant réprimer son envie de lui arracher son boxer et de dénouer sa serviette.

— Merci, fit-elle pour oublier un peu son excitation. C'est un charmant anniversaire.

— Et ça n'est pas fini, dit-il en se levant pour allumer la lampe de chevet. Tu dois ouvrir ton cadeau.

— Un cadeau ?

Il se trouvait sur le lit, enveloppé de mouchoirs en papier couleur lilas.

— Waouh ! fit-elle en déballant un portefeuille en cuir.

Celui de Daniel.

— C'est surtout le contenu qui est pour toi, précisa-t-il.

De l'argent.

— Tu penses pouvoir t'offrir une visite chez le coiffeur avec ça ? (Elle secoua la tête.) Une manucure ? (Non plus.) Zut, ne te moque pas, je fais des efforts. Euh… Peut-être y a-t-il assez pour un vernis à ongles ?

— Oui ! Deux, même.

— Génial. Alors je t'offre une couche de vernis. Mais tu n'as pas tout vu. Il y a encore quelque chose là-dedans.

Elle fouilla et en tira… un préservatif.

— Tu ne l'as pas bien vidé.

— Si, si. Je l'ai laissé exprès.

Elle sentit ses joues s'empourprer.

— Une nuit, Holly. Rien que pour toi.

— Quelle générosité, dit-elle doucement. Quel altruisme. Tu ferais ça rien que pour moi, sans y prendre aucun plaisir ?

— Ça n'est pas ta responsabilité. Toi, tu n'as qu'à te soucier d'en prendre.

— Rien que pour le plaisir, alors ?

— Exactement.

— Je croyais que même si j'étais nue et enroulée autour d'une barre de *pole dance*…

— C'est justement ce qui m'y a fait penser, a posteriori.

— Non.

— Écoute, l'offre tient. Tu n'as qu'à déchirer le petit emballage, et j'apparais !

Et il s'allongea sur le lit. Elle enfila un bas de pyjama écossais et un petit haut qui allaient très bien pour la maison, mais ne correspondaient sans doute pas exactement aux standards de Daniel Chandler, et grimpa sur le lit à ses côtés. Cette proposition…

— Tu pourrais dévaler les pistes de ski un instant, et plonger tête la première entre mes cuisses l'instant d'après.

— Holly, je ne suis pas magicien, dit-il en l'attirant entre ses bras forts et chauds. Le cadeau expire à 7 heures du matin. Ensuite, c'est Noël.

— Il nous a fallu trois semaines pour nous parler à nouveau, si on fait ça, on repartira directement du début. La gêne, le malaise…

— Mais non. Je saurai t'apprendre à lâcher la pression. Au lieu d'appeler ça « faire l'amour », tu dis « tomate ».

— Je n'appelle pas ça « faire l'amour ».

— Mais tu le considères comme ça.

Il avait raison. Elle aurait bien aimé que non, être capable d'oublier son cœur, de n'écouter que son corps l'espace d'un moment. Oui, elle adorerait pouvoir dire à Daniel : « Vas-y, fais-moi grimper aux rideaux toute la nuit, et demain matin je n'aurai pas mal quand tu me quitteras. »

Mais elle ne fonctionnait pas comme cela.

— L'offre tient toujours, dit-il.

— OK.

Et, parce qu'il n'avait aucune conscience, il s'endormit presque aussitôt, alors qu'elle resta allongée dans le noir, à écouter sa respiration régulière et la pluie contre la fenêtre.

Pourtant, c'était le meilleur anniversaire qu'elle ait jamais eu.

12.

Matin de Noël

Il faisait froid. Non, il faisait glacial.

À tel point que Daniel et Holly s'étaient pelotonnés l'un contre l'autre dans leur sommeil. Daniel, qui n'était en général pas du genre à enlacer ses partenaires, se réveilla donc pour la deuxième fois avec Holly dans ses bras, le dos collé contre lui.

Elle portait un petit haut à bretelles et un bas de pyjama, pourtant il trouva le chemin jusqu'à son ventre. Il avait d'abord eu l'intention de rouler sur le dos, afin qu'elle ne sente pas son érection, mais sa main était naturellement allée se poser sur elle et elle remua dans son sommeil. Trop tard pour la discrétion.

Enfin, il pouvait encore sortir du lit, se rhabiller et se préparer à repartir. Il n'était pas encore 7 heures.

Ou bien, il pouvait l'embrasser sur l'épaule, comme il en avait eu envie, ce fameux matin, tant de semaines auparavant.

Mais, alors qu'il lui caressait doucement le ventre, il sentit qu'elle s'efforçait à grand-peine de garder une respiration calme et régulière.

Comme lui.

— Joyeux anniversaire, Holly.

— Merci.

Lentement, il posa les lèvres sur sa peau fraîche, tout en remontant la main sous la brassière jusqu'à son sein.

Il joua avec le téton, puis frotta la paume contre sa peau,

tandis que sa bouche remontait dans le cou, derrière l'oreille. Holly se plaqua un peu plus contre lui, en une supplique muette. Il ne lui fallut pas plus d'encouragements pour faire passer son petit haut par-dessus sa tête, avant de revenir à son cou. Il adorait la sensation de sa peau nue contre la sienne.

Sa main avait désormais entamé son chemin vers le bas et, alors qu'il caressait son clitoris, suscitant de petites décharges de plaisir, elle ponctua ses mouvements de gémissements gutturaux.

À contrecœur, il retira sa main, juste le temps qu'ils se débarrassent tous les deux de leurs bas. Et ils retrouvèrent aussi vite la position initiale, à la différence que Daniel occupait sa main libre avec l'autre sein de Holly.

Puis il insinua un doigt en elle. Et deux. Elle était chaude, mouillée, si mouillée.

— Oh ! bon Dieu, murmura-t-il malgré lui en la découvrant déjà aussi proche de l'orgasme.

Arrête-toi, lui intima sa conscience. *Fais-la jouir avec tes doigts, puis souhaite-lui un joyeux anniversaire et basta.*

Ce fut si intense que Holly serra les cuisses et plia les genoux sous le choc.

Pourtant, ce n'était pas assez. Son délicieux cadeau d'anniversaire ne l'avait pas repue, bien au contraire, il l'avait affamée. Elle pivota dans les bras de Daniel et ils se retrouvèrent face à face, bouche contre bouche. Il descendit bientôt vers ses seins, qu'il embrassa à leur tour, l'un après l'autre, pour la première fois.

Oh ! cette bouche ! Elle plongea les doigts dans les cheveux de Daniel, regrettant qu'il n'en ait pas une autre pour embrasser ses lèvres en même temps que ses tétons. Soudain il releva la tête et leurs bouches se trouvèrent pour un baiser impromptu. Profond, lent et sensuel. Ils mêlèrent leurs langues et, sans cesser de l'embrasser, elle le sentit entrer en elle.

L'exquise sensation lui tira un gémissement tandis que

ses longs et lents assauts lui firent nouer une jambe autour de sa taille et onduler en cadence avec lui.

Ils n'interrompaient leurs baisers intenses que pour se dévisager. C'était vrai, c'était animal, c'était pur.

Il se haussa sur les coudes pour l'observer de ses yeux bleu marine si perçants, et elle plaqua les deux paumes contre son torse chaud.

Comme éperonné par son geste, il augmenta la cadence. Ce changement de rythme fit à nouveau monter le plaisir dans le ventre de Holly. Même quand il l'avait prise debout, vite et fort, dans son couloir, il avait gardé son contrôle.

Alors que, là, ils étaient tous les deux perdus l'un dans l'autre. Il lui posa une main sur la bouche pour étouffer ses cris de plaisir. Elle ne put réprimer un sourire, il venait de lui éviter les réprimandes de Mme Barrett.

La respiration de Daniel se fit plus forte, plus saccadée, dans l'oreille de Holly, et ses coups de boutoir plus affirmés, plus éperdus. Elle enfonça les doigts dans ses fesses fermes et obtint quasi immédiatement la récompense de son silence : le gémissement rauque qui accompagnait son éjaculation.

Leurs chaleurs se mêlèrent, et ces derniers allers-retours furent délicieux, accompagnés de baisers profonds. La tête lui tournait. Jamais elle n'avait rien connu de plus intense.

Ils s'emboîtèrent l'un dans l'autre, se caressèrent encore, longtemps, leurs lèvres refusant de se séparer.

13.

Holly était allongée, sidérée par ce qui venait de se passer. Jamais elle n'avait cru que le sexe pouvait être aussi beau.

Et alors que Daniel et elle restaient là côte à côte, main dans la main, avec pour seul bruit de fond la pluie qui tapait aux fenêtres et leur respiration apaisée, elle perçut précisément l'instant où cela se produisit. Où il regretta.

Il libéra sa main pour se la passer dans les cheveux. Et le silence se fit tendu.

— On n'a pas…

— Je sais, Daniel, dit-elle. J'étais là aussi.

Ils n'avaient pas utilisé de préservatif.

— Tu prends la pilule ?

Elle eut la sensation de lui avoir offert son âme, et qu'il venait juste de la lui retourner. Cette question pouvait être posée de bien des façons. Celle, pragmatique, du médecin. Celle, pleine d'espoir, de l'amant.

Et celle… de Daniel : « Je t'en prie, je t'en supplie, dis-moi que oui. »

Comme elle ne répondait pas, il se leva et s'assit au bord du lit pour enfiler son jean.

— Oui, Daniel, je prends la pilule, dit-elle finalement.

Il hocha la tête sans un mot.

Alors elle cessa de faire des efforts. Pour une fois dans sa vie, elle cessa de faire semblant que tout allait bien et ne prit même pas la peine de lui souhaiter un joyeux Noël. Elle enfila son pyjama et alla se préparer.

Ils avaient laissé pas mal de bazar. Elle ramassa ses

affaires, il jeta les restes de leur pique-nique à la poubelle, et bientôt ils furent prêts.

Au lieu de traîner au lit comme deux amants au lendemain d'une magnifique nuit d'amour avant de descendre petit-déjeuner, ils se retrouvèrent à signer le registre de Mme Barrett.

Le reste du trajet se fit dans un silence crispé et sur une autoroute désormais parfaitement dégagée.

Vu la réaction de Daniel aux événements du matin, elle ne nourrissait plus aucun espoir les concernant.

— Prends à gauche, lui dit-elle alors que son GPS indiquait la droite. C'est un raccourci.

Le village était superbe et, tandis qu'ils longeaient le vieux pub, elle regretta les tranquilles week-ends qu'ils auraient pu passer ici. En couple.

Si l'intimité éphémère qu'ils avaient partagée n'avait pas complètement disparu.

— Tu veux entrer prendre le petit déjeuner ? demanda-t-elle néanmoins, bien qu'elle connaisse déjà la réponse.

— Non.

— Pourquoi ?

Elle avait besoin de l'entendre.

— Parce que ça signifierait quelque chose pour toi, répondit-il, les yeux rivés sur la rue devant lui. Parce que, dans ton monde, Holly, si le gars avec qui tu as couché vient chez tes parents, ça signifie plus.

Elle aurait pu prétendre le contraire, arguer que sa mère ne comprendrait pas qu'elle le laisse repartir sans avoir rien mangé après avoir fait toute cette route. Mais ça aurait été mentir.

Car, si Daniel entrait, elle espérerait.

— Tu as raison.

— Je ne sais pas jouer à la parfaite petite famille heureuse.

— Tu ne veux pas.

— Non, en effet. Je vais y aller, et toi tu vas entrer et passer un merveilleux Noël avec ta famille.

Sur quoi il descendit de la voiture et entreprit de décharger ses paquets.

— Tu vas passer chez ton père ? lui demanda-t-elle.

— Je déposerai les cadeaux, puis je rentrerai me reposer à la maison.

Ainsi, il préférait reprendre la route et passer Noël seul plutôt que d'entrer avec elle. Cela faisait mal.

Elle aurait dû en rester là, elle le savait bien, il n'y avait plus rien à dire. Elle aurait dû lui prouver qu'elle aussi pouvait jouer les amantes détachées. Sauf que ce n'était pas elle, alors, au moment où il se remettait au volant, elle ouvrit les vannes.

— Je ne te comprends pas, Daniel, dit-elle en levant la main pour l'empêcher de l'interrompre. Tu vois, je ne te considère même pas comme un beau salaud. Enfin pas complètement. Mais, si tu avais craint que je ne m'emballe après une autre nuit de sexe, tu n'aurais pas accepté de dormir dans le lit mauve avec moi hier soir. Tu aurais dormi par terre, voire dans la voiture. Et je pense aussi que si, ce matin, tu n'avais cherché qu'une partie de jambes en l'air, eh bien, tu aurais résisté pour ne pas me blesser. Mais il ne s'agissait pas seulement d'une partie de jambes en l'air.

— Ah oui, c'est vrai, on a « fait l'amour ».

Il pouvait bien se montrer aussi sarcastique qu'il voulait, elle n'avait pas rêvé leur puissante intimité. Elle aurait pu insister, mais elle était lasse de batailler contre un mur.

— OK, c'est bon, fit-elle. C'est fini. Je me suis assez ridiculisée avec toi. Et je ne vais même pas te remercier de m'avoir conduite ici, car, à la vérité, j'aurais préféré que tu ne sortes jamais me rejoindre sur le parking hier.

— Je suis sorti pour ne pas rester sur une dispute.

— Tu sais quoi ? répondit-elle. Ça aurait été plus facile pour moi que ça se termine ainsi.

Et elle fit volte-face, vacillant sous le poids de ses nombreux paquets. Mais cette fois elle ne se retourna pas.

Sa mère devait observer la scène derrière la fenêtre, car la porte s'ouvrit avant qu'elle ait à frapper.

— Bonjour, ma chérie. Où est ton ami ?

— Il repart.

— Oh ! Mais quand même…

— Maman ! S'il te plaît.

Si ça n'avait pas été Noël, elle se serait ruée dans sa chambre et aurait éclaté en sanglots sur son lit, mais évidemment elle ne pouvait pas.

Alors elle porta ses sacs dans le salon et déposa les cadeaux au pied du sapin. Tout en espérant — elle ne pouvait s'en empêcher — que Daniel revienne sur sa décision. Mais, une fois ses paquets posés, elle alla se poster près de la fenêtre, juste à temps pour voir la voiture s'éloigner.

Voilà. Elle ne le reverrait plus jamais. Mais elle n'avait pas le temps d'y réfléchir.

Traditionnellement, dans la famille Jacobs, le petit déjeuner de Noël consistait en un gâteau d'anniversaire. Le sien. Elle souffla donc ses bougies et ouvrit son cadeau : une magnifique paire de boucles d'oreilles.

Elle ôta les siennes et les remplaça par les nouvelles, de très jolis pendants en argent.

Tout le monde était souriant et heureux, et elle finit par se joindre à la gaieté ambiante, même si au fond une partie d'elle était comme morte.

Adam adora son collier, Holly adora le petit sac de voyage en cuir qu'il lui avait choisi. Puis le reste de la famille arriva, il y eut les légumes à éplucher, la dinde à fourrer, etc.

Elle profita d'un moment où elle avait monté les manteaux dans sa chambre pour souffler un peu.

— Holly ?

Sur le seuil, sa mère agitait un sachet en forme de bonhomme de neige.

— Tout va bien ?

— Oui, bien sûr, mentit-elle.

Elle afficha son plus grand sourire, mais au dernier moment il flancha et, à son grand désarroi, elle sentit une larme couler sur sa joue.

— C'est à cause de ton ami qui a refusé d'entrer ? demanda sa mère.

— Je n'ai pas envie d'en parler, maman, fit-elle d'une voix tremblante. Je ne veux pas pleurer et gâcher le Noël de tout le monde.

— J'ai l'impression de m'entendre il y a un an, dit Esther. Je voulais juste un Noël de plus, un Noël parfait.

— Il était parfait.

— Holly, c'était atroce. Ton père s'éclipsait sans arrêt pour aller pleurer, ton oncle Harry s'est soûlé… Holly ne put s'empêcher de rire à ce souvenir. Au bout du compte, ils avaient tous beaucoup bu et regardé un film triste, l'excuse parfaite pour pouvoir pleurer tout leur soûl et arrêter de jouer les courageux.

— Tu sais, reprit sa mère, je me rappelle celui où j'avais oublié ton anniversaire…

Elle vint s'asseoir sur le lit à côté d'elle.

— Tu t'en es souvenue le soir. Et j'ai eu un chiot.

— En effet, lâcha Esther avec un soupir. S'il te plaît, Holly, dis-moi ce qui se passe.

Holly s'apprêtait à répondre que ça n'était pas le moment, mais sa mère posa la main sur la sienne.

— Je sais que je n'ai pas été facile à vivre, ces derniers temps, déclara Esther. Mais je veux être là pour toi.

En effet, l'année avait été difficile, et plus d'une fois Holly avait eu l'impression d'avoir perdu sa mère. Mais elle était apparemment de retour. Et c'était le meilleur cadeau du monde, de recevoir un câlin de sa mère au lieu du contraire.

— Le type qui m'a accompagnée ici, Daniel, je l'aime beaucoup. Enfin, un peu plus que ça, même. Je le soupçonne de ressentir plus ou moins la même chose, mais il soutient qu'on ne va nulle part. Mieux encore, il part pour l'étranger… Il n'est pas intéressé par quoi que ce soit sur le long terme, c'est tout ce qu'il a pu me dire.

— Et toi, tu veux plus.

— Oui. Je n'ai jamais ressenti ça pour personne avant. Loin de là.

Elle s'éclaircit la gorge. La seule fois que c'était arrivé, ça n'était pas réciproque. Puis elle reprit :

— C'est sans doute mieux ainsi, on est trop différents. Il est tout sauf romantique, il déteste Noël, il fréquente à peine sa famille…

Elle secoua la tête.

— Je n'arrive même pas à croire que je puisse craquer pour un homme qui préfère passer sa journée de Noël à dormir plutôt qu'avec sa famille.

Elle se leva et tendit la main à sa mère.

— Allez, il faut qu'on y retourne.

— Tu as oublié un cadeau, dit sa mère en sortant une petite boîte du sachet bonhomme de neige.

— De qui ?

— Je l'ignore, j'allais jeter le sachet quand je l'ai senti au fond. C'est toi qui l'as apporté.

Impossible…

C'était une boîte argentée recouverte de fausse neige et ornée d'un nœud argenté, qui ressemblait étonnamment à celles qu'ils avaient vues au centre commercial. Comme le cadeau qu'elle avait envisagé d'acheter pour Daniel.

Pour Holly
Je te souhaite le merveilleux Noël que tu mérites
Père Noël secret

Les mains tremblantes, elle défit le nœud. Comment ne pas retrouver l'espoir ? Médusée, elle découvrit la boule de verre délicatement décorée de son nom à l'encre argentée.

Ce qui la captiva, cependant, ce fut la minuscule enveloppe emprisonnée à l'intérieur de la boule.

— Il est de qui ? demanda sa mère.

— Lui.

— Je croyais qu'il n'était pas romantique.

— Il ne l'est pas.

— Et qu'il ne fêtait pas Noël.

— Il ne le fête pas.

Pourtant, il lui avait offert le cadeau le plus romantique et le plus « Noëlisant » du monde.

Quand l'avait-il glissé dans son sac ? Au bed and breakfast ? Non, sans doute avant. Probablement pendant qu'ils transportaient ses paquets de la voiture à l'intérieur de l'hôpital. Alors qu'il croyait ne plus jamais la revoir.

Quelle frustration !

— Il doit regretter de l'avoir acheté, maintenant, dit-elle avec un sourire triste. Il m'a clairement fait comprendre qu'il ne voulait pas de moi. Et je ne le reverrai jamais.

14.

Quel imbécile !

Dans son rétroviseur, Daniel regardait Holly s'engouffrer dans la maison, les bras chargés de cadeaux. Sa mère était sortie l'aider. Au foulard de soie coloré noué autour de sa tête et à son corps frêle, il devinait aisément quelle année terrible la famille avait dû passer.

Et il fut pris d'une envie de faire demi-tour, de les aider, de profiter de la chaleur de ce foyer uni. Mais comment ?

Si forte que fût l'envie, il se retint, car il n'aurait pas simplement été un ami qui passait les fêtes avec eux. À Holly, on promettait un avenir, des toujours. Bref, des promesses qu'il n'était pas en mesure de faire. Alors il démarra et s'en alla.

Les routes étaient désertées, tout le monde avait rejoint les siens. Il bifurqua à une station-service, en face de celle où ils s'étaient arrêtés ensemble, s'acheta une tasse du fameux café à la cannelle et le but. Et, même s'il était tout aussi dégoûtant que la veille, il lui infusa une chaleur qu'il trouva plaisante.

Ouvrant sa boîte à gants, il saisit le cadeau de Holly. Et, comme un idiot, il se prit presque à espérer découvrir une boule de verre estampillée « Holly et Daniel » et accompagnée d'une folle déclaration d'amour.

Il commença par lire la carte qui accompagnait le petit paquet.

Pour Daniel
De la part du Père Noël secret

Même pas un mot un peu personnel !

Encore moins un baiser.

Bon, l'emballage devait receler quelque chose de plus personnel. Il le déchira lentement, et découvrit, perplexe, le tube de baume à lèvres.

Du baume à lèvres ?

Un modèle de luxe, certes, mais n'empêche…

Soudain, il comprit : c'était là l'effort consenti par Holly pour se montrer légère. Pour agir comme il l'avait réclamé, sans trop s'investir et sans tout prendre au sérieux.

Mais à présent c'était lui qui devenait sérieux.

Non loin de sa voiture, il observa une vieille dame qui descendait d'un véhicule et se dirigeait vers une autre dame d'un certain âge. Et des enfants qui couraient vers elle.

Ça devait être leur tour d'avoir les petits pour Noël. Peut-être les familles ne se parlaient-elles pas — personne ne faisait signe à personne d'un véhicule à l'autre —, pourtant, les enfants et les grands-mères souriaient.

À leur façon, pas parfaite mais pleine de bonne volonté, ils s'arrangeaient pour que cela fonctionne.

Alors il songea à Holly, en pleurs, qui envisageait d'appeler un taxi pour l'emmener si loin, chez elle. Et puis il songea à sa propre mère et à tous les Noëls qu'elle avait ratés.

Certaines familles se débattaient pour être ensemble, voulaient se retrouver, et lui il était là, qui fuyait.

Il en avait assez de fuir.

Alors son téléphone sonna. Maddie, bien sûr, impatiente de savoir dans combien de temps il arrivait.

— Une heure, je pense.

— Tu m'as apporté un cadeau ?

— Peut-être, répondit-il en souriant.

S'ensuivit une série de « s'il te plaît, s'il te plaît, s'il te plaît », et est-ce qu'il pouvait rester manger avec eux.

Il s'apprêtait à refuser, mais les paroles de Holly lui revinrent en mémoire : la situation était plus embarrassante pour Amelia que pour lui.

Il pouvait bien rester manger, non ?

— OK, répondit-il, avant de manquer perdre l'usage

de son oreille tant étaient aigus les cris qui accueillirent sa réponse. À très vite, Maddie. Joyeux Noël.

Il détestait son incapacité à rendre heureuse la femme qui comptait le plus pour lui.

Mais c'était trop tard. Que pouvait-il faire pour se rattraper ?

Se penchant par-dessus le siège passager, il préleva l'une des cartes de vœux de Holly dans la portière, et en écrivit une pour Maddie. Puis il reprit la route vers sa drôle de famille.

Une fois arrivé devant la maison, il prit le sac qui renfermait ses cadeaux et alla frapper à la porte.

— Daniel, dit son père, qui l'accueillit par une poignée de main.

Malgré les blessures du passé, et celles de la matinée, ce Noël était spécial, bizarrement. Quelque chose avait changé en lui.

— J'adore ! s'exclama Maddie en ouvrant le minuscule paquet qui contenait la chaîne en argent avec son pendentif éléphant aux yeux de cristal.

Puis elle lut le certificat qui déclarait officiellement qu'elle avait adopté un éléphant.

— Regarde, papa !

Le Pr Chandler fronça les sourcils, chaussa ses lunettes et lut le certificat à son tour.

— Elle a adopté un éléphant ? s'étonna-t-il. Pour Noël ?

Il ne comprenait pas.

Pas du tout.

Enfin, au moins il faisait plus d'efforts que du temps de l'enfance de Daniel, car, quand Maddie lui chuchota quelque chose à l'oreille, il écouta vraiment et se leva.

— Nous revenons dans un instant, dit-il.

Daniel se retrouva seul avec une Amelia rougissante — une teinte peu flatteuse pour son teint autrement parfait. Elle tenta néanmoins de s'expliquer.

— Pour ce qui s'est passé l'an dernier…

— Il ne s'est rien passé, éluda-t-il. Et il ne se passera jamais rien. Restons-en là et concentrons-nous sur Maddie.

Voilà. Fait.

Et il se tourna vers sa sœur qui revenait au salon, cachée

derrière un énorme paquet, atrocement, et donc magnifiquement, emballé par ses bons soins.

— C'est moi qui l'ai choisi, dit-elle. Jessica a dit que tu n'en voudrais peut-être pas, vu que tu t'en vas, mais on pourra le garder chez nous pendant que tu ne seras pas là ! Tu vas l'adorer.

Intrigué, il ouvrit le papier cadeau qui enveloppait une très grosse boîte. Puis il esquissa un sourire ravi, surtout en imaginant les efforts que Jessica avait dû déployer pour dissuader Maddie de son achat. Il s'agissait d'une machine à pop-corn en plastique rose, ornée d'une photo de la mère et la fille, tout sourire, entourées d'une montagne de pop-corn.

— Tu as raison, je l'adore, dit-il.

Le cadeau était même accompagné d'un petit sachet de maïs.

— C'est vrai, tu aimes ? demanda Maddie, qui se tourna vers son père quand Daniel opina du chef. Tu vois ? Je te l'avais dit !

— En effet, tu me l'avais dit, dit le Pr Chandler. Et maintenant, Maddie, pourquoi ne pas aller chercher l'autre cadeau de Daniel, sous le sapin ?

Un portefeuille.

Très beau, en cuir. Daniel ne put réprimer un rictus en songeant à ce qui était advenu du sien la nuit passée.

— Merci.

Ils passèrent ensuite à table.

Amelia refusa de boire du vin, et Daniel aussi, ce qui s'avéra une sage décision, notamment quand, au moment du dessert, son téléphone sonna.

— Ils doivent m'appeler pour une garde, dit-il en découvrant l'identité de l'appelant.

— Dis-leur d'aller se faire voir, lança son père.

Daniel accepta néanmoins, mais uniquement parce qu'il s'agissait d'une garde de nuit au Primary — et que Holly y serait.

Peut-être après tout aurait-il finalement une seconde chance de faire de ce Noël un moment joyeux.

À moins qu'il ne le lui gâche définitivement.

— Il va falloir que j'apporte à manger, dit-il.

Connaissant la petite équipe du Primary, ils allaient transformer la garde en fête.

— Tu peux prendre la machine à pop-corn, dit Maddie, ravie.

— Je vais voir s'il reste quelque chose de bon à emporter, annonça son père en se levant.

— Mais le pop-corn c'est bon ! insista Maddie.

— Bien sûr, dit son père avec un clin d'œil à l'intention de Daniel par-dessus la tête de la petite. Si bon qu'il risque de ne pas y en avoir assez.

Il s'était décidément adouci, songea Daniel en suivant son père jusqu'à la spacieuse cuisine, où robots et autres ustensiles s'alignaient sur les plans de travail, immaculés car si peu utilisés.

Et s'il tentait de lui parler, comme l'avait suggéré Holly ?

— Il y a du pâté et des…

Marcus farfouillait dans un large panier de victuailles.

— Papa, l'interrompit Daniel, je suis allé à la pièce de la nativité de Maddie.

— J'en ai entendu parler, oui. Ah, il doit y avoir un jambon au frigo…

Il s'en fichait pas mal, du jambon.

— Papa ! Tu aurais dû y être aussi.

— Enfin, Daniel, tu penses vraiment que je vais annuler une opération pour…

— Oui. Oui ! Quand Maddie sera adolescente, elle ne voudra peut-être plus te voir à ses fêtes, mais, en attendant, c'est tout le contraire. Tu dois être présent pour les occasions qui comptent à ses yeux.

Daniel regarda son père qui l'écoutait attentivement, sans avoir l'air vexé, plutôt perplexe.

— Tu as une secrétaire, dit Daniel. Tiens, d'ailleurs j'ai soigné une de tes anciennes secrétaires, l'autre jour à l'hôpital. Iris Morrison.

— Je me souviens d'elle. Très efficace.

— Et très sous-utilisée. Elle aurait adoré gérer ton agenda personnel aussi. Pourquoi ne pas passer le calendrier en revue pour y noter certaines dates importantes ? Comme l'anniversaire de Maddie, ce genre d'événements, et demander à ta secrétaire d'organiser ton planning en fonction de ça ?

— Oui, en effet, je pourrais faire ça, dit Marcus.

Il acceptait son conseil, sans rechigner. Alors Daniel comprit que, parfois, il suffisait de dire les choses aux gens. Même les personnes les plus intelligentes avaient besoin d'aide pour ce que les autres considéraient comme les choses les plus évidentes.

Pendant qu'il y était, Daniel poursuivit :

— Et, au lieu de passer trois heures au club cet après-midi, pourquoi ne pas l'emmener dix minutes au parc ?

— Elle aime bien le club, il y a une salle de jeux.

— Non, papa, dit-il. Elle déteste le club.

— Tu le détestais, toi aussi ?

Il aurait pu engranger des points, enfoncer le clou, ajouter du sel sur bien des plaies. Mais c'était Noël.

Et surtout la conversation ne le concernait pas, lui, elle concernait une fillette à l'air triste qui se tenait présentement sur le seuil de la pièce.

— De quoi vous parlez, tous les deux ?

Daniel regarda son père, qui le fixa un moment, avant de se tourner vers sa fille.

— Je disais à ton frère qu'on pourrait aller faire une promenade au parc, après le repas, et qu'il pourrait nous accompagner.

— Au parc ? demanda Maddie. Celui avec les balançoires ?

— Celui-là, oui.

— Et toi, tu viens aussi ? fit-elle à Daniel au moment où sa mère les rejoignait.

— Non, je ne peux pas, répondit-il. Je dois rentrer dormir un peu, puis Holly va bientôt rentrer de chez sa famille…

Éhontément, il usa de l'« excuse Holly ». À sa décharge, quoique absente, il l'avait sentie très présente à ses côtés, toute la journée.

— Holly ? fit Amelia, les sourcils froncés.

— Oui, tu l'as croisée au centre commercial l'autre semaine.

— Ça a l'air sérieux, dit son père.

Il connaissait bien son fils : si une histoire se comptait en semaines, c'était du sérieux.

— Ça commence, on dirait, répondit Daniel.

Et c'était le cas depuis un moment, en réalité, sauf qu'il avait fait de son mieux pour s'en défendre.

Et il avait beau s'en défendre aussi, il était bien le fils de son père. Ce qui, tout bien considéré, n'était peut-être pas une si mauvaise chose. En vieillissant, les vieux fauves s'amendaient. Si on savait les prendre.

Juste avant de partir, il donna à Maddie la carte qu'il lui avait rédigée dans la voiture. Sa mère la lui lut.

— Ça veut dire quoi, « dix récupérations à l'école » ? demanda Maddie.

— Que tu as droit à dix sorties avec moi après l'école, mais pas toutes à la suite.

— Mais tu t'en vas…

— Non. Je ne pars plus. Enfin, si, peut-être en vacances, mais pas pendant toute une année.

Cela aurait peut-être paru insensé à certains, après tout Maddie n'était que sa demi-sœur, mais, quand elle lui noua ses petits bras autour du cou, il trouva parfaitement naturel de rester.

Il serait là pour elle.

Finalement, Noël pouvait en effet être un jour agréable.

Très agréable, même, car en montant dans sa voiture avec sa machine à pop-corn en plastique rose il vit sortir son père, la fillette accrochée à sa main, prêts à aller au parc.

Et, pour la première fois, son père agita sa main libre pour lui dire au revoir.

Et, parce que c'était Noël, Daniel klaxonna en s'éloignant.

On aurait presque dit une famille normale !

15.

L'autoroute étant calme et la voiture de sa mère confortable, Holly profitait d'un trajet agréable. Elle avait promis de revenir d'ici à quelques jours, mais elle projetait de passer le réveillon du 31 décembre à Londres.

Avec amis et champagne. Cette année, elle tiendrait ses résolutions, notamment celle de se comporter de manière plus maligne dans sa vie amoureuse et donc de ne plus jamais se ridiculiser avec les hommes.

Et puis au diable les préjugés, si elle devait à nouveau avoir une aventure sans lendemain, ce serait elle qui mènerait la danse : elle quitterait le lit la première et s'en irait sans un mot.

Cette seule pensée lui tira un sourire. Ça, ce serait l'an prochain.

Car, pour l'instant, elle devait surmonter sa douleur. Le cadeau de Daniel était posé sur le siège passager, enveloppé dans du papier bulle, et elle sentait venir que le lendemain de Noël, cette année, rimerait avec mouchoirs.

Arrivée à l'hôpital, elle se gara et déchargea la nourriture préparée par sa mère pour l'équipe de nuit. En quantité… généreuse. Vacillant sous le poids, elle traversa le parking et franchit les portes des urgences.

Une voix bourrue qui l'appelait lui fit tourner la tête. Un petit groupe était réuni autour d'un fauteuil roulant. En s'approchant, elle ne put réprimer un large sourire.

Albert, assis dans un fauteuil avec une perfusion accrochée à la main, était vêtu d'un pull de Noël coloré et d'un bonnet. Elle le reconnaissait à peine.

— Qu'est-ce que vous faites ici dans les courants d'air avec votre pneumonie ? le gronda-t-elle, incapable de s'empêcher de sourire.

— Les infirmières m'ont dit exactement la même chose, dit-il. Mais il fait trop chaud, là-haut.

— Il avait besoin de prendre l'air, lui expliqua une dame à ses côtés. Je suis Dianne, sa nièce.

— Je suis ravie de vous rencontrer.

— Et voici Emily, dit Albert, fier comme un paon. Qui est à la fois ma petite-nièce et ma filleule. Elles m'ont apporté un repas de Noël, et Emily m'a fait ça.

Ouvrant une boîte, il révéla des *mince pies* joliment décorées.

— Prenez-en une pour votre pause, dit-il.

— Je pense que Holly a suffisamment à manger pour mille, dit Dianne en la voyant hésiter.

En règle générale, elle n'acceptait pas de nourriture des patients, et puis Dianne avait raison, elle n'avait pas besoin de quoi que ce fût de plus. Cependant, il devait être agréable pour Albert, qui avait passé tant d'années à faire la manche, de pouvoir donner à son tour.

— D'accord, merci. Je la mangerai à ma pause. Si vous pouviez juste…

En riant, Dianne choisit une tartelette et l'ajouta à la montagne de nourriture que portait déjà Holly.

— Bon, je dois y aller, dit-elle alors à la petite famille. Joyeux Noël !

— À vous aussi, Holly.

— Ah, tu es là ! dit Kay en guise d'accueil. Et en avance en plus !

— Quelqu'un peut rentrer plus tôt, dit Holly — le personnel avait fait le même effort pour elle le soir de la fête de Noël.

— Bon, alors je vais renvoyer Anna chez elle. Laura ne doit arriver que plus tard, je vais rester dans les parages en attendant. Cela dit, c'est plutôt calme pour un soir de Noël.

Pour avoir plusieurs fois travaillé ce soir-là, Holly devait admettre qu'en effet c'était calme. Mais il ne fallait pas se réjouir trop vite. Le soir de Noël était connu pour son activité aux urgences, entre les disputes de famille, les abus de bonne chère ou d'alcool, voire les deux… Parfois aussi, les vrais malades qui avaient tenu bon jusqu'à ce jour spécial lâchaient ensuite.

Kay lui apprit cependant que la situation n'était pas aussi calme partout qu'aux urgences.

— La salle d'op ne désemplit pas, et la maternité est en feu.

— Qui est là ce soir ? demanda Holly en jetant un coup d'œil au tableau de présence des médecins.

Le nom de Daniel Chandler était inscrit dans la colonne des urgences. Kay fronça les sourcils, surprise elle aussi.

— Ça n'est pas possible, il est parti…

— Non, dit Anna, qui arrivait à leurs côtés. On a dû appeler tout le monde, et finalement Daniel a accepté de prendre la garde.

Holly sentit son ventre se serrer. Elle n'y arriverait pas.

Elle ne pouvait pas passer son temps à lui dire au revoir. Pire encore, ses espoirs ne pouvaient pas continuer à jouer les montagnes russes. Or c'était précisément ce qui se passait.

Mais c'en était bel et bien fini.

Pas question de passer le 26 décembre au lit avec lui.

Vous êtes hors jeu, docteur Chandler.

À cet instant précis, il entra dans le hall, les bras chargés de boîtes en plastique pleines de nourriture, avec une *mince pie* posée sur la pile. Pas rasé et magnifique, il lui offrit un sourire.

— Allez déposer tout ça dans la salle de repos, dit Kay à Daniel comme à Holly.

Le trajet dans le couloir s'annonçait gênant.

— Je vois que tu as une *mince pie*, toi aussi, dit-elle, déterminée à dévier la conversation vers les patients. C'est Albert ?

— Oui, répondit Daniel. Ils m'ont annoncé que la famille déménageait à la campagne, et qu'il y avait une maisonnette sur le terrain. Albert et Dianne m'ont confié en riant qu'ils allaient se tuer, s'ils vivaient sous le même toit, mais, s'il habite le cottage, il aura son intimité, et eux pourront garder un œil sur lui.

— Alors il va aller y vivre ?

— Oui, affirma-t-il tout en commençant à décharger son fardeau. Génial, non ?

Oh oui !

— Tu as apporté une machine à pop-corn ? demanda-t-elle, étonnée, en découvrant la boîte rose bonbon.

— Tu n'aimes pas le pop-corn ?

— Si, j'adore.

— Eh bien, je t'en ferai plus tard.

Elle ne répondit pas, se contentant de filer aux vestiaires, pour revenir en salle des infirmières quelques minutes plus tard, en tunique et avec ses boucles d'oreilles de Noël.

Tout le monde y était réuni, Daniel compris.

— Joyeux anniversaire, Holly ! s'exclamèrent-ils en chœur.

Kay piocha dans son sac à malice et en tira un paquet.

— C'est de notre part à tous. On avait prévu de te préparer un gâteau, mais…

— J'en ai déjà mangé des tonnes.

— On fera le gâteau l'an prochain, dit Kay. Pour tes trente ans.

Holly lâcha un grognement.

— Oh non, ne m'en parle pas ! De toute façon, je ne travaillerai pas l'an prochain, je dépose ma demande immédiatement.

— C'est ta mère qui te l'a demandé ? demanda Kay.

— Non, je ne passerai pas mon trentième anniversaire chez mes parents, répondit Holly en souriant. Je me soûlerai et je coucherai avec un parfait inconnu.

Kay gonfla les joues en signe d'incrédulité et tout le monde éclata de rire, même Daniel. Holly n'était pas peu fière de sa sortie.

Oui, elle l'oublierait.

Il fallait juste qu'elle survive à cette soirée.

Déballant son cadeau, elle découvrit un magnifique pull-over qu'elle avait repéré sur le Net quelque temps plus tôt. Elle l'avait montré à Anna, mais n'avait pas trouvé sa taille.

Décidément, elle avait de très bons amis.

Elle lut sa carte, que même Nora avait pris le temps de signer.

— Comment va Paul ? demanda-t-elle à la cantonade.

— Super bien, il s'est même rappelé où il avait caché le cadeau de Nora, annonça Kay, rayonnante.

— Eh bien, heureusement qu'il est sorti du coma à temps, dit Holly d'un ton léger.

— Il lui a offert un diamant, la pierre éternelle. Elle descendra sans doute nous la montrer plus tard…

Kay s'interrompit, sourcils froncés, les yeux rivés sur Daniel.

— Vous portez du baume à lèvres ?

— En effet.

— J'avoue que j'ai du mal à suivre les modes, ces derniers temps. Les hommes portent du maquillage, comme ça…

— J'aime bien, fit-il. Ça me fait les lèvres douces, souples, au cas où on m'embrasserait.

Sans être tout à fait en mesure de mettre le doigt dessus, Holly détectait quelque chose de différent chez lui.

Il était plus ouvert, plus léger, plus drôle, et complètement intégré à l'équipe, désormais. Mais il y avait plus que cela.

Comme si Daniel était devenu Daniel.

Un Daniel qu'elle désirait plus que jamais.

16.

— Joyeux Noël, Holly.

Alors qu'il ne restait plus que une heure avant la fin du grand jour, voilà que Daniel se décidait à lui souhaiter ce qu'elle aurait tant voulu entendre à son réveil.

Oh ! et puis, au fond, tant mieux qu'il ne l'ait pas fait à ce moment-là, car elle aurait plutôt eu envie de lui crier qu'il avait tout gâché.

Alors que maintenant, bien campée sur ses pieds, avec à la main une seringue qu'elle remplissait d'antibiotiques en prévision d'un éventuel besoin, elle était prête.

— Merci, répondit-elle en souriant. À toi aussi.

Car ça avait bel et bien été un joyeux Noël. Elle tapota la seringue pour chasser les minuscules bulles d'air.

Malgré les larmes versées et celles encore à venir, le chagrin et la déception, cela avait été son meilleur Noël et son meilleur anniversaire.

— Papa Noël a été gentil avec toi ? demanda-t-il.

— Oui.

Elle aurait bien aimé qu'il la laisse tranquille, maintenant, car elle avait du mal à discuter gentiment, comme copain-copine avec lui. Et pourtant elle y mettait de la bonne volonté.

— Surtout le Père Noël secret, dit-elle en plongeant dans les yeux couleur de fonds marins.

Et, soudain, elle sut de façon certaine qu'elle l'aimait.

— Même s'il a largement dépassé le budget prévu…

— Estime-toi heureuse, répliqua-t-il avec un sourire canaille. Moi, il m'a apporté un baume à lèvres.

— Oui, mais la crème de la crème des baumes à lèvres.

— Étais-je censé penser à toi en l'appliquant, Holly ?

Cette fois, c'était lui qui fouillait son regard.

— Non, répondit-elle. C'était ma façon de te montrer que j'avais dépassé ce stade. Que j'étais guérie de toi. C'est un cadeau un peu plus sympa que celui que j'aurais choisi pour un autre, genre chaussette pleine de chocolats.

— Qu'est-ce que tu reproches aux chaussettes pleines de chocolats ? demanda Kay, qui fit irruption dans la salle pour récupérer ses affaires avant de rentrer chez elle.

— Rien.

En fait, les chocolats avaient au moins l'avantage d'être largement moins troublants que Daniel et ses cadeaux romantiques, surtout quand ils étaient suivis d'une froideur à faire mal le lendemain matin.

Elle avait envie de hurler, mais évidemment elle s'en abstint. Et pas question — non, pas question — de lui demander ce qu'il avait écrit dans la lettre.

— Vous avez eu des cadeaux, Daniel ? demanda Kay.

— Un portefeuille de la part de mon père et ma belle-mère. Et une machine à pop-corn de ma petite sœur. On a passé une bonne journée.

— Alors tu es resté manger avec eux ? s'étonna Holly.

— Oui.

— Pourquoi, vous ne vous entendez pas ? demanda Kay.

— Pas vraiment, dit Daniel. Enfin, c'est surtout ma belle-mère, le souci pour le moment. Mais j'ai une jeune sœur…

— De quel âge ?

— Cinq ans.

— Waouh ! Et quel âge a votre belle-mère ?

Kay et son tact à toute épreuve.

— Vingt-sept ans.

— Mon Dieu ! Ça doit être dur.

— En fait, dit Daniel avec un sourire en coin à l'intention de Holly, d'après elle pas trop, justement. Ce qui la déçoit énormément.

Holly et Kay échangèrent un regard alors qu'il s'apprêtait

à quitter la pièce. Holly n'en revenait pas qu'il se montre aussi détaché et volubile.

Quant à Kay, son manque de subtilité n'avait d'égal que sa curiosité.

— Elle vous a fait des avances, Daniel ?

Holly retint son souffle. Comment allait-il réagir ?

— L'an dernier, oui, dit-il.

— Et vous y avez répondu de façon positive ?

— Kay ! dit Holly.

L'infirmière-chef allait parfois trop loin, ce qui semblait en l'occurrence être l'avis de Daniel, car il fit volte-face.

— Mais non, voyons !

— Eh bien, moi si, dit soudain Kay. Pourquoi pensez-vous que je travaille tous les Noëls ? Pour échapper au jumeau d'Eamon.

Quand on faisait preuve d'une telle honnêteté, cela aidait à tout se faire pardonner, y compris une indiscrétion à la limite du malsain. Elle était irlandaise, elle était drôle, et puis, c'était Noël !

— Une année, dit-elle, leur mère leur avait tricoté le même pull pour Noël, et ils l'ont porté tous les deux le même jour et…

Holly distingua une esquisse de sourire sur le visage de Daniel, tandis que Kay continuait son histoire d'échange de jumeaux.

— Tout le monde était à table, on mangeait les entrées. Moi, vu que je devais aller préparer la suite, j'ai avalé la mienne en vitesse et je me suis éclipsée à la cuisine pour le plat principal. J'étais en train de tourner la dinde quand Eamon est arrivé derrière moi, et m'a pincé les fesses. On s'est embrassés, comme on le fait entre amants, vous voyez…

— Je vois, oui, fit Daniel.

— Un sacré baiser, d'ailleurs. Mais, bon, il fallait que je m'affaire, alors j'y ai mis un terme en lui promettant de m'occuper de lui plus tard, et je lui ai même donné une petite caresse… Bref, là, quoi, fit Kay en désignant son entrejambe.

Daniel baissa les yeux au sol, mais Holly ne sut dire si c'était par embarras ou pour rire.

— Et puis je me suis rendue à la salle à manger avec ma dinde, et Eamon était là, assis à table, à l'endroit où je l'avais laissé. Et son frère me suivait. Je venais de toucher les parties intimes du jumeau de mon mari !

Ils éclatèrent de rire. Et rirent et rirent encore.

Décidément, toutes les familles avaient leurs secrets et leurs drames ; toutes les familles étaient un peu folles.

Surtout à Noël.

— Et tu l'as avoué à Eamon ? demanda Holly une fois qu'elle eut retrouvé son souffle.

— Sûrement pas ! C'est vrai, quoi…

Kay laissa sa phrase en suspens, les yeux rivés quelque part derrière Holly avec l'air si médusé que Daniel et Holly pivotèrent dans la direction de son regard.

— Louise !

La fille de Kay était là, accompagnée d'un jeune homme manifestement très nerveux, au bras duquel elle s'accrochait.

— J'allais t'appeler de la maternité…, commença à expliquer Louise, avant d'être interrompue par une contraction qui la plia en deux. Mais je ne pense pas que je vais tenir jusque-là.

Et Kay, l'infirmière la plus compétente et la plus expérimentée que Holly connaisse, le ciment de ce service et sans doute aussi de sa famille, resta plantée là, tel un arbre au milieu d'un champ.

Ce fut Daniel qui réagit le premier.

— Holly, avec moi.

Il alla vers le jeune mari, lui serra la main et obtint son prénom. Gilbert. Puis il guida Louise jusqu'à une salle d'examen, où Holly les suivit.

— On va vous installer sur un brancard, dit-il.

Mais Louise s'accrocha aux barreaux du lit, le corps tout entier crispé par une nouvelle contraction.

— Bon, on va plutôt appeler le service maternité, dit Daniel.

— Je viens de les avoir, répondit Kay, qui semblait avoir recouvré toutes ses facultés et sa voix calme et assurée — même si ça n'était peut-être qu'une apparence. Ils envoient quelqu'un dès que possible.

Elle avait apporté un kit d'accouchement d'urgence, qu'ils entreprirent de déballer en préparant Louise.

— Ils sont très chargés, là-haut, et vu qu'on a un médecin et que je suis sage-femme…

— On va très bien se débrouiller, déclara Daniel d'un ton rassurant.

Sa voix était calme et profonde. Comme la nuit où on leur avait amené Paul. Il exerça même une légère pression sur l'épaule de Kay pour appuyer ses paroles.

Calme et compatissant, rassurant et professionnel. Tout ce dont ils avaient besoin en cet instant.

17.

— Oui, Louise, tout va très bien se passer, dit Kay. Tu préfères que j'attende dehors, ma chérie ? N'hésite pas à me le dire, si tu trouves gênant d'avoir ta mère entre les jambes.

Sacrée Kay, toujours aussi directe.

— NOOOOOON ! hurla Louise, au beau milieu d'une nouvelle contraction.

Les doigts serrés sur le bras de sa mère d'un côté et celui de son compagnon de l'autre, elle faisait de son mieux pour tenir le choc.

Aussi vite que possible, Holly terminait de mettre le kit d'accouchement en place. Il était évident cette fois que la chose aurait lieu aux urgences.

— Quand les contractions ont-elles commencé ? demanda-t-elle.

— Il y a seulement une heure, répondit Gilbert. Enfin, elle ne se sentait pas très en forme depuis le début de la journée.

— Pourquoi ne pas me l'avoir dit quand j'ai appelé ? s'offusqua Kay.

— Elle ne voulait pas vous inquiéter, vu comme les urgences sont généralement débordées à Noël, dit le jeune homme. En plus, on pensait qu'il y en avait encore pour longtemps.

Le pauvre, il avait lui-même du mal à s'adapter à la manière dont tout s'accélérait.

Comme Holly. La tête du bébé commençait déjà à sortir ! Cet enfant était de toute évidence pressé de venir au monde !

— Louise, dit Daniel, toujours aussi calme et poli, pourriez-vous pousser très fort, s'il vous plaît ?

La future maman passa du rouge au violet tandis qu'elle obtempérait, avant de formuler à son tour une requête.

— Ma mère pourrait sortir le bébé ?

— Ce serait merveilleux, en effet, dit Daniel en s'écartant.

Quand Kay prit sa place, Holly vit le geste encourageant qu'il lui adressa à nouveau. Une simple main posée sur l'épaule, qui signifiait sans un mot : « Je suis là, à vos côtés. » Et : « Vous maîtrisez parfaitement la situation, j'ai toute confiance en votre savoir-faire. » Ce fut ainsi que la sage-femme, mère, merveilleuse infirmière et bientôt grand-mère, s'apprêta à donner naissance à son premier petit-enfant.

Elle coacha tant et si bien sa fille que bientôt la petite touffe de cheveux noirs apparut.

D'un geste sûr, Kay sortit l'enfant et le posa sur le ventre de Louise.

Daniel n'était pas loin, prêt à intervenir en cas de défaillance ou si les émotions de Kay la submergeaient, mais, au final, ce fut une naissance simple et très belle.

— Une fille ! s'écria Louise entre ses larmes. Gilbert, on a une petite fille !

Le papa était on ne pouvait plus fier quand Daniel lui tendit les ciseaux afin de couper le cordon, juste au moment où la fillette poussait son premier cri vigoureux.

Holly était au bord des larmes.

Les naissances en général étaient émouvantes, mais celle-ci semblait l'être encore plus.

Pourtant, en même temps, une immense tristesse l'envahit.

— Vous avez de la visite, dit Laura en passant la tête derrière le rideau.

Eamon, qui était simplement venu chercher Kay pour la raccompagner à la maison, en fut quitte pour la surprise de sa vie quand sa fille lui proposa de venir rencontrer sa petite-fille.

Consciente qu'elle ne tiendrait pas bien plus longtemps sans fondre en larmes, Holly profita de l'arrivée de la sage-femme de la maternité pour s'éclipser discrètement. Elle fila se cacher dans la petite salle d'opération adjacente, plongée dans l'obscurité. Là, elle laissa son émotion s'exprimer.

Enfin, ses émotions. Car jamais de toute sa vie elle ne s'était sentie aussi heureuse et aussi triste à la fois.

Non contente d'aimer Daniel d'amour, elle l'appréciait à bien des égards aussi. Surtout, elle ne voulait pas qu'il s'en aille. Non, elle ne voulait pas être obligée de l'oublier.

Alors elle s'assit dans le noir et s'autorisa une séance d'auto-apitoiement. Dix minutes devraient bien faire l'affaire.

Mais au bout des dix minutes, alors qu'elle s'apprêtait à se recomposer un visage souriant, elle entendit sa voix.

— Holly ?

Elle était trop lasse pour sursauter.

Il n'alluma pas les lumières, elle ne tourna pas la tête vers la porte, où il se tenait immobile.

— Tu as un homonyme : ils ont décidé d'appeler le bébé Holly.

— C'est adorable.

— Tu as oublié quelque chose, aujourd'hui, reprit-il. Et moi aussi, d'ailleurs.

Il alluma les néons, et fit gentiment abstraction du mascara qui lui maculait sans aucun doute les joues. Il se contenta d'agiter deux calendriers de l'Avent sous son nez.

— Il reste encore cinq minutes de cette journée de Noël.

Même le chocolat ne parviendrait pas à lui remonter le moral, tant il était tombé dans ses chaussettes. Pourtant elle afficha un sourire faiblard et prit son calendrier. Ensemble, ils ouvrirent la grande fenêtre derrière le numéro 25.

— Qu'est-ce que tu crois que ça va être ? demanda-t-il.

Mais elle ne répondit pas.

C'était le dernier chocolat. Le dernier jour spécial. Leur dernier moment ensemble.

— Un chocolat en forme d'étoile dorée à la feuille d'or ? suggéra-t-il. Ou bien une colombe en chocolat blanc et fourrée à…

Oh là là ! Il commençait à se prendre au jeu de Noël, et voilà que le chocolatier lui jouait un mauvais tour. Ils découvrirent ensemble un autre spécimen du genre qu'ils avaient détesté au lendemain de leur première nuit ensemble.

— C'est probablement pour ça qu'ils ont atterri au magasin discount, dit-elle en grimaçant.

Mais, parce qu'ils en étaient arrivés au dernier de leurs chocolats de Noël, ils se sentaient obligés de le manger quand même.

— Je déteste les cerises glacées, dit-elle en plissant le nez tandis qu'elle avalait au plus vite pour faire disparaître l'amertume.

— Moi aussi, dit Daniel qui l'imita. On dirait qu'ils ont brûlé le chocolat.

Ils échangèrent un long regard et, même si elle parvint à sourire, c'était un sourire triste.

— Tu ne veux pas savoir ce qu'il y a d'écrit dans ta lettre ? demanda-t-il à brûle-pourpoint.

— Si, je vais exploser cette fichue boule de verre dès demain matin pour le découvrir, mentit-elle.

Et de nouveau ils sourirent à cette idée.

Puis, incapable de se retenir plus longtemps, elle éclata en sanglots. Malgré ses bonnes résolutions. Malgré tous ses efforts. Car elle venait de songer que, ce matin, ils avaient fait l'amour. Et qu'il s'était comporté en salaud juste après.

— Va-t'en, dit-elle entre ses larmes.

— Je ne peux pas, Holly. Ça fait des semaines que j'essaie de partir, mais je n'y arrive pas. Tu m'as appris à surmonter Noël, à l'apprécier même, tu m'as convaincu d'adopter un éléphant, donné envie de faire la queue dans des centres commerciaux pendant trois heures, rien que pour acheter le cadeau parfait.

— Trois heures ?

— Ça me laissait tout le temps de changer d'avis, et pourtant non. Je me suis même fait gronder par un elfe…

— Pourquoi ça ?

— Ma lettre était trop peu expressive pour son goût. Alors s'il te plaît, quand tu l'écraseras sous ton marteau, garde bien à l'esprit que…

— Nous savons tous les deux que je ne ferai jamais ça,

dit-elle en soupirant. Mais dis-moi quand même, tu voudrais que je garde quoi à l'esprit ?

— Que le message a été écrit avant qu'on…

Il sembla rassembler les mots et tourner plusieurs fois sa langue dans sa bouche avant de parvenir à les prononcer.

— Qu'on fasse l'amour.

Elle ne put s'empêcher de sourire de sa petite victoire.

— Bien, alors je garde ça à l'esprit, dit-elle bien volontiers. Maintenant, tu peux me révéler ce qui est écrit.

— Impossible. C'est strictement interdit par les elfes.

Elle leva les yeux au ciel.

— Mais, si tu parviens à deviner, je te le dirai.

— Je ne veux pas deviner.

— Alors, formulons ça différemment : que penses-tu que le message dise ? demanda-t-il.

Elle réfléchit un moment, puis sourit avant de marquer un autre point victorieux.

— Est-ce que tu prends la pilule ?

Il sourit à son tour.

— Je vais adorer nos joutes verbales.

Malgré elle, elle sentit une pointe d'espoir renaître au fond d'elle. Son cœur se gonfla à cette référence, peut-être involontaire, à un futur commun.

Arrête !

— Que voudrais-tu qu'il soit écrit dans la lettre ? reprit-il.

Décidément, il y mettait une sacrée bonne volonté.

Bien sûr, elle savait ce qu'elle aurait voulu lire, mais elle n'allait certainement pas le lui dire tel quel. Alors elle joua de l'euphémisme.

— Que tu m'apprécies beaucoup.

— Ben voyons, fit-il sur un ton sarcastique. J'ai demandé aux petits elfes d'écrire : « Chère Holly, je t'apprécie beaucoup. » Non, sérieusement, qu'est-ce que tu voudrais qu'il y ait dessus ?

— Arrête, dit-elle. Tu sais bien que je vais m'emballer et puis…

— Vas-y, Holly, emballe-toi. Dis-moi vraiment, du fond du cœur, ce que tu voudrais que j'aie écrit dans cette lettre.

Bon, elle aurait tout le temps de se montrer prudente et détachée l'an prochain.

— Que tu m'aimes ?

Elle avait prononcé sa phrase sous forme de question, alors qu'il s'agissait bel et bien d'une affirmation. Évidemment. Elle avait renoncé à ses dernières miettes de fierté face à cet homme et, malgré le désert émotionnel de son cœur, il n'avait qu'à s'en débrouiller.

Sa réponse cucul lui tira un ricanement.

— On a couché deux fois ensemble, Holly.

— Je sais, dit-elle en se mordillant la lèvre inférieure. Tu me mets dans une situation on ne peut plus embarrassante, Daniel, je…

— Qu'est-ce qui est embarrassant ? Ton amour pour moi ?

Elle hocha la tête.

— Moi j'aime bien, fit-il avec un large sourire. Tu as une autre idée à formuler, pour la lettre ?

Il ne la reprendrait pas deux fois.

— Non. J'en ai assez de ton petit jeu.

Il ouvrit grand la bouche et, pour la deuxième fois de leur courte histoire ensemble, il tendit l'index dans sa direction. Zut. Il la connaissait déjà trop bien.

— Tu as failli dire : « Épouse-moi ! »

— Pas du tout.

— Holly, je ne donne pas très cher de nous, si on en est déjà réduits au mensonge. Espérais-tu, oui ou non, que mon message contienne cette question ?

— Dans mes rêves les plus fous et de manière totalement abstraite, oui, peut-être. Tout en sachant bien entendu que ça n'était pas du tout ça que tu avais écrit.

Assez joué, il fallait qu'elle sache.

Maintenant.

— Je vais à la voiture, je vais casser cette boule !

Elle allait le faire. Pour de bon.

Elle en avait assez qu'il la malmène ainsi, entre hauts et bas, émotionnellement, elle n'en pouvait plus.

Il était minuit moins quatre, et cette fichue boule de verre ne serait bientôt plus que de l'histoire ancienne.

— Holly, dit-il dans un murmure en la retenant par le bras. Je devrais peut-être t'informer que, pour une somme modique, tu peux acheter un duplicata de la lettre.

— Ah.

Il ouvrit son portefeuille tout neuf, et cette fois-ci n'en tira pas un préservatif, mais un petit paquet argenté. Sur la minuscule enveloppe, elle aperçut son prénom.

Il fallut déployer des trésors de patience pour l'ouvrir, mais elle finit par saisir la lettre. Elle loucha sur les minuscules pattes de mouches.

— Je n'arrive pas à lire.

Quelle torture !

Il se leva pour prendre dans un tiroir une des loupes qu'ils utilisaient pour les sutures délicates. Elle ajusta la loupe et les minuscules mots apparurent clairement.

« Très chère Holly,

» Je ne peux te dire ça qu'à distance, une fois loin et bien à l'abri.

» Désolé de m'être montré aussi changeant. Tu ne le méritais vraiment pas. Je veux que tu saches que si j'ai été froid, dans la retenue, c'est parce que, en vérité, si jamais je devais m'engager aux côtés de quelqu'un, si jamais il ne devait n'y en avoir qu'une, ce serait toi.

Daniel. »

— L'elfe n'a pas apprécié.

— Moi si.

Il lui prit des mains la loupe, qu'elle lâcha à contrecœur. Elle voulait lire ces mots indéfiniment.

Soudain, le monde reprit sa taille normale, et elle se retrouva à fixer les yeux de Daniel. Ces yeux bleu marine si profonds, si beaux, dont elle était tombée amoureuse au premier regard.

Maintenant elle pouvait l'admettre, pas seulement pour elle-même, mais aussi devant lui.

— Je t'aime.

Jamais elle n'avait prononcé ces mots auparavant. Enfin

si, pour sa famille, un chien, des choses comme ça. Mais jamais comme cela.

— Je sais, répondit-il. Et je n'arrive pas à croire que j'aie pu souhaiter qu'il n'en soit pas ainsi. Je n'arrive pas à croire que j'ai pu essayer d'éviter d'entendre ces mots-là. Mais, Holly, c'est toi la raison pour laquelle je ne suis pas arrivé à partir, toutes ces semaines. Ou, plutôt, c'est toi la raison pour laquelle je veux rester.

Bien sûr, il y avait aussi le travail, et sa petite sœur, n'empêche que son univers avait trouvé son rythme, son monde sa place quand Holly y était entré.

Daniel plongea dans les yeux de sa belle Holly.

— C'est toi, reprit-il. Alors si tu veux bien de moi, et qu'on fait vite, tu l'auras peut-être, ton mariage en hiver.

— Tu es sérieux, là ?

— Plus que sérieux, crois-moi. J'ai même choisi le lieu. Notre mariage se tiendra dans un château.

Un jour, il lui parlerait de vacances en famille, et de souvenirs heureux, et de maquettes de châteaux et d'autoroutes un matin de Noël, tout ça il le lui dirait, mais plus tard. Car en cet instant il lui restait une chose à dire.

— Je t'aime, Holly.

Ces mots-là, lui ne les avait jamais dits à personne. Il approcha sa bouche de la sienne.

Leur baiser fut doux et délicieux, avec un petit goût de cerise glacée, une touche d'amertume et de chocolat brûlé.

Mais le mélange était exquis.

ANNIE CLAYDON

Le secret du Dr Sinclair

Traduction française de
C. DUTEIL

Blanche

HARLEQUIN

Titre original :
DOCTOR ON HER DOORSTEP

Ce roman a déjà été publié en 2012

1.

Jenna gara sa voiture devant la vieille demeure victorienne, berceau de sa famille, et coupa le contact, soulagée. Une douche chaude et une pizza l'attendaient, et rien ne l'empêcherait plus de savourer une bonne soirée de détente.

A moins que…

Assis sur les marches du perron, à l'ombre du porche, un homme semblait attendre.

Sans doute un des nombreux petits amis de Janice, son ex-locataire, qui avait quitté l'appartement du rez-de-chaussée trois semaines plus tôt. Si celle-ci n'avait pas jugé bon de lui donner sa nouvelle adresse, après tout, c'était son affaire.

Dommage. Elle n'aimait pas éconduire les gens, et il y avait quelque chose de plaisant dans la posture de ce visiteur.

Elle sortit les lourds sacs de courses de son coffre, poussa la grille d'entrée de la hanche et la referma derrière elle d'un coup de pied. Aveuglée par le soleil couchant, elle parcourut la moitié du chemin avant de mieux distinguer l'inconnu.

Il ressemblait à une rock star avec sa veste de cuir patinée, son jean et ses boots. Ses cheveux châtains étaient éclaircis par le soleil, et il avait le genre de hâle qu'on n'obtient pas en deux semaines de vacances.

Elle sentit qu'il la regardait approcher derrière ses verres solaires.

— Bonsoir. Puis-je vous aider ? dit-elle en posant ses sacs, bizarrement troublée.

— Je cherche le Dr Weston.

Il avait l'accent anglais, mais ses intonations traînantes laissaient supposer qu'il avait vécu en Amérique.

— C'est moi.

— Adam Sinclair. Le Dr Greene a dû vous parler de moi.

Il n'était pas du tout comme elle se l'imaginait ! Pour tout dire, elle n'avait jamais pensé qu'un homme comme celui-là puisse apparaître un jour sur le pas de sa porte.

— Oh…

Le message de Rob concernant le nouveau locataire avait été des plus lapidaires :

« Voyage en solitaire. Déteste hôtels. Besoin calme et sécurité. On en parle à mon retour de congé. »

Elle en avait déduit que le Dr Sinclair était une femme.

— Je croyais que vous deviez arriver le week-end prochain, dit-elle en le scrutant à travers les verres foncés qui masquaient son regard.

Il parut se rendre compte de sa gêne et, ôtant ses lunettes de soleil, les accrocha à l'encolure de sa chemise.

— Je suis arrivé d'Amérique ce matin, et je pars à Exeter ce soir y passer la semaine. J'ai décidé de venir vous voir en passant.

Troublée par le regard de ses yeux mordorés, elle fixa la racine de ses cheveux.

— Ça fait un sacré détour, fit-elle.

Il haussa les épaules, comme si un détour de trente kilomètres sur des routes encombrées n'était rien.

— C'est un problème ?

— Non, répondit-elle calmement.

— Je vais vous montrer mes papiers d'identité, déclara-t-elle, prenant sa perplexité pour de la méfiance.

Il sortit son portefeuille, l'ouvrit, et le lui tendit.

Des cartes de crédit. Un permis de conduire délivré en Floride. La photo d'une femme.

Elle ferma le portefeuille et le lui rendit. Puis elle se pencha pour ramasser ses sacs de provisions.

Mais il fut plus rapide qu'elle.

Il la regarda ouvrir la porte, attendant qu'elle l'invite à

entrer, puis il la suivit dans la cuisine où il posa les sacs sur le comptoir.

— Je range mes courses, et je vous montre l'appartement, dit-elle en ôtant sa veste. Vous voulez une tasse de thé ?

— Volontiers, merci, fit-il, reculant vers la porte par discrétion. On dirait que vous attendiez quelqu'un d'autre…

— Eh bien, d'après le mail de Rob, j'avais cru comprendre que vous étiez une femme. Mais ça ne change rien.

Le sourire désabusé qui adoucissait le beau visage hâlé changeait tout, au contraire. Aucun médecin n'aurait dû avoir un sourire pareil, et encore moins s'en servir.

— Je suis désolé. Si vous préférez louer à…

— Ce n'est pas un problème, le coupa-t-elle. Rob a une façon très spéciale de s'exprimer, vous savez.

Adam Sinclair eut un rire bref.

— Quand Ellie est née, dit-il, il m'a envoyé une photo d'elle par mail avec la légende : « 3,500 kg. Magnifique. » J'ai dû demander des détails par texto pour qu'il réponde : « Fille. »

— Vous avez de la chance d'avoir eu une photo, répliqua-t-elle en pouffant. La plupart d'entre nous ont juste eu droit à : « Ça y est » avec deux points d'exclamation. Comme Ellie a presque cinq ans aujourd'hui, j'en conclus que vous connaissez Rob depuis un moment ?

— Depuis l'école de médecine. Ellie est née après mon départ pour l'étranger. Mais sans Cassie je n'aurais jamais eu de nouvelles. C'est elle qui m'écrit. J'ai même eu une copie du portrait d'Ellie et Daisy qui orne leur salon.

— C'est un de mes dessins. Elle m'a demandé d'en faire une copie pour un ami à l'étranger.

« Un ami qui traversait une période pénible », avait précisé Cassie.

— Vraiment ? fit Adam en souriant. Ce portrait est remarquable. Je l'ai accroché dans mon bureau.

Jenna se retint de hausser les épaules.

Ce n'était qu'un croquis au crayon qui n'avait rien de spécial à ses yeux.

— Il paraît que la Floride est magnifique, lança-t-elle

tout en rangeant ses achats dans le réfrigérateur. Qu'est-ce que vous y faites ?

— Je suis chirurgien esthétique.

Ainsi, ce bel homme vendait des nez et des liposuccions aux gens fortunés ? Elle ne doutait pas qu'un tas de femmes seraient prêtes à subir une anesthésie générale pour lire l'admiration dans les yeux d'Adam Sinclair...

— Et vos conférences vont porter là-dessus ?

— Oui. J'avais envie de revenir au Royaume-Uni, et quand on m'a proposé d'y passer un mois comme conférencier j'ai sauté sur l'occasion. Je vais rester une semaine dans ma famille, et je reviens dimanche pour la première conférence.

— Un dimanche ? C'est une conférence publique, alors.

— Oui. A 15 heures, dans l'amphithéâtre Fleming.

Il ne la convia pas à venir, et elle n'en exprima pas le désir.

— Je prépare le thé, et je vous fais visiter l'appartement, dit-elle en souriant.

Il n'était pas une femme, mais après tout ce n'était pas un crime, même si son sourire aurait dû être pénalement répréhensible. S'il préférait utiliser ses talents pour réaliser des opérations futiles, cela regardait sa conscience.

Elle prit un paquet de biscuits, sa tasse, les clés de l'appartement à louer et s'engagea dans l'escalier.

— Je viens de faire refaire les murs, et ça sent la peinture, mais j'aurai le temps d'aérer d'ici à votre retour.

— Je veux juste un endroit où dormir. Rob a offert de m'héberger, mais avec deux enfants et un troisième en route il n'a pas la place. Et je n'aime pas beaucoup l'hôtel.

Elle pénétra dans le salon du rez-de-chaussée et se laissa choir sur le canapé protégé par une housse.

— Moi non plus, avoua-t-elle en ouvrant le paquet de biscuits pour lui en offrir un. Faites le tour de l'appartement. Il n'y a pas beaucoup de meubles, juste le nécessaire.

Allant à la fenêtre, il ouvrit les rideaux, laissant le soleil couchant inonder la pièce.

— C'est ce que j'aime, répondit-il. C'est parfait pour moi, si vous êtes d'accord.

— Vous ne voulez pas voir le reste ? Je vous attends ici, si vous n'y voyez pas d'inconvénient.

Elle se sentait mal à l'aise sous son regard qui s'attardait sur sa silhouette et ses cheveux roux foncé. Elle avait l'impression que ses yeux de plasticien la jaugeaient.

— Très bien, acquiesça-t-il avec un petit rire.

Il disparut dans le couloir, et elle l'entendit se déplacer. Il revint avant même qu'elle ait attaqué son second biscuit.

— Une porte est fermée à clé, fit-il.

— C'est la deuxième chambre. Ma dernière locataire est partie travailler en Espagne et a laissé des affaires que je dois lui envoyer quand elle sera installée. Je peux débarrasser la pièce si vous voulez, mais la chambre principale est là, au bout du couloir, expliqua-t-elle en le précédant.

— Elle est grande, fit-il en s'asseyant sur le lit. Excellent matelas. C'est un atout.

— Il y a aussi beaucoup de placards. Prévenez-moi si vous y trouvez des squelettes. Janice en a peut-être laissé.

Il ouvrit grand les portes, inspecta l'intérieur de l'armoire.

— Rien. Elle a dû les emporter avec elle.

— Quel soulagement, répliqua-t-elle en chassant les miettes de son chemisier. Alors, qu'en pensez-vous ?

— Puis-je voir l'autre chambre ?

— Bien sûr. Elle est plus petite et a moins de rangements, mais c'est ma préférée. Les portes-fenêtres donnent sur le patio, elle a le soleil du matin.

Elle sentit le cuir souple de son blouson lui frôler le bras quand il entra dans la pièce.

— Elle me plaît. Ça ne vous dérange pas si je mets les cartons dans la grande chambre et si j'apporte le lit ici ?

— Je m'en occuperai en votre absence.

— Non, je le ferai, dit-il en ouvrant les portes-fenêtres. Grand jardin. Qu'est-ce qui attire tous ces papillons, au fond ?

Elle sourit, bêtement flattée qu'il ait remarqué son cher jardin à papillons.

— Mon grand-père et moi avons planté des herbes aromatiques et des arbustes pour attirer les papillons quand j'étais petite, mais c'est un peu fouillis maintenant.

— Alors, c'était la demeure de votre famille ?

— Oui. La maison de mes grands-parents. Je l'ai convertie en deux appartements après leur décès. J'étais étudiante à l'époque, et un loyer était le bienvenu.

— Vous viviez avec vos grands-parents ?

— Oui. Depuis mes dix ans.

Il ne la questionna pas davantage.

— On débat du montant du loyer maintenant ? demanda-t-il comme ils regagnaient le séjour.

— Sept cents livres par mois. Et je vous remplis le réfrigérateur.

— Cet appartement vaut deux fois plus ! Je connais les prix pratiqués à Londres.

— Je préfère ne pas augmenter le loyer pour pouvoir choisir mes locataires. Ce n'est pas négociable.

— Très bien, lâcha-t-il. Vous voulez une avance ?

— Ce n'est pas nécessaire.

Il but une dernière gorgée de thé.

— Il est temps que je reprenne la route et que je vous laisse dîner.

Elle rougit.

Il avait remarqué qu'elle avait mangé trois biscuits.

Et quand bien même ? Elle était debout toute la journée dans un service d'urgences survolté, et elle avait de l'appétit. Elle manquait peut-être de courbes avantageuses, mais au moins sa silhouette ne devait rien au silicone !

— Merci. A dans une semaine, alors.

2.

Dimanche matin. 10 h 30

Plantée devant la grande fenêtre du salon, Jenna scrutait la rue. Voyant une voiture s'arrêter devant la maison, elle lâcha le voilage.

La sonnette retentit comme elle descendait les marches menant au rez-de-chaussée. A peine eut-elle ouvert la porte qu'une petite boule d'énergie se jeta dans ses jambes.

— Ellie ! Tu as passé de bonnes vacances ? Approche, toi, ajouta-t-elle à l'adresse de Rob, qui portait un T-shirt criard au logo des Surfeurs cornouaillais. Tu me dois des explications.

Mais rien n'aurait pu entamer la bonne humeur de Rob. Il gravit l'escalier derrière elle en babillant avec sa fille et se laissa choir dans un fauteuil pendant qu'elle allait chercher du jus d'orange, un bloc de feuilles et une boîte de crayons pour Ellie.

— Ne lui donne pas du papier de cette qualité, protesta-t-il, c'est du gâchis !

— On n'est jamais trop jeune pour apprécier la texture du beau papier, répliqua-t-elle avec un coup d'œil à Ellie qui caressait le vélin.

Elle détacha une feuille épaisse, la fixa sur une planchette avec une pince, choisit un crayon doux dans la boîte et tendit le tout à l'enfant.

Rob leva les yeux au ciel.

— Si elle est le prochain Picasso, c'est à toi qu'elle le devra… Désolé pour le malentendu de la semaine dernière.

— On s'est débrouillés, répliqua-t-elle en se dirigeant vers la cuisine pour préparer du thé, suivie de Rob. Mais tu aurais dû me le dire.

— C'est un peu délicat, tu sais comment c'est.

— Pas vraiment, non.

— Eh bien, Adam est un type bien. Mais les dix-huit derniers mois ont été très durs pour lui. Je voulais lui trouver un endroit paisible et tranquille le temps qu'il retombe sur ses pieds. Par délicatesse, tu comprends ?

— Ce qui explique la teneur nébuleuse de ton mail ?

— C'est ça, avoua Rob avec un grand sourire.

Mais elle avait encore des points à éclaircir.

— Alors, il ne va pas loger chez Cassie et toi ?

— Nous le lui avons proposé, mais il prétend que nous n'avons pas assez de place. Et comme Cassie est enceinte…

Ils sursautèrent en entendant sonner.

S'il s'agissait d'Adam, il était en avance.

— Tu peux aller ouvrir ? demanda-t-elle. Ne t'inquiète pas, il sera bien ici, je garderai un œil sur lui.

— Merci, Jenna.

Rob disparut, et elle prit une autre tasse dans le placard.

Elle aurait aimé avoir plus de détails, mais Cassie la renseignerait.

A en juger par le vacarme, l'objet de ses spéculations était arrivé, et les cris et les rires d'Ellie en disaient long sur sa joie de le revoir.

Jenna passa la tête par la porte de la cuisine.

Bronzé et apparemment en pleine forme, Adam soulevait dans ses bras une Ellie ravie. Il ne semblait pas particulièrement soucieux.

Il la salua sans lâcher la fillette scotchée à lui.

— Bienvenue, dit-elle en lui tendant la main.

Il semblait moins enclin à garder ses distances maintenant qu'il n'était plus seul avec elle. Calme et serein, il n'était que charme et gentillesse, et elle dut retirer sa main qu'il gardait dans la sienne.

— Il est où, mon cadeau ? demandait Ellie, impatiente.

— Une minute, mon cœur ! On va d'abord demander les clés de l'appartement à Jenna pour la laisser tranquille.

— Je viens de préparer du thé, indiqua Jenna en l'invitant à passer dans le salon. Ellie peut ouvrir son cadeau ici, si elle veut. Et vous voudrez sûrement voir ses dessins.

Quand elle apporta le thé, Ellie s'acharnait déjà sur le présent que lui avait apporté Adam, enveloppé de papier rose qu'elle déchirait avec frénésie.

— J'espère que ça va te plaire, lança Adam. Alors, Rob, comment se sont passées ces vacances ? Tu as eu de belles vagues pour surfer ?

— Fabuleuses. Nous étions sur la côte Nord, et l'hôtel était situé tout près d'une plage superbe. Je pouvais aller surfer tôt le matin et rentrer pour le petit déjeuner.

— Il faudra que tu reviennes surfer en Floride un jour, dit Adam en prenant la tasse que lui tendait Jenna.

— D'accord. Tu resteras sur la plage avec Cassie et les enfants, et je te montrerai comment faire.

— Dans tes rêves ! Il faut plus qu'un affreux T-shirt pour faire un surfeur.

— Quoi, tu n'aimes pas mon T-shirt ? protesta Rob en passant la main sur le tissu aux couleurs vives.

Ellie poussa un cri de joie, brandissant un collier coloré.

— Que c'est joli ! s'écria Jenna en admirant les perles peintes à la main, avant de l'accrocher au cou de la fillette.

— Je l'ai acheté au Mexique.

Grimpant sur le canapé entre Adam et Rob, Ellie essaya de se contempler dans le miroir au-dessus de la cheminée.

— Qu'est-ce que tu as d'autre, Ellie ? demanda son père en désignant la pièce de tissu qui gisait au milieu du papier froissé.

Ellie la ramassa, la déplia et la plaça devant elle.

— Quelle belle robe ! déclara de nouveau Jenna, admirant sincèrement la ravissante broderie qui l'ornait.

— Je peux la mettre ? demanda Ellie en trépignant.

— Pas tant que tu n'as pas dit le mot magique, rétorqua Rob en souriant.

Ellie se jeta dans les bras d'Adam, manquant renverser sa tasse, et claqua un baiser sonore sur sa joue.

— Mmm, c'est agréable... Je peux en avoir un autre ? dit-il en désignant l'autre joue.

Ellie ne se fit pas prier.

— Je t'ai fait un dessin, dit-elle, pétrissant l'épaule d'Adam de ses petites mains pressantes.

— Doucement, Ellie, dit Rob. L'épaule d'Adam n'est pas encore complètement guérie.

— Tu me montres ton dessin ? demanda Adam.

La fillette alla chercher son œuvre et grimpa sur ses genoux.

— Voilà maman et papa... Moi et Daisy... Et, là, c'est toi.

— C'est très joli. Et là, qui c'est ?

Ellie secoua la tête, comme si la stupidité des adultes la confondait.

— Ton amie. Maman dit qu'elle est au ciel.

Le visage de Rob se durcit, mais le sourire d'Adam ne se démentit pas.

— C'est adorable, ma puce. Je suis content que tu l'aies dessinée aussi.

— Tu vas lui dire ?

— Ellie...

— Bien sûr que je vais lui dire, répondit Adam. Elle sera si heureuse qu'elle en parlera à tous ses amis de là-haut.

Ellie leva les yeux vers le plafond et acquiesça, satisfaite.

— Je peux mettre ma robe ?

— Plus tard, chérie, répondit son père. On a des choses à déménager en bas, et je ne veux pas que tu te salisses.

Jenna détourna les yeux du visage lunaire de la mystérieuse femme dessinée par la fillette et revint au présent.

— Inutile, c'est déjà fait, dit-elle.

Le regard d'Adam se fixa sur elle, presque palpable.

— Vous avez fait quoi ?

— J'ai déplacé les cartons et le lit. Et j'ai mis quelques trucs au réfrigérateur pour vous permettre d'attendre demain.

— Toute seule ? J'avais dit que je le ferais.

— Ce que j'aime chez elle, c'est qu'on peut lui dire ce qu'on veut, elle n'écoute jamais, soupira Rob. Pas vrai, Jenna ?

Adam pinça les lèvres d'un air pensif.

— Dans ce cas, je vais descendre mes bagages et vous emmener tous déjeuner avant ma conférence, déclara-t-il en souriant. Ellie, demande à ton père si tu peux mettre ta nouvelle robe.

Adam et Rob filèrent au rez-de-chaussée avec les clés de l'appartement pendant que Jenna aidait la fillette à se changer. La robe lui allait parfaitement.

— Je peux mettre du parfum ? s'enquit Ellie.

— Non. Tu sais ce que ta mère en pense, rétorqua Jenna, se remémorant la fois où Ellie s'était versé sur la tête la moitié du flacon de coûteux parfum que Cassie avait reçu pour son anniversaire de mariage.

Elle prit trois brins de lavande du bouquet qui ornait la cheminée, les lia avec un ruban et s'accroupit devant Ellie.

— C'est mieux, et tu sentiras tout aussi bon, conclut-elle en les piquant à la robe de la petite fille.

— Tu vas te changer aussi ? demanda Ellie qui s'amusait pendant ce temps à lui arranger les cheveux sur les épaules.

— Non, je suis bien comme je suis, fit Jenna avec un coup d'œil à son jean et son petit top sans manches.

— Parfaite, approuva la voix grave d'Adam derrière elle. Il faisait sans doute allusion à Ellie.

— N'est-elle pas ravissante ? renchérit-elle en souriant.

— Oui, elle l'est aussi, répondit-il avec un sourire qui la fit rougir. Merci pour les fleurs.

Elle avait composé un bouquet avec de la lavande et des brassées de feuillage odorant et avait placé le vase dans l'âtre de l'appartement de location pour l'égayer un peu.

— Ce ne sont pas vraiment des fleurs…

— Merci quand même. Vous avez du goût, c'est très harmonieux. Quant à toi, ajouta-t-il à l'adresse d'Ellie, tu as l'air d'une vraie jeune fille.

— J'ai aussi coiffé Jenna, dit la fillette. Regarde.

— Je vais les rattacher, déclara Jenna en rougissant.

Elle tira son épaisse toison vers l'arrière et chercha l'élastique qu'Ellie avait enlevé.

Elle n'avait jamais aimé ses cheveux. Ils lui évoquaient

trop le souvenir de sa mère tirant impitoyablement sur les nœuds en grommelant parce qu'ils n'étaient pas lisses comme ceux de sa sœur et que, comble d'horreur, ils étaient roux.

— Non ! protesta Adam avec une intensité qui la surprit. Ça vous va très bien comme ça. Vous avez une chevelure de feu qui laisse présager un tempérament…

Elle le foudroya du regard, et il lui sourit d'un air innocent alors que Rob venait involontairement à son secours.

— Jenna ? Ouais, elle ne se laisse pas marcher sur les pieds. Viens, Ellie, allons-y.

Dans le brouhaha accompagnant la sortie d'Ellie et Rob, Jenna surprit seule le clin d'œil que lui envoya Adam.

— Quelle est l'histoire de Julie ? demanda Adam.

Rob était parti raccompagner sa fille, et Adam et Jenna étaient seuls à la terrasse du restaurant.

— Julie ? Vous parlez de Julie Taylor ?

— Oui. Son consultant, Iain Simms, m'a envoyé vendredi soir un mail dont il vous a adressé une copie.

— Oh. Je n'ai pas eu le temps de consulter mes messages ces derniers jours.

Elle se sentait gênée sous son regard. Ses yeux s'attardaient trop souvent sur elle, calmes, évaluateurs, comme s'il la jaugeait, et elle se demandait ce qu'il voyait. Pas ce que lui renvoyait le miroir, espérait-elle. Une peau trop pâle, une taille filiforme, peu de rondeurs. Des cheveux désespérément roux.

Si Adam remarqua son trouble, il n'en montra rien.

— Trop occupée à déménager des meubles et des cartons ? demanda-t-il en se penchant vers elle.

En fait, oui. Ses yeux dorés étaient bien trop perspicaces.

— On va marcher un peu ? suggéra-t-elle, consciente que tout valait mieux que rester assise à le regarder.

— Si vous voulez, répondit-il en faisant signe au serveur d'apporter l'addition. On longe la Tamise ? J'ai l'impression de me retrouver chez moi au bord de cette rivière.

Elle acquiesça.

La rue descendait en serpentant vers la rive sud de la Tamise. Sur la droite, la silhouette de Tower Bridge se dressait au loin. Sur leur gauche, un courant ininterrompu de touristes du dimanche déambulaient sur une passerelle qui enjambait le fleuve.

— Je ne suis jamais partie assez longtemps pour avoir cette impression. J'aimerais voyager. Apprendre un peu la vie.

— Pas besoin de billet d'avion pour apprendre la vie, objecta Adam, le regard lointain. Venez, je vous parlerai du mail de Iain en marchant.

Elle le regarda descendre devant elle les marches menant à l'allée gazonnée qui longeait le bord.

Il était beau, charmant, aimable... Qu'éprouvait-on à marcher bras dessus bras dessous avec un tel homme ?

Elle s'autorisa à sentir la chaleur de son corps près du sien pendant vingt secondes, puis confia le fantasme à la brise qui soufflait de la rivière.

— Je pense qu'on va travailler ensemble sur ce cas.

— Pardon ? bredouilla-t-elle. Vous voulez dire que vous allez travailler à l'hôpital ? En même temps que donner des conférences ?

— Oui. Iain m'a demandé de le seconder sur quelques cas spécifiques. J'assurerai aussi des permanences aux urgences un ou deux jours par semaine, pendant que le Dr Bryant est en congé de paternité. J'espère pouvoir ainsi observer les techniques que vous utilisez.

— Et nous enseigner une ou deux choses par la même occasion ?

La perspective d'être observée pendant un certain temps par ces yeux ambrés était... Eh bien, ce serait intéressant, à défaut d'autre chose.

— Oui. Ça aussi. J'ai de quoi offrir en retour.

— Je n'en doute pas, répliqua-t-elle, préférant ne pas demander quoi. Dites-moi, pourquoi vous intéressez-vous à Julie ? J'espère bien qu'elle n'aura pas besoin d'une chirurgie reconstructrice importante.

— Il ne s'agit pas que de ça, dit Adam avec un sourire.

Comme vous lui rendez visite tous les jours, Iain m'a suggéré de m'adresser à vous pour en savoir plus sur elle.

— Eh bien, j'ai vu Julie pour la première fois quand elle a été amenée aux urgences après cette agression à l'acide. Elle s'est protégé le visage, mais elle a des brûlures au bras et à l'épaule. Iain et son équipe s'occupent de ça, mais je m'inquiète davantage de son état affectif.

— C'est là que j'interviens.

Elle lui jeta un regard surpris, mais son visage impassible ne trahissait rien de ses pensées.

— Vous vous y connaissez en traumatismes ?

Un petit muscle de la mâchoire d'Adam se mit à tressaillir.

— Oui. Beaucoup de mes patients sont dans la même situation que Julie, et j'essaie de traiter cet aspect en même temps que les problèmes purement physiques.

— Vous n'avez pas d'assistance psychologique en Floride ?

Il parut se détendre un peu.

— Je travaille pour une association caritative opérant dans toute l'Amérique du Sud, où nous apportons une aide médicale et chirurgicale aux communautés défavorisées. Nous sommes basés en Floride. Nous y avons des installations où l'on nous amène les patients qui ont besoin de soins spécialisés.

Elle frissonna, troublée.

Elle l'avait mal jugé.

— Je croyais… Eh bien, en vous entendant parler de chirurgie esthétique et de Floride, je vous ai pris pour un chirurgien style *Nip/Tuck*…

Adam hocha la tête, visiblement amusé.

— Non, j'opère surtout des becs-de-lièvre, des tumeurs faciales, des blessures. Principalement des enfants et des adolescents, quelques adultes. Les riches et célèbres attendent de leur chirurgien qu'il travaille dans une autre tenue qu'un jean déchiré et un vieux T-shirt…

Elle déglutit.

Il devait attirer l'attention dans n'importe quelle tenue, et elle aimait mieux ne pas l'imaginer en jean déchiré. Son pantalon et sa chemise sport suffisaient amplement pour l'instant.

— Alors, je vous dois des excuses. Vous avez un travail passionnant.

— Très gratifiant, admit-il avec un enthousiasme non dissimulé. Beaucoup de mes patients sont traumatisés, soit à la suite de blessures, soit pour avoir été victimes d'ostracisme ou de moqueries à cause de leur apparence. Comme je l'ai dit à Iain, je suis particulièrement intéressé par la façon dont vous traitez ce genre de cas.

Elle haussa les épaules.

— C'est justement le problème. Julie refuse de voir un psychologue.

— C'est ce qu'on m'a dit, répliqua Adam. Il paraît aussi qu'elle a confiance en vous et que vous faites de votre mieux pour tenir ce rôle auprès d'elle, lâcha-t-il en la fixant d'un air curieux. Ce n'est pas une voie facile. Il est difficile de ne pas s'impliquer totalement.

Elle pinça les lèvres en le voyant hausser les épaules comme s'il pensait que c'était le cas.

— Ma conférence commence dans une heure. Vous voulez venir ?

— Peut-être. Vous comptez parler du traumatisme ?

— J'envisage d'aborder le sujet de l'approche holistique, globale, nécessaire à une petite équipe aux ressources limitées.

— En d'autres termes, quand il faut traiter toute la personne, pas seulement la blessure ?

C'était le rêve de Jenna. Ne pas être seulement un médecin, mais une guérisseuse.

— Mais dans ce cas, ajouta-t-elle, ironique, il est difficile de ne pas s'impliquer complètement.

Un lent sourire éclaira le visage d'Adam.

— J'invoque le cinquième amendement pour ne pas répondre.

— Le jury va en déduire que la réponse est oui…

— Je ne peux rien y faire. Qu'il pense ce qu'il veut.

Pendant un instant, elle crut qu'elle avait percé sa réserve. Puis la petite flamme s'éteignit dans les yeux d'Adam.

— Je passerai voir Julie demain, déclara-t-il.

Ce n'était pas une requête, elle devrait s'accommoder de sa contribution, quelle qu'elle soit. Autant l'accepter gracieusement.

Elle hocha la tête.

— J'aimerais connaître votre opinion. Vous savez où me trouver.

— En effet, répondit-il en consultant sa montre. Il est temps d'aller à l'amphithéâtre. Voulez-vous me parler un peu de Julie en chemin ?

Adam se réveilla avec un cri étouffé, couvert d'une sueur glacée. Pendant un instant, il ne sut pas où il était, puis la pâle lueur de la veilleuse le ramena à la raison. Il secoua la tête pour chasser les dernières brumes de sommeil et retrouver sa place dans le monde réel.

C'était toujours le même rêve qui le hantait depuis dix-huit mois, parfois chaque semaine, parfois chaque nuit.

Devant les portes-fenêtres entrouvertes, les voilages frissonnaient sous la brise nocturne.

Il se leva et sortit sur le patio, pieds nus sur les pierres bordées de mousse, et prit une profonde inspiration, inhalant l'odeur de la ville mêlée aux doux effluves venant du jardin.

Au-dessus, un cliquetis se fit entendre.

Il recula machinalement dans l'ombre, retint son souffle.

Jenna venait d'ouvrir la porte donnant sur le balcon de l'étage et se tenait près de l'escalier descendant au patio. Dans l'obscurité, il distinguait sa chemise ample qui flottait autour de ses pieds nus, et ses cheveux dénoués qui formaient un halo flou autour de sa tête.

Accoudée à la rambarde du balcon, elle se penchait vers lui, et il craignit qu'elle ne voie les portes-fenêtres ouvertes et la lumière de la chambre. Il s'aplatit contre le mur et la regarda humer l'air, comme une petite créature nocturne de la forêt.

Un renard traversa la pelouse en trottinant. Elle leva la tête et le suivit du regard jusqu'à ce qu'il disparaisse dans les buissons. Alors, elle se détourna et rentra. Il entendit le déclic de la porte qu'elle refermait, puis ce fut le silence.

Il se passa la main sur le visage.

La journée du lendemain était chargée, il devait essayer de dormir. Demain soir, il aurait tout le temps d'analyser les troublantes contradictions de sa ravissante propriétaire à la flamboyante chevelure.

Mais, en attendant, la pensée qu'elle était là, que peut-être même elle le surveillait, avait sur lui un effet apaisant.

3.

— La voilà, justement, dit Julie avec un sourire lumineux.

Adam se retourna et vit Jenna pénétrer dans la salle.

Cheveux attachés sur la nuque, chemisier blanc, pantalon neutre.

Même dans cette tenue sévère, elle avait l'air d'un ange. Pas un de ces chérubins potelés lovés dans un nuage, mais le genre d'archange vengeur qui vole à votre secours pour vous arracher au danger.

— Elle vient tous les jours à l'heure du déjeuner ?

— Oui. Elle reste une demi-heure. Parfois moins.

Il se doutait combien cette petite demi-heure était précieuse pour Jenna. Un moment volé, quand la majeure partie du personnel des urgences se contentait d'attraper un sandwich et de souffler quelques minutes.

— Bonjour, lâcha gaiement Jenna en prenant la fiche de soin de la patiente. Vous avez l'air beaucoup mieux, Julie.

— Je me sens mieux. Le Dr Sinclair dit que je m'en sors bien. On arrive à maîtriser la douleur, maintenant. Il va surveiller mes progrès.

— Bon, fit Jenna, souriante, en coulant vers lui un regard à la chaleur troublante. Je vois que vous avez fait connaissance.

Sa participation ne semblait plus la déranger. De toute évidence, elle avait apprécié sa conférence, car elle n'avait pas cessé de le questionner sur le chemin du retour.

— C'est bien. Vous avez déjà beaucoup progressé, Julie.

A cet instant, un homme de salle entra en poussant un chariot qui grinçait, et Julie sursauta.

Il connaissait cette réaction. Les sens en alerte à tout instant. La peur qui vous tétanise au moindre bruit.

— Eh, tout va bien, Julie, dit Jenna. C'est juste un chariot.

— Juste un chariot, grommela Julie, au bord des larmes.

Jenna échangea avec lui un regard impuissant.

— Écoutez, Julie, ce genre de réaction est normal, expliqua-t-il, répétant ce qu'on lui avait ressassé tant de fois. Ça passera. Il faut juste vous montrer patiente.

— *Quand ?* s'emporta-t-elle. Quand est-ce que ça passera ?

Il reconnut cette fureur soudaine, incontrôlée. Comme si on avait le cœur plein à ras bord de colère, et qu'une seule goutte pouvait le faire déborder.

— Je ne sais pas, mais nous pouvons vous aider…

Il se tut en la voyant détourner la tête.

— Qu'est-ce que vous voulez, Julie ? ajouta Jenna. Le Dr Sinclair peut vous mentir, si vous voulez. Il peut vous donner une date où tout redeviendra comme avant. Ou il peut vous respecter assez pour vous dire la vérité.

La guerrière était de retour. La femme qui prenait la vie à bras-le-corps et secouait jusqu'à ce qu'elle arrive à ses fins.

Il sourit et abonda dans son sens.

— Je *pourrais* vous mentir, oui. C'est ce que vous voulez ?

— Bien sûr que non, répondit Julie avec un regard implorant à Jenna. Mais, tout ça, ce sont des paroles.

Il vit les mains de Jenna se crisper légèrement sur le montant du lit.

Elle avait fait du bon travail avec Julie. Elle avait gagné sa confiance, permettant à Iain et aux autres médecins d'agir. Mais, là, elle se heurtait à un mur.

— C'est ce que j'ai pensé moi-même en écoutant les médecins, admit-il. Alors ils m'ont envoyé chez une psychologue, qui ne m'a pas convaincu non plus. En fin de compte, je le sais maintenant, c'est un cheminement qu'on doit faire seul.

Il avait capté l'attention de Julie. Celle de Jenna aussi, même si elle s'efforçait de ne pas le montrer ouvertement.

— Comment le savez-vous ? demanda Julie.

— Je suis passé par là. On m'a tiré dessus en Floride, et je me suis retrouvé dans un hôpital.

Julie le dévisagea, les yeux écarquillés.

— Comme à la télé ?

Jenna voulut protester, mais il lui imposa silence d'un geste. Elle n'avait pas à le défendre.

— Non, pas comme à la télé, dit-il calmement. Me faire tirer dessus a changé ma perception du monde. Avant, je me croyais indestructible, et j'ai pris conscience de ma vulnérabilité. J'ai dû réapprendre à faire les choses les plus anodines sans paniquer. J'ai réussi, et je sais que vous y arriverez aussi.

Julie le dévisagea et inclina brièvement la tête. Puis elle se concentra sur Jenna.

— Vous m'avez apporté du chocolat ?

Jenna glissa la main dans sa poche et en sortit une pièce.

— Vous en trouverez au distributeur qui se trouve à la sortie du service. Le Dr Sinclair nous accompagnera.

— Je ne veux pas abîmer mes greffes de peau, marmonna Julie en tripotant la couverture étendue sur ses jambes.

Adam tapota l'épais dossier qu'il avait apporté.

— Aucun risque. J'ai parcouru votre dossier, vos greffes ont bien pris, Julie. Vous pouvez vous lever et vous déplacer. Ce sera excellent pour stimuler votre circulation sanguine.

— Elles sont affreuses, murmura Julie avec une grimace. Je les ai vues quand on faisait mes pansements.

Il toucha l'enveloppe qu'il avait glissée dans le dossier en se demandant si le moment était venu d'en parler.

— Je sais, Julie. Mais ça va s'arranger. Vous le savez, non ?

— Mmm. Ça s'améliore de jour en jour, et cetera, et cetera.

Il réprima un sourire.

Derrière son air maussade, l'adolescente ne manquait pas d'esprit.

— Eh bien oui. Certains jours seront meilleurs que d'autres, mais sur le long terme ça s'arrangera. Vous êtes plus jolie quand vous souriez, vous savez.

— Oui, on me l'a dit aussi.

Il se décida à sortir l'enveloppe.

— Je vous ai apporté la photo d'une patiente que j'ai soignée pour des brûlures.

— Et je suis censée la regarder pour voir les progrès qu'elle a faits, c'est bien ça ?

Maussade *et* intelligente. Il comprenait pourquoi Julie donnait du fil à retordre à ses médecins.

— Quand j'ai été blessé, j'ai éprouvé des peurs, des sentiments que je n'acceptais pas, avoua-t-il, devinant à l'expression de Julie que c'était aussi son cas. La patiente de la photo aussi. Le chemin est dur, mais savoir qu'on n'est pas seul à le parcourir facilite parfois les choses.

— D'accord, je veux bien regarder, concéda Julie.

Prenant l'enveloppe, elle eut du mal à en sortir la photo d'une seule main, et ils ne l'aidèrent pas. C'était dur. Mais c'était la seule façon d'agir pour qu'elle progresse.

— Qui est le garçon avec elle ?

— Rick. Ils sont mariés aujourd'hui.

Les deux femmes échangèrent un regard.

— Il est mignon, non ? lança Jenna.

Julie gloussa.

— Oui. Il est plutôt canon.

Des propos légers, futiles, mais ça marchait. Julie ne voyait pas les fines cicatrices sur la jambe de Claudia, mais une jeune femme heureuse et amoureuse avec son séduisant fiancé. Jenna aborda le sujet des cicatrices, mais seulement après avoir pointé le fait que Rick ne semblait pas y attacher d'importance.

Machinalement, la main d'Adam glissa vers son épaule. Il arrivait presque à se sentir mieux.

Julie le considéra, évaluant visiblement ses compétences techniques.

— Vous savez comment arriver à ce résultat ?

— Ce jeune homme vous plaît, n'est-ce pas ? lança malicieusement Adam quand Jenna et lui arrivèrent à la cafétéria.

— Oh ! ça va, grommela-t-elle.

Elle lui confia son sandwich le temps de chercher son porte-monnaie dans son sac puis le reprit.

Elle lui en voulait, mais le moment était mal choisi pour aborder le sujet.

Il lui jeta un regard perplexe.

— Vous avez envie d'en parler ?

Avant qu'elle ait pu prévenir son geste, il s'empara du sandwich, le montra à la caissière et alla s'asseoir à une table tranquille au fond de la salle.

Elle le rejoignit et voulut reprendre son sandwich, mais il le mit hors de portée.

— Vous comptez me faire mourir de faim pour m'obliger à parler, Adam ?

— Si c'est nécessaire.

— J'ai de l'argent, vous savez. Je peux m'en acheter un autre, répliqua-t-elle en s'asseyant en face de lui.

— Mais vous ne le ferez pas.

Il poussa le sandwich vers elle, et elle s'en empara.

— Vous auriez pu me dire qu'on vous avait tiré dessus et que vous aviez été traumatisé, lâcha-t-elle, baissant la voix.

— J'aurais pu, répliqua-t-il en se massant pensivement l'épaule. Je l'aurais fait si j'avais su que j'en parlerais à Julie.

— La question n'est pas là. Croyez-vous être le mieux placé pour l'aider si vous avez des problèmes à régler ?

— Qui a dit que j'avais des problèmes à régler ? protesta-t-il.

Le regard hanté de ses yeux, pour commencer. Et elle était sûre de l'avoir entendu crier, la nuit dernière. Elle ne l'avait pas vu, mais elle avait senti sa présence dans le patio.

— En avez-vous ?

— Pas en ce qui concerne Julie. Je contrôle la situation. Si vous voulez savoir des choses, vous n'avez qu'à demander, ajouta-t-il devant son air sceptique. Rob évite d'aborder ce qu'il s'est passé, comme si c'était un coupable secret !

— Le tact n'est pas le point fort de Rob, admit-elle. J'aimerais effectivement en savoir plus. Mais la cafétéria n'est pas le meilleur endroit pour avoir cette conversation.

— Ça ne me gêne pas. Il y a dix-huit mois, au Guatemala, ma fiancée et moi avons été victimes d'une embuscade qui a mal tourné. Elena a été tuée. Cela me hante encore.

Elle le regarda fixement, horrifiée.

— Oh ! Adam, je suis désolée.

Il tendit la main vers elle, comme si c'était à lui de la réconforter.

— C'est arrivé, et je ne prétendrai pas que ça ne m'a pas changé. Mais jamais je ne laisserai cette histoire compromettre le bien-être de mes patients.

— Bien sûr, balbutia-t-elle. Je regrette, je n'aurais jamais dû insinuer le contraire.

— Mais j'aurais quand même dû vous le dire ?

— Oui, vous auriez dû.

— D'accord. Et je veux que vous me promettiez une chose.

— Entendu, dit-elle, prête à tout pour l'aider.

— Si un jour vous pensez qu'un problème personnel entrave d'une manière quelconque mon traitement d'un patient, dites-le-moi franchement.

— Je préfère toujours la franchise aux allusions indirectes.

Il sourit.

— Je m'en doutais. Vous avez le temps de prendre un café ? demanda-t-il en consultant sa montre.

Il avait un regard honnête qui n'inspirait pas la pitié mais imposait le respect. Et qui l'attirait terriblement.

— J'ai encore vingt minutes de pause, on m'appellera si on a besoin de moi. Attendez-moi ici, j'apporte les cafés.

La situation commençait à être plus claire : il avait dominé son traumatisme mais celui-ci resurgissait parfois la nuit, quand il ne pouvait pas l'escamoter par un effort de volonté.

Quand elle revint avec les cafés, Adam était déjà passé à autre chose.

— L'acide est une manière très personnelle d'agresser quelqu'un, fit-il.

— C'était personnel en un sens, expliqua-t-elle en ajoutant du lait dans sa tasse. Julie a une sœur qui a un an de plus qu'elle. Elles se ressemblent beaucoup. Ce jour-là, elle avait emprunté le chemisier et la veste de sa sœur pour sortir.

— Et l'acide était destiné à sa sœur ?

— Oui. Un ex-petit ami qui lui gardait rancune. Les parents redoutaient un problème et veillaient sur la sœur de Julie.

— Et personne n'a songé à empêcher Julie de sortir avec les vêtements de sa sœur ? demanda-t-il avec colère.

— C'est facile à dire après coup. J'ai parlé avec les parents et déposé une demande pour que la sœur de Julie voie un psy en urgence, mais ce n'est pas en tête des priorités.

Adam hocha la tête pensivement.

— Vous pensez que ça aiderait si vous et moi avions un entretien informel avec toute la famille ?

Elle soupesa cette idée et décida de lui faire confiance.

— Oui. Je crois que ça aiderait beaucoup.

Adam parut soulagé et orienta la conversation vers des sujets plus légers. Ils regagnèrent les urgences en bavardant de façon détendue, et pendant qu'elle se rendait au vestiaire il s'arrêta pour bavarder avec sa collègue Brenda, qui lui décocha un sourire aussi éblouissant que ses cheveux dorés coiffés en chignon savamment ébouriffé.

Quand Jenna revint peu après, ils étaient en train d'échanger des anecdotes sur les lieux qu'ils avaient visités.

— Et moi, disait Brenda, j'ai vu des pingouins pendant mes vacances en Nouvelle-Zélande l'année dernière.

— J'aimerais beaucoup aller là-bas, répondit Adam, remarquant à peine le retour de Jenna.

— C'est un pays magnifique. Nous nous sommes arrêtés à Hong Kong à l'aller. Cette année, je projette d'aller en Inde.

Brenda adorait les voyages et gardait son argent et ses congés pour partir au bout du monde tous les étés.

Accoudé au comptoir, Adam se pencha vers elle.

— Vraiment ? Où précisément ?

Brenda captait toute son attention.

Jenna ne pouvait pas participer à la conversation. L'envie de voyager la démangeait, mais son désir de voir le monde avait été étouffé jusqu'ici par son besoin de sécurité, sa famille, sa carrière. Un jour, quand tout serait réglé, peut-être voyagerait-elle…

— Dis-lui de venir, Jenna, souffla sa collègue en lui donnant un coup de coude.

— Mmm ? Où ça ? bredouilla Jenna, revenant au présent.

— Au match de softball de vendredi soir. Chaque hôpital

a son équipe, et nous organisons une sorte de championnat, expliqua-t-elle à Adam. Nous jouons pour la coupe des Marylebone Medics. C'est sérieux, vous savez ! Je parie que vous êtes doué avec une batte. On aura peut-être une chance, si on persuade Rob de jouer aussi.

— Où jouez-vous ? demanda Adam.

— A Hyde Park. Il y a largement la place sur le terrain de sport. Notre équipe s'appelle les Bankside Cheetahs, les Guépards de la Berge. Dans ses grands moments, Jenna a quelque chose de ce gracieux félin, ajouta Brenda en riant.

— Comme quand j'ai trébuché sur ton pied, ironisa Jenna.

— Question de malchance. Bref, nous serions ravis d'accueillir un nouveau membre dans notre équipe.

— Je vais travailler ici à temps partiel un mois, dit-il.

— Parfait, fit Brenda. Je croyais que vous donniez des conférences à l'université ?

— J'assurerai quelques services aux urgences dans la semaine tout en travaillant avec l'équipe de chirurgie reconstructrice. Un partage de connaissances, en somme. Et si les Guépards de la Berge veulent bien de moi, ça me va.

— Alors c'est réglé, conclut Brenda en le fixant de ses yeux verts. Le cercle orange sur le planning, cela veut donc dire « partage de connaissances » ?

— Je suppose. Mais je suis censé être ailleurs aujourd'hui, alors je ferais mieux de me montrer discret.

Il adressa un sourire ravageur à Brenda puis inclina la tête à l'adresse de Jenna.

— A plus tard.

Brenda le regarda s'éloigner en mâchonnant son stylo.

— Tu vis pratiquement avec lui. Il a des visites féminines ?

— Il n'est là que depuis deux jours ! Tu es intéressée ?

— Je ne veux pas marcher sur les plates-bandes d'une autre, rétorqua Brenda avec un haussement d'épaules.

— Tu devras lui poser la question à lui. Ou à Rob.

— Je ne pensais pas à ça, dit Brenda en la fixant.

— Moi ? balbutia Jenna, toute rouge. Tu es folle ?

— Quoi ? Il est beau et a l'air gentil. A moins que tu sois encore attachée à Joe…

— Joe ? Il est parti depuis près d'un an !

— Vous aviez l'air bien ensemble, avant son départ.

Bien ? Alors qu'elle priait pour qu'il lui demande de le suivre en Australie ? Mais apparemment elle ne faisait pas partie de ses projets d'avenir.

— Non. Nous avons rompu pour de bon.

— Désolée. Je l'ignorais.

— C'est de l'histoire ancienne, répondit-elle, refoulant son amertume. Et Adam n'est pas mon type.

— J'aurais pensé qu'il était le type de n'importe qui, argua Brenda en lui jetant un regard sceptique. De toute façon, il ne va pas rester longtemps.

— Exact. Avoir un petit ami qui quitte le pays, c'est de la malchance. Deux, ça frôlerait la négligence. Je pourrais t'inviter à la maison, si Adam t'intéresse.

— Non. Tu me connais, je ne cours pas après les hommes. Il vaut toujours mieux les laisser venir à soi.

A en juger par la réaction d'Adam, cela risquait fort d'arriver. Brenda était jolie, elle avait bon cœur, n'avait pas d'attaches, pas de complexes.

Du moment qu'il fermait les portes-fenêtres la nuit s'il se décidait à céder aux avances de la jolie blonde…

4.

Adam, en nage, se força à se lever.

C'était sa quatrième nuit chez Jenna, et la quatrième nuit d'affilée que le rêve venait le hanter. C'était sans doute dû au changement de cadre. Il allait marcher un peu avant de se recoucher, pour essayer de se détendre.

L'entretien qu'il avait eu avec Julie et sa famille cet après-midi y était peut-être pour quelque chose. Tout s'était bien passé, mais le regard angoissé de la sœur aînée de la jeune fille l'obsédait.

Ayant enfilé un jean et un T-shirt, il entra dans la cuisine à pas feutrés, se remplit un verre d'eau qu'il but d'un trait et sortit dans le patio prendre l'air.

— Ça va ?

La voix de Jenna le fit sursauter.

L'aurait-il réveillée en criant dans son sommeil ?

— Oui. Il fait chaud, ce soir.

— Je n'arrive pas à dormir.

Il avait entendu le déclic de la porte de sa chambre plus d'une fois ces dernières nuits. Apparemment, elle aussi avait des problèmes de sommeil.

Il s'assit sur les marches de l'escalier de secours.

— Vous voulez vous joindre à moi ?

Mauvaise idée. Il l'avait vue souvent ces deux derniers jours, et son comportement distant l'avait glacé.

Elle descendit silencieusement, et le tissu soyeux de sa robe de chambre frôla son bras quand elle s'assit près de lui.

Elle sentait délicieusement bon le propre et le frais. Comme un jardin anglais après l'averse.

— C'est pour ça que vous n'avez pas voulu loger chez Rob et Cassie ? demanda-t-elle d'une voix douce, apaisante. Ça ne les aurait pas dérangés, vous savez.

— Moi, si.

— A cause d'Ellie et Daisy ?

— Oui. Le dessin qu'Ellie a fait…

Le rire doux de Jenna résonna dans son cœur vide.

— Un très joli dessin, avec des couleurs vives, des visages souriants. Ce n'était pas une image triste, à mes yeux.

— Pour moi non plus maintenant, il me fait sourire. Et Elena l'aurait adoré. Mais il y a encore six mois je n'aurais pas pu le regarder sans m'effondrer.… Mais Ellie ne doit pas savoir, pour ces rêves. C'est différent.

— En quoi ?

Ces derniers jours, il n'avait désiré qu'une chose : qu'elle le libère des entraves qui l'empêchaient de vivre. Il lui avait demandé d'être honnête avec lui, de lui parler franchement, et elle l'avait fait. Mais, là, c'était lui qui calait.

— Je ne tiens pas à en parler, Jenna.

Elle eut un léger mouvement de recul puis rit doucement dans la pénombre.

— Je ne vaux pas mieux que vous, vous savez.

Il sentit quelque chose effleurer son bras, léger comme une plume. Les ailes d'un papillon de nuit peut-être. Ou une boucle de ses cheveux ?

Il se pencha vers elle.

— Vous vous sous-estimez.

Ses lèvres étaient toutes proches…

Soudain, il en eut assez de cette relation équivoque qu'ils entretenaient, sans jamais se rapprocher vraiment, mais incapables de garder leurs distances.

Il sentit les doigts de Jenna caresser sa mâchoire rendue rêche par une barbe naissante. Puis elle murmura son nom, balayant ses doutes.

L'euphorie étouffa la voix de la raison.

Ce serait juste un baiser. Un homme ne tombait pas amoureux, il ne risquait pas tout pour un unique baiser.

Il lui prit la taille pour l'attirer sur ses genoux et l'embrassa ardemment. Au point d'en avoir le vertige.

— Mmm. C'est stupide, souffla-t-elle contre sa bouche.

— Très.

Si le premier baiser pouvait s'expliquer par l'impulsion du moment, le second n'eut aucune excuse. Ils savaient parfaitement ce qu'ils faisaient. Il mit tout ce qu'il avait, tout ce qu'il était, dans ce baiser, se laissant emporter par la passion.

Quand il s'arracha enfin à ses lèvres, son cœur battait à tout rompre.

Jenna plongea son regard dans le sien, et il se noya dans les profondeurs marines de ses yeux. Elle resta silencieuse un long moment, et lorsqu'elle parla il l'entendit à peine.

— Adam, je…

— Je sais, coupa-t-il. Les choses les plus stupides peuvent être les meilleures.

Elle rit doucement.

— Nous nous sommes laissé emporter.

Ce n'était pas seulement ça, et elle le savait autant que lui.

— Oui. Une chaude nuit d'été. Jenna, je suis désolé si…

— C'est bon. Je sais.

Comme elle faisait mine de se lever, il la retint.

Il ne pouvait peut-être pas aller plus loin, mais il tenait à mettre les choses au point. La réalité les séparait, mais elle ne devait pas partir sans savoir que ces instants avaient compté pour lui.

— Quand je vous ai embrassée, Jenna, c'était vous que je voulais. Seulement vous.

Elle sourit quand il baisa le bout de son doigt et le posa sur sa bouche, puis elle se mordilla la lèvre d'un air incertain.

— Je dois y aller. Avant que l'un de nous ne commence quelque chose que nous ne pourrons pas achever.

Mais elle ne bougea pas.

— C'est mieux ainsi, dit-il. Je ne suis ici que pour un mois.

— Je sais, répondit-elle, presque soulagée, comme si

cela réglait un conflit intérieur. Mais c'était un super baiser, ajouta-t-elle avec malice.

— Oui. Un des meilleurs.

Sans un mot, elle se leva et gravit les marches de l'escalier presque en courant. Quelques secondes après, le déclic de la porte du premier lui apprit qu'elle était rentrée.

Il demeura là un long moment, la tête dans les mains.

C'était une chose de s'allier à Jenna pour aider Julie, mais toute autre relation était exclue entre eux. Il allait devoir être très clair sur ce point.

La main en visière, Brenda scrutait le parc d'un air anxieux.

— Il a promis de venir.

— Alors, il viendra, répondit Jenna. Ou pas.

Elle s'était efforcée d'oublier le baiser qu'ils avaient échangé quelques jours plus tôt. Ou au moins de l'ignorer. Apparemment, Adam en faisait autant.

— S'il n'est pas là dans un quart d'heure, je devrai mettre Sue à la batte. Et tu sais comme elle déteste ça. Elle ne vient que pour voir Andrew.

Jenna s'allongea sur la couverture à l'ombre des arbres en bordure du terrain de softball.

— Dans ce cas, je retournerai sur le terrain. On peut le faire, si on n'a pas une équipe complète.

— Mais *on a* une équipe complète ! Tu ne peux pas entrer deux fois, c'est la règle, dit Brenda en décortiquant avec acharnement un innocent brin d'herbe. On pourrait dire que Sue s'est foulé la cheville, comme ça l'équipe ne serait pas complète.

— Ce sont tous des toubibs, Brenda. Tu ne les tromperas pas.

Brenda considéra l'équipe adverse rassemblée pour discuter tactique, tous ses joueurs vêtus d'une chemise de même couleur.

— Tu as raison. Ils prennent les choses très au sérieux et exigeraient probablement un second avis médical.

— Il ne reste plus qu'à espérer qu'il arrivera à temps,

soupira Jenna en scrutant le chemin dans la direction du parking. Regarde, ce n'est pas lui, là-bas ? Avec Rob ?

— *Yes !* s'écria Brenda en sautant sur ses jambes. Eh, vous deux ! Dépêchez-vous !

Dûment réprimandé pour son retard, Adam fut directement affecté à la batte. Rob s'assit sur la couverture, prit une canette de bière dans la glacière, et grommela d'un air dégoûté quand le lanceur envoya une mauvaise balle à Adam.

La suivante était bonne, et le coup de batte fut accompagné d'un rugissement approbateur de Rob. La balle siffla au-dessus de leurs têtes, et Jenna s'écarta vivement quand trois joueurs de l'équipe adverse passèrent près d'elle, fonçant entre les arbres.

— Courez ! hurla Brenda — recommandation inutile, car Adam filait déjà après avoir lâché la batte. Erica, ne reste pas là, tu vas le gêner ! Cours aussi !

Erica trotta jusqu'à la base de départ, laissant Adam derrière elle sur la troisième base. Brenda lui fit signe de frapper et gémit quand elle manqua la balle.

— A toi, Rob, ordonna-t-elle en lui confisquant sa bière, le poussant à se lever. Et ne traîne pas en route.

— Tu n'es pas censée les encourager ? fit Jenna en suivant des yeux Rob qui ramassait la batte. Après tout, tu es le coach de l'équipe.

— J'ai apporté la bière, que leur faut-il de plus ? rétorqua Brenda, qui regarda avec approbation Rob frapper la balle avec un magnifique swing, l'envoyant à l'angle du terrain.

Adam et Rob achevèrent la première mi-temps sous les acclamations de l'équipe. Avec vingt tours dont six *home runs*, ils avaient plus que doublé le score.

A la mi-temps, Brenda leur fit un discours inspiré, les menaçant de représailles s'ils avaient le malheur de perdre une balle, puis elle déploya son équipe.

Adam et Rob étaient rapprochés pour les frappes plus faibles, et sur le champ extérieur pour les plus fortes. Jenna occupait sa position habituelle à la troisième base. Brenda hurlait des instructions que personne n'écoutait.

Ce fut un succès, grâce à quelques balles miraculeusement

rattrapées, un impressionnant travail d'équipe entre Adam et Rob et une balle magnifiquement attrapée qui valut à Adam un tonnerre d'applaudissements. Les Marylebone Medics prirent bien la chose, allant jusqu'à partager leurs réserves de bière avec leurs adversaires.

Sa canette à la main, Jenna s'efforçait de ne pas regarder Adam qui bavardait avec un membre de l'équipe adverse qu'il connaissait.

Mais Brenda n'avait pas ces scrupules.

— Superbe balle, lança-t-elle. On pourrait peut-être s'entraîner tous ensemble le week-end prochain…

— S'entraîner ? s'écria Jenna, incrédule. Avec les gardes, on a déjà du mal à se réunir pour les matchs !

Brenda finit de rassembler les battes et les balles dans le grand sac contenant le matériel.

— Tu veux bien prendre tout ça ?

— Oui, j'ai ma voiture. Je te ramène ?

— Non merci, dit Brenda dans un sourire. Le type qui discute avec Adam habite dans mon quartier. Adam va le raccompagner, et il me déposera sur le chemin du retour.

Jenna ravala sa déception.

Il allait ramener Brenda chez elle. Et alors ? N'avait-elle pas dit à son amie qu'Adam ne l'intéressait pas ? Un misérable baiser n'y changeait rien.

— Très bien. Tu m'aides à emporter le matériel ?

Toutes deux portèrent le sac jusqu'au parking et le hissèrent dans son coffre. Puis Jenna s'empressa de démarrer, laissant Brenda adossée à l'auto d'Adam.

Quoi qu'il se passe entre eux, elle ne voulait pas être là pour le voir.

Le lendemain, le soleil se leva sur une journée claire et lumineuse, et on était samedi.

Si Jenna avait eu besoin de se défouler — ce qu'elle n'aurait admis pour rien au monde — s'attaquer aux mauvaises herbes du jardin était le dérivatif idéal. Elle décida de s'attaquer à la menthe qui envahissait la plate-bande.

L'arrachage des racines enchevêtrées était un travail pénible, elle avait de plus en plus chaud à mesure que le soleil montait dans le ciel.

— Bonjour.

Aux prises avec une racine particulièrement récalcitrante, elle n'avait pas entendu arriver Adam.

Elle ficha sa fourche dans le sol, enleva ses gants de jardinage et s'essuya le front, les joues empourprées.

Lui, il avait les yeux cernés comme s'il manquait de sommeil. Ce qui était probablement le cas.

— Vous travaillez dans le jardin ?

Belle lapalissade ! Mais il ne savait sans doute pas plus qu'elle quoi dire.

— Oui. Il était grand temps que je désherbe.

— Ça a l'air dur, déclara-t-il.

— La menthe s'étend partout, et ce n'est pas facile de l'arracher, dit-elle en reprenant.

Il inclina la tête et étouffa un bâillement.

S'il osait recommencer, elle l'empalait sur la fourche. Qu'il retourne se coucher, puisqu'il n'avait pas dormi la nuit dernière !

Il avait été très discret en rentrant à 7 heures ce matin, mais elle l'avait entendu car elle ne dormait pas. A vrai dire, elle n'avait pratiquement pas fermé l'œil de la nuit.

Elle consulta sa montre.

— Je dois y aller. Je retrouve des amis pour déjeuner.

— Bien sûr. Je voulais juste vous dire un mot. A propos d'hier soir.

Oh non ! S'embrasser était une chose, en parler en était une autre. En outre, Brenda était son amie, et elle ne voulait pas savoir ce qu'il s'était passé la veille. Surtout pas de la bouche d'Adam.

Regardant ostensiblement sa montre, elle ramassa ses gants de jardinage et sa fourche.

— Je dois y aller, répéta-t-elle. A plus tard.

Beaucoup, beaucoup plus tard.

— Bien sûr, dit Adam. A plus tard, alors.

Quand elle s'approcha de la fenêtre quelques minutes

plus tard pour jeter un coup d'œil dehors, il était toujours planté sur la pelouse, perdu dans ses pensées.

— Tu as l'air fatiguée. Qu'est-ce qu'il t'arrive ?

Jenna aurait pu poser la même question à Brenda, mais elle se contenta de sourire.

— Oh ! rien.

— On n'a eu aucun répit depuis ce matin, soupira Brenda avec un regard autour d'elle. Mais on dirait que ça se calme.

— Je l'espère. Où est Adam ? Tu l'as vu ?

Elle ne voulait pas vraiment savoir où il était. Elle avait juste envie d'un café et voulait s'assurer qu'elle ne risquait pas de le croiser en allant au distributeur.

— Au box 6, je crois. Il semble fatigué, lui aussi. En tout cas, tu parais vraiment vannée. Il faut te coucher tôt ce soir.

— Ça va.

Jenna avait réfléchi à la situation. Un millier de fois. Elle avait déclaré elle-même à Brenda qu'Adam ne l'intéressait pas, et il n'avait rien fait pour la faire changer d'avis. Elle avait intérêt à faire profil bas.

Brenda poussa un soupir.

— Je prendrai un café avec toi un peu plus tard. Tu as l'air d'en avoir besoin. Tu prends le blessé qui va arriver ?

— Oui, répondit Jenna en voyant s'ouvrir les portes des urgences. On dirait qu'il est déjà là.

Elle fit signe au garçon de salle de pousser le chariot dans un box vide et se tourna vers l'ambulancier.

— De quoi s'agit-il, Joel ?

— Un jeune homme avec une épaule luxée qui semble s'être remise en place, et des ecchymoses sur la cage thoracique. Il est tombé de sa moto lors d'un carambolage impliquant trois véhicules. Il était très énervé à notre arrivée sur les lieux, il a balancé un coup de poing à Andy avant qu'on ait pu le calmer et l'allonger sur la civière.

— J'espère que c'est juste dû à son épaule. Il a soufflé dans le ballon ?

— Oui. Rien de significatif. Il est juste agressif. Faites

attention, Jenna. Son bras gauche est hors-service, mais pas le droit.

— Merci. Je serai prudente, promit-elle, consciente que, sous l'effet de la souffrance, la victime d'un accident s'en prenait parfois à celui qui la soignait. Ça va, vous et Andy ?

— Bah, on a vu pire.

Elle aussi.

Elle laissa cependant la porte du box ouverte et resta à bonne distance du blessé.

— Je m'appelle Jenna, et je suis médecin. Je vois que vous êtes blessé, je peux vous examiner ? s'enquit-elle avec un mélange de douceur et de fermeté.

— Ouais. Juste le bras.

— Très bien.

Ça irait pour commencer. Elle se débrouillerait ensuite pour réaliser un examen complet.

— Vous vous appelez Peter, c'est ça ?

— Comment vous le savez ? s'enquit-il, les joues rouges dans son visage blême.

— C'est dans votre dossier, répliqua-t-elle en lui montrant rapidement sa fiche de renseignements. Est-ce que vous avez des douleurs dans le cou ? Dans le dos ?

— Non. Je l'ai dit à ces cons d'ambulanciers. C'est l'épaule qui me fait mal. Elle s'est démise quand je suis tombé.

— D'accord, fit-elle en prenant ses ciseaux dans sa poche. Je vais découper votre manche de chemise pour vous examiner sans trop vous faire mal. J'ai besoin que vous restiez tranquille un moment.

— J'espère qu'on va me rembourser ma chemise neuve.

Elle s'exhorta à la patience.

— Non. D'ailleurs, elle est déjà déchirée, regardez.

Peter fit la grimace et se laissa faire.

Son épaule était rouge et enflée mais semblait avoir retrouvé sa place.

— Des radios le confirmeront, mais d'après les ambulanciers votre épaule s'est remise en place.

— J'ai pas besoin de radios. Je le sens.

— Mais nous devons en être sûrs. Et il est important de vérifier que vous n'avez pas de lésion au dos.

Elle passa de l'autre côté du lit.

— Vous permettez que je prenne votre tension ?

Visiblement, il ne le permettait pas. Il était maigre mais costaud, et les sangles qui l'immobilisaient laissaient ses avant-bras libres. Quand il l'empoigna par sa blouse pour l'attirer à lui, elle fut incapable de résister.

— Je vous ai dit que je voulais pas de ça !

Elle aurait pu le faire hurler de douleur pour lui faire passer l'envie de s'attaquer à elle. Mais elle se contenta d'agripper le bord du matelas, le nez à quelques centimètres de son visage convulsé.

— D'accord. Comme vous voudrez.

— Et débarrassez-moi de ça !

Il avait réussi à défaire une des sangles, et il grogna de douleur quand il voulut se servir de son bras blessé pour dégager son cou entravé.

— Arrêtez, Peter. Il faut rester tranquille.

Il tira violemment sur sa blouse, et elle heurta brutalement le cadre du lit.

Elle inspira profondément, s'exhortant à garder son calme.

— Lâchez-moi, Peter.

Peter ne bougea pas.

— Lâchez-la. Immédiatement.

La voix d'Adam était posée, mais froide comme la glace.

Les doigts du blessé desserrèrent leur étreinte, et elle se dégagea d'un coup, perdant l'équilibre.

Adam lui saisit le bras pour la rattraper.

— Ça va ? s'enquit-il, ses yeux dorés brillant d'inquiétude.

Mais elle n'en avait que faire. Elle n'avait pas besoin de preux chevalier, et Adam Sinclair était le dernier qu'elle voudrait voir tenir ce rôle.

— Très bien, merci, dit-elle sèchement en se dégageant.

Il se tourna vers le blessé, qu'il foudroya du regard.

— Bien, lança-t-il d'une voix ferme qui ne souffrait aucune discussion. Vous avez été blessé, et nous sommes ici pour vous soigner. Vous allez donc devoir coopérer.

— Sinon quoi ? Les flics me font pas peur.

Imperturbable, Adam ramassa sa fiche et la parcourut rapidement.

— Je vois que vous avez subi un alcootest et qu'on a relevé des traces d'alcool, probablement de la nuit dernière. Autre chose ?

— Rien. Je suis clean, rétorqua Peter en jurant.

Un sourire arqua les lèvres d'Adam.

— Je peux faire un test s'il le faut, mais c'est beaucoup plus facile si vous me dites de quelle drogue il s'agit. On ne peut pas vous arrêter à cause de ce que vous avez dans l'organisme.

C'était vrai. D'un autre côté, Peter conduisait au moment de l'accident, détail qu'Adam se gardait de mentionner.

— J'ai pris deux ou trois bouffées de shit hier soir.

— D'accord. Autre chose ?

— Nan. Pour qui vous me prenez ?

Adam s'abstint de répondre et jeta à Jenna un regard entendu.

— Vous voulez l'examiner maintenant ?

— Si vous êtes occupé, je peux appeler quelqu'un d'autre.

— Je suis libre pour l'instant, répondit-il avant de se tourner vers Peter. On vous laisse encore une chance, ne la gâchez pas, dit-il sévèrement. Posez un doigt sur elle, et vous m'en répondrez personnellement.

Elle faillit protester contre cette ingérence, mais elle connaissait les règles : on n'approchait pas seul un patient violent.

Peter la regarda à peine pendant qu'elle procédait à l'examen.

— Vous avez d'autres douleurs, Peter ?

Le regard du blessé vola rapidement vers sa jambe, mais il secoua la tête.

— Votre moto a roulé sur votre jambe ?

Il arrivait que les motards aient les jambes écrasées par leur engin. Peter n'avait pas l'âge de conduire une grosse cylindrée, mais une moto légère pouvait causer des dégâts.

— Je vous ai dit…

Il s'arrêta net sous le regard comminatoire d'Adam.

— Ça va. Merci.

— J'aimerais quand même y jeter un coup d'œil, si vous êtes d'accord, dit Jenna en regardant Adam.

Peter portait de lourdes bottes lacées serrées autour des chevilles. Elle aurait besoin de son aide si elle ne voulait pas recevoir un coup de pied dans la figure.

— N'y pensez même pas, mon gars, prévint Adam.

Il s'approcha, délaça une botte, l'enleva. Lorsqu'il s'attaqua à la seconde, un grognement de douleur éloquent échappa à Peter.

Adam coupa délicatement les lacets. Comme il ouvrait la botte, du sang gicla sur ses mains. Il ôta rapidement la botte, révélant une profonde entaille sur la cheville ensanglantée de Peter.

— Donnez-moi un récipient quelconque pour mettre ça, dit-il, tenant à bout de bras la botte dégoulinante de sang.

Les épaisses chaussettes de Peter et le laçage serré de la botte avaient agi jusque-là comme une compresse, empêchant la blessure de saigner.

Elle ramassa la corbeille.

— Tenez, ça fera l'affaire, dit-elle en la lui tendant.

Adam y glissa la botte avec précaution.

— N'y touchez pas ! ordonna-t-il vivement.

Elle scruta rapidement l'intérieur de la corbeille et comprit comment Peter s'était blessé : une petite lame tranchante comme un rasoir était dissimulée dans la botte et la chaussette trempées de sang.

Adam se tourna vers Peter blanc comme un linge.

— Vous avez une belle coupure à la cheville, mon gars. On contrôle la situation.

Elle n'en était pas si sûre. Adam faisait ce qu'il fallait, mais elle avait remarqué son expression horrifiée quand le sang lui avait éclaboussé les mains.

— Vous voulez un coup de main ? s'enquit-elle.

— C'est bon. Vous pouvez me passer de la gaze, s'il vous plaît ? demanda-t-il, remplaçant la compresse imbibée de sang qu'il appuyait sur la blessure par une gaze propre.

Il avait la mâchoire un peu trop serrée, et son regard avait perdu son éclat. Mais c'était un pro, et il eut vite fait de bander la blessure avant de surélever la jambe du patient, prenant même le temps de le rassurer.

En cela au moins, il méritait son plus grand respect.

5.

— Hé, Jenna !

Peter allait faire ses radios sous la surveillance discrète d'un garde de la sécurité de l'hôpital. Adam aurait pu laisser tomber son attitude sévère et autoritaire. Mais non.

Jenna se retourna lentement.

— Pardon ?

— Je veux vous parler.

— Ça ne peut pas attendre ?

— Je ne vous demande qu'un instant. C'est important.

Elle regarda autour d'elle, mais pour l'instant les urgences connaissaient une période d'accalmie.

— L'autre ambulance sera là d'une minute à l'autre.

— D'après Brenda, on est encore en train de désincarcérer le chauffeur de la voiture.

Elle pinça les lèvres.

Elle n'avait pas envie de parler à quelqu'un qui avait sauté dans le lit d'une autre juste après l'avoir embrassée. Mais avait-elle le choix ?

— Que puis-je pour vous ?

— C'est au sujet de Julie. Elle a eu un moment difficile vendredi soir. Elle a appris que le type qui l'avait agressée allait être libéré sous caution, et elle a paniqué.

— Elle va mieux ? s'enquit Jenna, inquiète.

— Oui. Je lui ai parlé longuement. Quand je suis passé la voir samedi, elle allait beaucoup mieux.

Jenna déglutit, honteuse.

Si elle avait pris le temps d'écouter Adam samedi, elle

aurait su. Elle aurait pu rendre visite à Julie pendant le week-end.

— J'ai reçu un appel de l'hôpital vers 10 h 30, juste après avoir quitté Brenda vendredi soir.

L'horaire était significatif. Elle-même avait quitté le parking peu avant 10 heures, laissant Adam raccompagner Brenda. Il fallait une demi-heure pour aller chez Brenda. S'il avait repris la route vers dix heures et demie, il avait dû déposer la jeune femme sans s'attarder.

Elle s'était trompée sur lui.

— Alors, vous êtes resté toute la nuit avec Julie ?

— Oui. Comment le savez-vous ?

— Je vous ai entendu rentrer samedi matin. Je… J'aurais dû être là, balbutia-t-elle, se sentant coupable.

— Sa mère était là. Je vous aurais appelée si on avait eu besoin de vous. Julie va bien.

— Vous en êtes sûr ?

— Oui. Elle va pouvoir quitter l'hôpital dans deux jours, comme prévu.

— Je… Je suppose que je vous dois…

— Oui, coupa Adam, vous me devez un café. Rendez-vous dans deux heures dans la cour.

Il disparut sans un mot à la fin de leur service, et elle le trouva assis sur un des bancs de la cour, détendu, regardant les gens aller et venir autour de lui.

Observer le monde semblait un de ses passe-temps favoris.

Elle s'assit à côté de lui et lui tendit un gobelet de café.

— Oh ! Merci. Ce n'est pas le café de l'hôpital, déclara-t-il en scrutant le logo sur le gobelet.

— Non, je l'ai pris dehors. Il est meilleur.

— En effet. Merci, ajouta-t-il en s'adossant au banc, un bras sur le dossier. Ça fait du bien.

— Adam, je regrette…

— Vous n'avez pas à vous excuser. Vous ignoriez où j'étais.

— J'aurais pu vous laisser une chance de me le dire.

Il haussa les épaules.

— J'aurais pu vous forcer à m'écouter.

Il aurait pu. Mais, à en juger par son ton, il n'avait pas vraiment compris pourquoi elle lui avait battu froid.

— J'ai pu parler avec Peter pendant que je recousais sa plaie, dit-il, changeant brusquement de sujet. J'ai appelé les services aux patients pour lui.

— Ils vont envoyer quelqu'un ?

— Jake quelque-chose. Apparemment c'est un bénévole qui a la tête sur les épaules.

— C'est un ancien pompier, il s'occupe de plusieurs jeunes qui ont pris un mauvais départ. Il est formidable. Vous avez prévenu la police ?

— Jake a dit qu'il s'en chargerait.

A travers la grille en fer forgé, Adam regarda la rue animée où, pare-chocs contre pare-chocs, deux véhicules se refusaient le passage.

— Qu'auriez-vous fait s'il avait transporté de l'acide ? demanda-t-il.

Elle comprit aussitôt ce qu'il voulait dire : ils n'avaient eu aucun moyen de savoir si Peter était une victime ou un agresseur. Probablement un peu des deux.

— J'aurais laissé quelqu'un d'autre prendre la décision.

Adam hocha la tête.

— C'est ce que je pensais. Jake est mieux placé pour s'en occuper objectivement.

— Les adolescents sont presque toujours le produit de leur expérience, lança-t-elle.

— Vous croyez ?

— Pas vous ?

Il but une gorgée de café.

— Si. Je me demandais juste comment vous le saviez.

Elle sentit son cœur battre la chamade.

Le désir d'Adam de tout savoir d'elle était probablement malsain, ou au moins déconseillé, mais elle ne put s'empêcher de répondre.

— J'ai été moi-même sur le fil du rasoir. Avant que mes grands-parents m'adoptent, j'étais seule au monde et prête à en découdre. Je n'avais que dix ans, et ça n'est pas allé très loin. Mais, sans eux, qui sait ce que je serais devenue ?

— Mon frère et ma sœur aussi sont adoptés, dit Adam en souriant. Ma sœur prétend que papa et maman l'ont empêchée de mal tourner.

— Quel âge avait-elle quand elle est arrivée chez vous ?

— Cinq ans. Elle avait connu des moments difficiles. Sa mère biologique était morte d'une overdose, et elle n'avait pas connu son père. Elle n'a pas dit un mot pendant les trois premiers mois. Elle me suivait partout, le visage fermé, en serrant contre elle un vieux nounours élimé.

— Et maintenant ?

— On n'arrive pas à la faire taire. Elle a obtenu son diplôme de médecine il y a deux ans.

— Comment s'appelle-t-elle ?

— Mattie, dit-il, les yeux brillants de tendresse.

— Vous semblez très fier d'elle.

— Je ne pourrais pas l'aimer davantage.

L'affection qu'il éprouvait pour sa sœur illuminait son beau visage, et elle en eut les larmes aux yeux.

Pourquoi le désirait-elle autant ? Parce qu'il allait partir ? Essayait-elle de recréer le schéma qu'elle avait vécu avec Joe et ses parents ?

Peut-être les choses finiraient-elles mieux cette fois. Adam était différent de Joe.

— Je veux passer voir Julie avant de rentrer. Si vous êtes là ce soir, je peux frapper chez vous ? s'enquit-elle avec la désinvolture d'une vieille copine s'invitant pour un café.

— Bien sûr.

Ce sourire, encore. Celui qui lui coupait le souffle, comme si elle avait monté trois étages à pied.

Joe n'avait jamais eu cet effet sur elle. Pas même les premiers mois de leur liaison.

Adam commença à comprendre dans le métro qui le ramenait chez lui : comme la rame bondée quittait King's Cross, il s'aperçut qu'il souriait, parce qu'une femme qui lui enfonçait son sac à main dans les côtes lui rendit son sourire.

La réaction de Jenna samedi l'avait laissé perplexe, mais

tout devenait clair : elle était jalouse ! Elle avait cru qu'il avait passé la nuit avec Brenda.

Il sourit bêtement en songeant à la déconfiture de Jenna quand elle avait compris son erreur.

L'air frais du soir le frappa quand il sortit de la station de métro, et la marche lui éclaircit les idées. Mais arrivé chez lui il s'écroula sur le canapé.

Il était fatigué. Il n'avait pas fermé l'œil vendredi soir et avait peu dormi les deux nuits suivantes. Ses paupières se fermèrent malgré lui.

Trois petits coups frappés à sa porte l'arrachèrent aux griffes d'un rêve angoissant.

Il bondit sur ses pieds.

— J'arrive. Une minute.

Il prit le temps de s'asperger le visage d'eau froide et alla ouvrir.

Jenna inclina la tête quand il l'invita à entrer, comme si le rêve avait laissé des traces visibles sur son visage.

— Ça va ? demanda-t-elle.

— Oui. Désolé, je me suis endormi, dit-il, s'efforçant de chasser le douloureux sentiment de vide laissé par son rêve.

— Vous voulez que je vous prépare du thé ? suggéra-t-elle gentiment.

— Non merci.

Elle le suivit dans le salon et s'assit au bord du canapé.

— Je vois bien que ça ne va pas, Adam. Ces rêves…

Il l'entendit à peine, les oreilles bourdonnantes de colère, de dégoût de soi-même.

Il n'était pas un héros de tragédie traversant une passe difficile. Il était brisé, irrévocablement. Il n'avait pas tenu la promesse qu'il s'était faite, ses cicatrices étaient là pour en témoigner.

— Aucun intérêt, coupa-t-il d'un ton brusque.

Jenna ne cilla pas, se contentant de le fixer de ses beaux yeux bleus.

— C'est moi qui décide de ce qui m'intéresse ou pas.

Très bien. Qu'elle voie donc le genre d'homme qu'il était vraiment, et qu'elle parte ensuite.

Il l'attira à lui et lui pressa brutalement la main contre son épaule, pour qu'elle sente la chair mutilée à travers le tissu de sa chemise.

A ses yeux horrifiés, il comprit immédiatement que c'était une erreur, et il la lâcha, priant pour ne pas l'avoir heurtée.

— Vous m'entendez, Adam ?

Sa voix douce pénétra son cerveau engourdi, à la fois lointaine et claire.

Il inspira profondément et recula, mais la table basse bloqua sa retraite.

— Je vous entends. Je… Je suis désolé. Pardon, Jenna. Je n'aurais pas dû vous empoigner ainsi.

Elle leva la tête pour le regarder et avança. Elle était plus petite que lui, mais elle n'avait pas peur. Comme un ange.

— Montrez-moi vos cicatrices, Adam.

— Vous ne voulez pas…

Son regard lui imposa silence.

Incapable de l'en empêcher, il la laissa déboutonner sa chemise et ferma les yeux avant qu'elle ne dégage son épaule. Il ne voulait pas voir dans son regard la répulsion qu'il lisait dans le sien quand il se voyait dans une glace.

Il sentit sur sa peau labourée ses doigts frais, doux, comme un baume apaisant. Il entendit sa voix claire, empreinte de sollicitude.

— La balle a traversé l'épaule.

— Oui, fit-il machinalement. J'ai eu de la chance. Deux centimètres à droite, et elle m'aurait fracassé l'épaule. Un centimètre à gauche, et elle aurait touché une artère.

— Il y en a d'autres ?

Il aurait dit non si son regard candide et ses mains douces ne l'avaient contraint à la vérité.

Il dégagea sa chemise de son pantalon et lui montra la cicatrice qu'il avait sous les côtes, sur le flanc droit.

— Il a fallu extraire la balle.

Sans un mot, Jenna fit glisser ses doigts sur son torse, lui arrachant un frisson trouble.

— Je vois ça, murmura-t-elle en promenant son index sur la petite cicatrice. C'est tout ?

— Non.

Il s'assit sur la table basse et lui désigna la zébrure rose qu'il avait derrière l'oreille et au-dessus.

Elle lui écarta les cheveux pour mieux voir.

— Celle-là… Vous vous souvenez de ce qu'il s'est passé ?

— Non, et personne ne le sait. Elena et moi étions seuls sur la route. J'ignore même si j'ai essayé de lui venir en aide, bredouilla-t-il, des larmes lui brûlant les yeux.

Il se détesta pour cet aveu. Il était allé trop loin.

Il tenta de s'éloigner, mais Jenna se tenait entre ses jambes, et il aurait dû la pousser pour se dégager.

— Vous n'êtes pas certain de n'avoir rien fait.

— Je sais que je n'ai pas fait assez. Ces bandits de la route ne veulent pas tuer, juste détrousser. Nous voyagions dans une Jeep parfaitement identifiable, ils devaient savoir que nous appartenions à une association humanitaire et que nous étions des étrangers. Quelque chose a dû mal tourner.

— Et vous pensez que c'est votre faute.

— J'avais promis de veiller sur Elena, ça me rend responsable. Ce que j'ai fait ou omis de faire a entraîné sa mort.

— Je ne le crois pas, déclara calmement Jenna.

Ses amis, sa famille avaient beaucoup insisté sur les raisons pour lesquelles il ne devait pas se sentir coupable. Mais, curieusement, cette petite phrase signifiait plus pour lui que tout ce qu'ils avaient pu dire.

— Vous ne pouvez pas ignorer…

Elle pouvait. Elle avait les bras autour de son cou.

Il appuya la joue contre son corps pour puiser la force qu'elle lui offrait. Puis il la repoussa doucement et se leva.

— Je veux que tu partes, Jenna.

Elle devait s'en aller avant qu'il commette l'impensable, qu'il tombe amoureux d'elle.

— Tu es sûr ? balbutia-t-elle, les yeux noyés de larmes.

— Ça ne peut pas marcher. Je pars dans trois semaines.

— C'est juste, dit-elle.

Elle sortit en courant, claquant la porte derrière elle.

6.

Allongé dans son lit, Adam écouta les pas étouffés de Jenna dans l'escalier, puis la porte se refermant derrière elle.

Toute la semaine il l'avait évitée, quittant la maison avant elle et rentrant après son retour. Et aujourd'hui, vendredi, il avait pris sa journée.

Écartant les draps froissés, il se leva et gagna la salle de bains, où il se regarda dans la glace.

Il s'en voulait. Jenna méritait plus qu'un détachement poli. Elle voulait davantage. Et lui aussi. Ne méritaient-ils pas d'être amis et de laisser cette amitié suivre son cours, quelle qu'en soit l'issue ?

Il tourna le robinet de la douche et se glissa sous le jet.

S'il devait faire ce pas dans l'inconnu, autant le faire bien.

Assis sur les marches de l'escalier le vendredi soir, Adam attendait le retour de Jenna.

Comme la première fois qu'il l'avait vue, son tressaillement involontaire lui apprit à quel moment précis elle l'aperçut.

— Tu es enfermé dehors ?

Il leva les yeux vers elle, frappé par sa beauté.

— Non. Je t'attendais. Nous nous sommes donné beaucoup de mal pour nous éviter ces derniers jours.

Elle le dévisagea, les lèvres pincées. Puis elle sourit.

— Oui. C'est compliqué, n'est-ce pas ? soupira-t-elle en s'asseyant à côté de lui. On devrait peut-être mettre au point un emploi du temps pour la machine à café. Tu prendrais les jours impairs, et moi les pairs.

— Ça ne marchera pas. Il faudrait aussi inclure le distributeur de barres chocolatées.

— Tu ne manges pas de chocolat.

— Toi si. Et les deux distributeurs sont côte à côte, ajouta-t-il en souriant, conscient qu'elle lui avait manqué. Voilà ce qu'on va faire : tu pourras disposer des deux machines à ta convenance. J'irai à celle d'hématologie.

— C'est très aimable à toi, dit-elle en triturant son sac à main. Ou nous pourrions nous comporter en adultes.

— Tu veux dire partager le même distributeur ?

— Du moment que nous faisons preuve de discrétion.

— Je ne veux pas en rester là, Jenna. J'aimerais que nous puissions être amis, avoua-t-il avec franchise.

Elle lui adressa le sourire vaguement inquiet qu'elle avait quand elle réfléchissait.

— Nous sommes amis, Adam. Mais beaucoup de règles régissent cette amitié.

— C'est ce que tu veux ?

— Il me semble que poser des limites à l'amitié va à l'encontre du but proposé.

— C'est mon avis. Puis-je admettre avoir enfreint les règles aujourd'hui, alors ?

— Quoi, tu as utilisé ma machine à café ?

— Pire que ça. Tu veux voir ?

Elle hésita. Il lui sourit d'un air encourageant et elle lui rendit son sourire.

— D'accord.

Ils contournèrent la maison et franchirent le portillon du jardin. Le cri ravi qu'elle poussa le récompensa largement de ses efforts.

— Oh ! Adam !

— Ça te plaît ?

Il avait arraché les mauvaises herbes et aménagé le jardin à papillons, restaurant le plan d'origine des plantations.

— J'adore ! Merci.

— J'ai acheté d'autres plantes pour combler les vides.

Il désigna les bacs dans le patio : de la lavande rose et blanche pour compléter la bleue qu'elle avait déjà, du lilas…

Il crut que Jenna allait le serrer dans ses bras, mais non. Elle lâcha ses sacs et courut vers les plantes pour respirer leur senteur. Elle riait, enchantée.

— Tu as dû y passer toute la journée.

Presque, mais sa réaction le payait au centuple.

— Es-tu trop fatiguée pour aller dîner quelque part ? demanda-t-il, enfreignant une nouvelle règle.

— J'ai une faim d'ogre, admit-elle après un instant d'hésitation. Mais les restaurants sont pleins le vendredi soir.

— Je connais un endroit calme où nous serons en tête à tête et où nous pourrons…

Quoi ? Il n'avait pas encore voulu y penser. Ils devaient être deux pour décider de la suite.

— Où nous pourrons parler.

— Je… hum, tu me donnes un quart d'heure pour me doucher et me changer ?

Le cœur d'Adam bondit. Il ne s'était pas rendu compte combien il en avait envie avant qu'elle dise oui.

— Dois-je apporter quelque chose de spécial ?

— Non, répondit-il en riant. Juste toi.

Adam prit la direction du nord, et trente minutes plus tard ils roulaient en rase campagne. Il ne voulait toujours pas lui dire où ils allaient.

— C'est agréable de quitter un peu la ville, fit Jenna tout en se demandant vaguement comment elle rendrait la lumière oblique du soleil couchant sur les prés si elle voulait la peindre.

— J'ai pensé que ça changerait, déclara Adam. Tu es charmante dans cette tenue, ajouta-t-il avec un coup d'œil appréciateur.

— Cette robe appartenait à ma grand-mère. Elle avait des tas de vêtements qu'elle ne portait plus et, ceux qui me plaisaient, elle les a fait mettre à ma taille.

Elle était contente qu'il aime sa robe. Sa grand-mère lui

conseillait toujours de profiter de l'instant. Ce soir elle allait suivre son conseil.

— Alors, c'est une vraie robe Horrocks ?

— Comment le sais-tu ?

— Une de mes sœurs a fréquenté le Royal College of Fashion. Elle adore les vêtements vintage, et j'ai appris à les reconnaître.

— Il faudra lui demander de venir un jour, j'en ai plein le grenier. Grand-mère était toujours très bien habillée.

— Tu ne sais pas à quoi tu t'exposes, répliqua-t-il en pouffant. Si tu en invites une, elles vont toutes débarquer !

— Combien de sœurs as-tu donc ?

— Cinq au dernier décompte, plus un frère.

Elle imagina l'enfance d'Adam au sein d'une grande famille chaleureuse et aimante.

— Ça doit être…

— Bruyant. C'est très bruyant quand on est tous réunis. Et avec les enfants ça l'est encore plus, dit-il en riant. Ma mère adore ça. Mon père menace souvent de déménager pour avoir la paix, mais il ne le pense pas sérieusement.

— Où te situes-tu dans la famille ?

— J'ai deux sœurs aînées, Nell et Sophie. J'arrive ensuite, puis il y a les jumelles Rachel et Caroline, mon frère Jamie, et enfin Mattie, la benjamine.

— Vos parents ont cinq enfants et en ont adopté deux ?

— Oui. C'était un peu compliqué pour eux, mais nous nous occupions les uns des autres.

— Tu dois trouver ma maison bien silencieuse.

— C'est différent. Mais elle me plaît. Tu lui as donné vie avec tes tableaux, ton jardin… Quand on a six frère et sœurs, on connaît la valeur du silence, fit-il en souriant.

— Tu ne pourrais pas te passer d'eux, avoue-le.

— C'est vrai, admit Adam en lui jetant un bref coup d'œil, avant de revenir à la route. Mattie te ressemble beaucoup.

— Je suppose que c'est un compliment ?

— En effet. Pour toutes les deux.

— J'aimerais la connaître.

— Elle adorerait faire ta connaissance. Elle n'arrête pas de me harceler pour que je sorte avec des femmes.

— Alors, c'est un rendez-vous ? Tu aurais pu me le dire.

Il lui adressa un sourire malicieux.

— Eh bien, j'ai mis une chemise propre, nous sommes seuls, je t'emmène dans un endroit charmant, et tu es magnifique. Ça doit le faire.

— Où allons-nous ? s'enquit-elle, ignorant le compliment.

— C'est une surprise, répondit Adam.

Et, quittant la voie rapide, il ralentit en approchant de la bretelle de sortie.

— Je suis *déjà* surprise.

— Et tu n'as pas fini. Que dirais-tu de… Zut, il faut refaire le tour du giratoire, j'ai manqué la sortie.

Elle se tut pour le laisser se concentrer sur la bonne route. Qu'avait-il voulu dire ? « Que dirais-tu de laisser les fantômes derrière nous, au moins pour ce soir ? Que dirais-tu d'accepter le passé et de penser à l'avenir ? »

Ce serait merveilleux.

Ils traversèrent quelques villages, puis Adam quitta la route et s'arrêta devant un portail. Il ouvrit la grille, et ils s'engagèrent sur un chemin boueux qui ne semblait mener nulle part.

— On est arrivés ? s'enquit-elle, se demandant si elle avait bien fait de mettre une robe.

— Presque. Je ne te dirai rien de plus, fit-il avec un sourire taquin. Je veux avoir le plaisir de te surprendre.

Le cœur battant, elle croisa les bras sur sa poitrine tandis qu'ils gravissaient une colline boisée.

Il s'arrêta, sauta de voiture et lui ouvrit la portière.

Elle descendit et s'étira.

Une brise légère soufflait, encore tiède de la chaleur du jour. La vue était splendide : des champs à perte de vue, entrecoupés de bois et de petits villages.

— C'est magnifique, souffla-t-elle.

— Et on n'y est pas encore.

Il lui prit la main et l'entraîna sous le couvert des arbres.

Devant eux se dressait un vieux mur de briques patiné par les ans, trop haut pour que l'on voie ce qu'il y avait derrière.

Ils s'arrêtèrent devant une porte de bois.

— Ferme les yeux, commanda Adam en sortant un jeu de grosses clés de sa poche.

Elle se cacha les yeux d'une main, frémissant d'impatience de découvrir cet endroit mystérieux.

Elle entendit une clé grincer dans la serrure, puis Adam la guida, la main sur sa taille, et referma la porte derrière eux. Un parfum de fleurs flottait dans l'air, et quand quelque chose lui frôla la joue elle tendit la main pour le toucher.

— Du lilas.

— C'est ça, chuchota-t-il à son oreille en lui faisant faire quelques pas de plus. Tu peux regarder, maintenant.

Elle regarda.

Devant eux se dressait une bâtisse ronde au toit en dôme, avec un vieil escalier de pierre et une porte cintrée. Des massifs colorés l'entouraient en cercles concentriques, traversés d'étroits sentiers pavés. Et ce jardin secret était entouré d'un haut mur de briques.

L'endroit était magique. Elle s'attendait presque à ce qu'une licorne vienne lui lécher la main.

— Oh ! Adam, c'est magnifique ! On est où ?

— La propriété appartient à mon oncle. Quand il l'a achetée, l'observatoire était déjà là, pratiquement en ruine. Il lui a fallu vingt ans pour le restaurer, ainsi que le jardin.

— Qu'est-ce qu'il faisait là ?

— Autrefois, il faisait partie d'un grand domaine, et c'était l'observatoire privé du propriétaire du manoir. Une version quelque peu extravagante de l'abri de jardin où il pouvait s'amuser à sa guise, expliqua-t-il avec malice.

— Et ton oncle a fait tous les travaux lui-même ?

— Pratiquement. Papa nous amenait souvent ici l'été quand nous étions enfants, et il aidait mon oncle pour les travaux. Tu vois ce sentier de briques ? C'est moi qui l'ai fait. Il est un peu inégal, mais je n'avais que quatorze ans.

— Cet endroit doit être cher à ta famille.

— Très. Viens voir l'observatoire.

Ils traversèrent le jardin et gravirent l'escalier de pierre, puis Adam ouvrit la porte et s'effaça pour la laisser entrer.

— Ce n'était plus qu'une coquille vide quand oncle Jim l'a racheté, mais il lui a rendu ses fonctions d'origine. Avec quelques concessions à la modernité.

Dans la pénombre, elle distingua un banc rembourré adossé au mur tout autour de la pièce circulaire. D'autres sièges confortables indiquaient qu'ici l'observation des étoiles n'était pas une activité solitaire. Au-dessus de leurs têtes, un télescope était suspendu par un système de poulies.

— Protège-toi les yeux, ordonna Adam.

Elle obéit sans un mot, et il actionna une grosse roue près de la porte.

Il semblait tout avoir organisé dans les moindres détails.

— Adam ! s'exclama-t-elle, ébahie.

Les panneaux du dôme avaient coulissé, laissant apparaître des panneaux vitrés sur trois des quatre côtés, et l'espace était inondé de lumière. Elle vit les murs blanc cassé, la tapisserie brun-roux du banc et, blotti dans la courbe du plafond, le télescope étincelant.

— Comment le plafond fait-il pour glisser ainsi ?

— Mon oncle est ingénieur de profession. Il a mis des années à concevoir le dispositif et le rendre opérationnel. On peut descendre le télescope à la hauteur souhaitée pour observer les étoiles quand la nuit tombe.

Il la regarda faire le tour des lieux, passer la main sur les grosses roues qui actionnaient le dôme, s'asseoir pour éprouver le confort des sièges et contempler le ciel, plantée au milieu du sol en mosaïque.

— Tu préfères commencer par manger ou admirer le jardin ? s'enquit-il enfin.

Il avait *vraiment* pensé à tout.

— Eh bien, j'ai faim, mais j'aimerais voir le jardin pendant qu'il fait encore jour.

— Très bien. Vas-y, je te rejoins dans une minute. Je vais sortir les chaises et la table de jardin.

Pendant qu'Adam s'affairait, elle déambula dans le jardin, se penchant pour sentir les fleurs et les herbes aromatiques.

Tout un coin était planté d'herbes médicinales. Plus loin, une petite cuvette en pierre sculptée d'oiseaux et de papillons était remplie d'eau pour permettre aux oiseaux de se rafraîchir.

Elle promenait ses doigts sur la surface rugueuse, quand un bruit sec la fit sursauter.

— Pardon, fit Adam en exhibant une bouteille de champagne dont le contenu mousseux se déversait sur sa main. J'ai dû trop la secouer. Ça te tente ?

Pendant qu'elle admirait le jardin, il avait dressé la table : nappe en lin blanc, verres à pied, assiettes en porcelaine, couverts en argent. Un seau à glace trônait à côté.

— D'où as-tu sorti tout ça ? s'étonna-t-elle. Je m'attendais à des sandwichs.

— Le banc de l'observatoire cache des rangements, avec un réfrigérateur marchant à l'énergie solaire. Assieds-toi, dit-il en lui tendant une coupe de champagne. A quoi boit-on ?

— A cette soirée. Elle est parfaite, Adam. Merci.

Il soutint son regard en souriant, et elle savoura cet instant sans plus penser au passé ni à l'avenir.

— A cette soirée donc, dit-il en trinquant avec elle.

Il avait apporté tout ce qu'il fallait : salade, viande froide, pain croustillant, et ils y firent honneur en profitant des couleurs et des parfums du jardin. Quand le crépuscule enveloppa le jardin d'un voile gris, Adam alluma une lanterne qui projeta sur la table son halo lumineux.

— Où est ton oncle maintenant ?

— Il sort le vendredi soir. Il a une tendre amie au village, et il rentre tard.

— Dommage, j'aurais aimé le remercier.

— Tu peux lui laisser un mot dans sa boîte aux lettres si tu veux. Nous sommes passés devant sa maison, en bas de la colline.

Il prit les clés dans sa poche et les lui mit dans la main.

— Cet endroit est à nous ce soir. Dès qu'il fera suffisamment nuit, nous pourrons contempler les étoiles, si ça te dit.

— Oh oui ! Mais mangeons d'abord les fraises.

Adam prit dans le bol une grosse fraise et la lui mit sous le nez.

— Mmm, dit-elle après y avoir mordu. J'adore le parfum des fraises. Et leur goût.

Il se pencha par-dessus la table en riant.

— J'adore ton parfum… Et ton goût, murmura-t-il en l'embrassant.

Le baiser laissa sur les lèvres de Jenna une sensation aussi douce et légère qu'une plume.

— J'enfreins encore les règles, lâcha-t-il en lui caressant la joue. Mais elles ne s'appliquent peut-être pas ici ?

— Nous sommes perdus en territoire inexploré, chuchota-t-elle, consciente que le soleil avait disparu à l'horizon. Nous n'avons plus qu'à faire ce qui nous paraît bien.

— Ne me tente pas, Jenna, dit-il, les yeux assombris comme deux lacs aux profondeurs insondables.

— Tu capitules ?

— Quand une force irrésistible rencontre un objet inamovible…

— Et tu es inamovible, c'est ça ?

— Et toi irrésistible, murmura Adam en lui effleurant les lèvres d'un autre baiser.

Elle posa un doigt sur sa bouche.

— Est-ce que les lois de l'univers s'appliquent ici ?

— Peut-être, répondit-il avec un sourire. Si on vérifiait pour voir si les étoiles sont toujours où elles sont censées être ?

Il lui prit la main et l'entraîna dans l'observatoire, emportant la lanterne.

Elle avait l'impression de redevenir adolescente avec sa main qui tenait la sienne dans le noir, le cœur battant à la perspective de ce qui allait ou n'allait pas se passer. Comme si Joe n'avait jamais existé, et qu'Adam était le premier homme à l'embrasser.

Elle le regarda actionner les commandes pour descendre le télescope à la bonne hauteur et ouvrir un panneau du plafond sur le ciel nocturne. Au-dessus de leurs têtes, le dôme pivota.

Il lui montra la lune qui occupait tout l'objectif avec ses

grands cratères bien visibles. Saturne et ses anneaux, bas dans le firmament. Il lui désigna les constellations, nommant chacune d'elles. Albireo, à la tête du Cygne, une double étoile très brillante. Véga en Lyre, Couronne Boréale, autant de noms magiques qui semblaient parfaitement adaptés à l'enchantement de la nuit.

Elle s'extasia, ils se rapprochèrent encore, envoûtés tous deux par les merveilles de l'univers.

Quand elle commença à frissonner, Adam lui couvrit les épaules avec un plaid.

— Rentrons, murmura-t-elle, n'y tenant plus.

— Vraiment ? Avec de la chance, on pourrait avoir un aperçu de Mars et Vénus juste avant l'aube.

Elle se tourna dans ses bras, écarta une mèche de son front.

— Je veux plus qu'un aperçu.

Il la dévisagea, et soudain elle eut l'impression d'être le centre de l'univers.

— Tu es sûre, Jenna ? Certaines étoiles ne s'alignent qu'une fois dans une vie humaine.

— Je sais. Est-ce une raison pour ne pas saisir notre chance quand elles sont alignées ?

Il resserra ses bras autour d'elle.

— Pas pour moi. J'ai envie d'écrire nos deux noms dans le ciel cette nuit. Mais quand je partirai je ne reviendrai pas, Jenna.

Il avait de la famille, des amis ici, mais il voulait dire qu'il ne reviendrait pas pour elle. Au moins, il était honnête, il ne la quitterait pas sur de vaines promesses.

— Je sais. Mais ce soir nous pouvons faire ce que nous voulons. Les étoiles continueront à tourner sans nous un moment.

— Comme tu voudras…

Il l'embrassa longuement. Voluptueusement.

Elle s'était remise de son dernier baiser, mais celui-ci, elle savait qu'elle n'en reviendrait pas.

Adam avait déjà emporté les restes de leur repas dans la voiture, il n'eut plus qu'à remonter le télescope, refermer le dôme et verrouiller la porte. Puis il lui prit la main et l'entraîna à travers le jardin plongé dans la nuit.

Ils ne parlaient pas, se touchaient à peine. Seuls ses doigts mêlés aux siens disaient à Jenna ce qu'elle avait besoin de savoir.

Qu'il était encore là. Et que, pour le moment, il n'irait nulle part ailleurs.

Il était 1 heure du matin, le trajet de retour fut plus court qu'à l'aller sur les routes désertes. Être avec Adam était la seule chose qu'elle voulait, et elle ignora les minutes qui défilaient sur l'horloge du tableau de bord.

Ils étaient dans leur propre monde. Cela finirait, mais pas maintenant. Pas encore.

7.

Adossée à la porte de l'appartement d'Adam, elle savourait son langoureux baiser sans penser à rien d'autre.

— Chez toi ou chez moi ? demanda-t-il avant de reprendre fiévreusement sa bouche.

— Ici, c'est plus près, souffla-t-elle, doutant d'être capable de monter l'escalier.

La porte céda derrière elle quand Adam l'ouvrit. Privée de ce soutien, elle faillit tomber en arrière.

Mais il glissa un bras autour de sa taille et l'attira contre lui. Puis il referma la porte et la plaqua contre le mur de l'entrée. Ses clés atterrirent par terre, ainsi que le sac contenant les restes de leur repas. Les mains libres, il couvrit sa gorge de baisers et entreprit d'explorer son corps. Déjà, ses doigts s'insinuaient sous sa jupe, glissant sur la peau douce de ses cuisses.

Elle se cambra pour mieux s'offrir à ses caresses. Elle tremblait dans ses bras, les nerfs à fleur de peau.

— Dis-moi ce que tu veux, dit la voix rauque d'Adam.

— Je…, balbutia-t-elle, déconcertée. Toi.

Il rit doucement contre son cou.

— Moi aussi, je te veux, mon cœur. Mais ce n'est pas tout ce que je désire, murmura-t-il en titillant un point sensible derrière son oreille, la faisant frissonner. Je veux savoir comment te faire plaisir.

Personne ne lui avait jamais demandé une telle chose, et cela fit fondre la glace qui pétrifiait son cœur depuis si longtemps. Elle n'avait rien à faire ni à dire pour qu'il la désire. Elle avait juste à être, à ressentir.

Elle s'agrippa à lui comme si sa vie en dépendait. A cet instant, lui seul comptait.

La bouche d'Adam avait repris la sienne, sa main avait pris possession de ses seins, qu'il caressait doucement, voluptueusement.

Elle soupira, cria, bredouilla son nom. Elle n'avait plus qu'une chose en tête, et cela impliquait un lit. Et Adam. Pas nécessairement dans cet ordre.

Elle s'attaqua à sa ceinture, tira dessus.

Il la souleva dans ses bras pour la porter dans la chambre, l'assit doucement sur le lit et s'agenouilla devant elle. Là, il enleva sa chemise sans une hésitation, sans chercher à dissimuler ses cicatrices.

Elle regarda, toucha, embrassa.

Il était encore plus beau que dans ses fantasmes, la peau hâlée par le soleil, le corps mince, harmonieusement musclé. Il avait la peau douce, chaude, et elle sentait le goût de son désir sous sa langue.

— A toi, maintenant.

Il l'aida à se débarrasser de sa robe, sa bouche explorant la chair que ses doigts dénudaient.

— Comme tu es belle…

Elle était nue à présent, et les doigts d'Adam tremblaient sur la peau sensible de son cou.

— J'ose à peine te toucher, tellement tu es belle.

— Dis-moi que tu plaisantes !

Il éclata de rire, et ils roulèrent sur le lit, étroitement enlacés.

— Oui, je plaisante.

L'homme avec lequel Jenna s'éveilla était un inconnu qui avait dormi paisiblement dans ses bras. Un inconnu qui avait fait l'amour comme s'il était avide de vivre, avide de prendre et de dispenser la moindre miette de plaisir. Et il y avait eu beaucoup de plaisir.

Il ouvrit paresseusement les yeux.

— Bonjour, mon cœur. Qu'est-ce que tu fais ?

Il l'attira à lui sans arrière-pensée, sans aucune trace de regret dans ses yeux mordorés.

— Je te regardais.

Il avait fait chaud pendant la nuit, et ils avaient écarté le drap qui les couvrait. Mais le corps d'Adam lui avait tenu chaud dans la fraîcheur du petit matin.

— Que vois-tu ?

— Tu le sais bien. Arrête de quémander des compliments.

— Je ne peux pas en avoir juste un ? Je te ferai du thé.

— Dans ce cas, tu pourras en avoir autant que tu voudras, dit-elle en le poussant hors du lit. Quand tu reviendras.

Il l'attira à lui en riant pour un dernier baiser. Un baiser tendre, plein d'émotion…

Qui, elle s'en rendit compte trop tard, avait un goût d'adieu.

Il alla prendre sa douche entièrement nu. Il en revint avec une serviette autour de la taille, une autre autour du cou pour cacher ses cicatrices.

Insensiblement, Adam s'éloignait. La lumière du jour emportait l'homme qui avait partagé sa couche.

Mais elle ne se départit pas de son sourire pendant le petit déjeuner, ni durant leur promenade au marché paysan qui se tenait le samedi devant la gare.

— Où on va maintenant ? demanda Adam, alourdi par deux gros sacs et s'efforçant d'alléger le sien en y chapardant des pommes.

— Tu permets qu'on passe à la bibliothèque ? répondit-elle en désignant la vénérable bâtisse un peu plus loin.

Hochant la tête, il prit cette direction.

— Pourrai-je porter tes livres sur le chemin du retour ?

Elle éclata de rire.

— Si tu veux. Je vais prendre des ouvrages enregistrés sur CD, c'est moins lourd.

— Rabat-joie ! Comment vais-je gagner ta reconnaissance en rapportant quatre CD à la maison ?

— Il faudra te servir de ton imagination.

Il rit doucement.

— Je me creuse la tête.

Ils gravirent l'escalier de pierre de l'imposant bâtiment victorien et franchirent les portes vitrées de la salle de lecture à l'ancienne.

— Il y a un panneau d'affichage ici ? demanda Adam alors qu'elle tendait les CD qu'elle rendait à l'employée.

— Oui, là-bas. Pourquoi, tu veux t'inscrire à un club ?

— Non. Mais tu te rappelles le jeune avec le couteau dans sa botte ?

— Peter ? Bien sûr.

— J'ai fait un pari avec lui. Si je perds, je lui dois dix livres. Et comme je sais comment il les dépensera ça n'arrivera pas.

— Tu crois que tu le reverras ? s'étonna-t-elle.

Jake lui avait dit que Peter ne s'était pas présenté à son rendez-vous avec lui et qu'il ne répondait ni à ses appels ni à ses textos.

— Qu'as-tu parié ? Qu'il allait cesser de faire ce qu'il a toujours fait ? Porter un couteau, boire, se droguer ?

— Je n'ai aucune raison de ne pas croire en lui.

— Il le faudra, pourtant. Tu ne pourras pas le surveiller depuis la Floride.

Le mot n'évoquait plus pour elle des images de soleil et de mer. Il lui rappelait juste qu'Adam ne vivait pas ici et que bientôt il partirait.

— C'est vrai. Mais je croirai en lui jusqu'au bout, insista Adam.

— Le pari reposait sur quoi ? demanda-t-elle.

— Il m'a parié cinq livres que je ne pouvais pas trouver cinquante choses à faire un samedi soir. J'en suis à trente-neuf, et je commence à être à court d'idées.

Une lueur coquine dans les yeux, il l'entraîna entre les rayonnages de livres jusqu'à ce qu'ils soient seuls et, l'attirant à lui, il subtilisa une nouvelle pomme dans son sac.

— Le chapardage fait-il partie des trente-neuf choses ? chuchota-t-elle, consciente que la Floride était à des millions de kilomètres et que seul comptait son corps tout proche.

Hélas, Adam avait choisi de mener une vie de nomade, et

nouer des relations et les laisser ensuite derrière lui faisaient partie de ce choix.

— Non. Bien vu. Ça peut être la quarantième.

Ils rentrèrent à la maison sans se presser puis préparèrent à manger en discutant des brochures qu'Adam avait prises à la bibliothèque. Après le repas, il la suivit sous le grand chêne du jardin avec son ordinateur portable pour préparer sa conférence du lendemain.

L'après-midi fit place au soir. Adam referma son ordinateur et se mit à somnoler pendant qu'elle dessinait. Quand elle posa son crayon, il se redressa et s'étira.

— Tu ne veux pas qu'on plante tout ça ? suggéra-t-il en montrant les arbustes entassés dans le patio.

— D'accord. Où penses-tu qu'ils seraient le mieux ?

— Ça, je te laisse le soin d'en décider. C'est toi l'artiste ! Je me contenterai de creuser.

Il transporta les bacs en bordure de la pelouse, et elle lui indiqua où les planter. Il sourit quand elle changea d'avis. Gloussa lorsqu'elle en changea encore en s'excusant.

— Ce n'est rien. L'exercice me fait du bien. La douce vie londonienne me fait grossir et me rend paresseux.

— Grossir ? Où ça ? s'enquit-elle en glissant les doigts sur son ventre dur et plat.

Il l'attira contre lui en riant.

— A toi de le découvrir.

Elle mordit à l'hameçon et palpa ses bras, son dos.

Il l'embrassa à pleine bouche.

— Continue.

Pouvait-elle espérer pour ce soir ? Elle avait cru que non, mais avec l'arrivée du soir Adam semblait perdre ses inhibitions, il lui appartenait de nouveau, comme s'il s'éveillait après s'être assoupi la journée.

— Je croyais que tu devais creuser ?

— Tu es décidée à me faire transpirer, hein ?

— Absolument, dit-elle en se blottissant contre lui. J'adore l'odeur de ta sueur.

— Les phéromones. Tu aimes mon odeur, j'aime la tienne. La nature fait bien les choses…

N'était-ce donc que cela ? La chimie de l'attirance ? Il semblait y avoir tellement plus entre eux !

— Mais il y a toujours un retour sur investissement.

Elle eut l'impression qu'une main glacée lui serrait le cœur.

— Quel retour sur investissement, Adam ?

— Tu me fais transpirer, et je vais te faire… rayonner, murmura-t-il en posant les lèvres sur son front.

Ouf.

— Ça me paraît juste. Quoi d'autre ?

— Attends, tu verras, dit-il, ses yeux dorés pétillant de malice. Va chercher la bêche, on va d'abord planter tout ça.

Il creusa quatre trous profonds, et elle alla chercher du compost dans le sac qu'il avait laissé dans le patio. Ensemble, ils placèrent les plants dans les trous, puis Adam tassa la terre tout autour. Ils les arrosèrent copieusement, puis elle alla chercher à boire pour eux-mêmes.

Lorsqu'elle revint, Adam avait repris sa place sous le chêne.

— Merci, dit-il en prenant le verre qu'elle lui tendait pour boire avidement. Tu vas devoir modifier ton dessin, le paysage a changé.

Posé près d'eux sur la couverture, le carnet de dessin était ouvert, montrant le jardin à papillons qu'elle avait croqué.

— Non, j'en ferai un autre. Il était comme ça à un moment donné. C'est ainsi que je le voyais.

— Comment ça ?

Haussant les épaules, elle s'assit.

— Tout change, se modifie d'un instant à l'autre. Ce que tu vois dépend de ce que tu ressens.

En faisant ce croquis, elle avait voulu préserver ses souvenirs de la veille. Elle n'y avait pas mis la promesse de la soirée qui s'annonçait.

Adam prit le carnet, tourna la page et sourit.

— Alors, c'est comme ça que tu me vois ?

Elle l'avait caricaturé couvert de boue, courant avec son stéthoscope après un petit garçon qui dribblait avec un ballon.

Elle se mordilla la lèvre. Il appréciait ?

Elle en avait fait une autre caricature où il auscultait un ours en peluche devant une queue d'enfants et d'adultes.

— Je m'amusais. Je me suis inspirée de photos que tu as montrées pendant ta conférence.

— Elles sont géniales. Je peux en avoir une copie ?

— Prends celles-ci.

— Merci. Tu veux bien me les signer ?

— Ce ne sont que des croquis.

Il roula vers elle, lui prit la main et la porta à ses lèvres.

— Je veux que tu les signes.

A contrecœur, elle griffonna ses initiales sur les deux croquis, arracha la feuille et la lui tendit.

— Tu me vois aussi comme ça ?

Elle se rappela trop tard le dessin qui était dessous.

Elle avait dessiné Adam endormi sous le chêne, le visage détendu, content. Il était ainsi quand elle l'avait croqué. Mais en l'étudiant elle prit conscience qu'elle s'était trahie : chaque trait de crayon révélait l'amour, le désir cru.

Elle referma le bloc.

— En quelque sorte, répondit-elle.

Il hocha lentement la tête, comme s'il réfléchissait.

— Jenna, à propos d'hier soir…

Il allait lui dire qu'ils avaient commis une erreur. Elle avait redouté ce moment toute la journée.

— C'était fantastique, ce souvenir m'accompagnera toujours, où que j'aille.

Elle sentit la nausée lui monter aux lèvres.

C'était pire que ce qu'elle craignait.

— Oui… Moi aussi.

— Je dois partir, Jenna. Tu le sais.

Elle ne savait rien de tel. Il avait le choix, il avait choisi.

— Des gens ont besoin de toi là-bas, dit-elle d'une voix sans timbre. Le monde continue de tourner.

— Je me demandais si tu aimerais venir en Floride… Pour les vacances. Je serais ravi de te montrer le pays.

Elle faillit le frapper. Mais elle se contint et fit semblant de réfléchir.

— Peut-être. Je préférerais aller en Amérique du Sud. Pour voir ce que tu y fais. Peut-être donner un coup de main.

— Ça non, la coupa Adam d'un ton sans réplique. Ce n'est pas un endroit pour… Ne me demande pas ça.

— Alors, ne me demande pas de venir en Floride.

— Mais je ne vois pas la différence…

Elle essuya rageusement les larmes qui lui coulaient sur les joues.

— Laisse-moi t'expliquer, dans ce cas : mes parents biologiques, Alexis et Daniel Thorn, sont en vie, et ils vivent — très bien, merci — dans le sud de la France. Ils m'ont confiée à mes grands-parents quand ma sœur Laura est tombée malade.

— Qu'est-ce qu'elle avait ? demanda Adam avec douceur.

— Elle souffrait d'anorexie, poursuivit-elle, implacable. Elle avait huit ans de plus que moi, et elle a mis trois ans à mourir. Pendant tout le temps que j'ai passé chez mes grands-parents, j'ai espéré que Laura guérirait et que je rentrerais à la maison. Quand elle est morte, mes parents sont partis pour la France. Ils prétendaient ne pas pouvoir supporter les souvenirs.

— Ils t'ont abandonnée ?

Elle se détourna.

— Ils ont dit qu'ils reviendraient. Puis ils ont dit que je pourrais venir les rejoindre pour les vacances… Mais ils mentaient. Je ne les ai pas revus avant mes dix-huit ans, et à ce moment-là j'avais pris le nom de mes grands-parents.

— Oh ! Jenna, je suis tellement désolé.

— Moi aussi, Adam. Nous avons décidé que notre histoire se terminerait avec ton départ, alors ne commence pas à enfreindre les règles à ta convenance.

Adam resta silencieux. Elle l'avait blessé, même s'il s'efforçait de ne pas le montrer.

Elle sentit ses yeux s'emplir de larmes à cette pensée.

Elle savait qu'elle était injuste. Elle ne pouvait pas lui demander de s'engager après une seule nuit. Mais elle ne pouvait pas non plus lui donner ce qu'il voulait. S'il avait accepté de l'emmener en Amérique du Sud, de lui montrer qu'elle pourrait éventuellement partager sa vie, peut-être aurait-elle dit oui. Peut-être. Mais deux semaines sur la plage avant une nouvelle séparation, non merci. Pas même s'il lui demandait de rester. Il repartirait toujours, il irait toujours travailler au bout du monde.

Elle essaya de sourire et en fut incapable.

— Je regrette, Adam, je crois que c'est mieux ainsi.

— Oui. Tu as raison, Jenna. Même si je le déplore.

Elle sentit une profonde tristesse lui enserrer le cœur, mais c'était trop tard pour réparer les dégâts. Quinze ans trop tard.

Elle se leva et s'éloigna sans se retourner.

Enfermée chez elle, elle s'efforça de se concentrer sur autre chose. Laver la vaisselle. Trier le courrier.

Pleurer sur Adam Sinclair ne figurait pas sur la liste de ses activités, même si c'était la seule chose qu'elle arrivait à faire pour l'instant.

Il fallut que le tonnerre se mette à gronder pour qu'elle se rappelle qu'elle avait laissé son carnet de dessin dans le jardin, et elle se précipita pour aller le chercher.

Elle trouva le carnet sur une marche à mi-hauteur de l'escalier, enveloppé de plastique pour le protéger de la pluie, une rose jaune posée dessus.

Elle ramassa le tout et regagna son appartement.

Jaune pour l'amitié. Adam avait dû aller l'acheter, car il n'y avait pas de roses jaunes dans le jardin.

Elle effleura les pétales, respirant leur délicat parfum.

Ils auraient dû passer la nuit ensemble et faire l'amour. Mais tous deux avaient eu peur.

Elle arracha un à un les pétales de la rose sur le comptoir de la cuisine en pleurant à chaudes larmes. Quand la tige fut nue, elle la jeta dans la poubelle, et les pétales prirent le même chemin.

8.

Jenna avait hésité à appeler Adam. Pas longtemps. Il s'agissait de travail, et sa répugnance à le voir était secondaire.

Les six derniers jours avaient ressemblé à six mois. Ne pouvant s'éviter, ils se montraient une réserve polie. Tourmentée par le remords, elle avait ressassé chaque mot échangé, analysé chaque regard. A présent sa colère s'était dissipée, et avec elle certaines ombres du passé. Mais il était trop tard. Vivre au jour le jour était une aspiration creuse, quand Adam appartenait désormais à hier.

Quand il franchit les portes des urgences, il était accompagné de quatre étudiants en blouses blanches. Il salua joyeusement Brenda puis se dirigea vers elle, le regard inexpressif.

— Que puis-je faire pour toi ?

— J'ai un patient qui est arrivé avec une coupure mineure consécutive à une chute. Je l'ai nettoyée et collée avant qu'il en vienne réellement au fait. Les gens se présentent parfois avec un problème mineur, et quand on l'a réglé ils vous avouent la véritable raison de leur venue, ajouta-t-elle pour les étudiants qui étaient suspendus à ses lèvres, certains prenant même des notes.

L'un des étudiants renifla avec condescendance.

— On connaît le syndrome.

Elle regarda son nom sur son badge.

— Gagner la confiance d'un patient est la moitié du travail, Mark. Il n'est pas facile de parler de certains problèmes.

Adam hocha la tête et s'adressa aux étudiants.

— Tous les jours, des gens quittent ce service sans avoir

pu aborder le sujet qui les inquiète vraiment. Si on les laisse faire, on est presque sûrs que la prochaine fois qu'on les verra, il s'agira d'une vraie urgence. Alors, quel est le problème ? demanda-t-il en se tournant vers elle.

Elle lui tendit le dossier.

— Il m'a montré son bras où la peau avait perdu sa pigmentation. Il pourrait souffrir de la maladie de Hansen. Il m'a dit qu'il venait du Brésil et qu'il était ici pour étudier. Il est arrivé il y a deux mois et n'a pas de famille ici.

— C'est la lèpre, n'est-ce pas ? demanda Mark.

Adam l'ignora.

— Quelqu'un peut me parler de la maladie de Hansen ? Oui, Geeta ?

La jeune fille énonça les indicateurs de la maladie de Hansen.

— C'est une des dernières maladies infectieuses contagieuses. Un contact occasionnel n'entraîne pas la contamination, la transmission se fait par voie respiratoire. Il faut résider plusieurs années dans un pays où elle se trouve à l'état endémique avant que le risque d'infection ne devienne sensible. Au Brésil, on l'appelle la maladie de Hansen, le mot « lèpre » étant toujours entaché de honte…

— Très bien. Merci, Geeta, coupa Adam avec un sourire d'excuse en parcourant le dossier. Où est le patient ?

— En salle d'examen numéro 2.

— Ne devrait-il pas être en isolement ? La loi dit…

Un coup de coude d'un camarade imposa le silence à Mark.

— La loi stipule que nous *pouvons* mettre un patient de Hansen en isolement. Il est important de le traiter maintenant, pas seulement dans son intérêt, mais pour stopper la progression de la maladie. Mais c'est une question qui ne s'est pas encore posée, et pourrait ne pas se poser.

Il jeta un coup d'œil à Jenna et revint à ses étudiants.

— L'approche du Dr Weston, que je vous conseille de noter soigneusement, est holistique. Traiter la personne dans sa totalité et pas seulement la maladie.

— Dans les limites de la faisabilité, ajouta-t-elle, blessée par le manque de chaleur de son regard. Aux urgences, c'est rarement possible.

— Mais c'est une chose qu'un bon médecin tel que vous accomplit naturellement.

— Je pense que nous sommes trop nombreux et que ça risque de gêner le patient, coupa-t-elle.

Adam hocha la tête.

— Je suis d'accord, du reste il est temps que je vous libère, dit-il aux étudiants. Le Dr Weston et moi verrons le patient, et je vous tiendrai au courant de son état — émotionnel et physique, conclut-il avec une sorte de sourire qu'il réprima immédiatement.

Elle inclina poliment la tête à l'adresse des étudiants et se dirigea vers la salle d'examen.

— Tu étais vraiment obligé ?

— Obligé de quoi ? s'enquit Adam de cet air innocent qui lui donnait envie de l'embrasser, pulsion qu'elle croyait pourtant avoir surmontée.

— De m'embarrasser devant tout le monde.

— Je précisais un point. Mark est peut-être brillant, mais son humanité laisse à désirer, dit-il avec un rictus. Mais si tu n'aimes pas les compliments je ne t'en ferai plus.

Elle le foudroya du regard.

— On en discutera plus tard, chuchota-t-il à son oreille avant d'ouvrir la porte de la salle d'examen numéro 2.

— Hector, désolée de vous avoir fait attendre, dit-elle en souriant au jeune homme adossé aux oreillers qui lui rendit brièvement son sourire. Voici Adam Sinclair, le médecin dont je vous ai parlé.

Hector inclina la tête à l'adresse d'Adam, l'air soupçonneux. Adam lui tendit la main et se présenta en portugais. Il y eut un bref échange, puis le jeune homme prit la main tendue et la serra.

— Depuis quand êtes-vous là, Hector ?

— Un mois. Je commence à étudier ici en septembre.

— Qu'est-ce que vous étudiez ?

— Les mathématiques. J'en ai pour trois ans.

Adam lui adressa ce sourire craquant auquel elle n'avait plus droit.

— Je n'aimerais pas être à votre place. Je ne suis pas doué pour les chiffres. D'où venez-vous ?

— De Manaus.

— Ah, je connais bien. J'y ai travaillé quelque temps, poursuivit Adam en prenant son bras pour l'examiner. Depuis quand avez-vous ça ?

— Un petit moment.

— Cette meurtrissure sous l'œil, vous vous l'êtes faite quand vous êtes tombé aujourd'hui ?

— Non, répliqua Hector, tendu, comme sur la défensive.

— Très bien, dit Adam d'une voix apaisante. Je peux faire un prélèvement de peau pour découvrir ce que c'est et vous donner un traitement approprié.

— Vous ne pouvez pas me le donner maintenant ?

— Pas tant que le diagnostic ne sera pas confirmé, rétorqua Adam avec calme.

— Si vous avez travaillé à Manaus, vous savez ce que c'est, chuchota Hector avec un regard furtif autour de lui. *La lèpre.*

— Je ne peux pas écarter cette possibilité. Mais nous devons avoir une certitude. Si c'est ça, la maladie est à un stade précoce que nous pouvons soigner.

— Je prends les médicaments et je suis guéri, dit Hector en hochant la tête.

— Pas tout à fait. Vous devrez les prendre ici, sous surveillance hospitalière.

— Je peux le faire tout seul. Je n'ai pas besoin qu'on me surveille.

Adam le dévisagea pensivement.

— J'ai des amis à Manaus. Des gens bien, qui dirigent une clinique. Si vous vous inquiétez pour quelqu'un que vous avez laissé là-bas, je peux vous mettre en contact avec eux. Ils vous aideront.

Hector le fixa avec insolence.

— Les médicaments sont gratuits, vous le savez, insista Adam qui ne semblait pas disposé à laisser tomber.

Silence.

— Très bien, Hector. De qui s'agit-il ? D'un parent ? Un ami ? Une petite amie, peut-être ?

Le teint olivâtre d'Hector s'empourpra légèrement.

— Ma famille ne doit pas savoir.

— Je ne leur dirai rien. Ni ma collègue, ajouta Adam en désignant Jenna, qui secoua la tête.

— Vos amis. Ils la dénonceront.

— C'est la loi. Mais il ne lui sera fait aucun mal, et ils pourront l'aider.

— Vous ne comprenez pas, lâcha Hector d'un air buté.

— Non, en effet. Parce que vous ne me donnez pas tous les faits, répliqua Adam. Voulez-vous aider votre amie ou non ? Parce si vous ne le faites pas personne ne le fera.

Il mettait la pression au patient, mais Jenna n'essaya pas de l'en empêcher. S'il n'allait pas au fond des choses, cette jeune femme ne recevrait pas le traitement dont elle avait désespérément besoin.

— Vous ne voulez pas l'aider ? s'écria Adam avec un geste de frustration. Vers qui peut-elle se tourner, alors ?

Sa détermination fit craquer Hector.

— Son père a la lèpre et ne veut le dire à personne. Si je lui envoie les médicaments, elle ne les aura pas.

— Ça ne marche pas comme ça, Hector. Écoutez-moi. Il n'est absolument pas sûr que votre amie soit infectée, malgré son exposition. Mais elle doit se faire examiner par mesure de précaution. Et son père doit recevoir un traitement.

— Il n'acceptera jamais. Il lui a fait jurer de n'en parler à personne. Et elle m'a fait promettre.

— Si elle a été exposée, vous ne croyez pas qu'il est de votre devoir d'agir ? Comment s'appelle-t-elle ?

— Maria. Nous nous sommes rencontrés à l'école. Mes parents ne la connaissent pas, sa famille est pauvre.

— Alors, vous vous rencontriez en cachette ? chuchota Adam avec un sourire de conspirateur.

— Oui. Mes parents croyaient que j'étudiais.

— Elle est jolie ? s'enquit Adam, complice.

— Bien sûr.

— A-t-elle des symptômes ?

— Je ne crois pas.

— C'est un bon début. Voici ce que je propose, Hector. Vous restez ici, nous découvrons quel est votre problème et nous vous soignons. Pendant ce temps, je parlerai à mes amis et nous essayerons de trouver une solution pour Maria.

— Son père la battra s'il l'apprend.

— Il ne saura rien. Mes amis savent être discrets, et ils s'assureront qu'elle va bien, aussi bien sur le plan médical que familial. C'est ce que vous voulez, n'est-ce pas ?

Hector hocha la tête.

— Bon. Nous allons donc prendre des échantillons de peau et vous hospitaliser. Quand vous serez installé, je viendrai vous voir, et nous parlerons de Maria. Ça vous va ?

— Oui, dit Hector avec gratitude. Merci.

Ils se serrèrent chaleureusement la main en échangeant quelques mots en portugais.

Adam bavarda encore un moment avec Hector pendant que Jenna faisait les prélèvements de peau, et quand elle quitta le box il la suivit.

— Si j'allais nous chercher du thé ? Il a du cran, ce garçon.

— Tu crois que c'est Hansen ?

— Le contraire m'étonnerait. Il vient du nord du Brésil, où la maladie est endémique. Il était prêt à envoyer à sa petite amie les médicaments dont il a besoin.

— Tu peux l'aider, n'est-ce pas ? Dis-moi que oui, supplia-t-elle, touchée qu'il ait volé au secours du jeune couple.

— J'ai des amis influents qui me doivent un service, et si la clinique ne peut pas gérer la situation ils tireront quelques ficelles.

— Merci, souffla-t-elle.

Levant les yeux, elle remarqua deux silhouettes assises dans un coin de la salle d'attente.

— Que font-ils là ?

Mark et Geeta étaient en grande conversation. En voyant Adam, Mark bondit sur ses pieds.

Poussant un soupir, Adam se dirigea vers eux.

Jenna les vit échanger quelques mots, un sac en plastique

passa des mains de Mark à celles d'Adam, et les deux hommes se serrèrent la main en souriant. Puis Adam revint vers elle.

— Qu'est-ce que c'est ? demanda-t-elle en désignant le sac.

Adam l'ouvrit et regarda à l'intérieur.

— Du savon, de la lecture, du papier, des crayons, du chocolat, des oranges… Ils t'ont entendue dire qu'Hector n'avait personne, et ils sont allés lui acheter quelques affaires, dit-il d'un air satisfait.

— C'est gentil de leur part.

— Je me suis trompé sur Mark, admit-il.

— Tout le monde peut changer, je le crois sincèrement. Je ne pourrais pas faire ce métier si je ne le pensais pas.

— Et nous avons tous le choix.

— Oui. Je suis confrontée à beaucoup de vilaines choses ici. Les couteaux, l'acide, l'alcool, la drogue, la violence. Mais à des bonnes aussi, fit-elle en montrant le sac.

Il se pencha légèrement vers elle.

— Tu as la capacité de voir ce que les gens peuvent être, pas juste ce qu'ils sont. C'est une grande qualité.

Ça lui faisait une belle jambe !

Elle voyait ce qu'Adam pouvait être, combien il avait déjà changé. C'était un médecin exceptionnel, talentueux et profondément humain, qui avait retrouvé sa passion ces dernières semaines, peaufinant des talents déjà considérables. Mais cela ne comblait pas le fossé qui les séparait.

Se mordillant la lèvre, elle baissa les yeux.

— Je vais aller donner ces affaires à Hector, dit-il. Je lui demanderai s'il accepte que Mark et Geeta l'accompagnent dans sa chambre. Il a besoin d'amis de son âge.

— C'est une bonne idée, déclara-t-elle en posant impulsivement la main sur son bras.

Le visage d'Adam s'adoucit, et elle retrouva l'homme qui hantait ses rêves depuis deux semaines.

— Merci, Jenna.

9.

Le cauchemar était différent. Généralement, Adam n'avait pas conscience d'avoir rêvé, seulement de sa terreur au réveil et de l'horreur qui l'habitait. Mais, cette fois, le rêve n'en finissait pas.

Quelqu'un hurlait. Son propre cri lui parvint de loin, et quand il regarda ses mains elles étaient couvertes de sang. La crosse d'une arme et un bras. L'ombre et la lumière. Non, des taches, une peau dépigmentée. Le soleil aveuglant, sa chaleur dans son dos pendant qu'il rampait vers Elena.

Il s'efforça de s'arracher au sommeil, mais le rêve le tenait captif, repassant en boucle les images décousues comme dans un vieux film abîmé. Enfin, avec un cri inhumain, il parvint à ouvrir les yeux.

— Adam…

Il gisait au milieu des draps trempés de sueur, luttant pour reprendre son souffle, quand il entendit la voix de Jenna.

— Adam, tout va bien. Tu as fait un mauvais rêve.

Il se redressa d'un bond.

Elle était perchée sur une vieille malle dans un coin de la pièce plongée dans la pénombre.

— Jenna. Qu'est-ce que… ? Depuis quand es-tu là ?

— Dix minutes. Peut-être un peu plus.

— Comment es-tu entrée ? demanda-t-il en regardant les portes-fenêtres grandes ouvertes.

— J'ai une clé, rappelle-toi. Je t'ai entendu gémir, et quand tu t'es mis à hurler je suis descendue et j'ai tambouriné à la porte pour te réveiller. Comme tu ne répondais pas, je suis remontée chercher la clé.

Pourquoi avait-elle fait ça ? L'observer pendant qu'il combattait son secret honteux.

Il se dégoûtait. Ses lèvres se retroussèrent avec mépris.

— Tu voulais assister au spectacle, c'est ça ?

— Pas particulièrement. Mais je voulais t'entendre. Tiens, dit-elle en s'approchant pour lui tendre un morceau de papier. Tu parlais en espagnol. J'ai tout écrit.

Il dédaigna le papier qu'elle posa sur la table de nuit.

— Tu devrais le regarder pendant que le rêve est encore frais. Ça t'aiderait peut-être.

Elle se dirigea vers la porte pour le laisser seul.

— Attends.

Elle se figea, et il regretta de l'avoir retenue. Il aurait dû la laisser partir. Elle n'avait pas besoin de voir ça.

— Tu veux que je reste ? demanda-t-elle, revenant s'asseoir au bord du lit.

C'était tout ce qu'il demandait. Il voulait qu'elle reste. Mais il n'arrivait pas à faire taire ces cris qui résonnaient dans sa tête, le ramenant inexorablement à ses terreurs.

Au diable les rêves et les terreurs. Elle pouvait les chasser rien qu'en le touchant.

Il prit le papier et le lui tendit.

— Oui. Si ce n'est pas trop te demander.

Elle sourit et le glissa dans sa poche.

— Bien sûr que non. Je vais préparer du thé, puis nous découvrirons ensemble ce qu'il y a sur ce papier.

Il enfila un jean et un T-shirt et alla allumer la lampe dans le salon. Jenna le rejoignit, un mug fumant dans chaque main.

Avec ses cheveux sur les épaules et son peignoir aux couleurs vives, elle avait tout d'une beauté préraphaélite.

Elle posa les mugs sur la table, s'assit à côté de lui sur le canapé et sortit le papier.

— J'ai tout écrit phonétiquement, reprit-elle. Je ne sais pas ce que ça veut dire.

— Merci, Jenna, dit-il avec gratitude, conscient qu'elle

aurait pu l'enregistrer avec son portable et qu'il n'aurait sans doute pas supporté de s'entendre délirer.

Il se pencha pour lire par-dessus son épaule.

Elle avait écrit dans le noir, les lignes se chevauchaient. Mais c'était lisible. Il essaya de formuler mentalement les mots, mais le bruit était de retour, l'empêchant de se concentrer.

— Ce serait peut-être plus facile si je lisais à voix haute.

Ce qu'elle fit lentement, articulant chaque mot avec soin.

— *Espera* signifie « attends ».

— Ça a une signification pour toi ?

— Je sais ce que ça veut dire. J'ignore pourquoi je l'ai dit.

Il y eut une sorte d'écho dans son esprit, et quand il voulut le saisir il disparut.

— « Attends, attends, attends. Ce n'est pas la peine. »

Elle scruta son visage.

— Tu ne te rappelles pas avoir dit ça ? Ni à qui ?

— Non. Il y a autre chose ?

— Tu as crié *sangre* plusieurs fois. Le sang, c'est ça ?

Il acquiesça. Rien d'original là-dedans, cependant.

— Oui, dit-il sans conviction.

— Et ça ? *Detras de mi.*

— Ça veut dire « mets-toi derrière moi ».

Pour la première fois, il sentit poindre une lueur d'espoir. Peut-être avait-il essayé de protéger Elena, finalement ?

Prenant un bloc sur la table, Jenna arracha une page.

— Tiens, écris avant qu'on oublie.

Elle lui tendit un stylo, et il rédigea docilement les phrases en espagnol et en anglais.

— Et ça ? dit-elle en désignant ce qu'elle avait noté sur le papier. Écris-le aussi.

— Mais ça ne veut rien dire.

— Non, mais tu l'as dit. Ça pourrait te revenir plus tard.

Elle n'avait pas tort.

Il inscrivit les mots en espagnol.

— C'est tout ?

— A peu près. Tu as crié une ou deux fois le mot « lèpre », mais ton esprit devait être troublé par le cas d'Hector.

Il se prit la tête dans les mains, s'efforçant de se souvenir.

Il y avait quelque chose à la limite de sa conscience, mais il n'arrivait pas à l'atteindre.

— Je ne sais pas, Jenna.

— D'accord, d'accord, détends-toi. Inspire profondément pour t'éclaircir la tête. Je reviens dans une minute.

Elle se leva et disparut. Il l'entendit escalader les marches menant chez elle, puis elle revint avec un des grands cahiers de dessin qu'elle utilisait pour ses croquis.

Elle le plaça devant lui et, prenant ses mains, elle les posa à plat sur une page vierge.

— Etends les doigts. Bien. Sens la texture du papier.

— Ça ne va pas marcher, Jenna…

— Tu as tout tenté sauf ça. Est-ce que tu sens le papier ?

Il ferma les yeux.

— Oui, je le sens.

— Bien. A présent, laisse aller ton esprit. Laisse le papier prendre forme sous tes doigts, n'importe laquelle. N'essaie pas de le contrôler.

Il inspira et sentit ses épaules se relâcher pendant qu'il soufflait.

Le papier à dessin était frais sous ses paumes. Comme le lui avait demandé Jenna, il se concentra sur la sensation de chacun de ses doigts.

Puis il attendit. Une éternité.

Soudain, une image jaillit dans sa tête.

— La crosse d'un pistolet. Non… un fusil, balbutia-t-il, le front couvert d'une sueur glacée.

— Bien. Autre chose ?

Elle avait les mains sur ses épaules, le protégeant du mal.

— Un bras… L'ombre et la lumière… *La lepra.*

— Tu es sûr ?

— Absolument, répondit-il, ouvrant les yeux.

Il revoyait nettement le bras à présent. La peau appartenait à un vieil homme déformé par la maladie.

— Ce n'est pas Hector. Je le vois, maintenant.

— Génial, lança Jenna.

Il baissa les yeux vers la feuille où le contour de ses mains était encore visible, imprimé dans le papier.

— Je l'ai senti, Jenna.

— Tu l'as dessiné dans ton esprit. Mon grand-père m'a appris à dessiner et m'a montré comment faire. Poser les mains sur le papier aiderait, paraît-il.

— Ça marche.

— Pas pour moi. J'ai toujours trouvé ça stupide. Mais grand-père ne jurait que par cette méthode, dit-elle en souriant. Je suppose que c'est juste le fait de se relaxer, de penser à autre chose. A présent, dit-elle en arrachant la feuille, dis-moi à quoi ressemblait la main de ton souvenir.

Pendant une heure, il décrivit soigneusement les images qu'il se rappelait, et Jenna les transcrivit sur le papier. Quand ils eurent fini, il était épuisé, déçu, troublé par l'ambiguïté des phrases décousues.

« Mets-toi derrière moi », étaient-ce les paroles de quelqu'un tentant de protéger une personne, ou celles d'un lâche qui s'enfuyait ?

Jenna posa les dessins et les notes sur la table et le dévisagea tristement.

— Ce n'est pas suffisant, n'est-ce pas ?

Il posa la main sur la sienne pour la consoler.

— C'est un début. Ça montre que les souvenirs sont là, au moins certains. Merci, ajouta-t-il en lui pressant la main.

Il n'avait plus qu'à retourner au lit et essayer de dormir.

— Tu veux que je reste ?

— Non, répondit-il, conscient qu'elle en avait fait assez. Je peux t'inviter à prendre le petit déjeuner demain ?

Jenna hocha la tête.

— Avec plaisir.

Elle se leva et traversa la chambre. Sans un regard au lit défait, elle sortit par les portes-fenêtres et disparut comme un spectre dans la nuit.

Jenna s'était réveillée tôt. N'arrivant pas à se rendormir, elle prit sa douche et s'habilla en se demandant si Adam allait se rappeler son invitation. Puis elle décida d'aller voir s'il était levé. Elle descendit l'escalier de secours sur la pointe des pieds et jeta un coup d'œil par les portes-fenêtres.

La chambre était vide, le lit soigneusement fait.

Elle remonta chez elle et ressortit par la porte. Descendant les marches de la véranda, elle trouva Adam adossé à l'entrée de son appartement, les bras croisés, le sourire aux lèvres.

— Tu es déjà debout ?

— Oui, et je meurs de faim. Prête pour le petit déjeuner ?

Il n'avait pas oublié. Et il l'attendait.

La tristesse des derniers jours s'effaça comme par magie. Elle avait faim. Elle avait retrouvé le goût de vivre. Rien de tel qu'un bon petit déjeuner pour apprécier l'existence.

— Quand tu veux.

Sans répondre, il ferma sa porte en souriant.

Elle se serait bien jetée à son cou, mais elle n'en fit rien. Elle se contenta de lui emboîter le pas.

Pendant qu'ils marchaient jusqu'au petit café voisin, il ne parla pas de son cauchemar, et elle n'aborda pas le sujet. Inutile de le harceler avec ça.

Ayant trouvé une table libre, ils commandèrent du café et deux petits déjeuners complets.

— Alors, c'est ton grand-père qui t'a enseigné le dessin ? demanda Adam en attaquant ses œufs avec entrain.

— Oui. Il était artiste peintre.

— C'est vrai ? fit-il, interloqué, s'arrêtant de manger. Tu as des tableaux de lui chez toi ?

Elle n'en avait pas accroché dans la maison. Elle aimait les œuvres de son aïeul, mais elles pouvaient être dérangeantes. Un peu trop réalistes.

— Ils sont très grands, tu sais.

— Dommage, dit-il en portant sa fourchette à sa bouche.

— Mais j'en ai quelques-uns, admit-elle.

Soudain, elle avait envie qu'il voie les tableaux, ne serait-ce que pour lui montrer qu'elle n'était pas seule au monde. Que ses grands-parents ne l'avaient jamais abandonnée.

— Vraiment ? fit-il avec intérêt.

— Ils sont au grenier, répondit-elle en reportant son attention sur son assiette.

— Tu les montres quelquefois ? demanda-t-il.

— Bien sûr, j'en suis très fière.

— Je peux les voir ?

Adam croyait en une version figée de la vérité, il allait sûrement être dérouté par la vision du monde de son aïeul, par les différentes vérités révélées par sa peinture.

— Évidemment. Après le petit déjeuner ?

— J'en serai ravi.

— Attends de les voir. Ils peuvent être provocateurs.

— Plus que je ne peux supporter ?

Elle rencontra son regard, et soudain il n'y eut plus de peinture, mais deux individus s'efforçant de trouver une façon de communiquer sans se déchirer.

— Je ne t'en demanderai pas plus, Adam.

— Moi non plus, répliqua-t-il en lui touchant la main pour sceller leur accord.

— Alors, amis ?

— Toujours. Et puisque nous sommes amis je peux peut-être te demander si tu comptes manger ton bacon ? Ce serait dommage de le perdre…

Elle protégea son assiette de ses mains rapaces.

— Je le garde pour la fin. Voulez-vous lui apporter un peu plus de bacon, s'il vous plaît ? demanda-t-elle au serveur.

— Et des toasts, ajouta Adam en souriant. Je suppose que tu gardes le tien pour la fin aussi ?

— Il se trouve que oui. Mais tu peux prendre le reste du café si tu veux, fit-elle généreusement en levant la cafetière.

Il acquiesça, et elle lui remplit sa tasse.

Elle ne savait pas trop qui avait piégé qui, mais elle se moquait des conséquences. Ce bonheur était trop bon pour qu'elle le gâche en conjectures.

Adam s'attendait à ce que le grenier de Jenna soit sombre et encombré de fatras divers. Mais la porte qu'elle ouvrit sous les combles donnait sur une vaste pièce mansardée aux murs peints en blanc. La lumière du soleil qui se déversait par les lucarnes inondait l'espace.

— Qu'en dis-tu ? s'enquit-elle. C'était l'atelier de mon grand-père avant de devenir le mien.

Outre un amoncellement de tubes de peinture et de toiles, il y avait des photos punaisées aux murs, certaines vieilles et fanées, d'autres plus récentes. L'espace vibrait de lumière et de couleur, portant la patte de l'homme qui l'avait créé et celle, plus légère, de Jenna.

Elle se dirigea vers une série de toiles protégées de la poussière, un peu à l'écart.

— Aide-moi, tu veux ?

Il l'aida à sortir le tableau et la regarda soulever le linge qui l'enveloppait.

Tourné vers Jenna, le tableau était appuyé contre ses jambes, il le voyait à l'envers.

— Un autoportrait ?

— Non, il ne s'est jamais peint. C'est Laura, ma sœur. Il l'a peinte juste après sa mort, et je l'ai un peu aidé.

Il hocha la tête, plein de respect.

Le vieil homme avait aidé sa petite-fille à accepter la mort de sa sœur par le biais de la peinture, leur passion commune.

— Tout est là, dans cette toile, Adam. Tu dois juste choisir comment la voir.

— Je peux ? demanda-t-il, le cœur battant.

Il contempla le portrait, subjugué.

L'étude était remarquable. Puissante, intime, tendre. Elle représentait une jeune fille sur une plage, blonde aux yeux bleus, rayonnante de promesses. Sereine en dépit des coups de pinceau rageurs et douloureux qui dépeignaient la mer.

— Ça te plaît ? s'enquit nerveusement Jenna.

— C'est magnifique, répondit-il.

Il recula pour avoir une vue d'ensemble et distingua alors une sorte de visage émacié dans les formes apparemment anarchiques des vagues.

— Tu vois ce que je veux dire ?

Il voyait. Le vieil homme avait refusé d'oublier le drame pour en quelque sorte se l'approprier. Comme elle.

— C'était un homme courageux, fit-il. Il était roux, lui aussi ?

— Quand il était jeune, oui, répliqua Jenna en riant. Grand-mère disait qu'elle était tombée amoureuse de son impétuosité de rouquin.

Il avait du mal à détacher les yeux de la toile.

— Ta sœur était très belle. Ton grand-père a remarquablement dépeint sa bonté.

— Oui. Elle était de ces personnes douées pour tout. De nous deux, c'était la plus jolie.

— Tu trouves ?

— C'est ce que tout le monde disait.

— Et ton grand-père, que disait-il ? demanda-t-il, confiant dans le jugement de l'artiste qui avait peint cet éblouissant portrait.

— En fait, il n'était jamais d'accord avec ce que disaient les autres. Son tempérament fantasque, je suppose.

— Je vois de la clairvoyance dans ce portrait, déclara-t-il.

Il commençait à comprendre bien des choses. La petite fille mal aimée avait perdu sa sœur, et ses parents l'avaient abandonnée. Des blessures qui meurtrissaient à vie.

— Je voulais juste que tu le voies. C'est tout.

— Merci. Je suis honoré que tu acceptes de le partager avec moi.

Les joues empourprées, Jenna posa le tableau contre le mur et s'assit sur le tabouret près du chevalet.

— Je me réjouis qu'il te plaise. Il signifie beaucoup pour moi.

— Ton grand-père a fait un portrait de toi ?

Elle se frotta les mains l'une contre l'autre, mal à l'aise.

— Oui.

— Tu veux bien me le montrer ?

— Il est… heu…

— Il est quoi ? Pas très bon ?

Mordant à l'hameçon, Jenna se leva d'un bond et fonça vers la pile de tableaux. Elle prit tout de suite le bon, comme si elle avait l'habitude de le sortir.

— Il l'a peint quand j'avais vingt ans. C'est pratiquement sa dernière œuvre.

Elle retourna la toile pour la lui montrer, et la force

émotionnelle qui s'en dégageait lui coupa brusquement le souffle.

Jenna était assise sur une chaise, vêtue d'un jean et chaussée de tennis, les mains posées sur les genoux en une posture de calme assurance. Un châle aux couleurs vives lui drapait l'épaule, tranchant sur son bustier blanc.

— Ouah, c'est…

Il avait du mal à trouver les mots.

Ce n'était pas seulement le portrait magnifiquement exécuté d'une jolie femme. Le peintre avait réussi à capturer son essence, le contraste saisissant entre sa beauté et sa vulnérabilité, son côté naturel et son tempérament d'artiste.

— Grand-père a toujours été sentimental. Il m'a un peu arrangée.

Adam se pencha pour examiner de plus près le portrait.

A l'arrière-plan, on voyait le désordre organisé de l'atelier qu'il avait sous les yeux, à une différence près : juste derrière Jenna, il y avait un miroir où se reflétait son dos, ses cheveux flamboyants ramassés en boucles brillantes, ses épaules nues soutenant les fines bretelles vertes d'une robe du soir.

— Qu'est-ce que c'est que ça ?

A demi caché par l'épaule de la jeune fille, quelque chose était accroché au dossier de la chaise. Une couronne ! Son grand-père avait peint Jenna telle qu'elle était, mais aussi telle qu'il la voyait.

Il sourit.

— Une femme ordinaire, mais aussi une princesse…

— Un petit clin d'œil, approuva Jenna. Il m'appelait souvent sa princesse.

— C'est un portrait magnifique, murmura-t-il.

Il examina la petite signature de l'artiste au bas du tableau en se demandant si ses soupçons étaient fondés.

— Ton grand-père était-il Alex Weston ?

L'artiste peintre était connu pour ses portraits de femmes célèbres des années 1960 et 1970, il avait disparu de la scène publique pour peindre l'ordinaire avec la pointe de magie qui caractérisait son œuvre.

— Oui. Ça t'impressionne ?

— Pas le nom. Mais l'homme capable de peindre avec tant d'amour devait être quelqu'un d'exceptionnel.

Il lut dans les yeux de Jenna qu'il avait donné la réponse qu'elle voulait entendre.

Elle sourit.

— Je ne parle pas beaucoup de sa peinture, car sa célébrité rend généralement les gens hystériques.

— Et ce n'est pas le plus important. Tu veux bien faire quelque chose pour moi, Jenna ?

— Quoi donc ?

— J'aimerais que tu descendes ce tableau au rez-de-chaussée. Que tu le mettes dans le salon pour pouvoir le contempler, écouter ton grand-père te témoigner sa tendresse.

Elle lui jeta un regard méfiant.

— J'y réfléchirai.

— D'accord. C'est un portrait sublime, tu ne devrais pas le cacher. Même s'il a un défaut.

— Quoi ? s'écria-t-elle en pivotant sur elle-même pour examiner la toile, prête à prendre la défense de son aïeul.

— Je suis prêt à parier que ton grand-père était le premier à le dire : il ne te rend pas tout à fait justice.

— N'essaie pas de m'amadouer avec des compliments !

— Ce n'est pas ce que je fais. Pas en ce moment.

Jenna avait posé le portrait contre le mur à côté de celui de sa sœur. Il la prit par le bras, la plaqua contre lui et la poussa vers la porte, qu'il referma derrière eux.

— Parce que grand-père regarde, c'est ça ? souffla-t-elle avec un sourire en se blottissant contre lui.

— Il n'a pas besoin de voir certaines choses.

— Je doute qu'il s'en soucie.

— S'en soucier et regarder, ce sont deux choses différentes. Tu descends avec moi, ou faut-il que je te jette sur mon épaule ?

Jenna ouvrit la bouche pour protester, mais il la fit taire d'un baiser.

Il en avait assez des mots. Il allait lui montrer combien elle était belle, dût-il en mourir. Et s'il en jugeait par la nuit qu'ils avaient déjà passée ensemble cela risquait fort d'arriver.

10.

Jenna avait pris sa décision.

Depuis cinq jours qu'Adam et elle étaient ensemble, elle ne l'avait pas regretté une seule fois. Il était le meilleur collègue, le meilleur amant, le meilleur ami qu'elle ait jamais eu. Mais il leur restait peu de temps à passer ensemble. Cinq jours sans compter aujourd'hui. Samedi, dimanche, lundi, mardi, mercredi. La moitié de mercredi, en fait, car il prenait un vol le soir, et elle avait déjà décidé de ne pas l'accompagner à l'aéroport.

Les aéroports la faisaient toujours pleurer.

Officiellement, Adam ne travaillait pas aujourd'hui, mais elle savait qu'il était dans l'hôpital. A faire ses adieux. Il lui avait envoyé un texto lui demandant de le retrouver à la cafétéria pour déjeuner, et elle avait prévenu Brenda qu'elle prenait une pause d'une heure, le calme régnant aux urgences.

Il était assis à côté de Terry, le père de Julie, en face de deux têtes blondes. En voyant Jenna, Terry lui céda sa place pour s'installer avec ses filles.

— Le ciel soit loué, tu es venue, soupira Adam. Je suis en train de subir un harcèlement en règle, et Terry ne m'est d'aucun secours.

Le père de Julie éclata de rire.

— Je sais depuis longtemps que je ne suis pas de taille, confronté à deux adolescentes. Mais je trouve que leur idée de blog n'est pas si mauvaise.

— C'est sûr, approuva Julie en se tournant vers Jenna. Emma et moi, nous allons créer un blog pour Adam puisqu'il ne sait pas le faire. Il pourra y parler de tous les endroits où il va, la jungle et tout. Ainsi, nous saurons ce qu'il devient.

— C'est un bon plan, assura Jenna que la pensée de suivre les activités d'Adam emplissait d'un mélange de crainte et de délectation.

— Vous voyez, Jenna trouve que c'est bien, fit Emma. On peut même lui donner un nom. Hein, Julie ?

— Oui. *Dr Danger Défie…* Défie quoi ?

Emma fronça les sourcils.

— Je ne sais pas. *Dr Danger Défie les Durs ?*

— *Les Dragons*, suggéra Jenna en gloussant.

Dépassé, Adam enfouit son visage dans ses mains.

— Il n'y a pas de dragons dans la jungle, objecta Julie.

— On n'y a pas internet non plus, renchérit Adam.

Julie leva les yeux au ciel.

— Eh bien, prenez des notes et des photos, et mettez votre blog à jour plus tard. On peut sûrement avoir internet quelque part en Amérique du Sud.

— Bien sûr, mais pas question que mon blog s'appelle *Dr Danger fait quelque chose.* Si je dois en avoir un, ce sera sous mon nom. Point final.

Julie et Emma échangèrent un regard triomphal, satisfaites d'être parvenues à leurs fins.

— Et ne vous attendez pas à ce que je le mette à jour plus d'une fois par semaine, grommela-t-il.

— D'accord. Nous n'avons pas le temps de le commenter davantage, de toute façon, répliqua Emma. Et comme Julie est handicapée en ce moment je devrai le faire pour nous deux.

— Pas question, protesta Adam. Julie a les doigts raides pour l'instant, mais l'ergothérapeute a dit de les mobiliser, n'est-ce pas ? Vous pourrez taper quelques mots pour me montrer vos progrès.

Jenna faillit éclater de rire.

Il les avait dupées. Il les avait habilement manipulées pour qu'elles restent en contact avec lui et lui donnent des nouvelles.

— Oui, dit-elle avec un sourire, et je mettrai aussi des

commentaires, alors j'espère voir les vôtres, Julie. Et les vôtres aussi, Emma.

— Promis, dit Julie avec assurance, très différente de l'adolescente souffrante et terrifiée qu'elle était un mois plus tôt. Je vais peut-être même me faire un blog personnel.

Peu après, les adieux étaient faits. Terry et ses filles avaient chaleureusement embrassé Jenna et Adam avant de prendre congé, et Jenna avait promis de les revoir.

— Tu pleures ? s'enquit Adam en lui tendant une serviette en papier.

— Non.

— J'aurais compris. On s'attache aux patients.

Elle y avait songé. Elle gardait rarement le contact avec ses patients après leur départ de l'hôpital, et elle avait été très heureuse aujourd'hui de voir Julie et Emma en bonne voie de guérison, à défaut d'être complètement rétablies.

— Tu crois que ça va aller pour elles, Adam ?

— Difficile à dire, soupira-t-il. Elles ont des examens, des petits copains, des carrières à construire, des réseaux sociaux à créer, des mariages et des enfants en perspective…

— Arrête. Tu sais ce que je veux dire.

— Oui, ça ira, Jenna. Julie reçoit les meilleurs soins médicaux, et elles bénéficient d'un bon soutien familial et d'une assistance psychologique.

— J'ai appris que tu avais insisté pour qu'elles aient un suivi dans ce domaine. Et Terry m'a parlé de ton offre. C'est vraiment gentil à toi.

Adam haussa les épaules.

— Julie n'aura peut-être pas besoin de chirurgie ultérieure, mais elle pourra toujours me joindre, ne serait-ce que pour parler.

— C'est le plus important pour l'instant. Avoir quelqu'un à qui elle peut se fier, qui sera là en cas de besoin. Ça lui donne l'assurance qu'il faut pour affronter l'avenir.

Il demeura silencieux un moment puis sourit.

— Alors, que penses-tu de mon incursion dans le monde du cyberespace ?

— Je pense que tu es un affreux manipulateur.

Le sourire d'Adam s'élargit.

— Merci du compliment. J'envisageais de créer un blog depuis longtemps. Alors, tu vas te joindre à nos discussions ? s'enquit-il en se penchant vers elle. Tu pourrais être *Dr Délicieuse*. Ça sonne bien, *Dr Dangereux* et *Dr Délicieuse*.

— Tu seras *Dr Décapité* si tu continues. Je pourrais décider d'envoyer à Julie et Emma quelques croquis de toi à mettre sur le blog.

Il pâlit légèrement.

— Pas celui que tu as fait hier soir ! D'ailleurs, pourquoi attends-tu toujours que je dorme pour me dessiner ?

— Parce que tu bouges tout le temps quand tu es réveillé. En fait, je pensais plutôt aux caricatures.

— Ah oui, elles sont géniales, fit Adam, rassuré. Parfaites.

Adam avait décidé de partir, et rien ne le ferait changer d'avis. Ce n'était pas une décision facile, c'était la seule possible. Jenna avait besoin d'un compagnon qui s'engage, qui prenne soin d'elle. Et lui-même en était incapable.

Mais en adultes lucides ils avaient choisi de savourer cette parenthèse de bonheur que la vie allait leur reprendre. Juste quelques jours. Et il voulait profiter pleinement de leurs derniers jours ensemble. Plus il la rendrait heureuse ces quelques jours, mieux ce serait.

Il s'y mit sérieusement le soir même.

Il avait emmené Jenna voir un film dans un petit cinéma de quartier avec de confortables fauteuils, où on servait à boire avant la projection. Puis ils avaient dîné dans un restaurant sud-américain tenu par des amis à lui, et ils étaient rentrés tard.

— Tu es la joueuse de cartes la plus maligne et la plus jolie que je connaisse.

Elle jeta le sac de pièces sur la table basse en riant.

Deux livres cinquante-sept en pièces de un penny.

— Et toi le pire. Il est si facile de lire en toi !

— Pour toi peut-être, grogna-t-il, regrettant d'être aussi transparent. A quoi je pense, maintenant ?

Il la prit dans ses bras et l'embrassa, savourant le goût léger de la tequila sur ses lèvres.

— Tu te demandes si tu vas me distraire assez pour pouvoir faire main basse sur mon sac de pièces. Et la réponse est non.

— Agréable, ce goût de tequila.

— Oui, reconnut-elle en gloussant. Je n'en avais jamais bu avant ce soir.

— C'était de la bonne. Ça se déguste lentement, comme du cognac, sans sel ni citron.

— Dommage que tu conduisais. C'est une bouteille de tequila que je t'ai vu mettre dans la voiture ?

— Oui. Je compte l'offrir à Rob. Il pourra l'ouvrir à la naissance du bébé.

— Bonne idée. J'irai peut-être lui donner un coup de main.

Elle plissa les lèvres avec une expression de regret, et ce fut le tour d'Adam de deviner ce qu'elle pensait : il ne serait pas là pour la naissance, sauf si elle avait lieu dans les prochains jours.

Il détestait cette idée, lui aussi.

— Maintenant que tu m'as délesté de toute ma petite monnaie, fit-il avec un sourire coquin destiné à la dérider, je suppose que j'ai peu de chances de la récupérer ?

— Très peu. Mais tu peux toujours essayer.

Elle l'attira à lui, et la pièce vacilla légèrement devant ses yeux. Un de ces moments d'anticipation où il savait exactement où ils allaient.

Sans interrompre leur baiser, il la poussa vers la porte et le long du couloir en direction de la chambre.

Adam s'éveilla au milieu de la nuit. Une douce tiédeur se répandait dans son corps, comme s'il baignait dans la lumière du soleil, et d'exquises sensations le parcouraient.

Il ouvrit les yeux.

Jenna était à califourchon sur lui, sa peau pâle tranchant sur la sienne.

— Salut. Comment trouves-tu ce réveil ?

Il aimait la façon dont sa peau miroitait dans la pénombre, contrastant avec le hâle sombre de la sienne.

Il s'étira avec langueur et posa les mains sur ses hanches.

— J'adore la vue.

Elle rit doucement.

Elle était la même que quand ils avaient fait l'amour pour la première fois deux semaines plus tôt, mais elle avait changé aussi. Elle recevait alors ses compliments avec maladresse, comme si elle n'y croyait pas tout à fait. Puis peu à peu elle avait commencé à les accepter, et maintenant elle s'en délectait.

Il alluma la lampe de chevet et rit en la voyant cligner des yeux.

— Tu es magnifique. Ta peau ressemble à de la porcelaine, tu le savais ?

— Autre chose ? s'enquit-elle en souriant, provocante.

— Tes cheveux flamboient dans la lumière.

— Mmm. Tu mérites une récompense pour toutes ces gentilles paroles.

Elle ouvrit le tiroir de la table de nuit et en sortit un préservatif dont elle déchira l'enveloppe. Puis elle le lui mit, en profitant pour le caresser.

Il sentit ses mains se crisper sur ses hanches.

— C'est tellement meilleur quand c'est toi qui le fais, ma douce, murmura-t-il, luttant pour garder le contrôle.

Doucement, il s'enfonça en elle, et elle haleta. Elle se cambra, la tête en arrière, les joues en feu.

Magnifique. Ensorcelante.

Il le lui dit avec les mots qu'il put trouver. Il lui murmura qu'il aimait la façon dont ses yeux captaient la lumière. La manière dont leurs corps s'épousaient.

Il n'y avait pas assez de mots pour décrire cette expérience unique. Le corps tremblant sous le sien, il s'abandonnait aux vagues de sensations qui déferlaient sur lui à chaque mouvement de Jenna.

Enfin, incapable d'en supporter davantage, il la retourna vivement sur le dos. Elle poussa un cri ravi, et il comprit qu'elle n'attendait que cela.

Elle gardait le meilleur pour la fin, son corps s'animant sous le sien comme une flamme vive, ses muscles se serrant autour de lui jusqu'à ce qu'il ne puisse plus se contenir.

Il crut crier son nom mais n'en fut pas sûr. Il n'avait qu'elle en tête à cet instant. Puis il perdit toute conscience, aspiré dans un vertigineux tourbillon de plaisir.

— Jenna, souffla-t-il en s'effondrant à côté d'elle. Oh ! Jenna, mon cœur.

— Mmm. C'était bon. Tu es merveilleux, chuchota-t-elle d'une petite voix étranglée par l'émotion.

Il l'attira contre lui et la serra jusqu'à ce qu'elle s'endorme entre ses bras.

Quand Jenna s'éveilla, la lumière filtrait à travers les rideaux. Blottie dans les bras d'Adam, elle contempla le plafond en se demandant si ce serait considéré comme un kidnapping de l'enfermer ici pendant tout le week-end.

Mais peut-être serait-ce lui qui l'enfermerait.

Elle s'écarta un peu pour mieux voir son visage, ses longs cils baissés, le léger sourire au coin des lèvres, comme si ses rêves étaient infiniment doux.

Un bruit lui parvint du salon, et Adam ouvrit les yeux.

— C'est mon téléphone, dit-elle sans bouger. On va me laisser un message.

— Je te veux pour moi tout seul aujourd'hui.

— Ah, vraiment ?

Elle adorait ces petits matins où, couchés paresseusement l'un près de l'autre, ils bavardaient de tout et de rien.

La sonnerie du portable se faisant insistante, il la lâcha.

— Tu devrais répondre. C'est peut-être une urgence.

— Eh bien, ça attendra, répliqua-t-elle en croisant les bras sur sa poitrine.

— Ça va te tracasser si tu ne sais pas de qui il s'agit.

Il avait raison. Sautant du lit, elle gagna le vestibule et arriva au moment où la sonnerie cessait.

Appel manqué.

— Qui était-ce ?

— Rob. Que peut-il vouloir à cette heure-ci ? se demanda-t-elle en s'asseyant sur le lit. Je ferais mieux de le rappeler, au cas où. Cassie n'est plus très loin du terme.

Avant qu'elle ait pu composer le numéro de Rob, le téléphone d'Adam se mit à sonner sur la table de chevet.

— C'est lui, dit-il en jetant un coup d'œil à l'écran. Qu'est-ce qu'il se passe, mon vieux ? Il est 7 heures du matin.

Elle entendit la voix de Rob qui parlait vite à l'autre bout du fil, et Adam se redressa vivement.

— Entendu. Donne-moi l'adresse… Jenna ? Je suppose qu'elle est au lit à cette heure matinale. Ne t'inquiète pas, je vais la prévenir.

— Qu'est-ce qu'il se passe ?

Adam passa la main dans ses cheveux.

— Il y a un chantier de démolition à l'angle de la rue…

— Oui, je le connais.

— Apparemment, quelqu'un s'y est introduit cette nuit. Il s'est produit un effondrement, il y a des blessés. Les pompiers sont en train de les dégager. Ils ont besoin d'un médecin sur place, mais les urgences sont débordées.

Il enfila son jean, ramassa le reste de ses vêtements et se dirigea vers la porte.

— Je vais me changer. Si tu as une grosse veste et des bottes, mets-les. Ça va être dur, là-bas.

Ils partirent à pied et coururent le long d'une allée qui menait directement au chantier.

Un cordon de police bloquait déjà la rue. Elle montra son badge au policier qui se tenait près du ruban de plastique jaune et noir.

— Médecins. Laissez-nous passer.

— Où est l'ambulance ? demanda l'agent de police.

— Elle ne sera pas là avant quelques minutes. J'habite juste à côté. Vous voulez bien nous envoyer les ambulanciers dès leur arrivée ?

Hochant la tête, le policier souleva le ruban, et Adam et elle se faufilèrent dessous.

La précédant, Adam courut jusqu'au camion des pompiers garé devant une palissade qui dissimulait le chantier aux regards. Il se dirigea droit vers l'homme qui semblait chargé des opérations, et il s'entretenait avec lui quand elle les rejoignit.

— Parker, des sapeurs-pompiers. J'ai demandé du renfort, mais tout le bâtiment est instable, et on ne peut pas utiliser de matériel de levage lourd. Mes hommes vont devoir déblayer les gravats à mains nues. L'ambulance arrive ?

— Pas encore. Combien sont-ils là-dedans ?

— Trois, je pense. On n'est sûrs de rien.

Un homme rougeaud et replet qui semblait sortir du lit fonça vers eux.

— C'est mon chantier. Que diable se passe-t-il ici ?

Parker se tourna vers lui.

— Non, c'est *mon* chantier maintenant. Restez à l'écart. Inutile d'y aller pour l'instant, dit-il à Adam. Ça ne fera qu'ajouter du poids sur un sol déjà instable. Mes hommes vous préviendront quand ils auront atteint les victimes.

— Ces deux-là ne peuvent pas entrer, brailla l'homme au teint rubicond. Je suis le directeur de chantier, et mon assurance ne couvre pas ce type d'intervention. Passe encore que les pompiers aillent piétiner le site, mais les règlements de sécurité stipulent que…

— Nous sommes médecins, coupa calmement Jenna, tentant de désamorcer la situation. Nous pouvons aider vos hommes.

— Vous pouvez bien être Mère Teresa, je m'en tape, cria l'homme en agitant un bras menaçant. Je vous interdis de mettre un pied là-bas.

— Vous avez entendu la dame, coupa Adam d'une voix froide comme l'acier.

Le directeur de chantier recula d'un pas.

— Ce ne sont pas mes hommes, éructa-t-il. Ce sont des sales types qui sont venus se servir dans l'immeuble.

Mais il se détourna et alla s'appuyer à la Mercedes bleu marine garée près du camion des pompiers.

Jenna comprit son repli stratégique quand elle surprit le regard meurtrier que lui lançait Adam.

— C'est quoi, l'histoire ? demanda celui-ci à Parker.

— M. le tout-puissant directeur de chantier. Il a été le premier sur les lieux. Il semble que des voisins ont entendu du bruit et appelé le numéro figurant sur le panneau de chantier. Il y avait à l'intérieur plusieurs hommes qui cherchaient à récupérer des trucs. Ça arrive souvent dans ces vieilles bâtisses, on y trouve parfois des trésors architecturaux. Je ne serais pas surpris que le directeur de chantier soit dans le coup, car l'entrée n'a pas été forcée.

— Et il vous a appelé ? s'étonna-t-elle.

— Oui. Pour couvrir ses arrières au cas où un des gars serait blessé dans l'aventure. C'est nous qui avons prévenu l'ambulance. Je veillerai à ce que mon rapport soit très clair sur ce point. Ah, les voilà…

Une ambulance remontait la rue dans le clignotement intermittent de son gyrophare.

— Je vais leur dire de se dépêcher, dit Parker. Vous, trouvez des casques, il y en a à l'arrière du camion. Je vous conduirai sur les lieux, mais c'est à vos risques et périls.

— Compris, lâcha-t-elle.

Elle se retourna, heurtant Adam qui se tenait juste derrière elle.

Sa main se posa sur son bras, rassurante.

— Je vais entrer et tu pourras t'occuper des victimes quand elles sortiront.

— Rectification. Nous entrons tous les deux, grommela-t-elle à voix basse comme il montait dans le camion.

— Non, Jenna, dit-il sans la regarder.

— Tu ne m'en empêcheras pas.

— Je peux te le demander, répliqua-t-il en lui faisant face.

— Oui, et je peux te répondre d'aller te faire voir. Faut-il que quelqu'un meure simplement parce que tu es trop têtu pour me laisser aller le sauver ?

Il pinça les lèvres.

— Je parlerai à Parker pour que quelqu'un assure ta sécurité. Reste avec lui et fais ce qu'il te dit. D'accord ?

Le cœur de Jenna sombra.

Adam n'avait pas encore assez confiance en lui pour veiller sur elle. Pourtant, il était le seul qu'elle voulait, le seul dont elle avait besoin. Elle prit le casque qu'il lui tendait et dut l'ajuster pour le mettre à sa taille.

— D'accord, Jenna ? insista-t-il.

— Oui, d'accord.

11.

C'était un travail pénible et étouffant, et la veste et les bottes de Jenna n'arrangeaient rien. Mais elle tenait bon, transpirant sous le soleil matinal qui commençait à filtrer dans l'air plein de poussière en suspension.

Ils se trouvaient dans la carcasse d'un bâtiment. Deux étages au-dessus, les murs de soutènement tenaient encore debout, mais le toit avait disparu, et les sols s'étaient effondrés. A l'extrémité du rez-de-chaussée, les pompiers travaillaient d'arrache-pied sur un tas de gravats, vestiges d'un mur intérieur.

Un premier blessé avait été arraché aux décombres, et on les autorisa Adam et elle à s'approcher pour lui prodiguer les premiers soins. Avant même qu'il soit attaché à une civière et transporté dans l'ambulance, on en sortit un deuxième dont ils s'occupèrent dans la foulée. Puis un troisième.

Adam s'agenouilla près de ce dernier pendant que l'équipe de pompiers continuait à dégager le reste des gravats pour s'assurer que personne d'autre n'était enseveli.

— Il est mort, Adam, murmura-t-elle derrière lui.

C'était évident à la destruction crânienne massive, à l'écrasement de la cage thoracique.

Adam examina néanmoins le corps et se tourna vers Parker.

— Je déclare cet homme mort. Annoncez-le par radio.

Même si la mort de cet homme ne faisait aucun doute, un médecin devait déclarer officiellement le décès pour que les pompiers puissent vaquer à d'autres tâches.

Hochant la tête, Parker parla dans sa radio.

— Nous allons nous assurer qu'il n'y a plus personne, puis nous sortirons. Je n'aime pas l'aspect du sol. Vous devriez attendre dehors, ajouta-t-il à l'adresse de Jenna.

Les paroles la piquèrent au vif, mais elles étaient dictées par la nécessité. Adam était plus fort qu'elle et pouvait aider les pompiers à creuser. Elle ajoutait un poids supplémentaire sur le sol fragile, alors que sa présence n'était pas indispensable pour l'instant.

— Vas-y, renchérit Adam d'un ton sans réplique. Je les aide à contrôler le reste de la zone, et je te rejoins.

Parker renvoya ses hommes, n'en gardant qu'un pour alléger au maximum le sol instable. Après hésitation, elle céda et alla chercher la trousse médicale abandonnée dans un coin.

Il y eut un grincement, et le sol vibra de façon inquiétante sous ses pieds.

— Ne bougez plus ! ordonna Parker.

Elle se figea. Jetant un coup d'œil autour d'elle, elle vit Parker et Adam devant le tas de décombres, et un autre pompier près de la sortie, tous trois pétrifiés.

Le sol semblait s'être incliné et formait subitement un angle bizarre.

— Doucement. Reste tranquille.

Les yeux d'Adam ne la lâchaient pas, comme si son seul regard pouvait l'arracher au danger.

Soudain, un craquement déchira l'air, et un nuage de poussière s'abattit sur elle, suffocant. Elle eut le temps d'apercevoir le visage angoissé d'Adam, avant de tomber dans un trou béant.

Horrifié, Adam vit le sol basculer comme au ralenti, se voilant sous les pieds de Jenna en train de ramasser la lourde trousse médicale. Obéissant à Parker, elle ne bougeait plus, les yeux fixés sur lui. Dans le silence, le grondement lointain de la circulation parut prendre des proportions assourdissantes.

Le sol tremblait, comme en réponse à une force irrésistible, et le bruit d'un train derrière le chantier parvint à ses oreilles.

Tout son être lui hurlait de courir à elle, mais il savait que cela ne ferait que fragiliser davantage le sol où elle se tenait.

Il se força à garder une voix calme, priant silencieusement pour qu'elle ne bouge pas.

Mais il y eut alors un craquement assourdissant, et Jenna disparut, aspirée dans le trou béant ouvert sous ses pieds.

— Restez là. J'y vais, dit-il.

La main de Parker voulut le retenir, mais il se dégagea. Sourd à ses protestations, il rampa vers le bord du trou.

Jenna était recroquevillée au fond, se protégeant la tête de ses bras.

Très bien. Elle ne bougeait pas, mais il l'entendait gémir, de peur ou de douleur. Ou les deux.

— Derrière vous. Attention !

Il regarda autour de lui.

Des gravats commençaient à glisser vers la pente plus forte au bord du trou. Une vitre appuyée contre un mur tomba et se brisa, projetant des éclats tout autour.

Il se laissa glisser dans le trou, sautant pour franchir les deux derniers mètres, et se précipita vers Jenna.

— Eloignez-vous du trou ! cria la voix de Parker par-dessus le grondement des gravats qui glissaient au-dessus.

Pas le temps d'examiner Jenna. Il devait la déplacer avant qu'ils soient écrasés sous un pilier en maçonnerie. Il la souleva, et elle poussa un cri, s'agrippant à son cou.

C'était de la douleur, pas de la peur. Elle souffrait.

Il courut vers le fond, la déposa aussi doucement que possible contre le mur de soutènement et lui fit un rempart de son corps.

Il y eut un moment de silence rompu uniquement par le gémissement des poutres écartelées et un grondement menaçant indéfinissable. Serrant la tête de Jenna contre sa poitrine, il lui parla doucement.

— Jenna, ça va aller, ma chérie. Tu vas bien.

Ce n'était pas un avis médical, juste l'expression d'un espoir. Il *fallait* qu'elle aille bien.

Elle remua légèrement sous lui.

— Adam…

Sa voix était claire. Et c'était lui qu'elle appelait.

— Ça va aller. Reste tranquille.

Il fut interrompu par le rugissement de la maçonnerie qui s'effondrait, emportant avec elle la moitié du plafond. Quelque chose heurta son dos, puis un nouveau coup lui coupa le souffle.

Mais peu importait. Si le sort voulait qu'un des deux s'en sorte, il s'arrangerait pour que ce soit elle.

— Adam, je vais bien. C'est juste ma jambe.

Il l'enlaçait étroitement pour l'empêcher de quitter l'abri de ses bras, et peu à peu le déluge de gravats céda la place à une pluie de poussière.

— Votre situation, Adam. Répondez, cria la voix insistante de Parker.

— Elle est blessée, j'ignore encore à quel point.

— Et vous ?

— Ça va.

Ses yeux s'habituant à l'obscurité, il regarda autour de lui.

Ils se trouvaient dans un vaste sous-sol dont tout un côté n'était plus qu'un énorme tas de briques. Ce qu'il restait du plafond grinçait, laissant tomber des flots de poussière.

Il fallait absolument qu'ils sortent d'ici avant que le reste s'écroule sur eux.

— Très bien. Pouvez-vous sortir du sous-sol par l'arrière du bâtiment ? C'est plus stable de ce côté-là.

Il scruta les murs.

— Oui, il y a une porte. Je ne sais pas où elle mène.

— Sortez vite avant qu'il n'y ait un nouvel éboulement.

Il se leva, le dos douloureux, et se pencha pour prendre Jenna dans ses bras, lui arrachant un gémissement.

— Désolé, chérie. Tiens bon encore un peu.

— Vas-y, Adam. Je vais bien.

Elle s'accrocha à son cou et se blottit contre son épaule. Non, elle n'allait pas bien, mais elle lui faisait confiance pour veiller sur elle. Et il était prêt à tout pour ça.

Il ouvrit la porte d'un coup de pied et la franchit avec

son fardeau. Ils se retrouvèrent dans une pièce plus petite et plus sombre dont le plafond paraissait intact. Une sorte de réserve, avec des rayonnages qui recouvraient les murs, un vieux bureau et un fauteuil, et une partie moquettée où il allongea Jenna avec précaution.

— C'est mieux. Merci, dit-elle calmement en essayant de bouger.

— Reste tranquille. Juste une minute, supplia-t-il en lui pressant la main. Je vais joindre Parker.

Il s'approcha de la porte, sortit son mobile de sa poche, vérifia qu'il n'était pas endommagé et appela le chef des pompiers.

— Donnez-moi cinq minutes pour examiner Jenna. Je mets mon portable sur vibreur, ajouta-t-il, craignant que la sonnerie ne déclenche un nouvel éboulement.

— Vous avez raison. Je vais aller derrière l'immeuble voir si on peut descendre jusqu'à vous, mais je laisse un homme ici. Appelez si vous avez besoin de quelque chose.

— Merci.

Il regagna la petite pièce obscure où gisait Jenna, s'agenouilla près d'elle.

— Bon, mon cœur, tu connais la procédure.

— Oui. Voies respiratoires dégagées, annonça-t-elle avec un petit rire. Assez pour te demander ce que tu fabriques ici.

Il ouvrit la fermeture Éclair de sa veste et glissa les mains dessous.

— J'adore les femmes couvertes de saleté, rétorqua-t-il avec un gloussement. Je ne te l'ai jamais dit ?

— Je m'en souviendrai.

Le halètement soudain de Jenna lui indiqua qu'il avait trouvé un endroit douloureux, et il la palpa plus doucement.

— Peut-être une côte fêlée. Inspire profondément.

Elle inspira docilement.

— Ça va. Je me suis cogné le côté en tombant. C'est probablement juste une ecchymose, expliqua-t-elle en se prenant le pouls.

— Arrête ça, tu veux ? C'est *mon* boulot. Tu t'es cogné la tête ?

— Non. Et mon pouls est régulier.

Il le vérifia quand même. Son rythme cardiaque était plus régulier que le sien. Il palpa ses hanches, appuyant légèrement.

— Souffres-tu des hanches et du dos ?

— Non. C'est à la cheville que j'ai mal.

— D'accord. Chaque chose en son temps, dit-il en auscultant sa poitrine, cherchant des signes de lésion. As-tu le goût du sang dans la bouche ?

— Non, uniquement celui de la poussière. J'ai juste un problème à la cheville, Adam. Rien d'autre.

Il rit dans la pénombre.

— Arrête de faire de l'autodiagnostic.

— Je te donne mes symptômes, c'est tout. Ma cheville me fait souffrir.

Elle se souleva légèrement pour prendre quelque chose dans la poche de sa veste.

— Tiens. Tu veux bien m'examiner ? demanda-t-elle en lui glissant dans la main une petite torche électrique.

— Où as-tu déniché ça ?

— Je la garde dans mon sac au cas où je rentrerais tard le soir. Je l'ai mise dans ma poche en m'habillant ce matin, j'ai pensé que ça pourrait servir.

— Bien vu, approuva-t-il.

Il alluma la lampe et la posa sur le sol.

Elle était puissante en dépit de sa petite taille. Mais combien de temps dureraient les piles ?

Il se tourna vers Jenna, dont le visage était maculé de poussière et strié de larmes.

— Hé, ma belle.

— Hé, toi-même, rétorqua-t-elle d'une voix marquée par la souffrance. C'est la cheville droite.

— D'accord. Ne bouge pas. Voyons ça.

Il ôta sa veste et la plia pour lui faire un oreiller de fortune, puis il découpa soigneusement les lacets de sa botte et en écarta les pans.

— Tu connais la suite.

— Oui. Ça risque de faire mal, mais tu feras aussi vite que possible.

Il tira doucement sur la botte pour la lui enlever et fut bouleversé par le gémissement d'agonie qu'elle ne put retenir.

Il aurait préféré qu'elle hurle, qu'elle le maudisse.

Il posa délicatement son pied sur sa veste pliée et coupa sa chaussette pour dégager la cheville.

— Comment c'est ? demanda-t-elle, les dents serrées, en se redressant.

Il la prit dans ses bras et lui caressa tendrement le dos.

— Je crois qu'elle est cassée. Je suis désolé, Jenna. Tu as dû souffrir le martyre quand je t'ai soulevée.

Elle renifla contre sa poitrine.

— Si tu ne l'avais pas fait, je ne ressentirais plus rien à l'heure qu'il est.

Elle n'aurait pas pu être assez rapide pour échapper à la pluie de décombres tombés du plafond, certes, mais il ne se sentait pas mieux pour autant. Il l'avait emportée sans ménagement, et elle ne s'était pas plainte une seule fois.

Il la serra contre lui.

— Ça va aller, Jenna.

— Je sais. Je suis contente que tu sois là. Même si je t'en veux d'être venu me chercher au risque de te rompre le cou.

Ça ne lui était même pas venu à l'esprit. Il n'avait pensé qu'à une chose : être auprès d'elle.

Il se pencha et déposa un baiser léger sur ses lèvres, auxquelles il trouva un goût de poussière de brique et de fraise.

— Je ne voudrais être nulle part ailleurs.

Il resterait avec elle jusqu'à ce qu'elle sorte d'ici, quoi qu'il arrive. Et il veillerait sur elle jusqu'à son dernier souffle. Ce n'était ni un choix ni une décision, c'était ainsi, voilà tout.

Dans les bras d'Adam, Jenna en arrivait presque à oublier la douleur qui pulsait dans sa jambe.

Enfin, pas tout à fait. Mais c'était plus supportable.

Elle sentit plus qu'elle ne l'entendit la vibration du téléphone d'Adam dans sa poche.

Il le sortit en la soutenant de sa main libre. Quelqu'un lui parla rapidement, et il écouta, laissant échapper quelques commentaires succincts.

— Elle va bien. Elle s'est probablement cassé la cheville, mais à part ça ça va, expliqua-t-il, son bras l'étreignant tendrement. Pouvez-vous nous faire parvenir du matériel médical ? Bon.

Il donna la liste de tout ce dont il avait besoin, et le cœur de Jenna sombra. Apparemment, s'il lui fallait tout cet équipement, ils allaient rester un moment dans ce sous-sol.

— D'accord, merci… Si vous avez des nouvelles des deux blessés, tenez-moi au courant. Entendu, merci. Un instant…

Il baissa l'appareil.

— Jen, tu as ton téléphone sur toi ? s'enquit-il.

— Oui. Il est là, dans ma poche.

— Très bien. Vérifie qu'il fonctionne et ce qu'il reste de batterie.

Elle sortit son portable, pressa une touche, et l'écran s'alluma.

— J'ai trois barres, il est bien chargé.

Elle composa le numéro de l'horloge parlante et écouta.

— Ça marche.

Il donna son numéro de téléphone à Parker.

— Ma batterie est presque à plat. Si vous ne pouvez pas me joindre, appelez Jenna… Merci, Parker. J'apprécie.

Il referma le téléphone et l'entoura de nouveau de ses bras.

— Qu'est-ce qu'il a dit ? demanda-t-elle.

— Ils ne peuvent pas arriver jusqu'à nous par le trou où tu es tombée, le sol est trop instable. Mais ils savent où nous sommes, et la structure au-dessus de nous semble solide. Il y a un escalier à l'arrière du bâtiment, ils vont passer par là. Mais il est plein de gravats de démolition, et le dégager risque de prendre du temps.

— Combien de temps ?

— Je ne sais pas. Plus d'une heure, mais moins d'une journée. Je suis navré, chérie.

Elle inspira profondément pour se calmer les nerfs.

— On va s'asseoir et attendre, c'est ça ?

— Oui. Et entre-temps on nous envoie du matériel pour t'installer plus confortablement.

Il fallut une quinzaine de minutes pour que le sac leur parvienne. Adam l'avait installée aussi bien que possible, surélevant sa jambe blessée et la posant sur une caisse de bois protégée par sa veste pliée. Il faisait frais au sous-sol, et quand il l'allongea elle se mit à frissonner. Alors il la reprit contre lui et lui frotta le dos, lui massa le cou, le haut des jambes, et même la paume des mains.

La méthode n'était pas conventionnelle, mais cela sembla marcher. Elle se détendit peu à peu, et au chaud et en sécurité dans ses bras elle sentit la douleur se calmer légèrement.

Enfin, le téléphone d'Adam sonna. Il décrocha, écouta un moment puis se tourna vers elle.

— J'en ai pour une minute.

Non, elle ne supportait pas qu'il s'éloigne. C'était trop dangereux !

Elle s'agrippa à lui, l'implorant silencieusement de rester.

Il posa le téléphone par terre et la prit aux épaules.

— Rien qu'une minute, promis. Commence le compte à rebours. Parker est là-haut et veille au grain.

Elle se moquait qu'il n'ait pas raccroché et que son interlocuteur puisse l'entendre.

— Non, Adam, je n'ai pas besoin de ce qu'il y a dans ce sac. J'ai besoin de toi sain et sauf ici, avec moi.

Il lui effleura les lèvres d'un baiser.

— Fais-moi confiance, Jenna. Je vais revenir, promit-il en ramassant la lampe torche et le téléphone. Soixante. Cinquante-neuf… Compte avec moi.

— Cinquante-huit. Cinquante-sept.

Adam se leva, fonça vers la porte qu'il ouvrit, regarda vers le haut puis disparut.

— Quarante. Trente-neuf.

Elle se mit à pleurer, dressant l'oreille à l'écoute d'un bruit suspect pouvant signifier qu'il y avait un problème.

— Dix-neuf. Dix-huit…

Adam apparut dans l'encadrement de la porte, un grand

sac dans une main, un matelas enroulé autour de couvertures et un oreiller dans l'autre. Il posa son chargement par terre et ramassa le téléphone.

— Tout va bien. Merci, Parker... Oui, d'accord, je comprends. Ne faites pas d'imprudences, on peut attendre.

Il coupa la communication et remit l'appareil dans sa poche.

— Qu'est-ce qu'il a dit ?

— Il va leur falloir au moins deux heures voire trois pour arriver jusqu'à nous. Il y a énormément de décombres entre eux et nous.

— Tu lui as dit de ne pas prendre de risques avec ses hommes, n'est-ce pas ? On peut attendre.

— Je le lui ai dit. A présent, occupons-nous de toi.

Adam déroula le matelas, le glissant sous elle avec précaution, et elle s'y étendit. Dans le sac, il trouva une lampe torche qu'il alluma, inondant la petite pièce de lumière. Puis il sortit une bouteille d'eau et en prit un peu pour se laver sommairement les mains avant de les passer au gel antiseptique. Il tira ensuite du sac une boîte en carton où il prit une seringue à usage unique.

— Oh ! non, protesta-t-elle, refusant d'être abrutie par un antalgique.

— Jenna, tu ne vas pas me dire que ta jambe ne te fait pas souffrir ? soupira-t-il en s'agenouillant devant elle.

— Non, mais je dois garder l'esprit clair.

L'expression blessée qu'il afficha lui fit momentanément oublier la douleur qui pulsait dans sa jambe.

— Tu as donc si peu confiance en moi ? répliqua-t-il avec une résignation qui lui serra le cœur.

— J'ai tellement confiance en toi que je sais que tu ne me laisseras jamais seule après m'avoir injecté de la morphine.

Une lueur d'espoir s'alluma dans les yeux d'Adam.

— Je ne te laisserai pas avec une cheville cassée. Je ne te laisserais même pas avec un ongle cassé. Ce n'est pas négociable.

— Mais suppose que...

— Je ne suppose rien du tout. Je n'irai nulle part, point

final. Et, comme je suis coincé ici avec toi, je préférerais que tu te sentes bien et que tu ne me casses pas les oreilles parce que tu souffres. Qu'en dis-tu ?

Elle sentit une douce chaleur l'envahir. Comparable à l'effet de l'injection qu'il allait lui faire, mais infiniment plus puissante.

— Très bien, concéda-t-elle. Tu es doué pour trouver les veines ?

Haussant joyeusement les épaules, Adam releva la manche de sa veste.

— Tu ne vas pas tarder à le découvrir. Tu prends d'autres médicaments ?

— Tu sais bien que non.

— Des contre-indications antérieures ? Asthme, problèmes rénaux ?

— Non ! Donne-moi cet antalgique, tu veux ?

— Je préfère ça.

Il enfila une paire de gants d'un air théâtral, lui désinfecta la peau et trouva la veine du premier coup.

— Que dis-tu de ça ?

— Pas mal, fit-elle, sentant déjà la chaleur envahir son bras.

— Je dirais que c'était proche de la perfection, dit-il en jetant la seringue usagée dans la boîte.

Il s'assit près d'elle et lui tint la main en attendant que la morphine fasse effet.

— Tu te sens mieux ?

— Oui, merci.

Elle savait maintenant ce qu'éprouvait un patient quand il commençait à sourire. Le soulagement ressenti lorsque la douleur s'apaisait était un pur bonheur. Un peu ce qu'elle éprouvait quand elle était avec Adam.

L'objet de ses pensées s'affairait, découpant soigneusement la jambe de son pantalon jusqu'au genou, talquant sa cheville et glissant une attelle gonflable autour du pied.

— Tu sens ? demanda-t-il en lui tapotant doucement les orteils.

— Mmm ? Oui, fit-elle en souriant. C'est une bonne idée d'avoir envoyé du talc.

Il rit et lui mit un coussin derrière la tête.

— Tu es confortablement installée ?

— Très. Approche…

12.

Apparemment, Jenna gardait l'esprit clair, se félicita Adam tout en la faisant boire.

Il lui avait administré une faible dose de calmant pour pouvoir lui en donner davantage si nécessaire.

Puis il lui nettoya le visage et les mains avec des lingettes antiseptiques.

Il aurait peut-être dû économiser leurs réserves, mais lui prodiguer du réconfort lui paraissait essentiel.

Enfin, il s'étendit près d'elle sur le tapis et arrangea la couverture sur elle.

— Je n'en ai pas besoin, j'ai trop chaud. Plie-la et mets-la sous toi, dit-elle.

Il plia docilement la couverture.

Il avait mal au dos, et il se sentait poisseux au niveau de la ceinture, mais Dieu merci il ne saignait plus. Il ne voulait pas qu'elle sache qu'il était blessé. Et pas question de la laisser seule pour aller panser sa plaie à l'écart. Il trouverait le temps plus tard.

— Ça va mieux ?

— Oui, répondit-elle en le regardant. Merci, Adam.

— Avec plaisir. Encore un peu d'eau ?

Elle le fit boire d'abord, et il prit une gorgée pour humecter sa gorge sèche. Elle but à son tour et referma la bouteille.

— On en a pour encore combien de temps, d'après toi ?

Il consulta sa montre.

— Au moins deux heures. Si Parker ne m'a pas appelé d'ici là, je lui passerai un coup de fil pour savoir où ils en sont.

Elle hocha la tête, et il roula sur le dos, glissant la couverture pliée sous sa tête.

C'était mieux. Il avait moins mal au dos.

Il leva le genou pour l'étirer et ne put retenir une grimace quand ses reins touchèrent le sol.

— Quoi ? s'enquit Jenna immédiatement.

— Rien.

— Je t'ai entendu retenir ton souffle.

— J'ai cru sentir un papillon de nuit sur mon visage.

Elle se redressa sur un coude.

— Dis-moi ce qu'il y a, ou je te déshabille pour le savoir !

Il sourit, les yeux fixés au plafond. Même dans ces circonstances, cette idée ne manquait pas d'attrait.

— Je le ferai, tu sais, Adam.

— Tu ne peux pas. Je suis plus rapide que toi actuellement.

— J'essaierai quand même.

Avec un grognement, elle se tordit pour lui saisir le bras et, se hissant en position assise, elle se pencha vers lui.

Il la rattrapa juste avant qu'elle ne s'effondre sur sa poitrine.

— Arrête, Jenna. Tu dois rester tranquille.

Il céda néanmoins devant sa détermination. L'ayant aidée à se recoucher sur le matelas, il remonta son pull et son T-shirt pour lui montrer son dos.

— Adam ! Pourquoi ne m'as-tu rien dit ?

— Je ne me sentais pas mal jusqu'ici, soupira-t-il. Ça m'a pris quand je me suis retrouvé sur le dos.

— Tu as des éclats de verre fichés dans la chair, indiqua-t-elle, levant la lampe pour mieux voir. Va chercher le sac. Tu n'as pas une pince à épiler sur ton couteau suisse ?

— Si, répondit-il en lui passant le couteau.

Il se leva pour aller chercher le sac et se rassit, le dos vers elle, pendant qu'elle sortait des gants de latex, des lingettes stériles et de l'eau.

— Aïe ! Doucement. Rappelle-moi de ne jamais échouer aux urgences quand tu es de garde… Aïe, Jenna !

— Tais-toi, dit-elle en riant.

Il savait qu'elle était aussi douce que possible, mais ils avaient tous deux besoin de faire tomber la pression.

Il sentit de l'eau couler dans son dos, et des ombres dansèrent sur le mur d'en face pendant qu'elle déplaçait la lampe pour s'assurer qu'il n'y avait plus d'échardes dans la blessure.

— C'est bon. Quand comptais-tu t'occuper de ça ?

— Plus tard. Je ne vois pas le creux de mes reins, je ne suis pas désarticulé, figure-toi.

Elle pouffa et effleura son dos de ses lèvres.

— Sois un peu professionnelle, ironisa-t-il. Tu es censée mettre tes patients à l'aise, pas les agresser avant de leur faire des avances.

— Alors, je démissionne. Considère que je ne suis officiellement plus ton médecin, et passe-moi le sparadrap. Je vais juste mettre de la gaze sur la plaie et la laisser ouverte pour qu'on puisse la laver correctement plus tard.

— Tu ne peux pas démissionner, je te vire pour faute grave, murmura-t-il en lui tendant le sparadrap.

— Je vais t'en donner, de la faute grave, rétorqua-t-elle en promenant ses doigts le long de son épine dorsale, lui arrachant un frisson de plaisir. Ne bouge pas.

Elle palpa le haut de son dos, et il grimaça. Il n'avait même pas senti cette coupure jusqu'ici.

Jenna lava et pansa la plaie, et lui tapa sur l'épaule.

— Tu peux te retourner. Et donne-moi ton T-shirt.

Il se retourna et vit qu'elle scrutait son corps d'un air candide.

— J'ai bien le droit de regarder, non ? fit-elle avec défi.

— Tu peux faire tout ce que tu veux.

Il se pencha et lui donna un tendre baiser qui promettait de veiller sur elle et de la protéger du mal. Pour le moment du moins.

S'arrachant à lui, elle leva son T-shirt pour l'examiner à la lumière.

— Je vérifie qu'il n'y a pas d'éclats de verre dans le tissu.

— Attention de ne pas te couper.

Elle trouva une minuscule écharde qu'il arracha aux fibres de coton avec la pince à épiler. Puis il remit son T-shirt.

— Eteignons la lampe pour économiser la batterie.

— D'accord, dit-elle en lui prenant la main. Ne me lâche pas, hein ?

— Tu n'as pas intérêt à profiter de l'obscurité pour filer.

Il éteignit la torche et s'allongea près d'elle, la tête posée sur la couverture pliée.

— Tu veux que je te raconte une histoire ?

— Mmm. Ce serait chouette.

— D'accord. Tu es bien installée ? Alors voilà. Il était une fois dans un pays lointain, là où les colibris viennent vous manger dans la main…

Un bruit d'éboulis leur parvint, mais il ne s'interrompit pas. Encouragé par ses commentaires, il parla à Jenna de son travail, de ses patients, des communautés parmi lesquelles il avait vécu, décidé à chasser ses peurs et à lui faire un peu oublier sa souffrance.

— Qu'est-il arrivé au bouc ? demanda-t-elle.

— Oh ! il allait bien. Les boucs sont des créatures très résistantes.

— Et la mère de la mariée ?

Il lui caressa la joue dans l'obscurité.

— Elle s'en est remise. L'oncle du marié a promis de reconstruire la véranda, et quand nous sommes revenus l'année suivante tout était oublié. J'ai mis au monde le premier enfant du couple.

— Alors, tout s'est arrangé ?

— Oui. Tout s'est arrangé.

Ils restèrent silencieux en se tenant la main, jusqu'à ce qu'un bourdonnement fasse vibrer sa poche.

C'était Parker, avec de bonnes nouvelles.

Il coupa la communication et ramassa la lampe torche.

— Protège-toi les yeux, je rallume. Ils sont presque là.

La lumière jaillit, illuminant le visage radieux de Jenna.

— Parker veut qu'on attende ici, il ne tient pas à nous mettre en danger quand ils perceront les derniers décombres. Patience, il n'y en a plus pour longtemps.

Le temps leur parut long, mais quelques minutes plus tard des bruits de pas se firent entendre, et deux grands gaillards poussiéreux apparurent dans l'encadrement de la porte.

— Salut, les gars, dit-il avec un grand sourire. C'est bon de vous voir.

Jenna ne regrettait pas d'avoir été sauvée, mais elle éprouvait un terrible sentiment de perte après ces quelques heures où elle avait eu Adam pour elle toute seule, été le centre de son univers. L'apparition des deux pompiers lui fit presque l'effet d'une intrusion.

Adam bondit sur ses pieds et leur serra la main. Il y eut un bref échange radio, puis les deux hommes s'accroupirent devant Jenna.

— Ça va ?

— Oui, merci. J'ai préféré rester assise pendant que vous faisiez tout le boulot, lança-t-elle malgré la douleur.

— Voilà qui est sage, déclara l'un des pompiers en examinant sa jambe. Reste à décider du meilleur moyen de vous sortir d'ici. Une civière est hors de question, et il faudrait des lustres pour déblayer suffisamment pour pouvoir descendre un siège. Il ne faut pas s'attarder. Le temps est notre ennemi, il multiplie les risques. Le mieux, c'est de la porter, dit-il à Adam, qui hocha la tête.

Elle chercha sa main.

Elle voulait qu'il la sorte de là, mais ne pouvait se résoudre à le lui demander. Il était fatigué, il souffrait, il valait mieux laisser faire les pompiers.

— Je me charge d'elle, déclara-t-il d'un ton possessif.

Elle noua ses bras autour de son cou. Il était descendu la chercher, et le fait qu'il soit volontaire pour la sortir de là lui réchauffait le cœur.

— Parfait, répondit le pompier en s'effaçant. Faisons vite.

Adam la saisit dans ses bras.

— Bon, tu connais le topo, n'est-ce pas ?

— Ça va faire un peu mal, mais tu feras aussi vite que possible, répondit-elle en souriant.

— Bravo. Tiens bon, mon cœur, on y est presque.

L'effet de la morphine commençait à s'estomper, et elle réprima une grimace de douleur quand il la souleva. Fermant les yeux, elle s'agrippa à lui en serrant les dents tandis que, suivant les instructions des pompiers, il l'emportait dans des dédales de couloirs avant de gravir un escalier. Elle entendit la rumeur de la rue, sentit la brise sur son visage…

Elle ouvrit les yeux.

Parker leur souriait. Il désigna à Adam le brancard qui attendait près de l'ambulance.

Adam avait tenu sa promesse. Il l'avait sortie de là !

Les yeux pleins de larmes, elle enfouit le visage au creux de son épaule tandis qu'il l'allongeait doucement sur la civière.

— Alors, Jenna, on veut faire une petite promenade en ambulance gratis ? lança Joel, l'ambulancier, flanqué de son collègue Andy.

Elle essaya de répondre sur le même ton, mais les mots ne venaient pas. Elle se couvrit le visage de ses mains, secouée de sanglots convulsifs.

— Elle a été très courageuse, déclara Adam en lui pressant l'épaule. Elle a supporté une chute de quatre mètres cinquante, une fracture de la cheville et un confinement dans l'obscurité plusieurs heures sans jamais se plaindre.

— Tu entends ça, Ted ? s'écria Parker, raillant un de ses hommes. Ted a glissé sur un tuyau et s'est cassé le bras l'an dernier. Il a braillé comme un bébé !

Les pompiers rugirent de rire, et elle se moucha avec un pâle sourire dans la lingette qu'Adam lui tendit.

— Beau travail, madame, dit Parker. J'ai des nouvelles des deux blessés hospitalisés, ils vont s'en remettre. L'un d'eux l'a échappé belle, et si vous ne l'aviez pas soigné sur place il ne s'en serait pas sorti.

Elle n'eut que le temps de lui serrer la main et de le remercier avant d'être emportée dans l'ambulance.

Adam monta derrière elle pendant que Joel arrimait le brancard.

— Ne partez pas sans moi, dit-il à l'ambulancier. J'ai quelque chose à faire d'abord. Je reviens tout de suite.

— Va, murmura-t-elle. Remercie-les pour moi.

Adam lui sourit et sauta de l'ambulance pour rejoindre

le groupe de pompiers. Il leur serra la main, et ils se retournèrent vers elle, le pouce levé.

— Etendez-vous, Jenna, pria Joel. Essayez de vous comporter en patiente une minute.

Il se tourna vers Adam qui revenait.

— Impossible de lui faire entendre raison.

— Impossible, approuva Adam avec un grand sourire. Vous allez devoir la mettre sous sédation.

Elle consentit enfin à s'allonger sur le chariot.

C'était étroit mais confortable, et maintenant qu'Adam était là elle pouvait se laisser aller. Tout son corps contusionné lui faisait mal.

— Détendez-vous, dit Joel en glissant à son doigt un moniteur de pulsations. On lui a donné des antalgiques ?

Adam prit le papier accroché à la veste qu'elle portait.

— J'ai tout noté. Heure et dosage.

— Très bien. Comment évaluez-vous votre douleur sur une échelle de un à dix, Jenna ?

— Trois et quelque.

— Vous êtes très pâle. Voulez-vous un peu plus de calmants ?

— Oui, merci.

Elle se laissa aller contre le petit oreiller et ferma les yeux. Elle sentit le contact froid du coton désinfectant sur son bras, puis le picotement d'une aiguille.

Les doigts d'Adam se refermèrent autour des siens.

Tout allait bien.

13.

Le moindre dos-d'âne était un supplice pour les membres douloureux d'Adam, mais pas une fois il ne lâcha la main de Jenna pendant le trajet jusqu'à l'hôpital. Elle avait les yeux clos, mais ses doigts agrippaient les siens, et il savait qu'elle ne dormait pas.

Elle était en sécurité. Il n'avait pensé qu'à cela dans ce sous-sol. Assurer sa sécurité. La sortir de là. Et il avait réussi. Non sans une aide considérable, mais c'était à lui qu'elle s'était accrochée, et il ne l'avait pas abandonnée.

Joel proposa de lui faire un examen rapide, mais il refusa. Il ne voulait qu'une chose : rester avec Jenna, tenir la promesse qu'il lui avait faite.

Il dut lâcher sa main quand on la sortit de l'ambulance. Mais il s'empressa de la reprendre dès qu'ils eurent franchi les portes des urgences.

— Qu'avons-nous ? s'enquit la voix familière de Rob.

Adam soupira de soulagement. Jenna n'allait pas attendre.

— Rob, souffla-t-elle. Tu n'as rien de mieux à faire ?

— Pas pour l'instant. J'ai envie de voir comment Adam a massacré ta cheville, rétorqua Rob, pince-sans-rire, en poussant le chariot dans un box.

— Je refuse de passer devant tout le monde, protesta-t-elle.

— Rassure-toi, ce n'est pas le cas. Nous n'avons que des coupures sans gravité et quelqu'un qui a été mâchouillé par un caniche édenté. Alors, qu'est-ce qu'on a ? Tu veux t'asseoir, mon vieux ? demanda-t-il à Adam.

En d'autres termes, « laisse-moi faire mon travail ».

Adam se laissa choir sur la chaise à côté du chariot, une main sur la barre latérale. Tout pour garder un contact avec elle. Il regarda Rob palper les membres de Jenna, et son cœur se serra quand elle sursauta.

Rob faisait juste son travail, mais il ne supportait pas de voir souffrir Jenna.

— Écoute, dit Rob en se tournant vers lui, tu es sale comme un peigne, et je ne veux pas que tu approches ma patiente dans cet état. Va te doucher. Voici les clés de mon vestiaire.

— Vas-y, renchérit Jenna, posant sur lui ses beaux yeux bleus. Je serai là à ton retour.

Quand il revint un peu plus tard avec un T-shirt propre emprunté à Rob, elle était assise dans son lit, et Rob examinait sa cheville.

Elle lui adressa un pâle sourire.

— Ça va ? s'enquit-elle.

— C'est à moi de te demander ça.

— Quoi, je n'ai pas le droit de me renseigner ?

Il sourit, mais en la voyant grimacer de souffrance il dut se faire violence pour ne pas sauter à la gorge de Rob.

Il se força à rester tranquille et lui prit la main. On lui avait nettoyé le visage et les mains, mais des traînées de poussière maculaient encore son front.

Il prit une lingette et lui lava soigneusement la figure, écartant ses cheveux de son front.

— Je peux avoir quelque chose à boire ? demanda-t-elle.

A regret, il quêta l'approbation de Rob.

— Juste un peu d'eau, répondit celui-ci.

Rob continua à examiner sa jambe pendant qu'Adam courait chercher de l'eau fraîche.

Jenna but lentement, blottie au creux de son bras qui la soutenait. Puis Rob se redressa, apparemment satisfait.

— Bien, Jenna. Il semble que par miracle Adam a correctement diagnostiqué ta fracture de la cheville et un certain nombre de vilaines ecchymoses. Et tu vas avoir un œil au beurre noir demain matin.

— C'est ce que je pensais, dit-elle en souriant. Merci, Rob.

— Avec plaisir. Et maintenant à nous, Adam.

— Oui, j'ai mouchardé, Adam, avoua-t-elle sans remords. Tu ferais mieux de lui montrer tes coupures.

— Elles vont bien.

Rob leva les yeux au ciel.

— Quel speech veux-tu entendre ? Celui sur les médecins qui n'ont pas besoin de traitements médicaux parce qu'ils se croient différents du commun des mortels, ou celui sur les blessures mal soignées ? Je lâche Brenda sur toi si tu fais le mariolle. Et, je t'avertis, elle fait du taekwondo.

— Tu te retrouveras immobilisé par terre avant même de comprendre ce qui t'arrive, renchérit Jenna, les yeux pétillants. Elle n'est pas de garde aujourd'hui, Rob, si ?

— Elle arrive. Je l'ai appelée juste avant votre arrivée. Alors, Adam, qu'est-ce que tu choisis ? Mes talents de guérisseur ou un direct à la mâchoire de Brenda ?

Adam s'empressa de s'asseoir sur le tabouret qu'il lui indiquait, sans quitter Jenna des yeux.

Rob arracha le pansement qu'il avait rapidement posé après sa douche et examina son dos.

— Tu as demandé des radios ? Pris des antalgiques ? s'enquit-il.

— Je n'y ai pas pensé, admit Adam. Ce n'est peut-être pas une mauvaise idée.

Le regard de Jenna ne le lâchait pas. Un peu trouble, mais elle avait incontestablement les plus beaux yeux du monde. Elle lui tapota la main, rassurante.

— C'est bientôt fini. On va nous emmener à la radio.

— Je vais demander un cliché de tes côtes pendant qu'on y est, dit Rob. Inspire à fond.

Adam obéit et réprima une grimace en sentant les doigts de son ami palper sa cage thoracique.

— Relax, dit Rob. Si tu m'avais vu à la naissance d'Ellie et Daisy…

— On a envisagé de le mettre sous sédation pour que la sage-femme puisse souffler un peu, raconta Jenna en souriant. Les médecins sont insupportables, car ils savent tout ce qu'il peut se passer.

Adam ferma les yeux.

Ce qu'il aurait pu se passer…

Il aurait pu être impuissant à arracher Jenna aux décombres qui pleuvaient sur elle. Elle aurait pu être grièvement blessée pendant sa chute. Elle aurait pu mourir, comme Elena.

Il prit une profonde inspiration.

Ce n'était pas arrivé, point.

— Hé…

Jenna lui tapotait doucement la main, inquiète. Mais tout allait bien. La rage terrifiante, aveugle, qui le paralysait parfois le laissait curieusement en paix, cette fois.

— Ça va, répondit-il pour qu'elle sache qu'il était toujours là, prisonnier de ses ensorcelants yeux bleus.

— Reste tranquille, tu veux ? ordonna Rob qui achevait son examen. Je vais panser ces coupures, mais elles sont saines. Je me demande comment Jenna a pu extraire tous les éclats de verre à la lueur d'une lampe électrique, avec une cheville cassée et un shoot de morphine !

— Elle est douée, déclara tendrement Adam.

Rob finit de panser ses blessures et lui tapa sur l'épaule.

— C'est fait.

— Merci, mon vieux.

Rob soutint son regard, lui faisant tacitement comprendre qu'il savait ce qui se passait entre Jenna et lui. Puis il les considéra tous deux, croisant les bras.

— J'envisage de vous libérer tous les deux, mais je ne veux pas que Jenna reste seule cette nuit. Il faut que quelqu'un garde un œil sur elle.

— Pas de problème. Je serai là, répondit Adam.

— Très bien. Si les radios ne montrent rien d'anormal, nous lui poserons un plâtre provisoire, puis vous pourrez partir.

Il fut interrompu par la sonnerie de son mobile et, arrachant ses gants de latex, il le sortit de sa poche.

— C'est Brenda. Elle est arrivée. Elle a appelé la radio, il y a une demi-heure d'attente.

— C'est bon. Je peux boire encore un peu d'eau ? demanda Jenna d'un ton implorant.

— Bien sûr. Brenda t'a apporté des vêtements propres, et elle va t'aider à faire un peu de toilette.

— Génial, murmura Jenna avec gratitude.

Une larme glissa le long de sa joue, et Adam dut se faire violence pour ne pas y poser ses lèvres.

— Dans ce cas, nous allons céder la place à Brenda, dit Rob en souriant. Viens, mon vieux, je t'offre un café.

Jenna se laissa aller contre les coussins du canapé.

C'était bon d'être de retour chez soi, de ne plus être brinquebalée sur un chariot ou à l'arrière d'une voiture. Chez soi. En sécurité. Il ne lui manquait qu'une chose, et justement « elle » se tenait dans l'encadrement de la porte du salon.

— Tu veux du thé ? s'enquit Adam. Manger un truc ?

— Non merci. Si tu venais t'asseoir près de moi ?

Il sourit.

— Tes désirs sont des ordres.

Elle désirait surtout un bon bain chaud. Mais c'était une mauvaise idée, car la chaleur ferait enfler davantage sa cheville, alors qu'il fallait qu'elle dégonfle. De toute façon, il n'en était pas question tant qu'Adam était là. Il connaissait peut-être son corps par cœur, mais elle ne voulait pas qu'il voie ses ecchymoses.

— Tu vas être raide demain, fit-il en venant s'asseoir près d'elle.

— Je le suis déjà. Ça n'a pas d'importance.

— Je peux peut-être t'aider dans ce domaine.

— Je sais, dit-elle en pouffant. Mais je ne suis pas vraiment d'attaque pour l'instant.

— Je voulais dire… Désolé, je ne pensais pas…

— C'est bon, coupa-t-elle en posant la main sur la sienne. Que voulais-tu dire ?

— J'ai appris d'une sage-femme de village qu'on n'a pas toujours besoin de médicaments pour calmer la douleur. Tu veux que j'essaie de te faire un petit massage thérapeutique ?

— Excellente idée.

Il la porta dans sa chambre et l'étendit sur le lit, l'installant confortablement. Il commença par la paume de ses mains puis remonta le long de ses bras et, l'adossant contre lui en position assise, il massa ses épaules et son dos de ses doigts fermes et efficaces dans le but d'apaiser ses douleurs musculaires. Il réussit à masser son dos et ses jambes sans lui enlever ses vêtements.

— Ça va mieux ?

— Beaucoup mieux. Tu peux remercier la sage-femme.

— Reste tranquille un moment, bien au chaud. Ça t'aidera à te détendre et à guérir.

— Mmm, d'accord, murmura-t-elle, somnolant déjà.

Quand elle s'éveilla, il faisait presque nuit. Une lampe était allumée dans un coin de la pièce, et Adam était affalé dans le fauteuil voisin.

Elle referma les yeux.

Tout allait bien.

— Je t'ai vue, dit Adam d'une voix amusée. Tu as faim ?

— En fait, je pourrais manger un cheval.

— Bon, fit-il en s'esclaffant. A défaut, tu veux une omelette ?

— Excellente idée. Merci.

Comme il se détournait, elle lui saisit le bras.

— Tout va bien, Jenna ?

— Je veux juste savoir si, toi, tu vas bien. Alors ? insista-t-elle.

Il s'assit sur le lit.

— Oui. Rob y a veillé après que tu l'as lâché sur moi. Tu veux voir ? suggéra-t-il en faisant mine de relever son T-shirt.

— Ce n'est pas ce que je voulais dire.

— Non, je suppose que non, fit-il, le front plissé.

Il prit sa main entre les siennes et la garda sur ses genoux.

— Je… Je crois que nous avons réussi, Jenna.

— En effet. Nous avons fait tout ce que nous pouvions pour ces deux hommes, et ensuite…

Elle sentit ses yeux s'emplir de larmes, comme chaque fois qu'elle pensait à sa terrifiante chute dans le vide.

— Tu as risqué ta vie pour venir me secourir, et tu ne

m'as jamais quittée. Je ne m'en serais peut-être pas sortie si tu ne m'avais pas éloignée de cette pluie de gravats.

Elle tremblait, les joues mouillées de larmes.

— Chut, mon cœur, tout va bien, chuchota-t-il en lui caressant la joue. N'importe qui aurait…

— Non, Adam. Si j'avais été seule dans ce sous-sol, je ne m'en serais sûrement pas tirée. C'est toi qui m'en as sortie.

Il lui essuya tendrement la joue de son pouce.

— Ne pleure pas, Jenna, dit-il en lui tendant un mouchoir en papier. Mais peut-être en as-tu besoin. Tu as été si courageuse jusqu'ici, tu as le droit de baisser ta garde maintenant que tout est fini.

— Et c'est… C'est bon de pleurer, bafouilla-t-elle.

— Bien sûr. Ça devrait même être obligatoire après une journée comme celle-là, affirma-t-il, rassurant.

— Je n'en ai plus très envie. Plus tard, peut-être. Tu peux te joindre à moi, si tu veux.

Il éclata de rire.

— Ne commence pas sans moi. En attendant, je vais nous chercher quelque chose à manger.

Il se dirigea vers la porte et s'arrêta, hésitant.

— Merci, Jenna. Merci de m'avoir fait confiance.

L'instant d'après il était parti.

Quand Jenna gagna la cuisine sur ses béquilles, Adam avait dressé la table. Rien ne manquait, pas même un soliflore avec une rose du jardin.

— Ça sent bon, lança-t-elle, tendant le cou pour voir ce qui cuisait sur la gazinière.

— Assieds-toi, ce sera prêt dans une minute. C'est un moment crucial, et j'ai besoin de me concentrer.

— Alors, je n'ai pas le droit de voir ?

— Non. Un homme doit garder ses secrets, rétorqua-t-il, les yeux fixés sur la poêle. Tu me fais penser au crocodile de *Peter Pan*.

— Le crocodile qui tictaque ? Ce n'est pas moi, ce sont les béquilles.

— En tout cas, tu ne risques pas de surprendre quelqu'un de sitôt avec le bruit que tu fais.

Adam ouvrit le four, en sortit un plat de frites qu'il répartit dans deux assiettes, puis il partagea l'omelette et, glissant une moitié sur chaque assiette, il porta celles-ci sur la table.

— Mange pendant que c'est chaud.

Elle ne se le fit pas dire deux fois.

Ils dînèrent en silence. Affamée, elle engloutit sa part en un temps record. Quand elle eut fini, Adam ramassa son assiette, la mit dans l'évier et alluma la bouilloire pour préparer du thé.

— Jenna, j'ai réfléchi, dit-il lentement. Ne réponds pas encore, mais penses-y. Je peux retarder mon retour aux États-Unis jusqu'à ce que tu te sentes mieux.

Elle le regarda fixement.

— Mais on a besoin de toi, là-bas !

— Rien que je ne puisse différer de quelques semaines.

— Je ne suis pas sûre que ce soit une bonne idée, Adam, répondit-elle, se surprenant elle-même.

— Veux-tu au moins y réfléchir ? Tu auras peut-être changé d'avis demain.

Peut-être, mais cela ne modifierait en rien la situation. Ils avaient déjà parlé de ça. Rien n'avait changé.

— Non, Adam, je crois que nous devons nous en tenir à notre plan. N'en parlons plus, s'il te plaît, supplia-t-elle, au bord des larmes.

Une lueur d'inquiétude passa dans le regard d'Adam.

— Désolé. La journée a été dure pour tous les deux. Tu veux une tasse de thé ?

— Oui, merci. Allons nous installer dans le salon, tu me montreras les notes que ton ami américain t'a envoyées. Je veux savoir ce que tu vas faire là-bas.

Si elle devait le perdre, elle voulait que ce soit pour une bonne raison, autre que leur réticence à tenter quelque chose ensemble.

Il scruta son visage.

— J'ai aussi des photos. Tu veux les voir ?

— C'est encore mieux.

Connaître des visages, des noms. Elle aurait honte de le retenir si elle identifiait personnellement les personnes qui l'appelaient loin d'elle.

Il hocha la tête.

— Je vais préparer le thé, et j'apporte mon ordinateur.

14.

— Le congélateur est plein ?

— Adam, il y a de quoi nourrir une armée pendant un mois là-dedans. Et, si j'ai besoin de quelque chose, je peux le commander sur internet et me le faire livrer.

— D'accord. Où est le boîtier d'urgence ?

— Dans le tiroir. Je n'en ai pas besoin quand tu es là.

— Non, mais tu devrais t'habituer à l'avoir sur toi. Ce n'est que pour quelques semaines, jusqu'à ce que tu sois plus solide sur tes jambes.

— Je le porterai sur moi, dit-elle en se tournant pour ouvrir le tiroir de la coiffeuse et en sortir le boîtier d'appel qu'il lui avait obtenu. Franchement, j'ai l'impression d'avoir quatre-vingt-dix ans, avec ce truc ! En cas de besoin, j'ai toujours mon mobile.

— Où est-il ?

— Quelque part par là.

— C'est justement ce que je veux dire : tu es seule dans la maison et instable sur tes jambes. Tu pourrais tomber et rester par terre pendant des jours avant qu'on te trouve.

— Pas avec une centaine de personnes qui m'appellent chaque jour. D'ailleurs, si j'étais morte, je ne pourrais pas appuyer sur le bouton, n'est-ce pas ?

— Fais un effort, Jenna.

— Très bien. J'accroche mon boîtier autour du cou, là. Tu es content ?

— Tu n'imagines pas combien, fit Adam, les yeux au ciel.

Le moment de la séparation approchait à grands pas. Au

prix d'un effort surhumain, ils avaient réussi à ne pas en parler et n'avaient pas tenté de la différer. Et maintenant ce n'était même plus une question d'heures, c'était une question de minutes.

Adam guettait, planté devant la fenêtre. Elle savait ce qu'il attendait : la voiture de Rob qui allait le conduire à l'aéroport, loin d'elle.

Ils perdaient du temps. De précieuses minutes, qu'ils auraient peut-être pu employer à donner un sens à ce départ, pour qu'ils l'acceptent mieux, peut-être.

Mais non, elle ne devait pas raisonner ainsi. Quelques minutes de plus ne changeraient rien à la situation. Ils devaient juste l'affronter aussi dignement que possible.

— A quelle heure est ton vol ?

— 20 h 30. J'ai tout le temps.

— Tu as fait tes bagages ?

— Pratiquement.

Peut-être vaudrait-il mieux qu'il soit au rez-de-chaussée quand Rob arriverait, pour qu'elle ne soit pas obligée de le voir partir.

— Si tu allais les finir avant l'arrivée de Rob ?

Adam tourna vers elle un regard chargé de reproche.

— J'ai le temps, répondit-il en venant s'accroupir devant le canapé où elle était assise. Il y a quelque chose que je veux te dire, Jenna.

Soudain, elle ne voulait plus entendre. Elle arrivait plus ou moins à tenir le coup, mais s'il formulait tout ce qu'elle devinait dans ses yeux mordorés elle en serait dévastée.

— Moi aussi. Mais il vaut peut-être mieux se taire.

Il parut réfléchir.

— Tu crois ?

— Je crois qu'on le sait, non ?

Adam baissa les yeux, et à cet instant la sonnette retentit.

Il se releva vivement, étouffant un grognement qui pouvait être aussi bien d'exaspération que d'angoisse, et alla ouvrir.

Il y eut un bruit de voix dans l'escalier, et elle comprit que Rob avait amené Cassie et les enfants.

Elle essuya ses larmes et afficha un sourire.

Ellie apparut la première. Elle traversa le salon en courant, se jeta sur le canapé.

— Papa dit qu'il faut pas te toucher parce que t'es blessée, annonça-t-elle, les yeux fixés sur son plâtre.

— Pas au point de ne pas pouvoir te faire un câlin ! protesta Jenna. Tes câlins me font toujours du bien.

Elle la prit dans ses bras et se mordit la lèvre pour ne pas fondre en larmes.

— Qu'est-ce que je t'ai dit, Ellie ? cria la voix de Rob.

— C'est rien, papa. Je fais du bien à Jenna, répondit la fillette en la serrant dans ses petits bras.

— Doucement, s'il te plaît, rétorqua son père en s'approchant pour embrasser Jenna sur la joue.

Il porta son portable à son oreille et écouta.

— Apparemment, tu as un problème.

— Quoi ?

Rob referma son téléphone en haussant les épaules.

— Je viens d'avoir un message enregistré venant de ton boîtier d'appel d'urgence.

— Oh…

Jenna souleva Ellie et trouva le bouton du boîtier.

— Désolée, fit-elle, contrite. J'ai dû appuyer par mégarde en étreignant Ellie. Je suppose que ça va alerter tous ceux de la liste…

— Non, c'est bon. J'ai accepté le message, ça va s'arrêter. Il suffit de presser un bouton pour empêcher la diffusion du message.

— Alors, tu seras au courant chaque fois qu'elle serrera quelqu'un dans ses bras, lança Adam d'un ton enjoué où perçait une dureté inattendue.

— Arrange-toi pour l'enlever si tu vas à un rendez-vous galant, fit Rob avec malice.

Cassie, qui venait d'entrer, jeta à son mari un regard courroucé.

— Ça ne risque pas d'arriver, lâcha celle-ci en glissant la main sous le bras d'Adam, dont le regard s'adoucit. Donne-moi ton bras pour me conduire au canapé, Adam.

Sa grossesse l'épanouissait. Elle était radieuse, toujours prête à jouer les conciliatrices.

— Jenna, je vais peut-être rester avec toi un moment et surélever mes pieds. Nous devions emmener les enfants voir les avions à l'aéroport, mais il fait trop chaud pour moi.

— Bien sûr. Je serai ravie d'avoir de la compagnie.

— Bon, on y va, s'écria Rob en tapant des mains. Viens, Adam, on ne sait jamais ce que nous réserve la circulation.

Cassie et Jenna restèrent seules dans la maison silencieuse. Elles avaient les jambes étendues devant elles, et Jenna fixait leurs orteils en s'efforçant de retenir ses larmes.

— Je hais les adieux, grommela Cassie.

Elle se moucha bruyamment et lui tendit un Kleenex.

— Moi aussi, répondit Jenna en s'essuyant les yeux.

Refusant de voir partir Adam, elle lui avait envoyé un baiser avant de se cacher les yeux de la main.

Il l'avait embrassée sur la joue et lui avait chuchoté de fermer les yeux. Elle avait senti le bras de Cassie l'entourer quand ses pas s'étaient éloignés, puis la porte s'était refermée.

— Il ne faut pas regarder en arrière, c'est ça ?

— On peut présenter les choses comme ça, répliqua Cassie avec un haussement d'épaules. Ou on peut attendre impatiemment les prochaines retrouvailles.

Jenna pinça les lèvres.

Il n'y aurait pas de retrouvailles avec Adam. Il ne reviendrait pas.

— Je préfère ne pas regarder en arrière.

Un calme glacé enserrait son cœur. Le même calme qui l'avait envahie quand Laura était morte, lorsqu'il était devenu clair que ses parents ne reviendraient pas, et quand Joe était parti.

Envers et contre tout, elle survivrait.

— Une tasse de thé ? suggéra Cassie.

— Reste ici, je vais le faire, dit Jenna en se levant avec précaution. J'en ai un peu marre qu'on s'occupe de moi.

Elles sirotèrent leur thé, bavardèrent un peu puis regardèrent un vieux film sentimental.

Cassie pleura, et Jenna demeura impassible.

Quelle importance si deux êtres se rencontraient, tombaient amoureux puis devaient se séparer ? Il y avait des choses plus graves dans la vie.

— Tu es bientôt à ton terme ? demanda-t-elle, voyant que Cassie n'arrivait pas à trouver une position confortable.

— Encore deux semaines. Ellie et Daisy sont toutes deux nées avec retard, et celui-là pourrait aussi se faire désirer.

— Peut-être pas.

— Eh bien, je l'espère. J'ai... Oh ! s'interrompit Cassie, la main sur sa bouche. Je suis désolée, Jenna.

— Qu'est-ce qu'il se passe ?

— Je viens de perdre les eaux, marmonna Cassie avec embarras. Oh ! Seigneur, ton canapé...

Jenna bondit.

— Oublie le canapé. Tu es sûre ?

— Oh oui... Je suis vraiment navrée.

— Hé, coupa Jenna en souriant, concentre-toi sur le bébé ! Ne bouge pas, je vais chercher une serviette.

Elle rapporta une pile de serviettes propres en même temps que son stéthoscope, installa confortablement Cassie et l'ausculta.

— Tu as des contractions ?

— Oui. Au début, j'ai cru que j'avais juste mal au dos...

— Depuis quand ?

— Deux heures, peut-être plus. Elles sont de plus en plus fortes, Jenna, balbutia Cassie, affolée.

— Pas de problème. J'ai déjà mis des bébés au monde, et même s'il arrive maintenant tout se passera bien. Détends-toi.

Ce n'était pas le moment d'avouer à son amie qu'elle avait juste assisté à un accouchement. En tout cas, elle savait ce qui était censé se passer. Elle glissa un coussin sous la tête de Cassie et se mit à prier en silence.

— Grâce à Dieu, soupira Cassie en agrippant sa main. Rob n'a jamais réalisé d'accouchement, tu sais.

— Heureusement que je suis là, alors.

— N'appuie pas sur le bouton de ton boîtier d'urgence, ou Rob va piquer une crise. Et il est avec les enfants.

— Ce n'est pas une urgence, tu vas avoir un bébé, répondit Jenna avec un sourire encourageant. Bon, je préviens l'hôpital.

Ayant trouvé le numéro dans le sac de Cassie, elle claudiqua en direction du téléphone.

15.

Jenna tenait le bébé dans ses bras sur les fonts baptismaux.

James avait un mois, et elle avait solennellement promis de le protéger du mal, de veiller sur lui s'il arrivait que ses parents ne le puissent pas. Elle avait pris un engagement sacré et était consciente de ses responsabilités.

Ignorant la haute silhouette qui se tenait de l'autre côté du baptistère, elle se concentra sur les paroles du prêtre tandis que Rob lui prenait l'enfant qui commençait à pleurer.

— On dit que c'est signe de chance quand le bébé pleure, fit Adam en la rattrapant alors qu'elle sortait de l'église avec ses béquilles. Un coup de main ?

Ignorant sa main tendue, elle descendit seule les marches.

— Alors, te revoilà ? Rob et Cassie pensaient que tu ne viendrais pas.

A la lumière du soleil, il était éblouissant dans son costume léger beige et sa chemise blanche qui tranchait sur son hâle, ses cheveux décolorés par le soleil soigneusement coiffés en arrière. A l'évidence, ce dernier mois lui avait réussi. Plus qu'à elle.

— Je descends juste de l'avion. Mes valises sont encore dans la voiture de Rob. Il paraît que tu as mis notre petit filleul au monde ? J'ai entendu dire que tu avais réalisé un boulot fantastique.

Notre petit…

Elle déglutit.

— En fait, j'ai juste préparé le terrain. Les ambulanciers sont arrivés à temps, et Cassie a fait tout le travail.

— J'ai remué ciel et terre pour venir, Jenna, dit-il en la scrutant avec intensité. C'est important.

— Oui, bredouilla-t-elle, s'arrachant à son regard. Je viens de voir la personne qui me raccompagne. A plus tard.

Elle s'éloigna en claudiquant, consciente qu'il la suivait des yeux.

Elle avait proposé d'organiser la réception du baptême dans son jardin, et Rob et Cassie avaient accepté à condition d'engager une armée de personnel pour assurer le service.

C'était aussi bien, car elle employa tout son temps et toute son énergie à éviter Adam.

Elle ne supporterait pas d'entendre Adam parler de toutes les grandes choses qu'il avait réalisées ces dernières semaines puis de le voir repartir.

Un moment, il faillit la surprendre près de la table des boissons, mais elle parvint à s'esquiver et alla retrouver Cassie, à qui elle avait prêté sa chambre pour allaiter James. Prétextant être fatiguée, elle resta à l'étage quand Cassie redescendit pour faire un dernier tour des invités avec le bébé.

D'accord, c'était impoli. Mais Cassie arrangerait les choses. Elle le faisait toujours, se dit Jenna pour faire taire son sentiment de culpabilité.

Enfin, un bruit de vaisselle lui apprit que la réception arrivait à son terme et que l'on rangeait la maison.

Cassie entra sans même prendre la peine de frapper, et s'assit sur le lit.

— Tu peux sortir maintenant.

— Désolée, Cassie. Je ne voulais pas…

— Tout le monde a compris. Tu étais fatiguée et tu avais besoin de t'étendre, dit Cassie en souriant.

— Tu es une perle. Tu sais ça ?

— Je fais de mon mieux. Et c'est toi la perle, de nous avoir permis de disposer de ton jardin pour la réception.

— Je suis contente d'avoir pu vous aider.

Cassie se pencha et l'embrassa sur la joue.

— Rob est en train d'entasser les gosses dans la voiture, et on file. On peut faire quelque chose pour toi avant de partir ?

— Non, ça va. Rentre chez toi te reposer, dit Jenna, frappée par le lourd silence qui régnait dans la maison.

— Il te manque toujours, n'est-ce pas ?

— Non. Enfin, peut-être un peu.

— Tu devrais lui parler.

— Je ne vois pas l'intérêt. Regarde-le, Cassie. Il a l'air…

Adam avait l'air d'être d'un autre homme. Celui qu'elle avait connu, mais débarrassé des tourments qui l'avaient hanté si longtemps.

— De toute façon, il va bientôt repartir.

— Très bien, lâcha Cassie sans insister, contre toute attente. Rob passera te prendre demain pour déjeuner.

De nouveau le silence. Les pas de Cassie avaient résonné dans l'escalier, puis la porte s'était refermée derrière elle.

Jenna inspira profondément.

Ne pleurniche pas. Lève-toi, arbore ton plus beau sourire, même s'il n'y a personne pour le voir.

Elle lissa sa robe et se regarda dans la glace.

Elle aimait cette robe fluide au bustier joliment brodé. Un instant, elle se réjouit qu'Adam l'ait vue la porter, puis elle repoussa impitoyablement cette pensée.

Soudain, elle ne supportait plus cette robe.

Elle faillit la déchirer dans sa hâte à l'enlever. Elle enfila à la place son vieux pantalon de survêtement, un T-shirt et un gilet, puis elle sortit sur le balcon.

Un homme était assis sur l'escalier de secours, ses cheveux mordorés brillant dans les derniers rayons du soleil. Il semblait attendre quelqu'un, et ce quelqu'un ne pouvait être qu'elle.

Elle voulait s'enfuir, s'enfermer dans sa chambre jusqu'à ce qu'il s'en aille. Mais elle ne pouvait pas.

Adam leva les yeux et lui sourit.

— Jenna.

— Qu'est-ce que tu fais là ? Je croyais que Cassie et Rob étaient partis.

— Je ne suis pas parti avec eux, expliqua-t-il en se levant sans la lâcher des yeux. Je suis venu pour te parler, Jenna.

— Non, tu es venu pour le baptême de James, lâcha-t-elle, ne voulant surtout pas l'entendre lui mentir.

— Je serais venu de toute façon. Pour toi.

Les genoux flageolants, elle s'agrippa à ses béquilles.

— Ne dis pas ça, Adam.

— C'est la vérité. Je peux te parler, Jenna ? S'il te plaît.

— Je descends, dit-elle, attrapant fermement la rambarde de l'escalier.

Il gravit les marches en courant pour la rejoindre.

— Laisse-moi t'aider.

— Ça va, merci…

La pensée qu'il puisse la toucher la fit vaciller, et deux mains puissantes se refermèrent autour de sa taille.

— Tu vas tomber. Ne m'oblige pas à te réparer de nouveau.

Lui tenant le bras, il la guida jusqu'en bas, et elle se laissa tomber sur la dernière marche.

— Merci d'être descendue entendre ce que j'ai à te dire.

Elle eut un sourire forcé.

— Si j'avais refusé de t'écouter, je t'aurais trouvé encore ici demain matin, non ?

— Et après-demain. Puis-je m'asseoir près de toi ?

Elle sentit son cœur sombrer.

Toutes ces petites choses qu'il avait eu l'habitude de faire naturellement, comme la toucher, s'asseoir près d'elle, il lui demandait la permission de les faire maintenant. C'était pire que tout.

— Bien sûr.

Il s'assit à côté d'elle sans la toucher.

— Je te demande juste quelques minutes, puis je m'en irai.

— Prends ton temps, Adam.

Il réfléchit, comme s'il révisait mentalement des notes.

— Te quitter m'a brisé le cœur. Je l'ai fait, pensant que je le devais. Je n'arrivais pas à dépasser mes angoisses, et je savais que je ne pouvais pas te donner ce dont tu avais besoin…

— Continue.

— A mon retour en Floride, j'ai fait tout ce que j'ai pu pour retrouver le souvenir de mon passé, m'accrochant à l'espoir que j'étais peut-être digne de toi. J'ai consulté un hypnothérapeute et ressorti les comptes rendus d'enquête et les rapports médicaux sur ce qu'il s'est passé ce jour-là. J'en ai étudié chaque mot.

— Et tu te rappelles ce qui est arrivé ? s'enquit-elle.

Ce ne pouvait être que ça. Sinon, comment expliquer son maintien plein d'assurance, comme s'il s'était enfin débarrassé d'un lourd fardeau ?

— Non. J'ai pris conscience que le savoir ne changerait rien. Je continuerais à me demander si je n'aurais pas pu agir sur les événements. Mais mes réflexions ont mis en évidence autre chose : j'ai confiance en toi et je te respecte, Jenna. Et si tu pouvais me faire confiance, comme tu l'as fait dans le sous-sol de ce chantier, je m'en montrerais digne.

Confiance. Respect. Deux jolis mots. Mais juste des mots. Elle ravala sa déception.

— C'est très bien, Adam.

— Ce que j'essaie de te dire, Jenna, c'est que je peux changer. J'ai changé. Pas en fouillant dans le passé pour chercher des choses qui n'y sont peut-être pas, mais en t'aimant. En étant aimé de toi, et en voulant mériter ton amour.

— Non, souffla-t-elle, incrédule.

— Si, riposta-t-il en lui prenant la main d'un geste possessif. Je sais que je t'ai abandonnée et, après tout ce qu'il s'est passé, c'était la pire chose que j'aurais pu te faire. Mais je t'aime. Je ne peux pas t'offrir mon passé, mais tout ce que je suis aujourd'hui, tout ce que je serai demain est à toi. Et même si j'en suis indigne je voudrais que tu me pardonnes.

Elle reprit sa main.

— Non, souffla-t-elle, au bord des larmes, ne sachant comment prendre cette confession inattendue. Tu ne peux pas penser ce que tu dis.

— Je le pense, insista-t-il, glissant la main dans l'encolure de sa chemise pour en sortir une chaîne. Je veux te montrer quelque chose.

A travers ses larmes, elle distingua la bague qui scintillait au bout de la chaîne dans les derniers rayons du couchant.

— Elle est pour toi, Jenna. Quand tu voudras la prendre. D'ici là, je la garderai pour toi.

Elle toucha la bague — elle était magnifique, avec un

diamant étincelant de mille feux —, puis elle retira vivement sa main comme si elle risquait de se brûler.

— Je… Je ne sais pas quoi dire, Adam. C'est tellement inattendu…

— Je ne te demande pas de réponse maintenant, expliqua-t-il comme à regret. En fait, je ne veux pas encore l'entendre. Je te préviens, je veux un oui et rien d'autre.

Elle sourit malgré elle.

C'était une des choses qu'elle aimait chez lui : une solidité de granit sous une apparence tout en charme.

— Qu'y a-t-il de gravé sur le côté ?

Le visage d'Adam s'illumina. Il lui montra la gravure.

— « Le vrai nord ». Tu vois le diamant ?

Elle aurait difficilement pu faire autrement, étant donné la taille de la pierre.

— J'ai examiné des centaines de bagues pour trouver la bonne. Et puis j'ai vu celle-là, et elle m'a rappelé notre soirée à l'observatoire. L'étoile Polaire, tu te rappelles ? L'étoile qui guide les hommes depuis des millénaires, les aide à trouver leur chemin. Tu es mon nord, Jenna, ma seule direction à partir de maintenant.

— Tu n'as pas besoin de moi, tu trouveras toujours ton chemin où que tu ailles, protesta-t-elle, les yeux noyés de larmes.

— Non. Je ne veux plus jamais te quitter.

— Mais… Et ton travail ? objecta-t-elle, consciente que cela les séparerait toujours.

— Il compte pour moi, mais je peux le faire de bien des manières, et voyager n'en est qu'une parmi d'autres. Je peux vivre en Floride ou ici et me spécialiser dans les cas les plus sérieux… Ou bien, si tu veux, tu peux voyager avec moi.

— Tu veux dire partir avec toi en Amérique du Sud ?

— Là où le travail nous appellera, si c'est ce que tu veux. Il m'arrivera d'être inquiet pour ta sécurité. Je ferai mon possible pour te protéger, mais je ne te rognerai pas les ailes, promit-il en essuyant ses larmes d'une main tremblante.

— C'est facile à dire, murmura-t-elle, n'osant pas y croire encore.

— Je sais. C'est ce que je voulais dire au sujet du vrai nord. Chaque fois que j'aurai besoin de connaître le bon chemin, je saurai vers qui me tourner. Toi, qui es capable de me traiter d'idiot et de me secouer quand c'est nécessaire, fit-il en souriant.

— Tu *es* un idiot, Adam Sinclair.

— Tu vois ? chuchota-t-il en tournant doucement son visage vers lui. Je ne te laisserai pas tomber, Jenna.

— Je sais. J'ai besoin… Tout ça est si soudain, Adam.

— Prends ton temps, mon cœur. J'attendrai.

Elle avait besoin de temps pour se faire à l'idée qu'il y avait au moins une personne au monde qui ne l'abandonnerait jamais. Qu'*il* ne l'abandonnerait jamais.

— Tu peux attendre à l'intérieur, si tu veux, suggéra-t-elle.

— Tu veux aller à la plage ? clama Adam depuis le balcon. C'est la pleine lune, ce soir.

— Oui, avec plaisir, répondit Jenna.

Ils étaient en Cornouailles — juste une escapade de quelques jours avant qu'elle retourne à l'hôpital passer ses radios et faire enlever son plâtre. Leur hôtel était situé à courte distance d'une petite crique sablonneuse pratiquement déserte après le coucher du soleil.

La dernière semaine avait été magique. Adam ne l'avait pas quittée un instant. Il lui avait répété ses promesses autant qu'elle avait voulu les entendre, et peu à peu les blessures qu'elle avait si longtemps cachées commençaient à guérir.

Ils descendirent le petit sentier qui serpentait à flanc de falaise. Adam la porta pour franchir les derniers mètres jusqu'au bord de l'eau. Un bras autour de ses épaules, il la tint contre lui pour la protéger de la fraîche brise nocturne.

— Quand tu seras un peu plus forte, je t'apprendrai à surfer, si tu veux.

La lune était grosse et basse, teintant d'argent les vagues sombres. C'était le moment rêvé.

— Mmm. Ça pourra m'être utile en Floride, rétorqua-t-elle.

— Qu'est-ce que tu as dit ? souffla-t-il.

— Que j'essaierais de surfer sur les vagues.

— Pas du tout. Tu as dit que ça te serait utile en Floride.

— Mmm. J'ai dû dire ça, oui.

Il s'agenouilla devant elle et l'attira à lui.

— Je ne veux pas que tu tombes, ce n'est pas le moment.

Il n'avait pas tort, elle sentait déjà ses jambes flageoler. Et ses doigts tremblaient en décrochant la chaîne du cou d'Adam pour en détacher la bague.

— Jenna, ce n'est pas une demande, j'insiste là-dessus. Tu *vas* m'épouser. Point.

Elle sentait son cœur battre à l'unisson du sien. Fort.

— Oui, Adam, je vais t'épouser.

Il glissa la bague à son doigt.

— Où est l'étoile du nord ? demanda-t-elle, renversant la tête pour scruter le ciel nocturne.

— Ici, mon cœur, murmura Adam avec ferveur en se relevant pour l'embrasser.

Blanche

HARLEQUIN

Retrouvez en décembre,
dans votre collection

Blanche

Une famille pour Charlie, de Susanne Hampton - N°1342

SÉRIE : LES MIRACLES DE NOËL - 3/4

Le Dr Juliet Turner, sa nouvelle assistante, a vraiment de quoi rendre un homme fou – en plus d'être ultra-compétente, elle est belle à couper le souffle. Et, à son grand dam, Charlie n'échappe pas à la règle : le jour où il la voit pour la première fois, il tombe sous le charme… Pourtant, hors de question de se laisser distraire – et encore moins sur son lieu de travail. Charlie a beau sentir son cœur s'emballer à chaque fois qu'il est à côté de Juliet et craquer complètement pour Bea, sa fille de quatre ans, il s'est promis de ne plus jamais avoir de relation avec une femme, lui qui est responsable de la perte de la sienne…

Mariage sous la neige, de Scarlet Wilson

SÉRIE : LES MIRACLES DE NOËL - 4/4

À l'instant où le prince Sebastian Montanari pose genou à terre pour lui demander sa main, Sienna manque défaillir. Certes, Sebastian est un homme absolument parfait, et le souvenir de la nuit qu'ils ont partagée quelques mois plus tôt trouble encore son esprit. Mais, hélas, Sienna sait que cette proposition est loin d'être spontanée et ne fait écho qu'à ce qu'elle vient de révéler à Sebastian : elle porte leur enfant… Dès lors, elle n'a d'autre choix que de refuser. D'abord parce qu'elle sait que Sebastian est promis à une autre femme. Et ensuite – et surtout – parce qu'elle préfère élever son bébé seule plutôt que de s'enfermer dans un mariage sans amour…

Cette promesse à honorer, de Janice Lynn - N°1343

Deux mois… Soixante jours très exactement d'amour et de passion intense que Sanders vient de partager avec son irrésistible collègue, le Dr Lance Spencer. Une idylle qui la ravirait au plus haut point… si elle ne la précipitait pas vers le plus grand des dangers : l'engagement. Ne s'est-elle pas toujours juré de vivre de simples aventures sans lendemain ? Les mariages catastrophiques comme celui de ses parents, très peu pour elle ! Aussi, la mort dans l'âme, s'y résout-elle : elle rompra avec Lance sans plus attendre…

Séduite par le Dr Ashwood, d'Amy Ruttan

Beau, charismatique… mais surtout invivable ! Voilà ce qu'est le Dr Thomas Ashwood ! Depuis qu'elle le côtoie jour après jour dans le cabinet de cardiologie qu'ils partagent, Geraldine se prend à regretter sa venue à Londres. Car, en lui proposant de reprendre son poste, son père s'était abstenu de lui préciser qu'elle devrait partager les locaux avec un tel bourreau des cœurs… Pour se protéger, Geraldine n'a qu'une envie : fuir au plus vite. Pourtant, elle en a conscience, elle est coincée ici, avec Thomas. Impossible en effet d'abandonner ce travail sans décevoir son père, qu'elle sait gravement malade et dont elle est la fille unique…

Leur mission : sauver des vies.
Leur destin : trouver l'amour

HARLEQUIN
www.harlequin.fr

Blanche

Une famille au pied du sapin, d'Alison Roberts - N°1344
SÉRIE : UN NOËL AUX URGENCES - 1/2

Jack Reynolds... Emma ne peut croire que l'homme admis aux urgences ce soir soit aussi celui qui fait battre son cœur depuis toujours et dont elle n'a plus aucune nouvelle depuis un an. Comme si perdre sa meilleure amie et son époux – le frère jumeau de Jack – dans un terrible accident et devenir la tutrice de leur petite Lily n'avait pas suffi, il a aussi fallu que Jack disparaisse dans la nature. Seulement voilà, face à un Jack si vulnérable, Emma sent sa colère s'évanouir... et se jure de ne plus jamais le laisser fuir, coûte que coûte.

Le gardien de son cœur, d'Annie O'Neil
SÉRIE : UN NOËL AUX URGENCES - 2/2

Quel culot ! Comment Josh ose-t-il venir prêter main-forte aux urgences de Cooper Canyon durant les fêtes de fin d'année alors qu'il sait pertinemment qu'elle y travaille ? Kate est folle de rage. D'abord parce que Josh est toujours son époux puisqu'il refuse de signer les papiers de leur divorce depuis deux ans maintenant. Mais surtout parce qu'il l'a lâchement abandonnée alors qu'ils venaient de perdre leur petite fille... Alors pourquoi cherche-t-il à tout prix à la revoir ? S'il espère la séduire à nouveau, c'est peine perdue, et Kate compte bien le lui faire savoir...

L'enfant du Dr Carlos Medina, de Catherine Mann - N°1345

Lorsqu'elle découvre qu'elle attend un enfant de Carlos Medina, Lilah est folle de joie, mais sa joie est mêlée d'inquiétude, tant elle redoute la réaction du célèbre médecin, connu pour son caractère sombre et mystérieux. Mais, si elle se doute qu'il ne sera pas aussi heureux qu'elle, elle est très surprise par la violence du mépris et de la colère qu'il lui manifeste lorsqu'elle lui apprend la nouvelle. Car il va jusqu'à l'accuser d'avoir tout manigancé pour profiter de lui...

Tentation aux urgences, de Sue MacKay

Convaincue que l'amour n'est plus pour elle, Nikki s'investit totalement dans son métier d'infirmière. Mais le jour où Fraser est engagé dans son équipe toutes ses certitudes vacillent. Et elle doit se rendre à l'évidence : Fraser, qui n'est autre que son premier amour, perdu de vue depuis des années, fait de nouveau battre son cœur... Plongée dans un profond désarroi, Nikki se demande comment elle va réussir à travailler quotidiennement avec Fraser sans céder à l'illusion que tout est encore possible entre eux...

HARLEQUIN

Leur mission : sauver des vies.
Leur destin : trouver l'amour

Composé et édité par HarperCollins France.

Achevé d'imprimer en octobre 2017.

CPI
BLACK PRINT

Barcelone

Dépôt légal : novembre 2017.

Pour limiter l'empreinte environnementale de ses livres, HarperCollins France s'engage à n'utiliser que du papier fabriqué à partir de bois provenant de forêts gérées durablement et de manière responsable.

Imprimé en Espagne.